「言語」의 構築

- 小倉進平과 植民地 朝鮮 -

著　安田敏朗
譯註　李珍昊·飯田綾織

제이앤씨
Publishing Company

저자 서문

「言語」의 構築

첫 번째 저서인 ≪植民地のなかの'國語學'-時枝誠記と京城帝國大學をめぐって-≫(三元社, 1997년)[1])에서 경성제국대학 교수 도키에다 모토키(時枝誠記)를 다루면서 당시 식민지 조선의 제국대학에서 교편을 잡고 있던 그의 동료 중 몇 사람의 언어관도 간단히 기술한 바 있다.[2]) 그 때 초고에서는 도키에다 모토키(時枝誠記)의 동료인 오구라 신페이 (小倉進平)에 대해서도 살폈는데 약간 두서 없는 부분이 있어서 도중에 삭제했던 적이 있다. 1998년 여름에 오구라 신페이(小倉進平)에 관해 모아 둔 자료 등을 정리할 겸 논문 정도의 분량을 목표로 쓰기 시작했는데 논문으로는 매듭을 짓지 못할 정도가 되어 약 3개월도 안 되는 상황에서 벌써 원고지 400장을 넘겨 버렸다. '집중하면 할 수 있구나' 하고 묘한 감탄을 했는데 이것은 처(妻)가 해외에 현지 조사를 가 버린 여름 내내 재주도 없고 취미도 없어 아무 할 일 없이 매일 연구소에 나갔던 덕분이다.

'논문 10편 분량이다!'라고 하며 머리를 감싸고 있던 차에 첫 번째

---

1) [역자주] 한국어로 번역하면 ≪식민지에서의 국어학-時枝誠記와 경성제국대학을 중심으로-≫가 된다. 여기서의 '국어학'이란 당연히 일본어학을 의미한다. 時枝誠記에 대해서는 본문에서도 언급된다.
2) 같은 책의 7장.

책을 출판한 이래 이것저것 이 쪽의 의견을 들어 주고 계시던 三元社의 이시다 슌지(石田俊二) 사장님께 지난 번처럼 가지고 가서 읽어 주시라고만 했는데 출판을 하게 되었다. 큰 출판사도 경영 위기가 있다고 하는 와중인데도 "작은 출판사는 경기하고는 상관이 없어요"라면서 초연하게 다시 출판을 맡아 주신 데는 머리가 수그러든다.[3] 실무적인 작업은 요시다 나오코(吉田奈緒子) 씨가 담당해 주었다. 모두 함께 감사의 뜻을 전하고 싶다.

언어를 둘러싼 문제가 매우 정치적이라는 점, 얼핏 객관적으로 보이는 언어 연구조차도 그 예외가 아니라는 사실이 이 책에서 말하고자 했던 바의 일부이다. 그것은 오구라 신페이(小倉進平)처럼 식민지 지배와 뗄래야 뗄 수 없는 상황에서 연구를 시작한 시대적 배경이 있는 경우는 물론이고 현재도 그로부터 자유롭다고 할 수 없다. 글을 쓰고 있는 이 순간은 그러한 다소 진부한 감상을 가지고 있다.

먼저 낸 책에서 경성제국대학에 재직하던 일본어학자 도키에다 모토키(時枝誠記)의 언사(言辭)를 검토하였다. 다른 민족의 지배 과정에서 형성되어 가는 학문을 다룬다는 점에서는 이 책도 이전 책과 같은 부류이다. 그러한 시각에서 채택해야 할 학자나 학문은 아직도 많을 것이다. 차후에 기회를 보아 작업을 계속 하고 싶다.

이번에도 자료는 다양한 도서관과 연구 기관에 소장된 것을 활용할 수 있었다. 열거하자면 교토대학(京都大學) 부속·문학부·인문과학연구소·법학부·교육학부의 각 도서관, 도쿄대학(東京大學) 총합·문학부·동양문화연구소·교양학과의 각 도서관, 츠쿠바대학(筑波大學) 도서관, 국립국회도서관 등이다. 특히 교토대학 인문과학연구소의 도서

---

3) 실제로 경기가 좋다고 해서 이런 종류의 책이 팔린다고 생각하지는 않는다.

부 직원들에게는 복사 의뢰 등으로 많은 신세를 졌다. 또 개인적으로는 친구인 박남규 씨가 수집해 주는 자료도 활용할 수 있었다. 이 자리를 빌려서 감사의 뜻을 전하고자 한다. 조선어 자료는 저자 자신의 빈약한 서가에 있는 것을 사용하였다. 더 적절한 자료가 많이 있다고 생각하므로 지적을 해 준다면 다행이다.

이 책은 1998년도 문부성 과학연구비 장려연구(A) 및 1998년도 재단법인 旭硝子財團의 연구조성에 의한 연구 성과의 일부이다. 이러한 연구 조성금을 받는 것은 조수(助手)의 한정된 월급만으로 연구하는 데에 있어서는 꼭 필요하지만[4] 조성금을 받음으로써 연구소 사무부의 일은 더 늘어나게 된다. 그러한 상황에서 일을 해 주시는 직원들께 감사의 뜻을 전한다.

1996년 6월 교토대학 인문과학연구소에 부임한 후 3년 정도 만에 3권의 책을 낼 수 있었다.[5] 특별히 글 쓰는 것이 빠른 편은 아니지만 풍부하게 있는 시간과 교토대학의 소장 자료를 활용하니까 아무래도 시간만 투자해도 완성도와는 별개로 이것을 할 수 있었던 것 같다.[6] 이 연구소의 조수는 임기제이기는 하지만 주어진 환경은 뛰어나다. 이러한 연구 환경이 언제까지나 유지되기를 간절히 바란다.

마지막으로 재단법인 한국문화연구진흥재단에서 1998년도 출판조성비를 지원 받았다. 짧은 기간에 간행할 수 있었던 것은 이 조성금 덕분이다. 관계자 여러분께 진심으로 감사의 말씀을 드리고 싶다.

1998년 12월 교토에서
야스다 도시아키(安田敏朗)

---

4) 복권에 당첨되는 것보다는 확실하다.
5) 근간을 포함하면 4권.
6) 이렇게 생각하는 데에 현재 저자의 연구 한계가 있는 것 같기도 하다.

역자 서문

「言語」의 構築

이 책은 일본 히토츠바시(一橋) 대학 교수로 재직 중인 야스다 도시아키(安田敏朗) 선생의 ≪言語の構築-小倉進平と植民地朝鮮-≫(三元社, 1999년)을 역주한 것이다. 책의 앞머리에도 나와 있듯이 근대의 국민 국가가 형성될 때에는 민족어, 즉 국어에 대한 인식이 싹트며 이것을 구축하려는 노력을 기울이게 된다. 그런데 한국에서는 국어의 구축과정이 식민지 시기에 이루어짐으로써 스스로가 아닌 일본 또는 일본인의 힘이 컸으며 그 중심에 오구라 신페이(小倉進平)가 있다. 그래서 저자는 오구라 신페이(小倉進平)의 삶과 학문을 통해 한국에서 민족어의 구축이 어떻게 이루어졌으며 그 의미는 무엇인지를 고찰하기 위해 이 책을 썼다고 한다. 특히 야스다(安田) 선생은 이 방면으로 여러 권의 저서를 집필한 전문가로서 이와 관련된 문제들을 매우 폭넓게 다루고 있어 많은 도움이 되리라 생각한다.

이 책의 존재를 알게 된 것은 매우 우연이었지만 또 한 편으로는 필연이기도 하다. 이이다 사오리(飯田綾織) 선생과 필자는 공동으로 오구라 신페이(小倉進平)가 쓴 국어 음운론 관련 논저 약 20편을 역주하여 ≪小倉進平과 國語 音韻論≫이라는 책을 펴 낸 바 있다. 그 책을 준비할 때 오구라 신페이(小倉進平)의 글을 읽어 가면서 그의 삶이나 사상,

학문 등에 대해 좀 더 구체적인 내용을 담은 자료가 있었으면 좋겠다는 생각을 하게 되었다. 그러나 국내의 아무리 큰 도서관이나 서점에서 핵심어로 '오구라 신페이(小倉進平)'를 검색해 본들 모두 오구라 신페이(小倉進平)가 지은 책들만 나올 뿐이었고 많지 않지만 간간히 있는 논문들은 오구라 신페이(小倉進平)의 전반적인 면모를 알기에는 역부족이었다.

그러다가 '우연'히 일본의 아마존 서점에서 야스다(安田) 선생의 책을 발견한 것이다. 책의 목차까지 나와 있어 자세히 검토한 결과 매우 유용하겠다고 판단하고 처음에는 책의 일부만 저자의 허락을 얻어 번역한 뒤 준비 중이던 책에 수록하려고 했다. 그러나 아무래도 전체를 번역하는 것이 더 낫겠다는 쪽으로 생각을 바꾸었다. 그리하여 앞선 책의 작업을 끝내자마자 곧바로 이 책의 역주 작업에 들어간 것이다. 오구라 신페이(小倉進平)에 대한 책이 거의 없음을 감안하면 야스다(安田) 선생의 책을 접하게 된 것은 '필연'이라고 하지 않을 수 없다.

이 책에는 오구라 신페이(小倉進平)를 비롯한 수많은 사람들의 증언이 수록되어 있다. 직접 인용이 많은 것이 특징이라고 하겠는데 이 때문에 더욱 생생한 느낌이 들 수도 있다. 더욱이 한국어를 순수한 학문적 대상으로만 바라보았다고 하던 오구라 신페이(小倉進平)에게 의외의 모습이 있었다는 사실도 확인할 수 있을 것이다. 이것은 순전히 수많은 자료들을 뒤진 원저자의 노고 덕분이라고 생각한다.

저번의 번역서 작업을 할 때와 마찬가지로 이번에도 이이다 사오리(飯田綾織) 선생님은 주로 초벌 번역을 맡았으며 필자는 이것을 원문과 대조하며 한국어 표현에 맞게 고치고 주석을 달았다. 특히 이이다(飯田) 선생님의 성실함 덕분에 생각보다 일찍 일을 끝내게 되었기에 이 자리를 빌려 고마움을 표시하고자 한다. 원저자인 야스다 도시아키(安田敏朗) 선생께도 감사의 말씀을 드린다. 야스다(安田) 선생은 번역이 끝난 원고를 손수 검토한 뒤 수정 사항을 직접 보내 주는 수고도 마다하지 않았다. 아무튼 이 책의 내용이 한국어학을 전공하는 연구자들에게 조금이라도 도움이 될 수 있기를 간절히 바란다. 그래야만 많은 분들에게 진 빚을 일부나마 갚을 수 있을 것 같다.

2009. 4. 9.
역자를 대표하여
이진호 적음

역자 일러두기

1. 처음에는 원문에 나오는 '조선어(朝鮮語)'와 '조선(朝鮮)'을 '한국어'와 '한국'으로, '국어(國語)' 역시 단순히 일본어를 지칭하는 경우 일본어로 고쳐서 번역하고자 했다. 그것이 한국에서의 일반적인 용법에 좀 더 가까워진다고 생각했기 때문이다. 그러나 원저자와의 협의 과정에서 원문의 표현을 그대로 두는 것이 좋겠다는 의사를 밝혀 와서 그러기로 입장을 바꾸었다. 이로 인해 한국의 독자들에게는 다소 낯설게 다가갈 수도 있으나 저자의 의도를 그대로 전달하기 위함이므로 이해를 바란다.

2. 이 책에는 '언어, 국어, 조선어' 등 말(言)을 지칭하는 표현이 자주 나온다. 특히 이 단어들에 「 」가 붙은 경우도 있고 그렇지 않은 경우도 있다. 원저자와 주고 받은 편지에 따르면 소위 '구축(構築)'의 과정을 거친 경우에 「 」로 표시했다고 하며 그것을 통해 근대 국가의 힘이 작용하고 있음을 강조하려 했다고 한다. 책의 제목 중 '언어'에 「 」가 붙은 것도 이와 관련된다. 현행 한글 맞춤법에 따르면 가로쓰기에서는 「 」 대신 ' '를 사용해야만 하지만 이러한 특수한 의미를 나타내는 경우에 한정해 원문의 「 」를 그대로 사용하기로 한다.

3. 일본인 인명과 지명은 원칙적으로 일본식 발음을 한글로 표기하고 괄호 안에 한자(漢字)를 밝히는 방식을 택했다. 다만 본문이 아닌 각주에서는 편의상 한자만 표기했다.

4. 원저자가 달아 놓은 주석이 아니고 역자들이 추가한 주석은 '[역자
   주]'라는 표시를 했다. 주석 하나가 모두 [역자주]인 경우도 있고
   원저자가 달아 놓은 주석의 뒷부분에 내용을 보충한 [역자주]도 있
   다. 어떤 경우든지 [역자주] 표시 뒤에 나오는 주석 내용은 모두
   역자들이 덧붙인 것이다.

5. 주석에 제시된 참고문헌의 경우 원래 방식을 존중하여 저서의 경우
   '저자 이름, 저서 제목, 출판사, 간행 날짜, 인용 쪽수'의 구조를 택
   했고 논문의 경우 '저자 이름, 논문 제목, 게재지, 간행 주체, 간행
   날짜, 인용 쪽수'의 구조를 택했다. 저서는 ≪　≫, 논문은 ＜　＞
   로 구별했다.

6. 이 책에는 직접 인용이 매우 많다. 직접 인용된 부분은 "　"로 표시
   했다. "　"로 표시된 것은 모두 직접 인용된 부분이다. 한국어로 쓰
   인 논저의 내용을 직접 인용하는 경우에는 되도록 원전의 내용을
   그대로 따랐으며 오늘날의 맞춤법과 다른 경우 별다른 표시 없이
   수정한 부분도 있다. 한편 직접 인용된 부분 속에 들어 있는 또 다
   른 직접 인용이나 간접 인용된 부분, 그리고 원저자가 「　」로 표시
   한 것 중 2번 항목에 해당하지 않는 경우 등은 '　'로 표시했다.

7. 본문 중 괄호 안에 보충 설명의 형식으로 들어간 내용 중 일부는
   각주로 처리하였다. 이 때문에 원문보다 주석의 수가 많이 늘어났
   음을 밝혀 둔다.

8. 본문이나 각주에 나오는 인명들은 원저자가 특별히 붙인 경우를
   제외하면 존칭을 생략했다. 독자들의 양해를 바란다.

목 차
「言語」의 構築

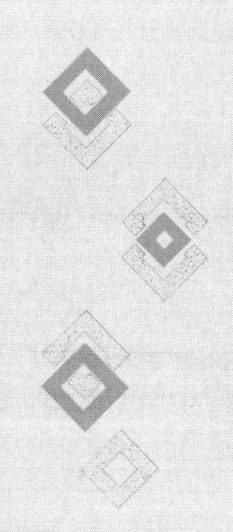

「言語」의 構築

- 小倉進平과 植民地 朝鮮 -

1장

서 론

재단법인 우방협회(友邦協會)는 1966년 4월에 ≪友邦シリーズ 第3號≫를 발행했다. 지은이는 조선총독부의 전직 관료였던 하기와라 히코조(萩原彦三)이며 '日本統治下の朝鮮における朝鮮語教育'이라는 제목의 소책자이다. 이 '우방시리즈' 발행의 취지문에는 다음과 같이 기술되어 있어 전체 성격이 어떤지를 엿볼 수 있다.

"종전 후 조선과 관계된 논의에서는 극히 관념적이고 일방적인 의견이 많아서 사실과는 분명 반대되는 것이나 특수하고 예외적인 사례를 일반화시켜 사실을 착각하게 하는 것 등이 대다수라는 점은 서로를 올바르게 이해하는 데 방해가 되는 것으로서 한심하기 짝이 없습니다. 이 '시리즈'는 일본의 조선 통치에 대한 정확한 사실을 널리 알리는 것을 취지로 조선총독부의 중요 문서와 간행물 중 중요 문헌자료 및 舊朝鮮 통치 관계자의 경험적 기술 등 실증적인 권위와 가치가 있는 것을 수록하여 조선의 일반 문제에 대한 올바른 인식을 깊게 하고 양국의 互惠平等과 共存共榮에 이바지하고자 하는 생각에서 발행하는 것입니다."

이 시리즈의 3호인 ≪日本統治下の朝鮮における朝鮮語敎育≫의
존재는 예전에 읽은 가지이 와타루(梶井陟)의 ≪朝鮮語を考える≫(龍
溪書舍, 1980년)에서 두 장 분량에 걸쳐 그 내용을 통렬하게 비판했기
때문에 인상 깊게 남아 있었다. 그 당시 '이런?' 하고 느끼면서도 그대
로 둔 대목이 있었다. 그것은 이 '시리즈 제3호'에 서문을 기고한 곤도
겐이치(近藤劍一)의 다음 내용이다.

"종전 후 일본의 舊朝鮮 통치를 비판하는 말 중에 '조선어 교육의
금지'라든지 '조선어의 사용 금지'라는 표현이 자주 사용되고 있다.
이 말은 대부분 그 주장의 논지를 강하게 하기 위해서 또는 긍정적이
게 하기 위해서 일반적인 사례로 쓰이고 있다. 그런데 이런 중요한
의미를 가진 말을 이용하는 경우 왜 좀 더 신중하게 그 사실을 확인
해 보지 않는지 모르겠다.

조선의 한글은 하기와라(萩原) 씨도 해설에서 말씀하신 것처럼 조
선조 세종의 창제 이래 500년 동안 거의 진보를 하지 않고 마치 서
민 계층의 문자로 얕보아 왔던 것이다. 이것을 현대의 조선어로 완성
시킨 데에는 실로 가나자와(金澤)와 오구라(小倉) 두 박사를 중심으로
한 일본 학자들의 큰 공헌이 있었다.[1] 조선어 사용을 금지했다고 말
하는 사람들은 이 사실을 언급하려고 하지 않으며 다만 미나미(南)
총독[2] 이후 전시 비상 시기에 '국어 장려'가 지나쳤다는 것만 문제
삼음으로써 총독부가 조선어를 아주 금지한 듯한 인상을 일반인들에
게 심어 주고 있다."[3]

---

1) [역자주] 문자(한글)와 언어(조선어)를 혼동하고 있다. 한글을 조선어로 완성시
   킨다는 것은 성립될 수 없는 표현이다.
2) [역자주] '미나미(南) 총독'은 1936년부터 1942년까지 조선총독부 총독을 지낸
   미나미 지로(南次郎)를 가리킨다.
3) 萩原彦三, ≪日本統治下の朝鮮における朝鮮語敎育≫(友邦シリーズ 第3號),
   財團法人 友邦協會, 1966년, 1쪽. 近藤劍一의 서문 대부분은 "梶井陟, ≪朝

그리고 나서 일본어의 보급률은 고작 20% 정도에 지나지지 않았다는 사실을 서술해 간다. 그러나 보급률이 높지 않았다고 해도 일본어를 보급하려고 한 것은 틀림없는 사실이다. 또한 조선어를 금지했는지 아닌지 역시 비록 문서에 '금지'라는 표현은 없지만 '일본어 장려'가 은연 중에 무엇을 요구하는지는 말할 필요도 없다.4) '지배 : 피지배'라는 관계를 빼고는 식민지를 말할 수 없는데 앞서 곤도(近藤)의 글에서는 그것이 쏙 빠져 있다.

이와 비슷한 위화감은 "조선의 한글은 (…) 현대의 조선어로 완성시킨 데에는 실로 가나자와(金澤)와 오구라(小倉) 두 박사를 중심으로 한 일본 학자들의 큰 공헌이 있었다"라는 구절에서도 느낄 수 있다. 가나자와(金澤) 박사와 오구라(小倉) 박사는 가나자와 쇼자부로(金澤庄三郎, 1872~1967)와 오구라 신페이(小倉進平, 1882~1944)를 가리킨다.5) 일본인이, 그것도 조선총독부 관계자가6) 조선어의 근대화·현대화에 공헌했다는 것이다.

곤도(近藤)나 하기와라(萩原)와 마찬가지로 저자 역시 조선어학사에 밝은 것은 아니다. 그러나 식민지 지배의 업적으로서 일본인 학자에 의한 조선어의 완성 등을 말하는 것을 듣노라면 '과연 그럴까?' 하는 느낌이 들 수밖에 없다. 그것은 예를 들어 식민지를 지배하는 동안 철도나

鮮語を考える≫, 龍溪書舍, 1980년, 46~47쪽"에 수록되어 있다.

4) 이와 비슷한 논의가 1937년에 있었다. 이 책의 5.4. 참조.

5) [역자주] 金澤庄三郎은 동경제국대학 언어학과 출신으로 이 학과 강사를 역임했고 이후에 동경외국어학교 교수를 지냈다. 小倉進平의 스승으로 일컬어지며 小倉進平이 1911년 한국으로 건너오는 데 결정적 역할을 했다고 한다. 한국어와 일본어의 기원이 같다는 주장으로 유명하다. 그의 삶에 대해서는 ≪그때 그 일본인들≫(한길사, 2006년)에 <땅과 사람 그리고 언어는 하나다>라는 제목으로 실려 있어 참고할 수 있다.

6) 金澤庄三郎은 총독부의 촉탁을 한 적이 있고, 小倉進平은 총독부 학무국의 관리를 역임해서 경성제국대학 교수와 동경제국대학 교수가 되었다.

도로와 같은 사회 기반 시설의 정비가 진행되었다고 하면서 식민지 지배의 공(功)과 죄(罪)를 논의하는 것을 들을 때 느끼는 위화감과 유사하다. 사회 기반 시설을 정비했다는 것을 평가하거나 「민족어」가 일본인의 손으로 이루어진 사실을 평가하는 것도 하나의 입장이긴 한데 이 경우 '평가한다'고 하는 행위를 먼저 논의 대상으로 삼지 않으면 안 된다.

그러나 평가를 하든 안 하든 그 전에 몇 가지 생각해 보아야 하는 전제가 있다. 첫째, 과연 가나자와(金澤)나 오구라(小倉)의 연구가 '현대의 조선어로 완성시킨다'는 작업과 정말로 연결이 되어 있었는가 하는 점이다. 둘째, 그들이 그런 의식을 가지고 있었는가 하는 점이다. 셋째, 조선어를 연구하고자 하는 동기의 특징에 기반을 두지 않으면 안 된다는 점이다.[7]

셋째 관점에 대해 말하자면 가나자와 쇼자부로(金澤庄三郎)는 ≪日韓兩國語同系論≫(1910년)이라든지 ≪日鮮同祖論≫(1929년)이라는 저서로 알려진 것처럼 일본어와 조선어의 '동계(同系)'를 밝히기 위해 한국어를 연구했었다. 가나자와(金澤)의 가르침을 받은 오구라 신페이(小倉進平)도 조선어 연구를 시작한 첫 번째 동기는 일본어와의 연관성을 추구하는 데 있었다. 첫째와 둘째 관점에 대해서 말하자면 예를 들어 오구라(小倉)는 몇몇 영문 논저를 제외한 모든 논저들을 일본어로 썼다. 오구라(小倉)가 누구를 상대로 하고 있었는지는 명백한 것이다. 학문적 서술을 충분히 할 수 있는 데까지 하는 것, 이것이 '현대의 조선어로 완성시킨다'는 것은 아닐까? 셋째 관점과도 관련되지만 오구라(小倉)는

---

7) [역자주] 한국어 연구의 동기가 '현대의 조선어로 완성시킨다'는 사실과 관련되어야 함을 말한다. 그런데 뒤에서 밝혀지겠지만 그들이 한국어를 연구하게 된 동기는 오히려 일본어의 실체를 정확히 알기 위함이었다. 자세한 논의는 3.1.에서 이루어진다.

어디까지나 '학문'의 대상으로서 조선어를 파악하고 있었다. 그래서 오구라(小倉)에게 있어서 학문의 장(場)인 '학계'의 공통 용어, 즉 일본어의 세계에서 통용되는 서술 방법을 취했다고 본다.[8]

여기서는 '현대의 조선어로 완성시킨다'는 작업이 있었는지 없었는지를 치밀한 분석으로 명확하게 하려는 것이 아니다. 근대에「민족어」가 구축되어 갈 때 어떤 점이 문제가 되는지를 오구라 신페이(小倉進平)에 비추어 생각해 보고 싶은 것이다.

근대 국민 국가에서 구축되어 가는「언어」란 그 구축이 그 국민 국가에 소속된 사람에 의해 이루어진다고 상정하고 생각해 보자. 구축에 필요한 것 중 하나는 그 국민들이 공유해야 하는 공시적 일체성을 동반한 '표준어'이다. 표준어에는 문법, 정서법, 사전 등 몇 가지 갖춰야 하는 요건이 있다. 그와 더불어 그「언어」의 역사도 구축해야 한다. 즉 통시적 일체성을 보증하는 역사를 세워야 하는 것이다.

일본어의 경우 공시적인 구축과 통시적인 구축은 적어도 근대에 외국인의 손으로 이루어지지는 않았다. 근대 국민 국가에서 구축되어 가는「언어」는 그 구축을 그 국민 국가에 소속된 사람이 담당해야 한다고 할 경우 그렇지 못했던 언어를 말하는 쪽은 그것을 어떻게 생각하면 될까?

공시적인 구축과 통시적인 구축이 일본어에서 가진 의미는 '국어조사위원회(國語調査委員會)'가 전국의 음운 조사와 구어법 조사를 실시하고 그 결과를 ≪口語法≫(1916), ≪口語法別記≫(1917)로 정리한 것

---

8) [역자주] 小倉進平은 한국어를 연구 대상으로 삼았지만 그가 활동한 학문의 장(場)은 일본 학계였다. 따라서 한국어에 대한 연구라 하더라도 일본어로 발표했다. 이런 문제들이 담고 있는 의미에 대해서는 이 책의 8.3.에서 거론하고 있다.

에서 상징적으로 드러나고 있다.[9] 전국적인 조사의 결과 이끌어 낸 공시적인 '구어(口語)'를 해설하는 ≪口語法≫[10]과 함께 '헤이안조(平安朝) 시대, 가마쿠라(鎌倉) 시대, 남북조(南北朝) 시대, 무로마치(室町) 시대, 에도(江戸) 시대[11]'에 걸치는 '구어의 변천'[12]을 여러 문헌 자료에서 통시적으로 구성한 ≪口語法別記≫가 편찬되었다.

한편 조선어의 경우 19세기 말엽인 소위 개화기에 예를 들어 주시경 등에 의해 조선어 연구가 진행되었지만 그것은 '국문(國文)' 즉 한글 정서법의 문제가 중심이었다. 문자에 국가적인 관심이 집중되어 있었다. 1930년대의 조선어학회에서도 거기에 주된 논의가 쏠렸다. 현실적인 요청이 거기에 있었기 때문일 것이다. 다른 하나의 요소인 통시적인 구축의 경우 약간 벗어나기는 하지만[13] 역사라는 의미에서 조선어학의 역사를 추구한 연구는 오구라 신페이(小倉進平)가 1920년에 저술한 ≪朝鮮語學史≫[14]를 기다려야 했다. 그리고 조선어의 통시성을 보증하는 자료로서의 방언 연구에 착수한 것도 오구라 신페이(小倉進平)였다.

또 한 가지 생각해야 할 점은 역시 조선이 일본의 식민지가 되었다

---

9) [역자주] 국어조사위원회에서는 ≪音韻調查報告書≫도 1905년에 편찬한 것으로 되어 있다. ≪音韻調查報告書≫의 내용은 小倉進平도 논문에서 자주 이용하였다.
10) 다만 도쿄의 말이 핵심을 차지하고 있다.
11) 겐로쿠(元禄) 연중(年中)으로 끝난다. [역자주] 겐로쿠(元禄) 시대는 1688년부터 1704년까지이다.
12) 國語調查委員會 編纂, ≪口語法別記≫, 國定 敎科書 共同販賣所, 1917년, 例言 3쪽.
13) [역자주] 한국어의 역사가 아닌 한국어학의 역사를 연구한 것이기 때문에 '약간 벗어난다'라고 표현한 듯하다.
14) ≪朝鮮語學史≫(京城 大阪屋號書店, 1920년)는 증보되어 1940년 刀江書院에서 ≪增訂 朝鮮語學史≫로 출판되었다. 또한 그 이후의 연구 결과 등을 河野六郎이 덧붙인 ≪增訂增註 朝鮮語學史≫가 1964년에 같은 출판사에서 간행되었다.

는 사실이다. 「민족어」가 충분히 확립되지 못한 채 일본의 식민지가 되었고 일본어가 「국어(國語)」로서 교육되었다. 그런 가운데 대학 교육과 그것을 통한 학문 체계의 수입 역시 일본 중심으로 이루어졌다. 학문으로서 '국어학'과 '국문학'의 성립15)이 근대 국민 국가의 성립 또는 그 성립에 대한 각성과 분리해서 생각할 수 없다고 한다면, 식민지 조선의 경성제국대학 조선어학·조선문학 전공 교수이자 조선총독부의 학무 관료에서 신분이 바뀐 오구라 신페이(小倉進平)가 중심이 되어 조선어학을 구축했다고 하는 것은 도대체 어떤 의미를 가지는 것인가?16)

오구라(小倉)가 활약한 곳은 조선총독부와 경성제국대학으로 식민지 지배 체제가 한창인 시기였다. 이 책에서는 두 기관에 대한 관점을 포함하면서 오구라(小倉)의 언어관, 일본어 보급 정책론 등을 검토하고 싶다. 그는 언어의 통시적 구축에 중점을 두었을 뿐 근대 「민족어」 구축을 위해 필요한 또 다른 요소인 공시적 구축(예컨대 표준어의 설정 등)에는 비교적 냉담했다. 이 점은 특히 방언 조사의 본질과 관련되며,17) 표준어의 구축을 서두르고 있던 1930년대의 조선어학희 모습과는 대조가 된다. 이러한 분석을 통해서 근대 국민 국가가 형성될 때 지향하는 「언어」의 구축 과정에서 식민지가 되어 버린 조선의 경우 원래는

---

15) 그것은 대체로 대학 내 연구, 교육 체제의 성립과 같다고 생각해도 무방하다.
16) 이 점에 관해서는 광복 후 한국에서 ≪국문학사≫(1949년)를 저술한 조윤제 (경성제국대학 법문학부 조선어학 조선문학 전공 제1회 졸업생)의 위치에 대해서 강해수(姜海守)가 흥미로운 논문을 발표하였으므로 참고할 수 있다. "姜海守, <植民地朝鮮における'國文學史'の成立-趙潤濟の文學史敍述を中心にして->, ≪世紀轉換期の國際秩序と國民文化の形成≫(西川長夫·渡邊公三 編), 柏書房, 1999년".
17) [역자주] 小倉進平은 방언 조사의 의의를 통시적 연구의 수단에서 찾았을 뿐 공시적 연구와 관련 짓지는 않았음을 의미한다. 이 책의 저자 표현을 빌리자면 小倉進平에게 있어 방언 조사는 공시적 구축이 아닌 통시적 구축을 위한 것이었다.

모국어 화자가 했어야 하는 작업 중 무시할 수 없는 부분이 일본측에
의해 이루어진 사실이 지니는 의미를 고찰하고자 한다.

최근 근대 국민 국가의 형성과 언어의 관계에 대한 연구가 많이 보
이지만 주로 일본어를 「국어」로 구축하는 과정과 그 전개에 관한 역사
적, 사상적 연구이다. 따라서 근대 국민 국가 구성원의 손에 이루어진
구축과 전개라는 사실이 자명한 경우이다. 이 책에서는 그러한 사실이
꼭 자명하다고는 할 수 없는 조선어를 예로 들어 근대와 언어, 국민 국
가와 언어·언어 연구의 모습을 특별한 측면에서 살펴보고 싶다. 그런
바탕 위에서 "언어학으로서의 조선어학은 小倉進平이 창시했다"[18]라
고 평가하고 "조선어학의 많은 분야에서의 정력적 활동으로 기초적 노
작을 남겼다"[19]라고 했으며 "일본에서의 조선어학은 그 중요 부문의
기초가 오구라(小倉) 선생의 손으로 이루어졌다"[20]라고 했을 뿐만 아니
라 한국의 학술서에서조차 "한국에서 최초의 방언 연구는 오구라(小倉)
박사의 조사 연구에서 시작했다고 해야 할 것이다"[21]라고 하는 조선어
학자 오구라 신페이(小倉進平)의 업적이 가지고 있는 의미를 재검토하고
자 한다.

오구라(小倉)는 자신의 연구를 통해 '현대의 조선어로 완성시킨다'는
것을 생각하고 있었을까? 대체 조선어를 말하는 사람들이 당시 처한

18) 中村完, <小倉進平>, ≪朝鮮人物事典≫, 大和書房, 1995년, 354쪽.
19) 河野六郎, <故小倉進平博士>, ≪言語研究≫ 16, 1950년 8월, 147쪽.
20) 河野六郎, <小倉進平>, ≪東洋學の系譜　第二集≫(江上波夫 編著), 大修館
　　書店, 1994년, 124쪽.
21) 한국방언학회 편, ≪국어방언학≫, 형설출판사, 1991년(초판은 1970년), 164
　　쪽. [역자주] 최근 小倉進平의 방언 연구에 대해 심도 있게 분석한 논문이 발
　　표되었다. "이병근, <1910~20년대 일본인에 의한 한국어 연구의 과제와 방향
　　-小倉進平의 방언연구를 중심으로->, ≪방언학≫ 2, 한국방언학회, 2005년"
　　을 참고할 수 있다.

상황을 그는 어떻게 인식하고 있었던 것일까? 다른 언어(異言語)에 대한 오구라(小倉)의 인식은 어떤 것이었을까? 이러한 물음을 통해 식민지라는 상황 하에서 지배국의 한 관리로서 그 지역의 언어를 검토하고 연구했던 오구라(小倉)의 전체적인 모습을 되도록이면 그리고 싶다. 또한 국가 통치 제도의 형태와 언어 또는 언어 연구를 둘러싼 여러 가지 관계들을 기술했으면 한다.

오구라 신페이(小倉進平)는 1944년 2월 8일에 서거하였다. 시기가 시기이니만큼 오구라가 살아생전 부회장을 맡았던 일본어학회도 전쟁 중에 기관지 ≪言語研究≫에 추도호를 마련할 수는 없었다.[22] 그것이 겨우 이루어진 것은 7주기가 되던 1950년이었다(≪言語研究≫ 16호). 이 특집호에는 1943년 동경제국대학 정년퇴임 때 기획하여 원고를 모으고 조판까지 했지만 출판사 사정으로 간행이 중지된 환갑기념논문집의 목차도 게재되어 있다.

오구라(小倉)의 첫 제자인 고노 로쿠로(河野六郎, 1912~1998)가 오구라(小倉)의 저작 목록과 간단한 평전 몇 개를 정리한 것이 있다. 거기에서는 오구라(小倉)가 무엇을 생각하고 무엇을 하려고 했었는지에 대해서 개략적으로 엿볼 수 있다. 그러나 오구라(小倉)가 남긴 방대한 논문과 저작을 정리해서 분석한 연구는 현재까지 전혀 없는 것이나 마찬가지다.

오구라 신페이(小倉進平)의 저작은 주로 고서점에서나 입수할 수 있게 되었는데 유저(遺著)인 ≪朝鮮語方言の研究(上·下)≫(岩波書店, 1944년), 고로 로쿠로(河野六郎)의 補注가 덧붙은 ≪增訂補注 朝鮮語學史≫

---

22) [역자주] 일본이 전쟁에 몰두하고 있던 시기라서 추도집을 만들 만한 여력이나 여유가 없었음을 가리킨다. 이보다 한 해 전인 1943년에는 小倉進平의 정년퇴임 기념논문집 및 小倉進平과 함께 동경제국대학 언어학과 교수로 재직한 金田一京助의 회갑기념논문집이 준비만 하고 모두 출판사 사정으로 간행되지 못했는데 이 역시 전쟁 중이라는 당시 상황과 관련되었을 듯하다.

(刀江書店, 1964년) 외에 저작, 소책자, 논문 등에서 발췌한 것으로 교
토대학(京都大學) 문학부 국어학국문학연구실에서 편찬한 ≪小倉進平博
士著作集(Ⅰ)~(Ⅳ)≫(京都大學 國文學會, 1975년)이 있다.[23] 오구라
(小倉)의 이력에 대해서는 고노 로쿠로(河野六郎)의 <故小倉進平博士>
(≪言語研究≫ 16, 1950년 8월), <小倉進平>(≪東洋學の系譜 第二
集≫(江上波夫 編著, 大修館書店, 1994년)이 있다.[24] 저작 목록은 약
간 빠진 것이 있지만 고노 로쿠로(河野六郎)가 작성한 '故小倉進平博士
著作目錄'(≪言語研究≫ 16)이 거의 완벽한 듯싶다. 거기에 따르면 저
서가 14권, 논문이 143편, 서평과 소개가 5편, 수필이나 그 외의 글이
22편으로 꽤 많은 편이다. 고노 로쿠로(河野六郎)가 ≪言語研究≫에 실
은 小倉進平의 이력은 다소의 수정을 가해 저작 목록과 함께 ≪小倉
進平博士著作集(Ⅳ)≫의 말미에 수록하였다.

　선행 연구이지만 이 책의 탈고에 즈음해서 미츠이 다카시(三ッ井崇)의
<植民地日本知識人と朝鮮語-言語學者小倉進平の言語思想と朝鮮語
學->(≪不老町だより≫ 3호, 1998년 8월)이 발표되었다. 이 글에서
는 '언어 사상'이라는 관점에서 "오구라(小倉)는 늘 조선인을 초월적(超
越的)인 입장에서 대했다"라고 결론을 맺었는데 희소하고도 귀중한 논
의라고 말할 수 있다.

---

23) ≪南部朝鮮の方言≫(朝鮮史學會, 1924년)은 ≪小倉進平博士著作集≫에도
　　포함되어 있지만 1981년 第一書房에서 다시 간행되었다.
24) [역자주] 河野六郎의 글은 "이진호 외 공편 및 역주, ≪小倉進平과 國語 音韻
　　論≫, 제이앤씨, 2009년"에 한국어로 번역되어 있다. 이 번역서에는 小倉進平
　　에 대한 글이 몇 개 더 소개되어 있다.

2장

小倉進平 약력

■ 2.1. 경력과 업적

오구라 신페이(小倉進平)는 1882년 센다이(仙臺)에서 태어나 제2고등학교[1]를 졸업하고 1903년에 동경제국대학 문과대학 문학과(언어학)에 입학해서 1906년 7월에 졸업하였다.[2] 언어학 전공의 동기에는 하시모토 신키지(橋本進吉, 1882~1945), 이하 후유(伊波普猷, 1876~1947)가 있고, 1학년 아래에 긴다이치 교스케(金田一京助, 1882~1972)가 재학했었다. 오구라 신페이(小倉進平)가 조선어학자로서 대성한 것과 마찬가지로 하시모토 신키지(橋本進吉)는 일본어학, 이하 후유(伊波普猷)는 유구어(琉球語) 연구, 긴다이치 교스케(金田一京助)는 아이누어 연구의 대가로서 후에 유명해졌다는 사실은 비교적 잘 알려진 바이다.

오구라(小倉)의 회상에 따르면 가르침을 받은 교원은 다음과 같다.[3]

---

1) [역자주] 현재의 도호쿠(東北) 대학이다.
2) 언어학과는 1900년에 박언학과(博言學科)에서 이름이 바뀌었다.
3) 小倉進平, <日本言語學界の創立>, ≪帝國大學新聞≫, 1938년 6월 6일, 7쪽. 그리고 불란서 어학과 문학을 담당했던 Emile Eck에게서 라틴어 때문에 호되게 야단 맞은 것을 회상하고 있다.

≪東京帝國大學一覽≫을 참고해서 오구라(小倉)가 학부에 재학하고 있던 1903년부터 1906년까지의 신분도 명기해 둔다.

- 우에다 가즈토시(上田萬年, 언어학 강좌 교수, 1905년부터 국어학·국문학 제1강좌 교수)
- 다카쿠스 준지로(高楠順次郎, 범어학 강좌 교수)
- 가나자와 쇼자부로(金澤庄三郎, 조선어학 강사, 1904년부터 조선어학, 아이누어학 강사)
- 후지오카 가츠지(藤岡勝二, 1905년부터 언어학 강좌 조교수)
- 신무라 이즈루(新村出, 국어학 강사, 1905년부터 국어학 조교수)
- 호시나 고이치(保科孝一, 국어학 조교수)
- 야스기 사다토시(八杉貞利, 1904년부터 러시아어학 강사)
- Karl Adolf Florenz(독일어학·독일문학 교사)
- Emile Eck(프랑스어·프랑스문학 교사)
- Jean Battistau Baffe(1904년부터 프랑스어학 강사)

여기에서도 알 수 있듯이 문과대학에는 가나자와 쇼자부로(金澤庄三郎)가 조선어학(아이누어학)의 강사로서 교편을 잡고 있어서 오구라(小倉)는 그에게서 조선어를 배웠다. 오구라(小倉)의 졸업 논문은 "平安朝末期に至る國語の音韻変遷"이었다.

졸업 후 동경제국대학 국어연구실[4]의 조수를 하고[5] 1907년부터 1910년까지 문학부 대학원에서 일본어(일본어 음운사)를 연구했다.[6]

---

4) [역자주] 동경제국대학 내에 국어연구실을 설치하는 문제에 대해서는 이 책의 11장을 참고할 수 있다.
5) [역자주] 河野六郎에 따르면 이 당시 上田萬年 교수 아래에 있었다고 한다. 자세한 것은 "이진호 외 공편 및 역주(2009), ≪小倉進平과 國語 音韻論≫, 제이앤씨"의 1장을 참고할 수 있다.

그 뒤에 明治大學 강사를 역임하고 1911년 5월에 설치한 지 1년도 채안 되는 조선총독부에서 근무하게 되었다.[7] 그리고 경성고등보통학교 교유(敎諭)[8]와 경성의학전문학교 교수(1917년 5월~1919년 6월)를 겸임했고 1919년 6월에 총독부의 편수관(編修官)이 되었다.

여기서 조선총독부 학무국 편집과의 업무 분장(分掌) 및 관리로서 오구라(小倉)의 신분에 대해 조금 언급해 두고자 한다. 조선총독부 학무국 편집과의 업무 중 하나로 '교과용 도서의 편집, 반포, 검정 및 인가에 관한 사항'이 있었다(조선총독부 훈령 제2호 제12조 2, 1910년 10월 1일). 한국 합병 후 그 때까지 유통되었던 교과서를 검정과 인가라는 형태로 유용(流用)시킴과 동시에 총독부의 독자적인 교과서를 편찬하는 것이 시급해졌는데 학무국 편집과의 업무 규정은 그것을 말해 주고 있다. 그러나 1915년 5월 1일에는 업무가 '교과용 도서에 관한 사항'이 된다(조선총독부 훈령 제26호 제6조). 또한 1919년 8월 20일부터는 그 때까지 내무부 아래 있던 학무국이 독립하여 총독부 직속 형태가 된다(조선총독부 훈령 제30호 제10조). 그 후에도 몇 번이나 학무국의 기구 변천이 있었지만 편집과(1943년 12월 1일부터는 編修課)는 일관되게 '교과용 도서에 관한 사항'을 담당했다.

그런 가운데 오구라(小倉)는 처음에 학무국 편집과 속(屬)으로 편수서

---

6) ≪東京帝國大學一覽≫(明治40年~明治41年, 明治41年~明治42年, 明治42年~明治43年)을 통해 재적(在籍)과 연구 제목을 알 수 있다.
7) 학무국(學務局) 편집과(編輯課) 속(屬)으로서 편수서기(編修書記)를 겸임했다.
8) [역자주] '교유(敎諭)'는 일제 시대 중등학교 교원을 지칭하던 단어이다. 小倉進平은 경성고등보통학교에서 일본어 회화를 가르쳤는데 이 때 일석 이희승도 그에게서 일본어를 배웠다고 한다. 일석은 1910년 10월에 경성고등보통학교에 편입해서 1911년 9월 자퇴했다고 하므로 小倉進平에게서는 1911년 9월 이전에 잠시 일본어 회화를 배운 셈이 된다. 이러한 사실은 1996년 창작과비평사에서 나온 ≪딸깍발이 선비의 일생≫(일석 이희승 회고록)을 참고할 수 있다.

기를 겸임했으며 판임관(判任官)의 신분이었다.[9] 조선총독부 관제(1910년 9월 30일 칙령 354호 관제 공포)의 개정(1911년 5월 3일 칙령 136호)으로 총독부 내에 전임(專任) 편수관(編修官, 직급은 奏任官)을 한 명 두고 판임관인 '속(屬), 시학(視學), 편수서기(編修書記), 기수(技手), 통역생(通譯生)'을 총 335명 두었다(시학, 편수서기가 새로이 추가되었다).

조선총독부 관제에 의하면 편수관의 직무는 "편수관은 상관의 명을 받아 교과용 도서 편수 및 검정에 관한 사무를 담당한다"라고 되어 있고, "속, 시학, 편수서기, 기수, 통역생은 상관의 지휘를 받아 서무(庶務), 학사에 관한 시찰과 사무, 교과용 도서의 편수 및 검정에 관한 사무, 기술 또는 통역에 종사한다"라고 되어 있다. 오구라(小倉)는 편집과 속(屬)으로서 편수서기 겸임이었기 때문에 그에 해당하는 업무를 각각 골라내면 편집과 내의 서무와 교과용 도서의 편수 및 검정에 관한 사무를 처음부터 담당하고 있었던 것이다.

한 가지 강조해 두고 싶은 사실은, 판임관인 편수서기로 조선총독부에 들어갔다는 것은 소위 출세가 용이한 주임관과는 관리로서의 출발점이 전혀 달랐다는 점이다. 관리는 고등관(高等官)과 판임관으로 대별되며 고등관은 칙임관(勅任官)[10]과 주임관으로 나뉜다. 주임관은 내각 총리대신이 칙재(勅裁)를 얻어서 임명하는 관리이며 기본적으로는 고등문관시험[11]의 합격이 주임관이 될 수 있는 정규 경로였다. 한편 판임관은 행정관청이 임명하는 관리였다.[12]

---

9) [역자주] 판임관은 뒤에 나올 주임관 등과 함께 관리들의 직급을 나타내는 명칭이다. 조선총독부의 직급에 대해서는 뒤에서 설명한다.
10) 여기서 다시 천황이 직접 임명하는 친임관(親任官)과 칙명으로 임명하는 칙임관이 구분된다. [역자주] 조선총독부에서는 총독과 정무총감이 친임관이었고 각 부장과 국장이 칙임관이었다.
11) 지금으로 치면 국가공무원 1종 시험이다.
12) 百瀨孝 著 · 伊藤隆 監修, ≪事典 昭和戰前期の日本-制度と實態-≫, 吉川弘

30세가 되어서 판임관 관료가 된 오구라(小倉)는 고등 문관시험을 통과한 것이 아니었다. 30대 후반에 겨우 주임관인 편수관이 되었지만 제국대학 출신 관료로서의 영달은 아무래도 처음부터 생각하지 않았을 것이고 제도적으로도 한계가 있었던 것이다. 가령 편집과가 아니지만 학무국의 다른 과인 학무과의 과장을 1923년 5월부터 1924년 12월까지 역임한 하기와라 히코조(萩原彦三)13)는 1915년 10월에 고등 문관시험에 합격, 다음해 3월에 동경제국대학 법학부를 졸업하고 조선총독부에 참사관14)으로 들어갔다.15) 1906년 졸업 후 대학원에도 다닌 오구라(小倉)와 단순 비교할 수는 없지만 하기와라(萩原)는 30대 초반에 과장16)이 된 셈이라서 두 사람에게 관료로서의 출세 차이는 꽤나 크다. 이러한 제도는 오늘날에서도 크게 다르지 않을 것이다.

그 대신이라고 할 수는 없겠지만17) 오구라(小倉)는 처음부터 방언 조사에 열심히 매달렸다. 조선에 건너온 것도 관료가 되어 새로운 영토에서 통치의 일원(一員)으로 능력을 발휘하는 데 목적이 있었던 것은 아닌 듯하다.

"직원-물론 나 자신도 말단의 직원이었지만-에게는 1년에 한 번 정도 위로(慰勞) 출장과 같은 것이 있었다. 사람들은 오랜 만에 쉴 수 있어서 일본(內地)으로 귀환하거나 혹은 어슬렁어슬렁 만주로 구경을 가고 온천에 갔다가 돌아오기도 했다. 나는 그럴 필요도 없었을 뿐만

文館, 1990년, 92~95쪽.
13) [역자주] 萩原彦三은 1장의 첫머리에서 이미 언급된 바 있다.
14) 심의 입안 및 각 부국(部局)의 사무 보좌를 담당했다.
15) 이명화, <조선총독부 학무국의 기구변천과 기능>, ≪한국독립운동사연구≫ 6, 1992년, 66쪽.
16) 편수관은 직제에 있어 과장 아래에 있다.
17) [역자주] '그 대신'이라는 것은 '관료로서 성공 대신'이라는 의미이다.

아니라 거기에 흥미도 느끼지 않았다. 나는 시간만 주어지면 그것을
이용해 시골로 떠났다."[18]

위로(慰勞) 출장이라고 하면 노골적이기 때문에 실제로는 학사 시찰
등의 명목으로 방언 조사[19]를 한 것으로 보이며 이러한 출장 이외에
여가를 이용해서 단기간의 조사도 했던 것 같다. 이 조사의 결과는 그
때 그 때 각종 잡지에 발표했으며 방언 조사 이외에도 고서, 고문헌을
이용한 조선어의 역사, 조선어 연구사에 관한 학술 논문을 공표했다.
그 수는 총독부 부임 후인 1912년부터 언어학 연구를 위해 영국, 프랑
스, 미국으로 유학을 가는 1924년까지 12년 동안 총 44편에 이른다.
 이러한 연구 성과를 모은 저작에는 ≪朝鮮語學史≫(1920년)를 비롯
하여 ≪國語及朝鮮語のため≫(1920년), ≪國語及朝鮮語 發音槪說≫
(1923년), ≪南部朝鮮の方言≫(1924년)의 4권이 있다. 여기에 1924년
이미 탈고되었던 ≪鄕歌及び吏讀の硏究≫[20]까지도 포함시키면 오구

---

18) 小倉進平, <方言採集追憶漫談>, ≪方言≫ 5-10, 1935년 10월, 27쪽. ≪朝鮮
   語方言の硏究≫에 수록.
19) 대략적이지만 小倉進平이 유학할 때까지의 방언 조사 실시 시기와 장소를 기
   술하면 다음과 같다. 이는 小倉進平이 각 잡지에 보고할 때 기술된 것 등을
   참조하였다.

시기	장소	시기	장소
1912년 겨울	제주도	1913년 여름	대마도
1913년 11월	황해도 서부	1915년 2월	경상남도
1916년 2월	경상북도	1917년 2월	함경남도
1918년 봄	충청남도	1918년 10월	전라남도
1920년 봄	함경남도	1921년 4월	전라북도, 충청북도
1922년	경상북도	1923년 3월	강원도

[역자주] 유학이란 뒤에서도 간략히 언급하겠지만 1924년부터 2년 동안 구미
(歐美)로 유학 가는 것을 가리킨다.

라(小倉)의 주요한 업적은 총독부 관리 시절에 이루어진 셈이 된다.

1924년부터의 유학은 학무국 편수관으로 재직한 채 재외(在外) 연구
라는 형태를 취하고 있었지만 같은 해의 경성제국대학 설립21)에 동반
된 것이며,22) 언어학 연구가 목적이었던 것도 2년 후 대학의 개학을 위
한 것으로 보인다.23) 1926년 유학에서 돌아오자 많은 업적을 가지고 있
었던 만큼 같은 해 개학한 경성제국대학 법문학부 문학과의 조선어
학·조선문학 제2강좌 담당 교수에 임명되었다. 1933년에는 동경제국
대학 문학부 언어학과의 주임교수로 옮겨갔는데 경성제국대학의 겸임
교수로서 1년에 한 번 정도 집중 강의24)를 하였다(1943년에 정년 퇴임).

경성제대와 동경제대에 재직하던 시기에는 ≪鄕歌及び吏讀の硏
究≫에서 약간 다루었던 신라어의 잔존을 경상도 방언에서 찾는 작업
을 비롯하여 방언 조사를 계속 하였다. 예전에는 공무 또는 학사 상황
시찰을 위해 출장을 간 김에 조사를 행했지만 경성제국대학 교수에 취
임한 후에는 1928년도와 1929년도에 제국학사원으로부터 "朝鮮ノ方
言硏究"라는 제목으로 500엔을 받아서 연구를 진행했다.25) 또한 1937

20) 출판은 1929년. 1935년에는 학사원 은사상 수상.
21) 1924년에 경성제국대학 예과(豫科)가 개학했다.
22) 河野六郎, <小倉進平>, ≪東洋學の系譜 第二集≫(江上波夫 編著), 大修館
書店, 1994년, 119쪽.
23) [역자주] 조선총독부에서는 경성제국대학의 설립 과정에서 동경제국대학 출신
자들을 교수로 내정한 후 서구의 유명 대학으로 유학을 보냈다. 小倉進平의
유학도 여기에 따른 것이다. 자세한 것은 "이충우, ≪경성제국대학≫, 다락원,
1980년"과 "정승철, <경성제국대학과 국어학>, ≪국어학논총≫, 태학사, 2006
년"을 참고할 수 있다.
24) [역자주] 이숭녕의 ≪혁신국어학사≫(1976)에 따르면 일 년에 한 달씩 한국에
와서 단기간 집중적으로 강의를 했다고 한다. 강의한 과목은 8.1.에 제시되어
있다.
25) 1928년도는 평안도 방언, 1929년도는 함경남도와 황해도 방언을 조사했다. 조
사 결과는 ≪平壤南北道の方言≫(京城帝國大學 法文學部 硏究調査冊子 第
1輯, 1929년)과 ≪咸鏡南道及び黃海島の方言≫(京城帝國大學 法文學部 硏

년부터 3년 동안 일본학술진흥회에서 총 4,500엔의 연구 조성비를 지
원 받아 "朝鮮語方言ノ採集及ビ整理"라는 제목으로 조사를 진행하였
다.26)

치치부노 미야(秩父宮)를 총재로 해서 1932년에 설립된 일본학술진흥
회는 연구자를 양성하거나 특별위원회·소위원회를 설치하여 특정 주
제로 대학 또는 연구 기관에 조사 연구를 위탁하는 사업 외에도 상치
위원회(常置委員會)를 설립하여 분야별로 연구 지원을 하고 있었다.
1941년 10월 당시 상치위원회는 12개, 특별위원회는 17개, 소위원회는
48개였다. 제2 상치위원회에서는 철학, 사학, 문학 분야에 연구 지원을
했는데 오구라(小倉)의 연구는 여기에 속한다.

이 위원회에서의 연구 지원 대상 지역은 일본에 국한되지 않고 조선,
만주, 남양제도 등의 조사에도 연구 지원이 이루어지고 있었던 점이 흥
미롭다. 예컨대 1940년도까지이기는 하지만 언어의 경우 핫토리 시로
(服部四郎)가 <東洋言語學研究>(1933년과 1934년의 전반기), <蒙古語
ノ歷史並ニ比較的研究>(1938년의 후반기), 이즈이 히사노스케(泉井久
之助)가 <マリアナ·カロリン及ビマ-シャル諸島27)ノ言語的研究ト
ソノ資料ノ蒐集>(1939년 후반기와 1940년 전반기),28) 핫토리 다케시
(服部健)가 <ギリヤ-ク族ノ言語學的研究>(1940년 후반기)29)로 각각

究調査冊子 第2輯, 1930년)으로 간행되었다.
26) 매년 후반기. 1년에 두 번 심사가 있었다. 다만 이것은 小倉進平의 제자인 河
野六郎이 실제 조사를 하였다. [역자주] '매년 후반기'는 小倉進平의 연구가
후반기 지원 과제였음을 의미한다. 뒤에서도 나오지만 일본학술진흥회에서는
매년 전반기와 후반기 두 차례 연구 과제 심사를 했다.
27) 남양 위임 통치령(南洋 委任 統治領).
28) [역자주] 'マリアナ'는 마리아나 제도로 필리핀 동쪽의 서태평양에 위치해 있
다. 'カロリン'은 캐롤라인 제도로 필리핀 남동부와 뉴기니 북부 해상에 위치
해 있다. 'マ-シャル'는 마셜 제도로 태평양 중서부의 미크로네시아 동부에 위
치해 있다.

연구 지원을 받고 있었다.30) 어쨌든 일본학술진흥회의 연구 지원 성과
는 고노 로쿠로(河野六郎)가 발표했다.31)

이러한 오구라(小倉)의 오랜 세월 조사 성과는 1944년에 ≪朝鮮語方
言の硏究≫(資料篇, 硏究篇)라는 형태로 정리되었다.32) 그러나 오구
라(小倉) 자신은 간행을 기다리지도 못하고 같은 해에 세상을 떴다.33)
이 외에 조선어와 일본어의 계통론에 대해서는 ≪朝鮮語と日本語≫
(1934년), ≪朝鮮語の系統≫(1935년) 등의 형태로 정리하고 ≪國語
語原の問題≫(1943년)라는 보고도 하였다. 1920년에 공간한 ≪朝鮮
語學史≫도 수정해서 1940년에 ≪增訂 朝鮮語學史≫를 간행하였다.
1943년 조선총독부는 오랜 기간 동안 조선 문화를 위해 공헌한 공적에
대해 조선문화공로상을 보냈다고 한다.34) 한편 '국어 문제'에 관한 논
문도 몇 개 골라낼 수 있다.

이상 매우 간단하게 오구라(小倉)의 경력과 주요 업적을 열거하였다.

---

29) [역자주] 'ギリヤ-ク族'는 길랴크 종족을 가리킨다. 이 종족은 연해주로부터
    아시아 북동부에서 생활했는데 이 종족이 사용하는 길랴크어가 한국어와 계통
    론적으로 관계를 맺고 있으리라 추측하는 학자들도 있다.
30) "日本學術振興會 學術部, ≪昭和15年度 事業報告(第11號)≫, 1941년 4월"을
    참조하였다.
31) ≪朝鮮方言學試攷≫(京城帝國大學 文學會論纂 第11輯), 1945년 4월. [역자
    주] ≪朝鮮方言學試攷≫의 앞부분에는 당시의 방언 조사 과정에 대한 설명이
    나와 있다. 이 책은 '-鋏語考-'라는 부제가 붙어 있다. '鋏'을 뜻하는 '가위'와
    관련된 네 가지 음운사적 주제를 다루고 있어서인데 그 내용은 이후 국어 음
    운사 연구에서도 매우 중시되었다.
32) [역자주] 小倉進平은 ≪朝鮮語方言の硏究≫를 간행하기에 앞서 영문으로 간
    략하게 ≪The Outline of the Korean Dialects≫(1940년)를 펴 냈다.
33) [역자주] 河野六郎에 따르면 1944년 2월 8일에 타계했다고 한다.
34) 河野六郎, <故小倉進平博士>, ≪言語硏究≫ 16, 1950년 8월, 144쪽. [역자
    주] 河野六郎의 글은 교토대학(京都大學) 문학부 국어학국문학연구실에서 간
    행한 ≪小倉進平博士著作集(Ⅳ)≫(1975년)에 재수록 되었는데 거기에는 이
    내용이 빠져 있다.

필요에 따라서는 본론 중에 자세히 논의하는 것도 있었다.

1장에서 소개한 오구라(小倉)의 업적 평가 내용 중 몇몇은 분명 올바른 듯하다. 또한 근대적인 조선어학의 기초를 쌓았다고 하는 주시경의 뒤를 계승하면서도 독자적인 문법 체계와 문자론을 구축한 최현배는 조선어에 대한 총체적인 지식 체계에 있어 오구라(小倉)의 ≪國語及朝鮮語のため≫를 많이 참조했고 조선어 음성학에 대해서도 오구라(小倉)의 ≪國語及朝鮮語 發音槪說≫에서 큰 영향을 받았다고 한다.35) 게다가 이후에 보겠지만 오구라(小倉)나 고노 로쿠로(河野六郞)에 의해 한반도의 '방언 구획'이 설정되었다. 고노(河野)에 의하면 오구라(小倉)나 그 이전에 활약한 가나자와 쇼자부로(金澤庄三郞), 아유카이 후사노신(鮎貝房之進), 마에마 교사쿠(前間恭作) 등 "우리 선배"가 남긴 것이 무엇이냐 하면 "오늘날 남한과 북한에서 그 모국어인 조선어에 관한 연구는 과연 놀라운 것이 있는데 이 연구 동향을 보면 우리의 선배가 구축한

---

35) 고영근, ≪최현배의 학문과 사상≫, 집문당, 1995년, 122쪽. 그 외에도 이 책에서는 최현배의 문법 체계나 국어 애호 사상에 山田孝雄으로부터의 영향이 있었고 방언 채집은 東篠操의 ≪簡約方言手帖≫을 참고로 해서 한국어 방언 채집 수첩을 작성했다고 하는 등 일본어학으로부터 영향 받은 정도를 지적했다. ≪최현배의 학문과 사상≫의 존재는 "熊谷明泰, <朝鮮語ナショナリズムと日本語>, ≪言語・國家そして權力≫(田中克彦・山脇直司・糟谷啓介 編), 新世社, 1997년"을 통해 알게 되었다. [역자주] 외솔 최현배의 음운 이론이 小倉進平의 ≪國語及朝鮮語 發音槪說≫로부터 영향을 받았다는 것은 분명한 듯하다. 특히 ≪國語及朝鮮語 發音槪說≫의 3편 부분이 그러하다. 국어의 운소나 음절, 음운 현상에 대한 설명을 서로 비교해 보면 小倉進平으로부터 많은 영향을 받았다는 점을 알 수 있다. 그렇지만 음운 체계에 대한 외솔의 인식은 小倉進平과는 전혀 무관하며 그의 스승인 주시경의 방식을 더 심화・발전시켰다고 보아야만 한다. 한편 小倉進平은 Whilhelm Viëtor(1850~1918)의 음성학 이론에 영향을 많이 받았으며 이 점은 외솔 역시 마찬가지이다. 여기에 대한 내용은 "이진호, <일제 시대의 국어 음운론 연구>, ≪한국어학≫ 40, 한국어학회, 2008년"을 참고할 수 있으며 "이진호, ≪국어 음운 교육 변천사≫, 박이정, 2009년"에서도 자세히 논의하고 있다.

토대 위에서 큰 건축을 시도하는 것이며 이러한 학술적 경향은 특히
남한에서 현저하다"[36]라고 해서 한국인들에 의한 학술 연구의 토대가
되었다고 평가하기도 했다.

■2.2. 근대 조선어와 小倉進平

오구라(小倉)의 업적은 평가할 만하다고 쳐도 만약 '근대 조선어의 비
극'이라는 말이 가능하다면 그것은 1장에서 말한 조선어의 통시적·공
시적 구축을 조선인 스스로의 손으로 이루지 못했다는 점에서 찾을 수
있다. 또한 일본인의 조선어 연구 동기가 때때로 '일본어와의 관계를
구한다'는 것에 치우친 것도 이 비극을 보다 깊게 하고 있는 것이 아닐
까 한다. '일본어란 무엇일까' 하는 것을 연구하기 위한 '단서'가 되어
있는 것이다.[37] 가나자와 쇼자부로(金澤庄三郎)는 이런 경향이 있고[38]
오구라(小倉)의 경우도 다음 장에서 보듯이 당초의 동기는 여기에 있었
으며 그것이 일생 동안 일관되게 지속되었다. 다만 일본어와의 관계를
보다 적극적으로 찾았던 것이 아니고 조선어의 계통 그 자체를 추구한
것이 오구라(小倉)의 기본 자세이기는 했다.

---

36) 河野六郎, <日本の朝鮮語研究について>, ≪アジア・アフリカ文献調査委
　　員会報告≫ 第65集, 1964년. "≪河野六郎著作集(一)≫, 平凡社, 1979년,
　　589쪽"에 <日本に於ける朝鮮語研究史概観>으로 재수록된 것을 참조.
37) [역자주] 한국어가 일본어의 정체를 연구하기 위한 단서로서의 의의를 지닌다
　　는 뜻이다. 즉 한국어 연구의 동기가 일본어를 잘 알기 위함이라는 것이다.
38) [역자주] 金澤庄三郎은 이미 학부 시절부터 한국어와 일본어의 관계에 관심을
　　갖고 연구를 했으며 시종일관 한국어와 일본어는 같은 계열이라는 주장을 했
　　다. 이러한 그의 주장은 일본의 한국 지배를 정당화하기 위한 학문적 도구로
　　이용되었다는 비판을 받아 왔다.

통시적, 공시적인 관점에서 조선어를 관찰한다는 태도는 1920년에 나온 오구라(小倉)의 저서 ≪國語及朝鮮語のため≫에서 보인다. 그 서언(緒言)에는 다음과 같은 내용이 있다.

> "언어의 소통이 두 민족의 융화에 중요한 요소라는 것은 말할 필요도 없다. 일본인으로서 조선어를 이해하고 조선인으로서 일본어를 이해함으로써 직간접적으로 서로의 감정을 누그러뜨리고 그 이익을 증진할 수 있는 예는 실로 너무 많아서 일일이 셀 수가 없다. 최근 일본어와 조선어에 관한 저서가 다수 간행되는 것도 바로 이러한 의미이다. 그러나 그 대부분이 회화서류에 그쳐서 아직 언어학 흥미를 환기시키는 데에는 역부족이라고 느꼈다. 나는 원래 천학비재(淺學非才)로서 감히 이러한 말을 할 자격이 없지만 조금이나마 이 방면의 흠을 메우는 것이 우리의 의무 중 하나라고 생각한다. (…) 다만 다소라도 일본어 혹은 조선어를 연구하는 사람에게 참고가 될 수 있다면 더 없는 행복으로 믿고 있다."[39]

이 책은 한자음, 漢字漢文의 訓讀, 어학 연구, 문자, 표기법 등 여러 항목에서 일본어와 조선어에 대해 각각 순서대로 다루는 체재를 취하고 있다. 대략적으로 말하면 통시적, 공시적 기술이 어느 정도 가능했던 일본어의 틀에 조선어를 끼워 맞추려는 의식이 있었던 것이 아닐까 한다. 다만 오구라(小倉)의 기술은 역사적이고 통시적인 측면에 중점을 두고 있다.

일본어 또는 조선어를 연구하는 사람에게 참고가 되기 위해 책을 낸다는 것은 매우 용기가 필요하겠는데 ≪國語及朝鮮語のため≫라는 제

---

39) [역자주] 이와 비슷한 취지의 서문은 1923년에 간행된 ≪國語及朝鮮語 發音概說≫에도 나온다.

목은 분명 일본어에 대한 과학적 연구의 필요성을 주장한 우에다 가즈
토시(上田萬年, 1867~1937)[40]의 획기적인 저서 ≪國語のため≫(富山房,
1895년)를 의식했다고 해도 무방하다. 그만큼 의욕이 있었던 것이다.

조선총독부의 관리로서 공무 중 실무와는 관계 없는 조선어를 연구
할 만큼의 정력은 어디서 솟아나는 것일까? 학문을 위해? 이것이야말
로 가장 납득이 가는 답이면서도 가장 위험한 답일 수 있을 것이다.

오구라(小倉)가 남긴 업적은 그 누구도 부인할 수 없다. 그러나 생애
의 1/3을 조선에서 보낸 오구라(小倉)가 어떤 시선을 가지고 식민지 지
배하에 있는 조선어 혹은 자신의 언어(일본어)를 파악하고 있었는지를
다음 장 이후에서 생각해 보고자 한다. 이러한 사실을 지적해서 어떤
생산적인 것이 있을지 약간 의문이 들기도 하지만 깨닫게 된 점을 한
가지 거론하고자 한다.

한국방언학회에서 편찬한 ≪國語方言學≫(형설출판사, 1991년)[41]
이라는 책에는 오구라(小倉)의 업적을 '≪朝鮮語方言の研究≫에서의
인용'이라는 형태로 소개하고 오구라(小倉)의 학설을 구체적으로 정리
한 부분이 있다. ≪朝鮮語方言の研究≫의 인용은 <私の朝鮮語方言
調査の經過>(8쪽) 부분이다.

> "나는 1911年 渡鮮, 職을 조선총독부에 奉하고 敎科書編纂事業
> 에 從事하였으나 (…) 이후 나는 총독부에서 그리고 또는 京城大學
> 에서 公務의 小暇를 利用해서는 幾回 할 것 없이 長期短期의 朝鮮
> 內 旅行을 試圖하고 (…)"

---

40) [역자주] 上田萬年은 독일 유학 후 동경제국대학 언어학과 교수로 부임했으며
   金澤庄三郎이 그의 지도를 받았고 小倉進平 역시 대학 졸업 후 그의 연구실
   에서 조수로 일한 바 있다.
41) 초판은 1970년이다.

여기서 '조선총독부', '총독부'에 해당하는 부분은 어찌 된 영문인지 '×'로 표시되어 있다.42) "우리 나라(한국)에서 최초의 방언 연구는 오구라(小倉) 박사의 조사 연구에서부터 시작한다고 해야 되겠다"라고 평가한 ≪國語方言學≫의 집필자로서는 오구라 신페이(小倉進平)가 조선총독부의 관리였다는 것이 은폐하지 않으면 안 되는 사실이었을까?43) 다만 1970년의 ≪國語方言學≫ 초판은 구성상 1959년에 발행된 최학근의 ≪國語方言學序說≫(정연사)을 기초로 하고 다른 연구자가 집필한 장과 절을 가미하는 형태로 되어 있어서 최학근이 쓴 이 부분은 1959년 책의 내용을 재인용한 것이다. 1959년의 시점에서는 이 부분을 '×'로 표시하는 것이 시대적 상황에서 보아 이해하지 못하는 바는 아니며 1970년까지 이런 상태가 지속되는 것도 가능성이 없지는 않다.44) 그렇지만 1991년에 '재판(再版)'이라는 사실을 표시하지 않고 다시 출판한 것이라면 '×' 표시를 되돌렸어도 괜찮았다고 생각한다.45)

42) '경성제국대학'은 그대로이다. [역자주] 독자의 편의를 위해 ≪國語方言學≫의 원문(164쪽)에 있는 내용을 있는 그대로 옮겨 오기로 한다.
　　"나는 1911年 渡鮮, 職을 ×××××에 奉하고 教科書編纂事業에 從事하였으나, 나의 本來의 目的은 朝鮮語의 研究에 있었다. 나는 着鮮後 直時 實際의 話法을 배우고, 各種의 文獻을 涉獵해서 朝鮮語의 研究에 從事하였으나, 이의 完全한 研究를 期하기 위해서는 方言研究가 絶對 必要함을 느끼게 되었다. 이후 나는 ×××에서 그리고 또는 京城大學에서 公務의 小暇를 利用해서는 幾回 할 것 없이 長期短期의 朝鮮內 旅行을 試圖하고 약 20年間에 亘해서 대단히 槪略的이기는 하나, 全鮮 各地에 널리 足跡을 印하게 되었다. 1933年 나는 東京大學으로 轉했으나, 每年 公務로 京城에 가는 機會를 利用해서 短期間이라고 할 수 있으나, 各地에 出張하여, 前調査의 不備를 修正 補足하고 있는 狀態이다."
43) 그런데 '경성제국대학'은 그대로 있다.
44) [역자주] 아직 그 당시까지는 일본 또는 일제 시대에 대한 반감이나 유감이 강하게 남아 있었다는 사실을 가리킨다.
45) [역자주] 재판에서는 '×' 대신 '조선총독부'를 그대로 밝혔어도 된다는 의미이다.

어쨌든 은폐할 것이 아니라 사실에 입각하여 그것이 가진 의미를 생
각해야 하지 않을까 한다. 1959년이라는 시점에 '조선총독부'라는 단어
를 감춘 의미, 즉 최초의 방언 연구가 조선총독부 관계자에 의해 이루
어진 것이 왜 감추어야 할 만큼의 굴욕인가 하는 점도 근대에 있어 「언
어」와 '민족'의 관계를 생각할 때 마음에 담아 두어야 할 문제인 듯하다.

3장
「言語」의 構築
조선어 연구의 동기

■3.1. 「국어」의 확립기와 '주변'의 여러 언어

오구라(小倉)의 졸업 논문이나 대학원에서의 연구 주제를 보면 처음부터 조선어 그 자체를 연구 대상으로 한 것은 아니었다. 오구라(小倉)는 회고록을 정리하여 남기지 않았기 때문에 이 부분에 관해서 분명하지는 않지만 단편적으로 모아 보면 그가 언어학과를 지망한 이유는 "어쨌든 동향 선배이자 박언학과(博言學科)[1] 출신인 이카리 고우노스케(猪狩幸之助) 씨의 학식과 인물됨에 사숙(私淑)[2]한 점이 많았다는 데 연유한 것 같다"라고 회상했다.[3]

이카리 고우노스케(猪狩幸之助)는 1897년에 동경제국대학 박언학과를 졸업했으며 1898년 5월에 세워진 언어학회의 창립 멤버 중 한 명이었다. 언어학회는 그 외에도 우에다 가즈토시(上田萬年), Florenz,[4] 오가와

---

1) [역자주] 앞에서 나왔듯이 박언학과(博言學科)는 언어학과로 바뀌기 전의 학과 이름이다.

2) [역자주] '사숙(私淑)'은 직접 가르침을 받지는 않았으나 마음 속으로 그 사람을 본받아서 도나 학문을 닦는 것을 가리킨다.

3) 小倉進平, <日本言語學會の創立>, ≪帝國大學新聞≫, 1938년 6월 6일, 7쪽.

나오요시(小川尚義), 가나자와 쇼자부로(金澤庄三郎), 후지오카 가츠지(藤岡
勝二),5) 신무라 이즈루(新村出), 야스기 사다토시(八杉貞利) 등 당시 신진
언어학도들이 참여한 모임으로 1900년 2월부터 1902년 8월까지 ≪言
語學雜誌≫를 발행하였다. 이카리(猪狩)의 논문은 이 잡지에서 볼 수
없다. 그러나 이 잡지는 일본 국내에서의 언어 운동이나 외국 언어학
연구의 조류를 소개할 뿐만 아니라 표준어론, 방언론, 어문일치론, 음성
학에 관한 논의를 전개하는 등 일본 언어학의 수준 향상에 기여하였다.

이카리(猪狩)는 오구라(小倉)가 재학하고 있었을 때 언어학과 교원으
로 있던 후지오카 가츠지(藤岡勝二)와 동기로서 친교가 있었던 모양이
다. 1900년부터 1909년까지 宮城縣立 第二中等學校에서 교편을 잡았
으나 1915년에 병으로 사망하였다. 오구라(小倉)는 이카리(猪狩)가 초창
기 일본 언어학계의 중심에 있었다는 사실을 잘 알고 있었던 듯 "이카
리(猪狩) 씨와 나는 사제 관계에 있었던 것은 아니지만 대학 재학 시절
휴가 등으로 귀향했을 때 한 편으로는 학문적 가르침을 받기 위해, 다
른 한 편으로는 그의 인품을 경모해서 가끔 그의 집에 출입하곤 했다"
라고 회상했다.6)

조선어를 선택한 이유에 대해서 오구라(小倉) 자신은 1944년 사망 직
후 간행된 ≪朝鮮語方言の硏究≫에서 다음과 같이 설명했다.

---

4) [역자주] 小倉進平이 학부에 재학하던 시절 동경제국대학의 독일어문학 강사
로 재직했던 Karl Adolf Florenz를 가리키는 듯하다. 그의 이름은 2.1.에 이
미 나온 바 있다.
5) [역자주] 이 책의 2.1.에서 나왔듯이 藤岡勝二는 1905년부터 언어학 강좌 조교
수로 근무했다. 小倉進平이 1906년 7월에 졸업했으므로 그가 상급학년일 때
藤岡勝二는 교수로 근무한 셈이다. 이후 藤岡勝二가 정년 퇴임하고 나서 그
후임으로 小倉進平이 1933년 동경제국대학에 부임한다.
6) 猪狩幸之助 編・小倉進平 補, <宮城縣方言攷>, ≪方言≫ 5-6, 1935년 6월,
7쪽.

"나는 1911년 조선에 건너가 조선총독부에서 직(職)을 받고 교과
서 편찬 사업에 종사하였는데 나의 본래 목적은 조선어 연구였다."[7]

그런데 왜 조선어 연구가 '본래 목적'이 되었는지에 대해서는 언급하
지 않았다. 그것을 알기 위해서는 오구라(小倉)가 재학할 당시 일본 언
어학의 모습을 살피지 않으면 안 된다. 동경제대에서 오구라(小倉)의 가
르침을 받아 경성제대 조수로 처음 취직했던 고노 로쿠로(河野六郎)[8]의
추도문에 따르면 오구라(小倉)가 대학원에 다닐 당시 다음에서 보듯 시
라토리 구라키치(白鳥庫吉)와 가나자와 쇼자부로(金澤庄三郎)의 권유가 있
었던 것으로 추측된다.

"(…) 당시에는 한일 양국 사이의 정치적 관계에 자극을 받아 조
선어도 일본 학계에서 연구하고 있었다. 주로 역사학자 시라토리 구
라키치(白鳥庫吉) 박사가 주의를 기울이고 있었지만 한 편으로 가나자
와 쇼자부로(金澤庄三郎) 박사도 언어학적 고찰을 시도하고 있었다. 그
러나 여전히 조선어의 현상과 역사에 대해서 정확한 조사가 필요함
을 통감하였다. 이런 상황에서 좋은 기회를 만난 젊은 언어학자[9]는
가나자와(金澤) 박사나 시라토리(白鳥) 박사의 적절한 권고가 없었더라
도 이 미지(未知)의 세계를 향해 학문적 열정에 불타는 눈을 돌렸을
것이다."[10]

한일 양국 사이의 정치적인 관계란 물론 1904년의 한일협약[11] 이

---

7) 小倉進平, ≪朝鮮語方言の研究(下)≫, 岩波書店, 1944년, 8쪽.
8) 그 후 강사를 거쳐 조교수가 된다.
9) [역자주] 젊은 언어학자란 小倉進平을 뜻한다.
10) 河野六郎, <故小倉進平博士>, ≪言語研究≫ 16, 1950년 8월, 143쪽.
11) [역자주] 흔히 1차 한일협약이라고 부른다. 1905년에는 2차 한일협약이 체결

후 현저해진 일련의 한국 식민지화 과정이다.[12) 오구라(小倉) 자신은
가나자와 쇼자부로(金澤庄三郎)에 대해서 다음과 같이 말했는데 일찍이
대한제국에 유학한 경험이 있던 가나자와 쇼자부로(金澤庄三郎)의 영향
이 컸던 것 같다.

> "우리는 학생 시절에 박사의 조선어에 관한 학식과 흥미로운 강의
> 를 듣고서 동양어학 연구의 필요성을 통감했다. 그뿐만 아니라 나에
> 게 전적으로 조선어를 연구할 결심을 하게 하시고 조선행을 추천해
> 주신 것도 박사님이셨다."[13)

'앞으로! 앞으로!'를 막 외치기 시작한 일본 언어학이 지향하던 목표
중 하나는 대학에서 오구라(小倉)의 한 학년 아래였던 긴다이치 교스케
(金田一京助)의 회상에서 엿볼 수 있을 것이다. 그에 의하면 한 학년 위
의 하시모토(橋本), 오구라(小倉), 이하(伊波) 등은 다음과 같았다.

> "(…) 그들의 태도는 당시부터 모두 훌륭했다. 바로 친해지고 나서
> 이야기를 나눠 보면 모두가 일본어를 위한 언어학이었다.[14) 일본어
> 의 기원은 어떤지, 세계 어디에 일본어와 같은 근원에서 갈라진 언어
> 가 사용되고 있는지, 일본어가 이 섬에 들어오기 전에 어디서 사용된
> 말인지 등 이런 문제 의식을 모두 공통적으로 가지고 있었다. 각각

되는데 이것이 바로 을사조약이다.

12) 1905년의 2차 한일협약에서 한국의 외교권을 박탈하고 통감부를 설치했으며
1907년 3차 협약에서 군대를 해산하고 행정권을 박탈했다. 1909년에는 사법
권, 1910년에는 경찰권을 박탈하여 같은 해 8월 22일 한국 합병에 이른다.

13) 小倉進平, <鄕歌・吏讀の問題を續りて>, ≪史學雜誌≫ 47-5, 1936년 5월,
79쪽. ≪小倉進平著作集(二)≫에 수록.

14) [역자주] 小倉進平을 비롯한 모든 학생들이 일본어 중심의 언어학 연구에 관
심을 갖고 있었음을 의미한다.

혼자서 일본어를 둘러싼 여러 언어와 일본어의 관계를 명확히 해 나
가야 하는 것이었다.15) 누군가가 일본어와 아이누어와의 관계를 전
문적으로 연구해야 한다는 것은 분명했지만 오구라(小倉) 씨는 조선
어와 국어, 이하(伊波) 씨는 유구어(琉球語)와 국어, 그 뒤에 들어온 고
토 아사타로(後藤朝太郎) 씨는 중국어와 국어를 하고 후지오카(藤岡) 교
수님은 만주어와 몽골어가 전문이셨다. 이처럼 아이누어에는 아무도
손을 대지 않았다."16)

이런 상태에서 언어학 교수인 우에다 가즈토시(上田萬年)에게서 아이
누어의 연구가 필요하다는 지적을 받아 긴다이치(金田一) 자신은 아이
누어 연구를 시작하려 생각했다고 회상은 이어진다. 이것은 하나의 전
설로 전해져 내려와서 1928년 언어학과에 입학한 핫토리 시로(服部四郎)
는 "지금도 감개 무량한 추억으로서 이야기하는 것은 일본어의 어원을
밝히기 위해 '국어는 하시모토(橋本), 조선어는 오구라(小倉), 아이누어는
긴다이치(金田一), 유구어는 이하(伊波)'라는 식으로 나누어 각자의 길에
매진하셨다고 하는 점이다"라고 명기하고 있다.17)
　오구라(小倉)가 대학에서 공부하던 시기는 「국어」의 구체적인 확
립18)이 일본의 대외 팽창기와 맞물리면서 광범위하게 요구되던 때이
기도 했다. 그런데 이처럼 여러 언어와의 관련성을 설명하려는 논의가
이루어진 것은 일본어의 정체성이나 그 유래를 주로 '주변'19)의 다른

---

15) [역자주] 뒤에 나오지만 각자가 일본어와 관련 있는 언어를 하나씩 맡았음을
　　말한다.
16) 金田一京助, ≪私の步いてきた道≫, 日本圖書센터, 1997년, 43～44쪽(1968
　　년 講談社에서 간행된 것의 재간).
17) 服部四郎, <金田一先生と文化勳章>, ≪江北新報≫, 1954년 10월 28일. 服
　　部四郎이 지은 ≪一言語學者の隨想≫(汲古書院, 1992년)의 105쪽에 수록됨.
18) [역자주] 이 책의 원저자가 말하는 '국어(일본어)'의 확정 또는 확립'이 가리키
　　는 의미는 1장에서 설명한 바 있으므로 참고할 수 있다.

언어에서 찾았기 때문이라고 해석할 수 있다.[20] 가령 1938년에 간행된 긴다이치 교스케(金田一京助)의 ≪國語史 系統篇≫에서는 다음과 같이 정리되어 있다.

"(…) 百花繚亂[21]으로 인해 세계의 거의 모든 어족에 대해 관계를 부여했는데 그에 따르면 일본어의 기원에 대한 학설은 대략 열 종류가 넘는다. (1) 中國語系 학설, (2) 南洋語系 학설, (3) 아이누어계 학설, (4) 그리스어계 학설, (5) 페르시아어계 학설, (6) 아리아어계 학설, (7) 인구어계 학설, (8) 몽골어 동계설, (9) 우랄 알타이어계 학설, (10) 조선어 동계설, (11) 유구어 동계설 등이다."

이 외에도 "너무나 특이해서 향후 어떤 일이 있어도 우리와는 전혀 관계가 없을 것 같은 Sumeria어, 바빌로니아어, 멕시코어 등과의 동계설까지 있었다"라고 한다.[22] 참고로 앞에 나온 11종의 계통설에 대해서도 긴다이치(金田一)는 유구어 이외에는 과학적 증거를 찾아볼 수 없다고 했다. 이처럼 어쩌면 착상만으로 아무 언어와 관련을 짓는 상황 속에서 「국어」란 어떤 언어인지를 학문적으로 검토하기 위해 주변의 여러 언어에 관심이 가고 있었다고 생각된다.

긴다이치(金田一)의 회상에 따르면 오구라(小倉)는 재학 시절부터 조선어와 일본어의 관련성을 추구한다는 '본래의 목적'을 갖고 연구를 지

---

19) 주변에 일부러 ' ' 표시를 한 것은 '일본어'를 중심으로 해서 관심을 가졌음을 나타내기 위해서이다. [역자주] 일본이 중심이 되므로 나머지는 주변이 될 수밖에 없다.

20) 이것은 특별히 언어학이라는 분야에 한정된 것이 아니라 그 외의 다른 분야에서도 다양하게 논의되었다고 할 수 있다.

21) [역자주] '百花繚亂'은 뛰어난 업적이나 인물이 한 시기에 많이 나타나는 것을 일컫는다.

22) 金田一京助, ≪國語史 系統篇≫, 刀江書院, 1938년, 47쪽.

속한 셈이 된다. 그렇게 보면 국어 음운사를 연구한 것이 나중에 조선
어와의 비교를 위한 준비였다고도 생각할 수 있다.[23]

그런데 「국어」의 확정 동기와 정치적인 사건이 불가분의 것이 아니
라는 사실이 가리키듯,[24] 또한 앞에서 인용한 고노 로쿠로(河野六郎)의
"한일 양국 사이의 정치적 관계에 자극을 받아 조선어도 일본의 학계
에 채택되었다"라고 하는 말이 시사하듯 오구라(小倉)가 재학하던 시기
에 조선어를 배운다는 것은 또 다른 의미를 가진다는 점에도 주의해야
한다.

가령 가나자와 쇼자부로(金澤庄三郎)는 1908년 1월 ≪國學院雜誌≫
에 게재한 <朝鮮語研究の急務>라는 글에서 "일본은 동양 여러 나라
의 언어 연구에 관심이 없다"라고 말한 뒤 다음과 같이 덧붙였다.

> "과거의 일은 차치하고라도 현재는 조선이 일본의 보호국이 되었
> 고 일본인이 조선의 관리가 되어 실제 보호의 중심을 맡고 있다. 이
> 들 다수의 관리가 항상 통역을 통해서만 조선인과 접촉한다면 도저
> 히 사무의 효율이 높아지기를 바랄 수 없을 것이다. 나는 통역 제도
> 를 완전히 폐지해야 한다고 생각한다. 그러기 위해서는 고등 교육을
> 받은 사람들에게 조선어를 가르칠 필요가 있다. (…) 그러므로 장래
> 에는 통역관 양성을 위해 조선어를 교수할 필요가 있음은 물론이고
> 그 외에 직접적으로 조선의 행정, 사법, 교육 등 업무를 담당하는 사
> 람을 양성하기 위해 法文科大學을 비롯한 각종 고등전문학교에서
> 전문적인 학술 내용을 수학시킴과 동시에 조선어도 가르치는 것이
> 매우 필요하다고 본다. 그것을 위해 조선 정부나 통감부에서 대비생

---

23) 4장에서 다룬다. [역자주] 小倉進平은 학부 졸업 논문을 비롯한 초기 논문이
  일본어 음운사에 대한 것이다.
24) 예컨대 청일전쟁 후에 '국어국자론(國語國字論)'이 융성하게 된 것.

(貸費生)25)을 각종 학교에 두는 것도 하나의 묘안일 것이다. 그 외에 적어도 제국도서관이나 제국대학의 도서관 내에는 조선 도서를 모아서 특별히 조선을 연구하는 사람의 편리를 도모하고 장려하는 설비를 해 주었으면 한다."26)

보호국이 되어 있기 때문에 거기에 가는 일본인 관리는 조선어를 배우라고 하는 것이다. 실제로는 식민지가 되면 조선인들에게 일본어를 학습시킴으로써 통역 제도 등이 불필요한 체제의 구축을 지향하고 있었지만 가나자와(金澤) 자신의 주장에는 변화가 없었다.27) 어쨌든 보호국이 되어 있기 때문에 조선어를 배워야 한다고 하는 주장은 지극히 시국적(時局的)이다. 가나자와(金澤)는 같은 글에서 일본어와 조선어가 같은 계통에 속한다는 증거가 역력하기 때문에 조선어 연구가 역으로 일본어 보급을 위한 '유력한 토대'가 된다고 했다.28)

이와 관련해서 ≪國學院雜誌≫ 14권 1호는 조선 관련 논문이 특집으로 되어 있어서 가나자와(金澤)의 글 외에 사토 세지츠(佐藤誠實)29)의 <韓國名義考>, 다카쿠와 고마키치(高桑駒吉)의 <韓國國名の西傳について>, 야마모토 신야(山本信哉)의 <日本に存する韓國古史の逸文>,

---

25) [역자주] 대비생(貸費生)은 국가나 학교에서 학비를 빌려 주는 학생을 말한다.
26) 金澤庄三郎, <朝鮮語硏究の急務>, ≪國學院雜誌≫ 14-1, 1908년 1월, 44~45쪽.
27) 金澤庄三郎에 대해서는 "石川遼子, <地と民と語の相克-金澤庄三郎と東京外國語學校朝鮮語學科->, ≪朝鮮史硏究會論集≫ 35, 1997년"에서 주의 깊게 잘 살폈다. [역자주] 石川遼子의 글은 한길사에서 간행된 ≪그때 그 일본인들≫(2006년)이라는 책에 <땅과 사람 그리고 언어는 하나다>라는 제목으로 번역되어 실려 있다.
28) 金澤庄三郎, 앞의 논문, 45~46쪽.
29) [역자주] '佐藤誠實'은 동경대 도서관에서는 그 이름을 '사토 세이지츠'로 하고 있지만 원저자인 安田敏朗 교수에 따르면 '세지츠' 부분이 확정되지 않았다고 한다.

스기 도시스케(杉敏介)의 <德川時代の對韓始末>, 다카하시 다츠오(高橋龍雄)의 <諺文につきて>, 오카베 세이이치(岡部精一)의 <現時の韓國と鎌倉の初世>, 간 산세이(韓山生)[30]의 <活きたる京城>, 사쿠라기 아키라(櫻木章)의 <朝鮮研究の栞> 등이 게재되어 있다.

그런데 오구라(小倉) 자신이 1936년에 조선어 연구의 동기에 대해 해설한 꽤 조리 있는 글이 있다.

"나의 조선어 연구의 동기는 조선어란 원래 어떤 언어인가, 즉 조선어가 어떤 구조를 가지며 주위의 언어와 어떤 관계에 있는지를 밝히고 싶다는 생각에서 출발한 것이다. 그러기 위해 첫째 오늘날에 이르기까지 조선어 연구의 역사를 아는 것이 절대적으로 필요하다고 믿고, 둘째 조선어 자체의 역사를 밝히는 것이 필요하다고 생각하며, 셋째 조선어가 다른 언어에 대해 차지하는 위치와 관계를 연구하는 것이 필요하다고 느꼈다."[31]

이처럼 조선어의 구조와 계통을 밝히는 것이 연구의 동기였다고 말하고 있음에 비해 앞에서 언급한 정치적인 상황이나 언어학이 처한 상황에 대해서는 다루지 않았다. 그리고 이어서 세 번째 점에 대해 "내 연구의 목적을 처음부터 여기에 두었다"라고 기술하여 모든 연구가 여기로 수렴함을 밝히고 있다. 이것의 의미는 긴다이치 교스케(金田一京助)의 회상을 뒷받침해 줄 것이다.

---

30) [역자주] 원저자인 安田敏朗 교수에 따르면 '간 산세이'라는 이름이 확정된 것은 아니라고 한다.
31) 小倉進平, <鄕歌・吏讀の問題を繞りて>, ≪史學雜誌≫ 47-5, 1936년 5월, 79~80쪽. ≪小倉進平著作集(二)≫에 수록.

■3.2. 조선어 학습의 필요성
- 학무국 관료로서 -

3.2.1. 학무국 편집과 편수서기와 교과서

시각을 약간 돌려서 조선총독부 학무국 관료로서의 오구라(小倉)에게
는 조선어 학습이 필요했는지를 살펴보고자 한다. 조선총독부 전체로
는 1918년에 '內地人教員朝鮮語試驗規則'이 나오고 1921년에는 '朝鮮
總督府及所屬官署職員朝鮮語獎勵規程'이 나와서 총독부의 일본인 직
원들에게도 어느 정도 조선어 학습을 장려했음을 짐작할 수 있다. 그러
나 이것은 어디까지나 '장려'일 뿐 결코 '의무'는 아니었다는 점에 주목
하고자 한다. 특히 1921년 규정에 따른 시험의 수험생 대부분은 경찰
이나 치안 관계자였다고 하니 조선어 장려의 목적을 알 수 있다.[32]

그런 가운데 오구라(小倉)는 다음과 같이 회상하고 있다.

> "가나자와(金澤) 선생에게 받은 학문적인 이론 등은 별도로 하고
> 내가 京城에서 현지의 조선어 연습을 시작한 것은 30세 때였다. 총독
> 부의 관리로서 사무를 보는 데는 조선어 공부가 전혀 필요하지 않았
> 다. 다만 학문적으로 조선어를 연구해 보려는 일념이 나를 학습하게
> 끔 만든 것이다. 그러나 그것도 실제 사회에 들어맞는 생생한 조선어
> 는 아니어서 소위 탁상 위에 있는 조선어에 지나지 않았다. (…)"[33]

---

32) 여기에 대해서는 "梶井陟, ≪朝鮮語を考える≫, 龍溪書舍, 1980년, 5장"과 졸
저 "≪帝國日本の言語編制≫, 世織書房, 1997년, 166~167쪽"도 참고할 수
있다. [역자주] 한국인들의 통치를 용이하게 하기 위해서 한국어 학습을 장려
했다는 지적이다.
33) 小倉進平, 앞의 논문, 90쪽.

즉 총독부 내에서 업무상으로는 조선어를 사용할 필요가 없었다고
한다.

그렇다면 우선 오구라(小倉)가 부임한 당시인 1911년의 조선총독부
학무국 편집과의 인원 구성을 살펴보자.

學務局長 : 關屋貞三郎
編輯課長 : 小田省吾
編 修 官 : 立柄敎俊, 上田駿一郎(京城高等普通學校 敎諭 兼任)
通 譯 官 : 新庄順貞(庶務課 兼任)
技 師 : 李敦修, 劉漢鳳
屬 : 黑田茂次郎, 小倉進平, 高木善人(編修書記 兼任), 隅部
一男, 金公植, 朴東勳
編修書記 : 高木善人, 小倉進平(兼任), 中村一衛[34]

앞에서도 다루었지만 조선총독부 관제에 의하면 편수관의 업무는
"편수관은 상관의 명을 받아 교과용 도서 편수 및 검정에 관한 사무를
본다"이고 '속(屬), 시학(視學), 편수서기(編修書記), 기수(技手),[35] 통역생
(通譯生)[36]'의 업무는 "속, 시학, 편수서기, 기수, 통역생은 상관의 지휘
를 받아 서무, 학사에 관한 시찰과 사무, 교과용 도서의 편수 및 검정
에 관한 사무, 기술 또는 통역에 종사한다"라는 것이었기 때문에 '속'으
로서 편수서기 겸임인 오구라(小倉)의 업무는 '상관의 지휘를 받아 서
무, 교과용 도서의 편수 및 검정에 관한 사무'가 될 것이다. 또 전술했

---

34) 朝鮮總督府, ≪朝鮮總督府及所屬官署職員錄 明治44年≫, 1912년 1월.
35) [역자주] 기수(技手)는 위에 제시된 기사(技師)와는 구별된다. 기사는 주임관
(奏任官) 직급에 속하지만 기수는 판임관(判任官) 직급에 속한다.
36) [역자주] 통역생은 단순히 통역을 맡은 사람으로서 관리자에 속하는 통역관과
는 다른 신분이다. 통역관은 주임관(奏任官) 직급이다.

듯이 편수관과 편수서기는 1911년 5월 조선총독부의 관제 개정으로
설치되었다(칙령 136호, 5월 3일).

1910년 8월에 한국이 병합되고 난 뒤부터 잠정적인 조치로 학무국
은 보호국 시대의 한국 정부 학부(學部)[37]가 편찬한 교과서에 대해 자
구(字句)의 수정[38]이나 단원의 삭제를 지시함으로써 그 때까지의 ≪國
語讀本≫을 ≪朝鮮語讀本≫으로, ≪日語讀本≫을 ≪國語讀本≫으로
변경했다.[39] 그런데 언제까지나 잠정적이기만 하면 안 되기 때문에
1911년 8월 총독부의 독자적인 교육 체계를 제1차 조선교육령으로 정
하였다. 거기서는 "교육은 교육에 관한 칙어의 취지를 바탕으로 충량
(忠良)한 국민의 양성을 본의(本義)로 한다"(제2조)라고 해서 '충량한 일
본 국민'을 만들어 내는 목적을 명시하여 조선에서의 교육 이념과 체제
를 규정했다. 이것을 이어받아 학무국 편집과에서는 교육령에 상응하
는 교과서[40]의 편찬을 급선무로 하고 있었는데 처음에는 상술한 '보호
국' 시대에 사용되던 교과서류나 새로 발행되는 교과서를 검정하고[41]
인가하거나[42] 발행 금지 처분을 하는 등 시급한 경우를 처리하면서 교
과서를 규제해 나갔다.[43]

---

37) 일본의 문부성에 해당한다.
38) 예컨대 '韓國', '我國' 등을 '朝鮮'으로, '日本' 등을 '內地', '我國'으로 수정했다.
39) 朝鮮總督府內務部學務局, ≪舊學部編纂普通學校用教科書竝二舊學部檢定及
　　認可ノ教科書用圖書ニ關スル教授上ノ注意竝二字句訂正表 附錄祝祭日略
　　解≫, 1910년 10월. 이 책은 "≪日本植民地教育政策史料集成(朝鮮篇)≫ 第
　　18卷, 龍溪書舍"에 수록되었음.
40) 보통학교, 고등보통학교, 여자고등보통학교, 실업학교, 사립학교의 생도용·교
　　사용 교과서.
41) 1912년 6월 1일의 朝鮮總督府令 112호(教科用圖書檢定規定)로 검정의 업무
　　가 분명해졌다.
42) 경우에 따라서는 일부 변경.
43) 편집과의 업무에서 '검정'이 없어지는 것은 1915년이었다.

그러면 편집 사무라는 것은 무엇이었을까? 조선교육령에서는 '조선어 및 한문' 과목을 제외하면 일본어로 된 교과서를 사용하기로 되어 있었고 편집 업무의 주축은 일본어로 된 교육서의 편찬이었다. 가령 보통학교(초등 교육)에서의 조선어 교과서인 ≪朝鮮語讀本≫(1915년까지 사용)의 경우 처음에는 1907년 한국 정부의 학부(學部)가 편찬한 ≪國語讀本≫과 일부만 다를 뿐 거의 동일했다.[44] 보통학교의 교과목 '조선어 및 한문'에 걸맞는 교과서 ≪普通學校 朝鮮語及漢文讀本≫이 일부 학년부터 사용되는 것은 1915년이 되어서였다.

그런 가운데 편집 사업은 계속되고 있었다. 다망했던 1914년 당시의 편집과 진용도 기술해 둔다.

學務局長 : 關屋貞三郎
編輯課長 : 小田省吾
編 修 官 : 立柄教俊, 上田駿一郎(京城高等普通學校 教諭 兼任),
佐藤重治(京城專修學校 教諭 兼任)
屬　　　 : 黑田茂次郎, 小倉進平, 金公植, 隅部一男
編修書記 : 小倉進平(兼任), 大內猪之介, 中村一衛[45]

편수관은 그 중 두 명이 조선인을 상대로 교육하는 현장의 교원을 겸임하여 총 세 명 체제로 되어 있는 점이 눈길을 끈다. 학무국 편집과

---

44) 즉 합병까지는 조선어가 '국어'였고 합병 후에는 그렇지 않게 되었다. 단원의 대조는 "박봉배, ≪한국국어교육전사 상≫, 대한교과서주식회사, 1987년, 340~346쪽"을 참조. 그리고 초등 교육에서 조선어 교과서의 내용에 대한 자세한 통사적(通史的) 분석은 "李淑子, ≪教科書に描かれた朝鮮と日本-朝鮮における初等教育の推移 1895~1979-≫, ほるぷ出版, 1985년"이 있다.

45) 朝鮮總督府, ≪朝鮮總督府及所屬官署職員錄 大正 3年 4月 1日 現在≫, 1914년 6월 발행.

장 오다 쇼고(小田省吾)가 1917년 연중에 교과서 편집 사업이 일단락된다고 해서 그 개요를 기록한 문서에 의하면 다음과 같다.

"(…) 明治 44년(1911) 8월에 조선교육령을 발표하고 다음으로 보통학교규칙 등을 제정하기에 이르렀는데 직접 교과서 원고를 만들기는 우선 국어독본부터 시작하여 점차 다른 교과로 확대해서 大正 원년(1912) 12월에는 국어독본의 일부분, 大正 2년(1913) 6월에는 수신서의 일부분을 간행함에 따라 이를 출판해서 보통학교에서 사용하도록 함으로써 본부(조선총독부)가 정정(訂正)하기 이전의 예전 교과서를 대신하였다."46)

되풀이하지만 교과서는 ≪普通學校 朝鮮語及漢文讀本≫, ≪高等朝鮮語及漢文讀本≫을 제외하면 일본어로 쓰여 있었다. 따라서 오구라(小倉)가 "총독부의 관리로서 사무를 보는 데에는 조선어 공부가 전혀 필요하지 않았다"라고 한 것은 사실 그대로일 것이다. 설령 조선어가 필요한 상황이 되었다고 해도 겸임이기는 하지만 통역관이 있고 속(屬)과 기수(技手)에 조선인이 있기 때문에 그다지 문제가 없었던 것이 아닐까 한다. 만약 오구라(小倉)의 조선어 지식이 활용되었다면 ≪朝鮮語及漢文讀本≫의 편찬에 관여했다고 생각할 수도 있다.

오다 쇼고(小田省吾)에 따르면 한문 본문(課文)과 조선어 본문이 거의

---

46) 小田省吾, <朝鮮總督府に於ける教科書編纂事業の概要>, ≪朝鮮彙報≫, 1917년 8월, 101쪽. 최종적으로 보통학교용 22종 63책, 고등보통학교용 14종 36책, 전문학교용 1종 3책, 실업학교용 21종 25책, 일반참고서 3종 5책의 총 61종 130책이, 각종 교수용 지도서는 25종 28책의 편찬이 이루어졌다고 한다. "朝鮮總督府, ≪朝鮮總督府編纂教科用圖書槪要≫, 1925년 9월, 1쪽" 참고. 이 책은 "≪日本植民地教育政策史料集成(朝鮮篇)≫ 第19卷(上), 龍溪書舍"에 수록됨.

서로 번갈아가며 나오는 ≪普通學校 朝鮮語及漢文讀本≫의 특징은
다음과 같다.

"(⋯) 조선어와 한문 모두 그 교재는 국어와 마찬가지로 국민성을
함양하는 데에 중점을 두며 또 도덕을 가르치고 상식을 풍부하게 할
뿐만 아니라 일반적인 사물을 이해시키는 데 중점을 두어 선택하고
(⋯). 한문 교재는 (⋯) ≪小學≫, ≪論語≫, ≪孟子≫ 등에서 가지
고 온 것도 있고 또 ≪愼思錄≫, ≪先哲叢談≫과 같은 일본의 한문
서적에서 가져온 것도 있다. ≪富士山≫, ≪中江藤樹≫와 같은 일
본 사물 사전에서도 인용했다. (⋯)"[47]

조선어 본문의 내용은 단원 구성에 관한 한[48] 예전에 사용했던 ≪朝
鮮語讀本≫[49]을 참조한 부분이 많다. 대체로 조선어 교과서 이외의 것
을 편찬하는 경우가 양적으로도 많았고 전체적으로 볼 때 조선어 교과
서의 편찬 작업에 할애된 시간은 절대적으로 적었다고 생각된다.

3.2.2. 3 · 1 독립운동 후 - 편수관으로서 -

조선총독부 관제의 개정을 세밀하게 추적해 가면 1911년 5월 3일
개정에서 설치된 전임 편수관(주임관)의 정원이 한 명이었는데 1919년
5월 23일 개정(칙령 240호)에서 두 명으로 증원되었음을 알 수 있다.
증원되고 나서 약 한 달 후인 1919년 6월 30일에 오구라(小倉)가 편수
관에 임명되었다.[50]

---

47) 小田省吾, 앞의 논문, 107쪽.
48) 박봉배, ≪한국국어교육전사 상≫, 대한교과서주식회사, 1987년, 352~355쪽.
49) 이것은 1907년 학부가 편찬한 ≪國語讀本≫과 대체로 같다.
50) 6월 30일까지 조선총독부 속 겸 편수서기이자 경성의학전문학교 교수의 신분

　오구라(小倉)가 임명되고 약 두 달 후인 8월 20일 조선총독부 관제가 개정되었다(칙령 386호). 개정 논의는 그 이전부터 있었는데 같은 해 3월 1일에 시작된 3·1 독립운동 이후에 실현되었다. 개정 관제 공포에 대한 조서(詔書)에서 "짐은 이전부터 조선의 강녕함을 생각하고 그 민중을 사랑했다(一視同仁).51) 짐의 신민으로서 추오의 차별도 없이 그 각각을 이해하고 그 삶에서 모두가 즐겁게 크고 분명한 혜택을 누릴 것을 약속한다. 지금은 시대적 판국에 따라 총독부 관제 개혁이 필요함을 인정하고 여기에 이를 시행한다. (…)"라고 했다. 칙령에 의한 관제에서는 '개정'이라는 표현을 사용하고 있는데 조서에서는 '개혁'이라는 표현을 사용하고 있다. 잘 알려진 것처럼 여기서의 '개혁'이라는 것은 그 당시까지 "육해군 대장을 총독에 임명한다"라는 규정(조선총독부 관제 제2조)을 고치는 것이라고 한다. 즉 무관이 아니라 문관이라도 총독이 될 수 있다는 것인데 실제로는 조선 총독의 경우 이 이후에도 문관으로 총독이 된 인물은 없었다.

　그리고 하세가와 요시미치(長谷川好道) 총독의 후임으로 부임한 제3대 총독 사이토 마코토(齋藤實)는 헌병경찰제도의 폐지나 교육령의 개정 등을 골자로 하는 소위 '문화 정치'를 추진해 나가게 된다. 이러한 시기에 오구라(小倉)는 편수관이 되어 독립운동의 충격에 입각한 제2차 조선교육령(1922년 4월 시행)에 따른 교과서 편찬에도 관여하게 되는 것이다. 새로운 조선교육령의 작성에 앞서 1920년 12월에 조선 총독의 자문 기관으로서 임시교육조사회(臨時敎育調査會)가 조직되어 개정의 방침이 논의되었다. 1921년 5월 제2회 위원회의 결의로 된 '朝鮮敎育制

　　이다. 임명에 관한 기사는 ≪朝鮮總督府官報≫ 1919년 7월 17일자에 게재되었다.
51) [역자주] '一視同仁'이란 모든 사람을 평등하게 사랑한다는 의미이다.

度要項'에서 대체적인 방향이 결정되었는데 같은 해 1월의 제1회 위원회 보고서에서 이 교육령의 기본적인 성격을 파악할 수 있으므로 인용하기로 한다.

1. 조선에서의 교육 제도는 문화 수준상의 사정이 허락하는 한 일본의 교육 제도에 준거할 것
2. 조선인의 교육에 관해 특별 제도를 마련하는 경우에도 각 제도하의 내선인(內鮮人) 교육을 방해하지 말 것
3. 일본과 조선에서의 학교간 연락을 한층 면밀하게 할 것
4. 향학심(向學心)을 존중하고 사정이 허락하는 한 이에 응하는 시설을 설치할 것[52]

제2차 조선교육령의 최대 특징은 조선에서의 일본인 교육과 조선인 교육을 일괄적으로 처리하는 체재를 취하고 있다는 점이다. 다만 '국어(일본어)를 상용(常用)하는 사람'[53]과 '국어(일본어)를 사용하지 않는 사람'에 따라서 각각 적용되는 학교 규정이 다르기 때문에 일본인 교육과 조선인 교육의 벽이 사라진 것은 아니다.[54] '국어를 상용하는 자'에게는 문부성의 소학교령, 중학교령, 고등여학교령이 적용되고 특수한 사정에 따라 특례를 설치하는 것으로 되어 있다.

다만 이는 사용하는 언어에 따라 나눈 것이므로 어디까지나 제도상이긴 하지만 예컨대 조선인 자제(子弟)로서 '국어를 상용하는 자'가 되면 일본인 자제용 교육을 받을 수 있으며 그 반대 역시 가능했다. 아울

---

52) 臨時敎育調査委員會, ≪朝鮮≫ 85, 1922년 3월, 356쪽.
53) [역자주] 일본어를 일반적으로 쓰는 사람을 가리킨다.
54) [역자주] 일본인은 일본어를 상용하지만 한국인들 중 대다수는 아직 일본어를 상용하지 않을 것이므로 결국에는 일본인과 한국인의 차이가 생길 수밖에 없음을 지적한 것이다.

러 '국어를 사용하지 않는 사람'이 '국어를 상용하는 사람'이 다니는 학
교에 가는 것이나 그 반대도 '특별한 사정이 있는 경우에 한하여' 교장
의 허가가 있으면 가능했다(조선총독부령 15호 제1조, 1922년 2월 20
일). 어쨌든 "문화 수준상의 사정이 허락하는 한 일본의 교육 제도에
준거"하는 것을 기본으로 한 교육령이 생겨서 '국어를 사용하지 않는
사람'이 다니는 보통학교, 고등보통학교, 여자고등보통학교에서 사용하
는 교과서는 총독부에서 편찬한 것 외에 문부성에서 편찬, 검정한 것도
채용함으로써 초등 교육인 보통학교의 저학년은 제외한다고 해도 중등
교육에서는 '국어를 상용하는 자'가 다니는 소학교, 중학교, 고등여학교
에서 사용하고 있는 교과서와 공통 부분이 보다 많아지게끔 되었다.

　이런 가운데 1924년 중에 교과서 편찬 작업은 거의 완료되었다. 그
렇지만 새롭게 편찬할 필요가 있는 교과서는 제1차 조선교육령에 의한
교과서의 편찬 때와 수적으로 큰 차이가 없었다.[55] 이러한 편찬 업무
를 맡았던 사람은 편수관이었으며 그 지위에 있던 오구라(小倉)를 비롯
한 여러 명이었다.

　1923년 5월부터 다음 해 12월까지 학무국의 학무과장이었던 하기와
라 히코조(萩原彦三)가 1966년에 발표한 술회에 따르면 오구라 신페이(小
倉進平)나 오다 쇼고(小田省吾)가 "말한 바에 의하면 조선어 교재로 채택
할 만한 자료가 극히 적어서 교과서 편찬은 어렵다고 한다"라고 했고,
다카하시 도오루(高橋亨), 이능화(李能和), 현 헌(玄 檍) 등 편집과에는 있
지 않았지만 당시 총독부에 근무하던 사람들이 "교재의 선정 등에 적

---

55) 보통학교 정도(程度)는 25종 73책 掛圖 2(교사용 포함), 고등보통학교 정도는 8
　　종 35책, 사범학교 1책, 실업학교 3종 3책, 일반참고용 4종 4책이었다. 중등 교육
　　이상의 교과서 편찬이 적은 점이 일본 교과서와의 통용 정도를 말해 준다. 朝鮮
　　總督府, ≪朝鮮總督府編纂敎科用圖書槪要≫, 1925년 9월, 2, 11~14쪽("≪日
　　本植民地敎育政策史料集成(朝鮮篇)≫ 第19卷(上), 龍溪書舍"에 수록).

지 않은 고심을 하고 있었다"라고 해서 오구라(小倉) 등이 이 시기의 조
선어 교과서 편찬에 임했다는 사실을 시사하고 있다. 특히 보통학교용
≪朝鮮語讀本≫의 권 1은 모음부터 시작해서 자음까지 문자의 학습이
가능하도록 각 과(課)가 배열되어 있는데 자음의 제시는 소위 한글 해
설서인 ≪訓民正音≫(1446년)의 배열 순서에 따라 이루어졌다. ≪普
通學校朝鮮語讀本編纂ノ要旨≫(조선총독부, 1924년 3월)에서는 ≪訓
民正音≫을 인용하면서 자음 제시 순서를 구체적으로 가리키고 있다.
이 ≪要旨≫를 오구라(小倉)가 집필했다고 증명할 수는 없지만 오구라
(小倉)는 1919년 8월에 <訓民正音に就いて>라는 논문을 ≪藝文≫(京
都文學會)에 발표하여 ≪訓民正音≫에 관한 지식을 충분히 가지고 있
었음이 확실하다.

　하기와라(萩原)가 회상한 이 부분의 주안점은 "조선어 교재로서 채택
해야 할 자료가 극히 적은 이유는 한문과 언문의 혼용문이 사용된 지
얼마 안 되고 그 때까지 언문은 오로지 부녀자가 사용하는 것으로 중
국의 패사(稗史), 제설류(諸說類)의 언문 번역이나 춘향전 등의 언문본
많이 있었지만 (…) 어린 학생들의 학습에는 적당하지 않았기 때문이
다. 중등학교의 교과서는 특히 그 느낌이 강해서 도저히 문학상의 취미
를 배양하기에 충분한 조선어 교재를 얻을 수 없었다. 그래서 조선어와
한문 시간에는 오로지 한문 강독만 할 수밖에 없었다"[56]라는 데 있다.

　하기와라(萩原)의 이러한 해석, 즉 한문을 가르친 것이 조선어 교재가
없었기 때문이라는 해석에 대해서는 가지이 와타루(梶井陟)가 "조선총
독부는 그 지배를 정당화하는 조선어 교재를 만들어 낸 것이 아닐까?

---

56) 萩原彦三, ≪日本統治下の朝鮮における朝鮮語敎育≫(友邦シリーズ　第3號),
　　財團法人 友邦協會, 1966년, 10～11쪽. [역자주] 이 책의 내용에 대해서는 이
　　미 1장에서 설명한 바 있다.

또한 조선어 시간에 한문을 가르친 것은 조선어 교육 시간 자체를 상
대적으로 줄이기 위함이며 결과적으로 조선어가 선택 과목이 된 것이
아닐까?"라고 하는 반론을 덧붙였다.[57] 가지이(梶井)의 논의 흐름은 올
바르다고 생각되나 다만 정확하게 말해서 하기와라(萩原)는 중등학교의
'조선어 및 한문'을 이야기하고 있고 제2차 조선교육령 시기의 보통학
교에서는 '조선어'와 '한문'이 다시 분리되어 있었다. 가지이(梶井)는 하
기와라(萩原)에 대한 반론에서 그 이전 시기 보통학교의 '조선어 및 한
문'에서 가르치던 교재를 다룸으로써 직접적인 반론이 되지 못했다는
아쉬움이 있다.[58]

어떻든 이러한 지배자 측에서 크나큰 자세의 전환을 촉구 받던 시기
에 오구라(小倉)는 교과서 편찬 사무라는 형태로 그와 관련을 맺고 있
었다. 그렇지만 3·1 독립운동이나 그 후의 변화에 대해서 어떻게 인
식하고 있었는지를 분명히 알기란 어렵다.

3월 전후라면 오구라(小倉)는 9.1.1.에서 다룰 조선총독부 조선어사전
심사위원회의 위원으로서 완성이 임박한 사전 원고의 심사 업무를 담
당하고 있었고 6월에는 앞에서 말한 바와 같이 편수관으로 승진했다.
오구라(小倉)의 연구에 관해서 다만 한 가지 말할 수 있는 것은 조선총
독부 부임 이래 거의 매년마다 하고 있던 방언 조사의 경우 고삐를 늦
추지 않고 계속 했다는 사실이다. 1918년 10월에는 전라남도,[59] 1920
년 봄에는 함흥,[60] 그 다음에는 1921년 4월의 전라북도와 충청북도,[61]

---

57) 梶井陟, ≪朝鮮語を考える≫, 龍溪書舍, 1980년, 58쪽.
58) [역자주] 여기에 따르면 梶井陟의 논의는 두 가지 점에서 萩原彦三의 주장에
   대한 직접적인 반론이 되지 못한다. 하나의 시기의 차이이고 다른 하나는 대상
   의 차이이다. 즉 시기적으로 가지이(梶井)는 제2차 조선교육령 이전 시기를
   다루었으며 대상 역시 중등학교가 아닌 보통학교이다.
59) 보고서는 "<全羅南道方言(一)~(三)>, ≪朝鮮教育硏究會雜誌≫ 44~46,
   1919년 5월~7월".

다음 해인 1922년에는 경상북도를 중심으로 조사를 했고[62] 1923년 봄
에는 강원도 동해안을 조사했다.[63] 1919년에 조사를 하지 않은 것은
사전 심사라는 업무나 이 해에 편수관으로 승진하여 공무에 바빴다는
점으로 설명할 수 있겠지만 바쁜 가운데에도 방언 조사의 진행 속도는
떨어지지 않았다.

방언 조사 자체에 영향을 준 것은 없었던 듯한데 1923년에 발표된
<交通機關改善の言語風俗思想に及ぼしたる影響>이라는 논문의 마
지막 부분에 조금 주목하고자 한다. 이 논문은 다음과 같이 마무리 된다.

"교통 기관의 발달에 따라 사상의 변동도 현저하다. 원래 조선은
오로지 유교의 지배를 받아 오던 상태였다. 그런데 근래 여러 외국과
의 교섭이 빈번하게 됨에 따라 서양의 종교나 새로운 사상 등이 잇따
라 수입되어 지금은 참으로 사상에서의 통일을 이루지 못하고 민족
성의 근간을 잃어버릴 듯한 혼돈 상태에 있다. 종래 조선 사회의 상
하에서 배양되어 온 계급 사상의 파탄, 조선의 미풍으로서 장려되어
온 경로사상의 쇠퇴, 또한 그에 반해 나타나게 된 개인주의의 대두
등은 모두 근대가 낳은 새로운 사상의 산물이라고 해야 할 것이다.
그뿐만 아니라 최근에는 신문, 잡지 등 언론 기관이 발달함으로써 논
설이나 문예에 세계적인 신사상이 끊임없이 전파되었는데 그 중에는
위험 사상이라서 정부의 힘으로 퍼지는 것을 막는 것도 있다."[64]

---

60) 함경남도의 보고서는 "<咸興地方の方言>, ≪朝鮮敎育硏究會雜誌≫ 62,
1920년 11월".
61) 보고서는 "<全羅北道及忠淸北道方言>, ≪朝鮮敎育≫ 6-5, 1922년 2월".
62) 보고서는 "<慶尙北道方言>, ≪朝鮮敎育≫ 7-6, 1923년 3월".
63) 보고서는 "<嶺東方言>, ≪朝鮮≫ 100, 1923년 7월".
64) 小倉進平, <交通機關改善の言語風俗思想に及ぼしたる影響>, ≪朝鮮≫
102, 1923년 10월, 82쪽.

오구라(小倉)가 정치적·사상적인 문제나 상황에 대해서 다루는 일은 별로 없으며 매우 드물다. 단지 아마도 마르크스주의 또는 공산주의 사상을 가리키는 듯한 '세계적 신사상'이 '정부(조선총독부를 가리키는 것 같다)'에 의해 통제되고 있다고 간략히 기술할 뿐이다. 또한 서양의 종교나 새로운 사상은 유교의 계급 사상을 뒤흔드는 개인주의 사상으로 환원되어 있고 3·1 독립운동의 바탕을 이루던 민족자결사상에 대해서는 다룬 바가 없다.

일부러 다루지 않은 것인지는 판단할 수 없지만 조선총독부 학무국의 일원으로서 독립운동에서 무엇인가 충격을 받지 않았다고는 생각하기 어렵다. 그렇게 보면 1920년 12월이라고 기록된 서론이 붙은 오구라(小倉)의 ≪國語及朝鮮語のため≫에서 다음 부분은 충격에 대한 오구라(小倉)의 회답이라고 볼 수도 있다.

> "언어의 소통이 두 민족의 융화에 중요한 요소라는 것은 말할 것
> 도 없다. 일본인으로서 조선어를 이해하고 조선인으로서 일본어를
> 이해함으로써 직간접으로 서로의 감정을 누그러뜨리고 그 이익을 증
> 진시킬 수 있는 예는 실로 많다."[65]

즉 서로 언어를 배워서 '두 민족의 융화'를 도모해 보자는 뜻이다. 그러면 "서로의 감정을 누그러뜨릴 수 있다"라고 하는 것이다. '두 민족의 융화'라든지 '서로간의 감정을 누그러뜨린다'는 다소 저돌적인 표현이 있는 것도 어떤 종류의 메시지가 아닐까 한다. 여기서 생각나는 것은 오구라(小倉)가 말하는 '두 민족의 융화'란 조금 바꿔 말하면 '일선융

---

65) 小倉進平, ≪國語及朝鮮語のため≫, ウツボヤ書籍店, 1920년, 緒言, 1쪽.
   ≪小倉進平博士著作集(四)≫에 수록.

화(日鮮融化)'가 된다는 사실이다. 이것은 '일시동인(一視同仁)'66)과 더불어 '문화 정치' 시기의 표어로서 알려져 있다. 조금 깊이 읽어 보면 3·1 독립운동 후의 문화 정치라는 통치 방침의 큰 틀에 입각해서 오구라(小倉)는 조선어와 국어 학습의 필요성을 주장하고 있다고 할 수 있다.

이 점은 미츠이 다카시(三ツ井崇)가 인용한 오구라(小倉)의 <先づ朝鮮語の學習より>(1920년 4월 ≪同源≫ 2호에 게재)라는 글에 "우리가 국가의 부강과 융성을 바라고자 한다면 우선 국내의 일은 외국인에 앞서 자신들이 한다는 일대 용맹심을 불러일으켜야 한다고 생각한다. 오늘날 조선어에 관한 연구를 한다는 것은 실로 우리 일본인의 의무이자 또한 특권이 아닐까?"라는 부분이 있는 것과도 관련이 있을 듯하다. 미츠이(三ツ井)는 오구라(小倉)의 조선어 연구가 그것의 국가적 가치를 강조하는 데에서 성립되었다고 결론을 내리고 있는데67) ≪國語及朝鮮語のため≫의 인용 내용과 더불어 생각하면 국가 체제의 본질 및 통치 양식의 본질과 '학문'을 어디에선가는 의식하고 있었다고 추측할 수 있을 것이다.

---

66) '일시동인(一視同仁)'은 3.2.2.에 나온 일본 국왕의 조서에도 있는 표현이다.
67) 三ツ井崇, <植民地日本知識人と朝鮮語-言語學者小倉進平の言語思想と朝鮮語學->, ≪不老町だより≫ 3, 世界社會言語學會, 1998년 8월, 28~29쪽.

4장

초기의 연구 논문

앞에서 인용한 긴다이치 교스케(金田一京助)나 핫토리 시로(服部四郎)
의 회상에서는 재학 시절부터 오구라(小倉)는 조선어 연구에 흥미를 나
타냈다고 하는데 졸업 논문이 <平安朝末期に至る國語の音韻變遷>
이었고 대학원에서의 연구 주제가 '국어 음운사'였음은 이미 다룬 바
있다. 여기서는 학술지에 공표된 오구라(小倉)의 초기 연구 논문을 통해
'국어 음운사'에서 조선어 연구에 이르게 된 과정을 밝히고 그의 흥미
나 관심이 어디에 있었는지에 알아보고자 한다.

대학 졸업 후 대학원을 거쳐서 조선총독부 관리로 조선에 건너가는
1911년까지 오구라(小倉)가 발표한 논문은 다음과 같다.

[1] <國語撥音の歷史的觀察(一)~(四)>, ≪國學院雜誌≫ 14-8~
　　14-11, 1908년 8월~11월
[2] <漢字の音(上)(下)>, ≪わか竹≫ 2-7~2-8, 大日本歌道獎勵
　　會, 1909년 7월~8월
[3] <御國淨琉璃>(5회 연재), ≪河北新報≫, 仙臺市, 1910년 1월

[4] <仙臺方言音韻組織>, ≪國學院雜誌≫ 16-3, 1910년 3월

[5] <ライマン氏の連濁論(上)(下)>, ≪國學院雜誌≫ 16-7~16-8, 1910년 7월~8월

[6] <保田光則の語格圖(上)(下)>, ≪わか竹≫ 4-1~4-2, 1911년 1월~2월

[7] <母音の開合殊に'ウ'に就いて>, ≪朝鮮≫ 46, 朝鮮雜誌社, 1911년 12월. 같은 제목으로 1912년 3월 ≪國學院雜誌≫ 18-3 에 옮겨 실음

4.1. 음운론과 仙臺 방언
- 일본어의 통시적·공시적 고찰 -

위의 논문 중 [3]과 [6]을 제외하면 모두 음운과 관련이 있다고 정리할 수 있다. [6]은 오구라(小倉)가 출생한 센다이(仙臺)의 에도(江戸) 시대 국학자의 문법론를 소개한 것으로 동향인이라는 점에서 흥미를 끈 것이 아닐까 한다. [1]은 일본어 음운사를 주제로 한 논문으로 오구라(小倉)다운 것이라고 할 수 있다. '撥音'[1]을 통시적으로 기술하는데 한자음에 대한 논의를 바탕으로 하고 있다. [1]은 '撥音' 이외의 한자음을 다루는 [2]와 당연히 관련을 맺는다. 억지로 정리를 하자면 이 논문들은 일본어의 통시적인 검토로서 문헌 자료를 이용해 음운의 측면에서 역사적인 흐름을 연구한 것이라고 하겠다.

---

1) [역자주] 종성에 쓰이는 비음(鼻音)을 '撥音'이라고 한다. 小倉進平은 1923년에 나온 ≪國語及朝鮮語 發音槪說≫에서 '撥音'에 대해 상세히 다룬 바 있다. 이 책은 "이진호 외 공편 및 역주(2009), ≪小倉進平과 國語 音韻論≫, 제이앤씨"에 번역되어 있다.

한편 [4]는 문헌 자료를 이용하지 않고 자신의 관찰, 즉 "내(小倉)가 태어난 센다이 시내의 일반 사람들"에 대한 조사인데 소위 현재의 현상을 음운면에서 기술한 것이다. 이후 조선에서 방언 조사를 많이 하게 되는 오구라(小倉)로서는 첫 번째 방언 논문이다. 그 시작 부분을 인용하기로 한다.

"방언의 채집이 단순히 특이한 단어를 나열하는 것으로 그 목적을 달성하게 된다고 생각하는 사람이 아직도 있다는 사실은 참으로 유감스러운 일이다. 국어 연구가 아직까지 제대로 이루어지지 않은 오늘날 잠시 이것2)을 허용한다고 해도 채집자가 음성학적 지식을 결여한 부분이 적지 않아서 그 지방 음운의 성질을 밝힐 수가 없고 결국 충분한 결과를 보고서에 수록할 수 없게 되고 만다. 이와 같은 비전문가가 하는 막연한 조사에서는 아무리 채집한 단어가 많다고 해도 도저히 학술상의 가치가 있다고 인정할 수 없다. 또한 아무리 긴 세월이 지났다고 해도 방언 연구의 완벽함은 끝을 바라면 안 된다. 내가 센다이 방언의 음운 성질에 대해서 관심을 기울인 지 여러 해이며 불완전하지만 다른 지역의 방언과 차이가 나는 음운상의 특징이 있음을 알게 되었다."3)

이처럼 음성학과 음운론의 지식을 가지고 조사·분석할 것을 강조한 후 모음과 자음으로 나눠서 그 특징을 서술했다. 이 외에 센다이(仙臺) 방언에 대해서는 1932년에 刀江書院의 '言語誌叢刊'으로 ≪仙臺方言音韻考≫를 저술하였다. 1932년이면 오구라(小倉)가 경성제국대학 교수로서 京城에 거주하고 있었기 때문에 아래에서 보듯 자기 자신의

---

2) [역자주] 특이한 단어를 나열하는 방식의 방언 조사를 의미한다.
3) 小倉進平, <仙臺方言音韻組織>, ≪國學院雜誌≫ 16-3, 1910년 3월, 70쪽.

관찰이나 기억에 의지할 수밖에 없었던 듯하다.

> "(…) 근래에는 고향 사람들의 언어를 접할 기회가 부족해서 발음
> 과 같은 것도 점차 나 자신의 기억에서 멀어지고 있음을 불안하게 느
> 낀다. 이 글을 쓸 때에도 (…) 당연히 심야에 생각에 잠겨 수 년 전
> 타계한 노부(老父)의 일상적인 담화 모습을 생각하고 혹은 지금 고향
> 에서 남은 생을 보내고 계실 노모(老母)의 입가를 눈 앞에 떠올리며
> (…)"4)

그러나 1910년의 <仙臺方言音韻組織>보다 정밀한 기술이 되어 있
다.

또한 1935년에는 학술지 ≪方言≫에 <宮城縣方言考>를 보정(補訂)
의 형태로 게재하고 있었다. 이 글은 앞에서 말했던, 오구라(小倉)가 동
경제국대학 언어학과에 입학하려고 결심할 만큼 사숙(私淑)한 동향 선
배 이카리 고우노스케(猪狩幸之助)의 <宮城縣方言考>(1901년 ≪河北
新報≫에 연재했다)를 오구라(小倉)가 ≪仙臺方言音韻考≫에서 기술
한 음성 표기법으로 보정한 것이었다.5)

조선에서 오구라(小倉)의 첫 번째 방언 조사는 1912년 겨울 제주도에
서 한 것이었다. 여기에 대해서는 7장에서 다루게 된다. 일본어의 경우
는 1914년 여름 쓰시마(對馬)에서 방언 조사를 한 것이 출신지 이외의

---

4) 小倉進平, ≪仙臺方言音韻考≫(言語誌叢刊), 刀江書院, 1932년, '小引' 2쪽.
   ≪小倉進平著作集(四)≫에 수록.
5) 小倉進平은 猪狩幸之助가 신문(河北新報)에 연재한 것을 별뜻 없이 가져온 것
   에 불과하며 'あ'에서 'と'까지밖에 없지만 "당시 신진 언어학 전공 학도(猪狩
   幸之助)의 손으로 편찬된 이 글이 영원히 묻혀지는 데 유감을 금치 못하겠다"
   라고 하며 학술지 ≪方言≫에 'と'까지를 게재한다고 했다. "猪狩幸之助 編·
   小倉進平 補, <宮城縣方言考>, ≪方言≫ 5-6, 1935년 6월"의 '小引' 참고.

방언으로는 처음이었다. 1914년의 쓰시마(對馬) 방언 조사를 회고한 글
에서 오구라(小倉)는 다음과 같이 말하여 학부 시절에 가르침을 받은
적이 있는 호시나 고우이치(保科孝一, 1872~1955)의 조사 방법에 영향을
입었다고 기술하고 있다.

　　"당시는 오늘날 성황을 이루고 있는 방언의 조직적 연구 등이 거
　　의 기획되지 않았다. 호시나 고우이치(保科孝一) 선생의 <八丈島方
　　言>(1900년 ≪言語學雜誌≫에 실림)과 같은 것은 획기적인 신연구
　　로서 당시 학계에서 이룬 중요 업적이었다. 나는 호시나(保科) 선생의
　　연구에 자극을 받아 선생의 조사 방침을 토대로 작업에 임하였다."6)

　　호시나 고우이치(保科孝一)는 우에다 가즈토시(上田萬年)의 제자로서
동경제국대학 졸업 후 국어연구실의 조수로 채용되었다. 다음 해인
1898년에 ≪帝國文學≫ 지상에 <方言に就て>라는 논문을 연재하였
다.7) 이 논문은 일본 최초의 본격적인 방언론인 듯한데 우에다(上田)의
강의에서 소개되었음직한 서양 언어학의 여러 서적을 이용하여 방언의
발생에 관한 고찰이나 방언 연구의 방법에 대해서 체계적으로 서술한
것이다.

　　호시나(保科)는 이러한 이론적인 논의를 전개하는 가운데서도 한 편
으로 1898년 7월부터 8월에 걸쳐 약 반 달 동안 하치죠지마(八丈島)에
서 방언 조사를 했다. 신무라 이즈루(新村出)의 회상에 따르면 "실지 조
사에 나아간 것은 (…) 호시나(保科)가 하치죠지마(八丈島)의 방언 조사
를 떠난 것은 오래된 듯하다. 적어도 당시 우리들 중에서는 호시나(保

<hr>

6) 小倉進平, <方言採集追憶漫談>, ≪方言≫ 5-10, 1935년 10월, 22쪽. ≪朝鮮
　 語方言の研究≫에 수록.
7) ≪帝國文學≫, 4-2~4-3, 4-5~4-7, 1898년 2~3월, 5~7월.

科)가 선편(先鞭)을 잡았으며 당시 방언 문헌의 수집에 그의 노력이 매우 컸다는 것을 기억하고 있다"[8]라고 되어 있어 호시나(保科)의 방언 조사는 본격적인 조사의 효시였다.

호시나(保科)는 그 성과를 <八丈島方言>이라는 제목으로 ≪言語學雜誌≫의 1권 2호~4호, 7호, 10호(1900년 3월~5월, 7월, 12월)에 나누어 실었다. 그 보고서의 정리 방법은 발음부터 시작하여 단어 부분은 명사, 대명사, 형용사, 동사, 조동사,[9] 경어(敬語), 접속사, 감탄사, 조사의 순으로 소개하고 있다. 다음으로 문장론에서는 나카무라 세츠고(中村雪後)의 'つまみ鹽(≪新小說≫ 3-8)'에 나오는 회화 부분을 하치죠지마(八丈島) 방언으로 번역하려는 시도를 하고 있다. 또한 하치죠지마(八丈島)의 구비 설화를 두 가지 소개하고 사람들의 응답, 기쁨의 말, 자장가, 말놀이 등을 모아 놓았다. 이 조사는 호시나(保科) 자신이 <方言に就て>에서 서술한 조사 방법에 따라서 이루어진 것으로 추측되며 단순한 어휘의 기술이 아니라 문법이나 음운 조직, 그리고 표현, 민속 등을 포함해서 체계적으로 언어를 기술하려고 하는 자세를 엿볼 수 있다.

오구라(小倉)가 이러한 일본에서의 방언 연구에 자극을 받았음에는 틀림없다. 쓰시마(對馬) 방언를 조사하기 1년 전의 제주도 방언 조사에서도 음운, 어휘, 어법으로 나눠서 ≪朝鮮及滿洲≫에 정리했으며[10] ≪わか竹≫이라는 잡지에서는 제주도의 잡가(俚謠), 전설을 소개하면서 조사 자체는 방언 조사가 주목적이었지만 "인정(人情), 풍속, 종교, 전설, 민요 등도 조사했다"[11]라고 서술하고 있어 호시나(保科)의 조사 방

---

8) 新村出, <上田先生を偲ぶ>, ≪方言≫ 8-2, 1938년 5월, 197쪽.
9) 각각의 활용을 기재했으며 시제도 포함했다.
10) 기본적으로 小倉進平의 방언 조사는 이후에도 음운, 어휘, 어법의 세 가지 내용을 중심으로 하고 있다.
11) 小倉進平, <濟州嶋の俚謠と傳說(上)>, ≪わか竹≫ 6-2, 1913년 2월, 28쪽.

법에서 영향을 받았다고 할 수 있다.

게다가 1902년에 조직된 국어조사위원회의 보조 위원이었던 호시나 (保科)가 방언 조사의 통일성을 위해 작성한 ≪方言採集簿≫(國語調査委員會, 1904년)가 있는데 오구라(小倉) 자신은 이 ≪方言採集簿≫를 이용해서 센다이(仙臺) 방언을 조사한 경험이 있었던 듯하다.12) 이 사실은 7장에서도 다루게 되지만 오구라(小倉)의 조사 방법을 고찰함에 있어 매우 흥미롭다.

■4.2. 첫 번째 조선어론
- 음운론을 실마리로 -

오구라(小倉)가 조선어에 대해서 처음으로 다룬 논문은 1911년 12월에 나온 [7]이며 최초의 실마리는 역시 전문으로 했던 음운론이었다. [7]은 당초 조선에서 발행되었던 ≪朝鮮≫(朝鮮雜誌社 간행)에 게재된 것으로 후에 정정하여 ≪國學院雜誌≫에 발표하였다. ≪國學院雜誌≫는 일본 독자도 접할 수 있고 학술성도 높아진다. 시기적으로 보면 오구라(小倉)가 조선에 건너가서 쓴 최초의 논문이 된다.

<母音の開合殊に「ウ」に就いて>라는 제목만 보면 국어학의 모음 개합론(開合論)에 관한 것이라고 생각해 버리는데13) 이 논문은 조선어의 모음에 두 가지 종류14)의 'ウ'가 있는 것에 착안한 것이다.15) 모음

---

12) "1904년 무렵 (…) 나 스스로 기입해 둔 것도 있는데 결국 그것을 공표하는 데 이르지는 않았다"라는 내용이 있다. "小倉進平, ≪仙臺方言音韻考≫(言語誌 叢刊), 刀江書院, 1932년"의 6쪽 참고. ≪小倉進平博士著作集(四)≫에 수록.
13) 물론 국어학사에서는 'オ(o)'의 장모음 개합이 주로 논의된다.
14) [역자주] 두 가지 모음이란 '우'와 '으'를 가리킨다.

의 '개합'은 단순하게 말하자면 소위 '넓다 : 좁다'로 표현할 수 있다.16) 이 논문은 다음 내용으로 시작된다.

"방언간의 관계에 있어서도 그렇지만 언어와 언어 사이에는 대부분의 경우 발음상 현저하거나 혹은 미세한 차이가 존재한다. 언어 교육을 충분히 하기 위해서는 우선 이러한 차이점과 그것이 기인하는 근본적인 이유를 밝히고 다음으로 이들을 정확히 발음시키는 데 필요한 방법을 연구해야 한다. 만약 이것이 없으면 언어 교육은 단순히 말로만 하는 모방에 그치고 그 언어에 깃들어 있는 정신을 가르치기란 결국 어려워지는 것이다."17)

그리고 뒤에서 논문의 취지를 간단히 설명하고 있다.18) 오구라(小倉)

---

15) [역자주] 저자의 말대로 일본어 'ウ'에 대응하는 한국어 모음이 '우'와 '으' 두 개라는 사실로부터 이 논문을 썼다고 하더라도 이 논문을 한국어학에 대한 연구물로 간주하는 데에는 찬성할 수 없다. 이 논문의 중간 중간에 한국어에 대한 언급이 일부 있는 것은 사실이지만 한국어 모음에 대한 구체적인 설명은 전혀 없다. 한국어에 대한 연구라고 할 수 있는 부분이 전무한 것이다. 논의의 초점은 오로지 일본어 모음 'ウ'에만 맞추어져 있으며 한국어의 효과적 학습을 염두에 두고 있을 뿐이다. 한편 이 논문의 내용은 1923년에 간행된 ≪國語及朝鮮語 發音槪說≫의 'u' 항목에서 핵심만 갖추려서 설명하고 있으므로 참고할 수 있다.

16) [역자주] 小倉進平이 논문에서도 언급했듯이 개합(開合)이라는 것은 중국 성운학에서 쓰이며 현재 음성학에서 말하는 원순성과 밀접한 관련을 맺는다. 즉 '開'에 속하는 '개구음(開口音)'은 원순성이 없고 '合'에 속하는 '합구음(合口音)'은 원순성이 강한 것이다. 小倉進平은 이 논문에서 어두와 어중, 인접하는 자음, 장단 등에 따라 일본어 'ウ'의 개합에는 차이가 난다고 했다. 그런데 ≪國語及朝鮮語 發音槪說≫의 'u' 항목에서는 일본어의 'ウ'가 많은 경우 개구라고 해도 상관이 없다고 했으며 다만 예전에는 'wu'로 발음되는 합구의 'ウ'도 있었을 가능성을 지적했다.

17) 小倉進平, <母音の開合殊に'ウ'に就いて>, ≪朝鮮≫ 46, 朝鮮雜誌社, 1911년 12월, 21쪽.

18) [역자주] 그 내용을 간략히 요약하자면 한국어와 일본어의 차이로 언어를 배울 때 어려움이 있는데 특히 모음의 경우 워낙 변이가 다양해서 더욱 어려움이

가 "조선인이 국어를 배우는 데 있어서 어떠한 음을 가장 곤란하게 느끼는가?"라는 점에 중점을 두고 있는 것에서 알 수 있듯이 일본어에 음성적으로 존재하는 'ウ'의 차이를 지적하고 조선어에서 음운론적으로 구분되는 모음과 'ウ'를 대응시키는 것의 중요성을 서술하고 있다. 일본어에서는 'ウ'가 어디에 나타나든 음운론적으로 하나의 모음이지만 실제로는 어두에 오는지 아닌지, 앞에 어떤 자음이 오는지 등에 따라 음성학적으로 다른 음이 된다.[19] 그러나 그것만으로는 의미를 변별할 수 없기 때문에 'ウ'는 하나라고 인식하고 있다.

반면 조선어 화자에게는 음운론적으로 두 개의 'ウ'[20]가 있으며 그것이 조선어에서는 의미 변별의 기능을 담당하고 있다. 그러한 조선어 화자가 일본어를 배울 경우 음성학적으로 존재하는 일본어 'ウ'의 음들을 구별할 수 있기 때문에 일본어 학습에 혼란을 초래할 가능성도 있다. 따라서 모음의 개합이 일본어에서 음성학적으로 어떻게 나타나는지를 분명히 해 두어야 한다고 하는 것이 오구라(小倉)의 취지다. 올바르게 일본어의 음을 가르치지 않으면 앞에서 인용한 대로 "그 언어에 깃들어 있는 정신을 가르치기가 결국 어려워진다"라고 생각하는 것이다.

여기서 올바르게 일본어를 가르친다는 것이 당시 어떤 의미를 가지고 있었는지를 생각해 보고자 한다. 1911년의 조선교육령 제2조에 "교육은 교육에 관한 칙어의 취지를 바탕으로 충량(忠良)한 국민의 양성을 본의(本義)로 한다"라고 되어 있고 제5조에 "'보통 교육은 보통의 지식을 전수하고 특히 국민으로서의 성격을 함양하며 국어를 보급하는 것을 목적으로 한다"라고 되어 있다. 또한 같은 해의 보통학교규칙 제7

많다고 했다.
19) [역자주] 현재의 설명 방식으로 한다면 'ウ'가 음소적으로는 하나이지만 환경에 따라 다양한 변이음으로 실현된다고 표현할 수 있다.
20) [역자주] 앞에서도 언급했듯이 '두 개의 ウ'란 '우'와 '으'를 가리킨다.

조의 3항에 "국어는 국민 정신이 깃들이고 있는 것으로"라고 되어 있는 것에서 추론할 수 있는 것이 그 이하의 논리다. 즉 「국어」에는 '국민 정신'이 깃들이고 있는데 그 국어를 보통학교라고 하는 초등 교육 단계에서부터 가르침으로써 '국민'에 상응하는 성격이 길러져 '충량한 국민'이 '교육에 관한 칙어의 취지를 바탕으로' 해서 만들어진다고 본 것이다. 오구라(小倉)가 이러한 이론을 직접적인 배경으로 삼아 앞에서와 같은 논의를 했다고는 할 수 없겠지만 「국어」 교육의 목적은 공유하고 있었다고 할 수 있을지 모르겠다.

이 논문([7])은 '국어 교육'이라는 입장에서 음운을 통한 소위 공시적 연구라고 하겠다. 오구라(小倉)는 적어도 1913년까지는 경성고등보통학교 교사를 겸임해서 조선인 학생을 상대로 국어(일본어)를 교육했고[21] 그 후에도 경성의학전문학교 교수를 겸임하며 같은 조선인 학생을 상대로 국어를 가르치고 있었다. 오구라(小倉)에게 있어서는 자신의 교육 경험과 관련을 맺게 되는 논지이기도 했다.

문헌을 이용해서 일본어와 조선어에 대해 논의한 논문은 시기적으로 <母音の開合殊に「ウ」に就いて> 다음에 나온 1912년의 <神代文字と諺文>이다.[22] 이 글은 일본의 국학자가 말하는, 한자가 도래하기 이전 일본에 존재했었다고 하는 신대문자(神代文字)의 기술을 일본의 고서적에서 찾아내어 신대문자가 결국 조선의 '諺文'을 흉내 낸 것에 지나지 않는다고 주장한 짧은 논문이다. 이 논문도 다소 억지로 정리를 하자면 일본어와 조선어에 관한 역사적인 연구의 첫걸음이라고 자리매김할 수 있다.

---

21) 矢野謙一, <朝鮮總督府編「朝鮮語辭典」編纂の經緯>, ≪韓≫ 104, 1986년 11월, 194쪽.
22) 小倉進平, <神代文字と諺文>, ≪朝鮮彙報≫, 1912년 3월.

　이상 간략하게 초기 여러 논문의 위상을 살폈는데 일본어 음운사와 관련된 연구에서 보이는 일본어의 역사적 연구 및 같은 음운에 관한 것이지만 센다이(仙臺) 방언의 연구처럼 조사를 바탕으로 하는 기술적 연구의 두 가지가 이루어졌음을 알 수 있다. 그리고 각각 일본어와 음운에서 출발하여 음운을 실마리로 일본어와 조선어를 비교하는 단계에 이르렀다고 할 수 있다. 그리하여 역사적 연구든 기술적 연구든 음운의 측면만이 아니라 보다 체계적인 연구로 나아갔다고 정리할 수 있겠다.

5장
계통론의 서술 방식

■5.1. 金澤庄三郎과의 거리
- 언젠가 증명될 관계 -

여기서는 오구라(小倉)가 일본어와 조선어의 계통 관계에 대해 논의하는 방법을 살펴보기로 한다. 그는 은사인 가나자와 쇼자부로(金澤庄三郎)처럼 명확히 계통 관계에 있다고 주장하지는 않고 다만 그럴 가능성이 있다는 형태로 장래 연구를 기다린다는 신중한 자세를 취하고 있는 점이 특징이다. 이것은 물론 조선어 등에 대한 연구가 진전된 결과이며 거기에 바탕을 두고 학문적으로 하려면 당연한 태도라고 하겠다. 예컨대 1915년에 발표된 <慶尙南道方言>이라는 논문에서도 경상남도 방언의 조사에 임했을 때 "일본어와 유사한 단어가 없는 것도 아니다"라는 인상을 기술하고 있지만 "음운의 법칙 및 두 언어의 역사적 변천을 고찰하지 않고 비교를 시도하는 것은 아주 위험한 방법이다"[1]라고 하여 좀 더 체계적인 연구 결과를 기다려야 한다는 중요성은 일찍부터

---

1) 小倉進平, <慶尙南道方言>, ≪朝鮮彙報≫, 1915년 4월, 112쪽.

인식하고 있었다.

그러나 좀 더 자세히 추적하면 1913년에 나온 <濟州島方言>이라는 논문에서 '방언'의 의미 중 하나로 "동일한 어족에 속하는 각 언어를 그 어족의 방언이라고 하는 경우가 있다"라고 하고 있는데 그 예로서 "국어, 조선어를 각각 우랄·알타이 어족의 한 방언이라고 하는 것과 같은 것이다"[2]라는 사실을 거론하고 있다. 또한 1920년에 출판된 저서인 ≪國語及朝鮮語のため≫에서는 우랄·알타이 어족의 특징을 열거한 후에 우랄·알타이 어족의 어떤 언어와 조선어, 일본어를 비교해 보면 다소 차이가 있기는 하지만 유사점도 많다고 하고서 "국어와 조선어는 이후 더 연구가 필요한 점이 많이 있겠지만 결국 우랄·알타이 어족의 일원이어야 할 것이다"[3]라고 하는 데까지 생각이 미친다. 일본어와 조선어는 두 언어만의 관계에 국한하지 않고 우랄·알타이 어족이라는 큰 범주에서 생각해 보겠다는 것이다.

이러한 의도 자체는 좋을 뿐만 아니라 학문적으로 입증하지 않으면 안 된다고 하는 성실함 역시 평가할 수 있다. 그러나 앞에서 보았듯이 실제로는 최종적인 목표가 준비되어 있다고 하는 것을 깨닫지 않을 수 없다. 일본어가 우랄·알타이 어족이라는 사실은 그 당시의 연구 성과에서는 확실하게 말할 수 없지만 언젠가 분명해지리라는 신념을 읽을 수 있는 것이다.

일본어의 우랄·알타이 어족설은 외국인 중에서는 W. G. Aston을 비롯한 여러 사람에게서 주창되어 일본인으로서는 후지오카 가츠지(藤岡勝二)가 1908년에 <日本語の地位>(≪國學院雜誌≫ 14-8 · 10 · 11)

---

2) 小倉進平, <濟州島方言(一)>, ≪朝鮮及滿洲≫ 68, 1913년 3월, 20~21쪽.
3) 小倉進平, ≪國語及朝鮮語のため≫, ウツボヤ書籍店, 1920년, 32쪽. 이 책은 ≪小倉進平博士著作集(四)≫에 수록. 또 이 책에서는 거의 아무런 설명도 없이 아이누어도 우랄·알타이 어족에 속한다고 하고 있다.

라는 논문을 썼다. 이것은 그 이전에 다구치 우키치(田口卯吉)가 주장한 일본어의 '아리아어계' 학설에 대한 반박이라고 해도 된다. 또 1911년에는 신무라 이즈루(新村出)가 <國語系統の問題>를 발표한다. 신무라(新村)의 결론은 "일본어가 소위 우랄·알타이 계통과 관계가 있다고 하는 점은 논쟁이 되지 않지만 그 관계는 매우 소원(疎遠)하다는 데 귀착한다"라는 것으로 일본어와 조선어의 관계 역시 "매우 먼 것 같이 보인다. (…) 일본어가 조선어에서 나온 것도 아니고 조선어가 일본어의 한 방언도 아니며 각각 한일 공통 조어로부터 분기했다고 설명하는 것이 적당하다고 생각된다. 그러나 혹시 두 언어가 각각 대립해서 만주어, 몽고어와 맞서는 관계가 되어 소위 '日鮮滿蒙土'[4]의 여러 언어가 형제 사이라고 생각해야 하는 시기가 오지 않는다고는 말할 수 없다"라고 하고 "조선의 방언 조사와 언어 자료 수집이 차차 진행되고 조선어를 역사적으로 연구하는 시기가 되어 일본어와의 비교 연구가 확실한 지위를 얻을 시기가 조만간 올 것으로 보인다"라고 하였다.[5]

앞에서 말한 대로 후지오카(藤岡)나 신무라(新村) 모두 대학 재학 중이던 오구라(小倉)을 가르쳤다. 그들의 논의에 어느 정도 영향을 받았는지는 불분명하지만 오구라(小倉)가 계통 관계를 파악하는 방법은 유사한 점이 있다. 또한 신무라(新村)의 인용 부분 중 마지막으로부터 자극을 받았는지는 모르지만 오구라(小倉)는 조선어 방언 연구와 문헌에서의 언어 자료 수집을 계속 하여 조선어의 역사적 연구를 필생의 작업으로 삼았다는 점을 덧붙이고 싶다.

그런데 계통론에 관한 이러한 오구라(小倉)의 견해는 1934년 '國語科

---

4) [역자주] '日鮮滿蒙土'는 일본어, 한국어, 만주어, 몽고어, 토이기어(터키어)를 가리킨다.
5) 新村出, <國語系統の問題>, ≪太陽≫ 17-1, 1911년 1월, 88~89쪽.

學講座'의 일환으로 쓴 ≪朝鮮語と日本語≫에서도 엿볼 수 있다. 즉, 일본어와 조선어는 통사법에서는 거의 일치하지만 음운, 어휘에 관해서는 일치한다고 할 만한 연구 결과를 얻지 못하고 있기 때문에 다음과 같이 논의를 마무리 지었다.

> "(…) 우리는 모름지기 우선 일본어와 조선어의 역사적 변천의 흔적을 한층 분명하게 하고 다른 한 편으로 두 언어 주위에 존재하는 상사점(相似點)과 상이점(相異點)을 공정하고도 엄밀하게 구별, 비판하여 (…) 완전한 동일 계통임을 증명하기 위해서는 더 많은 노력과 세월을 바쳐야 한다고 믿는다."6)

완전한 동일 계통임을 증명하는 데는 아직 충분하지 않다는 것이다. 같은 책에서 오구라(小倉)의 은사인 가나자와 쇼자부로(金澤庄三郎)의 동계론 연구가 "학술적 가치는 내외 학자들이 인정하는 바가 되었다"7) 라고 높이 평가하고 있지만 오구라(小倉)가 피하고 싶었던 것은 가나자와(金澤)가 1910년에 행하여 '동일 계통'을 증명하였다고 하는 ≪日韓兩國語同系論≫의 다음과 같은 문제였다고 생각된다.8)

> 첫째, 가나자와(金澤)가 비교의 대상으로 한 조선어 단어가 어느 시대 것인지를 명확히 하지 않았던 점. 아마도 당시의 문장 표준어였다고 생각되지만 그것과 일본어의 고어 및 고전어를 비교하는 것은 음운, 어휘의 면에서 한계가 있었다는 점.

---

6) 小倉進平, ≪朝鮮語と日本語≫(國語文化講座 24集), 明治書院, 1934년, 61쪽.
7) 小倉進平, 앞의 책, 60쪽.
8) [역자주] 여기서는 세 가지 문제점을 거론한다.

여기에 관해서 오구라(小倉)는 1938년에 간행된 ≪朝鮮語に於ける
謙讓法·尊敬法の助動詞≫의 말미에 붙인 영어 서문인 <A STUDY
OF THE HUMBLE AND HONORIFIC FORMS IN THE
KOREAN LANGUAGE>에서 계통론의 일반적인 경향은 京城의 현
재 표준 어법을 바탕으로 하고 있다는 문제점을 지적하고 금후에는 역
사적인 변천 과정과 방언을 탐구하는 것이 과제가 될 것이라고 하였
다.9) 이것은 나중에 살피는 방언 연구의 한 동기이기도 했다. 요컨대 역
사적인 재구성을 하지 않는 한 계통론은 논할 수 없다고 하는 것이다.

둘째, 가나자와(金澤)가 "조선어는 우리 대일본 제국의 언어와 동일
계통에 속하며 우리 국어의 한 분파에 불과하다는 것은 마치 유구 방
언이 우리 국어와 마찬가지 관계인 것과 같다"10)라고 하듯이 너무나
가까운 동일 계통임을 증명하고 있다는 점.

셋째, "본 논문의 기본 취지는 (…) 우리의 보호국인 한국이 그 언
어에서도 또한 우리 국어의 한 방언인 사실을 통해 분명 동문동어(同
文同語)의 나라라고 하는 사실을 나타냄으로써 한 편으로 한국의 시
정(施政)과 교도(敎導) 임무를 실제로 담당하는 사람들이 참고하는 데
이바지하고 또 다른 한 편으로는 동양 비교 언어학 연구의 학술적 흥
미를 전파하여 대내적으로는 우리 국어학의 발달을 촉구하는 일환으
로 한다는 작은 뜻 이외에는 없다"11)라고 한 점.12)

---

9) Ogura, Shinpei, <A STUDY OF THE HUMBLE AND HONORIFIC
   FORMS IN THE KOREAN LANGUAGE>, p.6, ≪朝鮮語に於ける謙讓
   法·尊敬法の助動詞≫(東洋文庫論叢 26), 1938년. ≪小倉進平博士著作集
   (二)≫에 수록.
10) 金澤庄三郎, ≪日韓兩國語同系論≫, 三省堂, 1910년, 1쪽.
11) 金澤庄三郎, 앞의 책, 59쪽.
12) 金澤庄三郎이 이 책의 원고를 쓴 시점에는 아직 한국이 일본의 보호국이었으

국어학의 발달을 촉구하는 일환이라는 점에 대해서는 오구라(小倉)도 이견이 없었다고 생각한다. 그러나 그 앞부분은 너무나 정치적인 이야기이며 검증도 거치지 않은 채 가나자와(金澤)의 논의가 동일 계통의 증거로서 여러 곳에 원용되었던 이유 중 하나는 이러한 시국을 배려한 어구13) 때문이 아니었을까 한다.

그런데 오구라(小倉)는 가나자와(金澤)가 1929년에 간행한 ≪日鮮同祖論≫의 서평을 적었다. 은사의 책이라서 꽤 쓰기 어려웠다는 점은 문면에서도 읽을 수 있는데 "박사는 한일(韓日)의 동조(同祖)를 증명하기 위해 각종 여러 방면에서 논거를 들었다"라고 소개했지만 서평의 마지막에 다음과 같은 견해를 제시했다.

"그러나 이 책에 대한 나의 바람을 굳이 말씀 드린다면 이 책이 일본과 조선 두 민족의 이동(異同)에 대해서 논의하고 있는 이상 이제 민족학과 고고학 방면의 자료를 좀 더 추가했으면 한다. 언어학은 인종론과 민족론에 대해 유력한 증거 자료가 되지만 최후의 결정 요소가 되지 않는다는 점은 새삼스럽게 여기서 말할 필요도 없다. 민족학, 고고학으로부터 일한동조론(日韓同祖論)이 성립한 후에야말로 박사의 동조론은 한층 그 확실성을 지니게 될 것이라고 믿는다."14)

언어적인 측면에서의 '동계'와 민족적인 측면의 '동계'를 혼동하는 것은 피해야 한다고 은사의 책에 대한 서평을 빌려 주장하고 있는 것이다.

며 정식으로는 '대한제국'이었다.
13) [역자주] 세 번째 문제점의 앞부분 내용을 가리킨다.
14) 小倉進平, <金澤博士著'日鮮同祖論'>, ≪京城日報≫, 1929년 5월 19일, 6쪽.

■5.2. '공통어(Gemein-sprache)'라는 것
- 공통 조어의 존재 -

조선어 자체의 계통에 관한 오구라(小倉)의 견해는 1935년 岩波講座 東洋思潮에서 간행한 《朝鮮語の系統》의 결론부에 나타나 있다. 즉 "조선어가 계통상 우랄·알타이 어족, 특히 알타이 어족과 가장 깊은 관계에 있음을 미루어 짐작하는 것은 조금의 위험도 없음을 믿는 바이 다"[15]라고 강력히 단정하고 있다. 다만 여기서는 일본어의 계통이나 일 본어와 조선어의 관계에 대해서는 전혀 다루지 않았다. 1938년의 강연 인 '언어학에서 본 일본어의 지위(言語學より見たる日本語の地位)'에서도 일 본어의 계통에 대해서는 다음과 같이 분명한 것을 일절 말하지 않았다.

"오늘날 일본어의 계통에 대해서 대담하게 이것 저것 말하는 사람 이 있습니다만 언어학을 전문으로 하고 있는 사람은 적은 것 같습니 다. 이 연구를 제대로 하고자 한다면 아주 겁이 많아지고 책임 져야 할 것을 간단하게 말하기 어려워집니다. 반드시 앞으로 긴 세월에 걸 쳐 천천히 연구해야 한다고 생각합니다."[16]

그러나 《國語及朝鮮語のため》(1920년)에서 보여 주었던 논의, 즉 학문적으로는 아직 증명할 수 없지만 어떻게 끝날지는 알고 있다고 하는 방식[17]의 논의 전개가 없어진 것도 아니다. 예컨대 1939년에 쓴

---

15) 小倉進平, 《朝鮮語の系統》, 岩波講座 東洋思潮, 1935년, 52쪽. 《小倉進平 博士著作集(二)》에 실림.
16) 小倉進平, <言語學より見たる日本語の地位>, 《昭和13年 夏期日本文化講 座講演集》, 國際學友會, 1939년 6월, 33~34쪽.
17) [역자주] 앞에서 말했듯이 小倉進平은 언젠가 학문적으로도 한국어와 일본어 가 같은 계통에 있음을 증명할 수 있으리라고 생각했다.

<朝鮮語槪觀>이라는 논문에서는 우선 다음과 같이 말했다.

"나는 조선어가 계통적으로 일본어와 관계가 없다고는 단언하지 않지만 오늘날의 연구 범위에서는 조선어가 일본어와 유사하다기보다는 오히려 음운, 어휘, 어법 등 모든 점에서 서방 대륙의 여러 언어, 특히 알타이 제어와 밀접한 관계를 가지고 있다고 생각된다."[18]

이와 같이 조선어의 계통에 대해서 밝히고 나서 일본어에 대해서도 같은 논문에서 "일본어의 어원 해석에 조선어를 이용하고 조선어의 어원 해석에 일본어를 응용하는 사람도 있는 것 같은데 그 사람들 중 대부분은 조선어의 특질을 전혀 알지 못하고 또 일본어의 역사조차도 모른다"라고 해서 어중간한 계통론이나 어원 해석에 가차 없는 평가를 내리고 있는[19] 점은 앞에서 본 것과 변함이 없다. 그러나 "일본어라는 것이 다른 언어와 전혀 교류하지 않고 섬 안에서 홀연히 나왔다고 생각할 수는 없다"라고 함으로써 무엇인가를 덧붙이고 싶었던 모양이다. 그래서 뒤 이어 다음과 같이 한 걸음 더 깊이 파고든 해석을 제시하기

---

18) 小倉進平, <朝鮮語槪觀>, ≪國文學 解釋と鑑賞≫ 4-7, 1939년 7월, 137쪽.
19) 小倉進平, 앞의 논문, 135쪽. 小倉進平은 일본에서 어원학과 계통론이 "현저한 진보를 이루지 못한" 이유로 다음을 제시하고 있다. "첫째, 오로지 일본어만으로 해석을 시도할 뿐 외국어와의 비교 연구를 소홀히 한 것. 일본어 중에는 물론 일본어로 해석해야 하는 말이 많이 있지만 종래의 학자 중에는 일본어가 소위 유신(惟神)의 언어이므로 주위의 여러 언어로부터 초연하게 존립한 신성한 언어라는 착각에서 탈피할 수 없었던 것. 둘째, 설사 외국어와의 비교를 시도하는 경우가 있었다고 해도 외형 내용에 관해서 극히 막연하고 피상적인 관찰을 하는 데 그치고 음운 대응 법칙 등의 수립에 관하여 조금도 주의를 기울이지 않았던 것. 또 시대에 따라 일본어 자체에 음운 변천의 규칙성이 존재한 사실을 알아채지 못하고 그 방면의 연구를 게을리 한 것". 小倉進平, <國語語原の問題>, ≪報告會記錄≫ 第13號, 帝國學士院東亞諸民族調査室, 1943년 10월, 4쪽.

에 이른다.

　"(…) 오늘날 조선어와 일본어 사이에는 음운, 어휘에 있어 그다지
현저한 유사점을 발견할 수 없지만 어법, 특히 통사론에서는 대체로
동일한 현상이 존재함을 인정할 수 있다. 어법의 유사성 여부는 언어
계통의 동이(同異)를 결정하는 준거가 되기 때문에 일본어와 조선어는
아주 오래 전에는 하나의 공통어를 이루고 있었을 지도 모른다."20)

　일본어와 조선어가 아주 오래 전에 하나의 공통어를 이루고 있었다
고 하는 것은 가나자와 쇼자부로(金澤庄三郎)가 "(…) 일본과 한국의 국
민들이 서로의 국어를 깨닫고 이해하여 결국 고대(古代)와 마찬가지로
동화되는 성과를 올리는 데 이르니 참으로 천하의 경사라고 할 수 있
다"21)라고 말한 것과 본질적으로는 차이가 없다.

　또한 오구라(小倉)가 <朝鮮語槪觀>(1939년)에서 두 언어가 오늘날
이렇게 달라진 것은 "조선어가 대륙의 한 구석에 있어서 본래의 특질
을 충실히 보존하며 순조롭게 발달할 수 있었음에 비해 일본어는 섬
나라로서의 특수한 지위 외에 남방어, 북방어의 영향 등도 곁들여져서
적어도 오늘날의 일본어 기초가 세워진 소위 일본어 시대에서는 이미
현저한 변천을 겪어 버린 것이 아닐까 생각된다"22)라고 한 것도 가나
자와(金澤)가 1912년에 "원래 국어와 조선어는 동계의 언어이므로 얼핏
봐서 다르다고 느끼는 것도 두 언어 모두 원래는 같되 다만 국어는 끊
임없이 변화하고 조선어는 그 형태대로 정체되어 있기 때문입니다"23)

20) 小倉進平, <朝鮮語槪觀>, ≪國文學 解釋と鑑賞≫ 4-7, 1939년 7월, 137쪽.
21) 金澤庄三郎, ≪日韓兩國語同系論≫, 三省堂, 1910년, 60쪽.
22) 小倉進平, 앞의 논문, 137쪽.
23) 金澤庄三郎, ≪國語敎授上參考すべき事項≫, 朝鮮總督府內務部學務局,

라고 한 말과 그리 다르지 않다.

예전에는 '공통어'와 같은 것이었음에 틀림없다고 한 말은 오구라(小倉) 자신의 마음 속에서는 사실 좀 더 큰 이야기와 맥이 닿아 있었던 듯하다. 앞에서 말한 1939년의 논문(<朝鮮語槪觀>)에서 "계통적으로 일본어와 관계가 없는 것이라고는 단언하지 않는다"라고 말하고 있기 때문에 단언하지 않을 만한 학문적인 근거를 나타내고자 했던 것으로 보이며 1943년 제국학사원(帝國學士院)[24] 동아제민족연구실(東亞諸民族調査室)에서의 강연인 '國語語原の問題'에서는 여진어, 몽고어, 만주어, 터키어, 핀란드어 등 대륙의 여러 언어와 조선어, 그리고 일본어 사이의 음운 대응을 구축하고 몇 가지 어법상의 유사점도 제시하려고 했다. 거기서 대륙의 여러 언어와 조선어 사이에는 어느 정도의 대응 관계를 찾아낼 수 있지만 일본어와의 관계에서는 용이하지 않음을 볼 수 있다. 생각하건대 그러한 예시를 하고 있는 점에서는 어디까지나 학문적인데 다만 전혀 관계가 없다고까지는 말하고 않았으며 오히려 같은 강연에서는 다음과 같은 커다란 구도를 그리고 있었다.

> "확실히 일본 민족과 일본어가 원래부터 이 국토에서 발생하여 발달했다고만 생각할 수는 없다. 현대야 일본, 중국, 만주와 몽고, 터키 등 동아시아에 각종 민족들이 분립되어 있지만 이 지역으로 처음 인류가 이동한 시기에는 이러한 분명한 분계(分界)가 존재하지 않았으며, 일본 국토는 온통 알타이 민족의 일파인 퉁구스족 아니면 남양계 민족 일색이었을 것이다. (…) 따라서 언어도 예전에는 오늘날 보이

1912년 3월, 4쪽. "≪日本植民地敎育政策史料集成(朝鮮篇)≫ 第18卷, 龍溪書舍"로 다시 간행됨.

24) [역자주] 제국학사원은 현 일본학사원의 전신이며 학문적으로 탁월한 학자들을 위해 설치한 기관이다.

는 것과 같은 분명한 분립 상태를 나타내지 않고 광대한 지방에 걸쳐 공통어와 같은 성질의 언어가 사용되고 있었으리라 본다. 그러다가 이후 행하여진 자연계의 정복, 민족 사이의 투쟁, 사회 조직의 변혁 등으로 각각 특유한 발전을 이루어 결국에는 서로 의사 소통을 할 수 없을 만큼 상당한 차이가 있는 언어로까지 모습이 변화한 듯하다."[25)]

이 강연은 1943년 6월 16일에 있었다. 따라서 "광대한 지방에 걸쳐 공통어와 같은 성질의 언어가 사용되고 있었으리라 본다"라는 발언은 '대동아공영권(大東亞共榮圈)' 범위 안에서의 일본어 보급을 정당화하는 논의에 원용될 가능성도 있었을 것이다.

위의 인용에서 "일본 국토는 온통 알타이 민족의 일파인 퉁구스족 아니면 남양계 민족 일색이었을 것"이라는 견해를 제시하고 또 "일본어와 조선어는 아주 오래 전에는 하나의 공통어를 이루고 있었을지도 모르는 것"이었는데 "일본어는 섬나라로서의 특수한 지위 외에 남방어, 북방어의 영향"이 있어서 변화해 버렸다고 하는 견해는 반대로 말하면 남방어, 북방어와의 유사성도 있을 수 있다는 것이 된다. 이 점에 유의하면서 다음 절로 넘어가고자 한다.

■5.3. '교류의 장'으로서의 '東亞'

오구라(小倉) 자신은 계통론의 맥락에서 일본어의 해외 보급을 논의한 경우가 거의 없다. 다만 1942년에 출간된 ≪文藝≫의 좌담회에서

---

25) 小倉進平, <國語語原の問題>, ≪報告會記錄≫ 第13號, 帝國學士院東亞諸民族調查室, 1943년 10월, 4~5쪽.

한 발언을 기록해 두고자 한다.

"(…) 우선 공영권 내에 일본어를 확대시키려고 할 경우 그 가능
성이 있는지 여부가 문제가 된다고 생각합니다만 그것은 음운이나
어격(語格)의 조립, 그 밖의 점에서 볼 때 저는 보급의 가능성이 충분
히 있지 않을까 합니다. 즉 음운의 조립이나 말의 조립이 대체로-물
론 근본적으로는 다른 부분도 있겠습니다만-같을 것이라는 관점에서
보면 민족의 감정 문제와도 합쳐져서 비교적 보급이 가능하지 않을
까 생각됩니다."[26]

위와 같이 말한 후 이어서 다니가와 데츠조(谷川徹三)의 "그것은 필리
핀인이나 말레이인 또는 蘭印人[27]에 대해서도 전반적으로 그럴까요?"
라고 하는 물음에도 "그렇지 않을까 생각합니다"라고 답변하고 있다.

이것은 계통론에 의해서라기보다는 유사성에 의한 보급 가능론이다.
'민족의 감정 문제'가 구체적으로 무엇인지에 대해서는 말하고 있지 않
지만 가령 '아시아'적인 민족으로서의 친근감, 보다 더 나아가 '식민지
지배로부터의 해방이나 민족 자결' 등을 생각하고 있었다고도 할 수 있
다. 그것과 언어의 음운이나 어격의 유사성 문제를 나란히 놓고 논의한
다면 그 시국성(時局性)[28]에 주목하지 않으면 안 된다.

또 오구라(小倉)는 1942년에 일본어교육진흥회의 기관지 ≪日本語≫
2-4, 2-5에 <日本語と東亞諸言語との交流>와 <日本語と南洋語>
라는 논문을 연속해서 기고했다. <日本語と東亞諸言語との交流>의

---

26) <言語政策 座談會>, ≪文藝≫, 1942년 3월, 135쪽.
27) [역자주] '蘭印'은 이전의 네덜란드령 말레이 제도 및 뉴기니아 섬의 서부를 가
    리키며 현재의 인도네시아에 속한다.
28) [역자주] 여기서 말하는 시국성 또는 시국적이라는 것은 일본이 한창 세계대전
    을 치르고 있던 상황과의 관련성을 가리킨다.

머리말을 인용하면 다음과 같다.

"대체로 두 가지 이상의 언어를 비교하는 데 있어서 우리가 취해야 할 태도에는 두 가지가 있다. 하나는 두 언어를 계통론적으로 관찰하는 경우이고, 다른 하나는 차용 현상을 기초로 관찰하는 경우이다. 前者는 사전(史前)[29]의 사실까지도 소급하여 그 혈연관계의 유무를 고찰하는 것임에 비해 後者는 오로지 사후(史後)의 사실만을 바탕으로 그 교섭의 흔적을 묻고자 하는 것이다. 내가 여기서 의도하는 바는 오로지 후자에 있으며 일본어가 아이누어, 조선어, 만주·몽고어, 중국어, 티베트어, 남양어 등 동아시아 여러 언어와 예전부터 어떠한 교류가 이루어졌는지에 대한 전반을 말하고자 하는 것이다. (…)"[30]

이처럼 '사후(史後)', 즉 기록에 남아 있는 한도 내에서 일본어와 이들 '동아시아 여러 언어'[31] 사이의 어휘 교류를 주로 하여 기본적으로는 선행 연구 논문의 소개라는 형태로 논의를 해 나가고 있다. 동아시아 여러 언어와의 계통 관계에 대해서는 단정적인 표현을 절대 삼가고 조선어와의 관계에 있어서도 여러 학설을 소개할 뿐 자신의 견해는 덧붙이지 않는다고 하는 점이 머리말의 주의(主義)에 나오는 내용이다.

오구라(小倉)는 특별히 시국적인 것을 말하고 있지 않지만 '대동아공영권'과 겹치는 부분이 있는 여러 언어와 일본어가 문헌으로 확인할 수 있는 범위에서도 교류하고 있었다고 주장하는 것은 앞의 좌담회 발언

---

29) [역자주] '사전(史前)'은 선사 시대를 가리킨다. 뒤에 나올 '사후(史後)'는 '사전(史前)'의 반대 개념이다.
30) 小倉進平, <日本語と東亞諸言語との交流>, ≪日本語≫ 2-4, 1942년 4월, 4쪽.
31) '남양어'에 대해서는 ≪日本語≫ 2-5.

과 동일한 의도를 가진다고 생각할 수 있다. 또한 앞 절에서 <國語語原の問題>로부터 인용한 "광대한 지방에 걸친 공통어"의 설정이 이 머리말에서 말하는 전자(前者), 즉 계통론적으로 관찰한 결과에서 나온 가설이라고 한다면 두 논문에서 차용 현상을 기초로 관찰하는 입장에서 여러 학설을 소개한 것은 그 가설과 상호 보완적인 관계에 있다고 할 수 있다. 즉 일본어 혹은 그 조어(祖語)로 상정할 수 있는 어떤 언어가 존재한다면 그것이 여러 형태로 분화해 나간 후에도 상호간의 '교류'는 이루어지고 있었다는 것을 '사후(史後)의 사실'로써 나타내고자 한 것이 아닐까?

어찌 되었든 '교류의 장'으로서의 '동아(東亞)'라고 하는 주장이 이루어지고 있었다는 것을 더 이상 일본어 보급의 논의와 관련시키기는 어렵다. 오히려 오구라(小倉)가 일본어의 보급에 대해서 논의하는 경우 보급의 논거로 삼은 것은 '국력'이라고 하는 매우 흔한 논리였다. 그것은 다음 장에서 고찰한다.

6장

「言語」의 構築

「국어」 보급의 논리와 '국어 문제'

6.1. '국어 문제'에 대한 견해
– '內地·外地' 일체론 –

우선 오구라(小倉)가 국어 문제를 어떻게 생각하고 있었는지에 대해 다루기로 한다. 오구라(小倉)가 처음 국어 문제에 대해서 언급한 것은 ≪國語及朝鮮語のため≫(1920년)의 한 단원에서였는데 그것은 明治 시대의 국어(國語)·국자(國字) 문제에 대한 간략한 논의에 지나지 않는다. 다음 해에는 ≪國語教育≫이라는 학술지에 <朝鮮から觀た國語問題>를 게재했다. 이것은 조선이라는 다른 언어를 사용하는 지역에 몸을 둔 입장에서 일본의 국어 문제에 대해 제언한 글이었다.[1]

그 내용을 간단하게 살피기로 한다. 이 논문은 "우리는 우리 동포에 대해서 매우 딱하게 생각하는 것이 한 가지 있다"라는 첫머리로 시작한다. 즉, "국어 정리의 문제는 종래 일본 본토(內地)를 표준으로 논의되고 있었던 것이다. 그러나 오늘날 일본의 국력은 해외로 뻗어나가 일

---

1) [역자주] 잘 알려져 있다시피 小倉進平은 1911년부터 20여 년 동안 한국에 있었으므로 한국에 거주하는 일본인의 입장에서 글을 쓰고 있음을 말한다.

본어의 세력도 결코 얕잡아볼 수 없게 되었다. (…) 당당하게 세계의 대해(大海)로 진출할 운명이 부여된 영광스러운 언어이다"라는 것이다. 그런데도 그 실태는 "이것이 일본어라고 하면서 활개치고 세계를 활보할 수 있을 정도일까?"라고 했다. 그것은 음운, 가나(假名) 표기법, 문체등 여러 측면에서 "일본어가 문란함의 극치에 다다르고 있었기" 때문이다.[2]

당시 조선총독부의 학무국에 있었고 경성고등보통학교 교유와 경성의학전문학교 교수를 겸임한 적도 있는 오구라(小倉)로서는 실제로 다른 언어를 모국어로 하는 화자에게 일본어를 가르칠 때의 여러 문제점을 잘 인식하고 있었다. 예컨대 악센트 하나를 가지고도 규슈(九州) 출신인 국어 교사가 조선에서 가르친 후에 도호쿠(東北) 출신인 교사가 가르치게 되면 그들은 각각 다른 방언 악센트를 그대로 조선 아이들에게 교육하게 된다. 오구라(小倉) 자신은 센다이(仙臺) 출신인데 조선인에게서 어떤 것이 정확한 악센트인지를 질문 받으면 "에두르지 않고 말하면 나는 악센트를 모른다는 것 말고는 다른 설명 방법이 없게 된다"라고 했다. 이것은 "국어에서 이에 대한 표준이 정해지지 않은 결과"일 뿐만 아니라 그러한 교육이 이루어지지 않은 결과이기도 하다. 또한 방언 조사를 하고 있던 오구라(小倉)였던 만큼 조선어의 방언에도 악센트가 있으며 그것이 「국어」를 배우는 데에도 영향을 끼친다는 지적이 이어졌다.[3]

---

2) 小倉進平, <朝鮮から觀た國語問題>, ≪國語敎育≫ 6-3, 1921년, 3월, 72~73쪽.
3) 小倉進平, 앞의 논문, 73~74쪽. 이 논문에서는 구체적인 예시가 없지만 경상도에서의 방언 조사("<慶尙南道方言>, ≪朝鮮彙報≫, 1915년 4월[조사는 같은 해 2월]"과 "<慶尙南北道方言>, ≪朝鮮彙報≫, 1916년 5월[조사는 같은 해 2월]")에서는 조선어의 악센트가 각 단어의 첫 음절에 있음을 지적하고 그것이 일본어의 발음에도 영향을 끼쳐 '[hana](花)'와 '[hana](鼻)', '[hashi]

또 가나(假名) 표기법에 대해서도 역사적 표기법과 표음적 표기법이
통일되지 않은 사실4)이 있는데 "일본에서 정실(情實)에 얽혀 있는 철저
하지 못한 것"을 조선에서 사용할 수는 없기 때문에 시급하게 "内地의
어떤 믿음직한 조사 기관에서 만들어 주었으면 한다"라고 말한 것이다.
다만 오구라(小倉)는 악센트든 가나(假名) 표기법이든 内地와는 별도로
조선만의 독자적인 것을 설정하고자 하는 논의에는 반대했다. 그것은
"국어의 생명을 잊어버린 망론"이며 "널리 새로운 영토에 있어 국어
교육의 실제를 참작하고, 하나가 된 세계 앞에서도 이것을 일본어의 이
상적 가나(假名) 표기법이라고 뽐낼 수 있는" 것이어야 한다고 했다. 왜
냐하면 "국어가 앞으로는 국위 선양과 함께 외국인에 의해서도 구사되
고 세계의 자랑스러운 무대에도 등장해야 할 운명을 가진 빛나는 언
어"이기 때문이라고 한다.5)

(橋)'와 '[hashi](端)' 등의 악센트를 구별할 수 없는 상황이 기술되어 있다. 또
한 전라남도에서의 방언 조사(<全羅南道方言(一)~(三)>, ≪朝鮮教育研究
會雜誌≫ 44~46, 1919년 5월~7월[조사는 1918년 10월])에서는, 둘째 음절이
높아지는 지방과 첫 음절이 높아지는 지방이 있음을 지적하고 각각 일본어의
발음에도 영향을 준다고 했다. 그리고 "언젠가 국어의 음조가 정리되어 이를
조선의 국어 교습에 응용하는 시기가 도래해야 한다는 것을 안다면 조선에서
의 방언 음조가 국어에 미친 영향을 미리 연구해 둘 필요가 있다는 점은 두말
할 것도 없다고 믿는다."(<全羅南道方言(一)> 7쪽)라고 해서 「국어」 교육과
의 관련성을 시사했다.

4) 1900년의 소학교령 개정에서 한자음(字音) 가나(假名)만을 표음화(소위 장음
을 줄로 표시하는 표기법) 하는 교육 제도로 개정하면서부터 가나 표기법의
문제는 큰 논의를 불러일으켰다. 자연스러운 추세로 일본어 가나(和語 表記)
도 표음화 하게 되자 문부성은 국정 교과서 편찬이라는 사정도 있고 해서 모
든 말을 표음화 하는 안을 1905년에 냈는데 혼란을 초래함으로써 1908년에
'臨時假名遣調査委員會'가 설립되는 등 최종적으로는 종래의 역사적 가나(假
名) 표기법으로 되돌아간 경위가 있다(상세한 것은 졸저 "≪帝國日本の言語
編制≫, 世織書房, 1997년" 등을 참조). 이런 일련의 논의 중에 식민지에서의
'국어 교육'에 대한 관점이 어느 정도 존재하고 있었다는 것도 사실이다.

5) 小倉進平, <朝鮮から觀た國語問題>, ≪國語教育≫ 6-3, 1921년, 3월, 74~

또한 문체에 있어 조선에서는 구어체 중심이라도 괜찮지만 內地에
서는 문어체와 후문체(候文體)[6]가 아직까지 중요시 되고 있는 현실을
감안하여 "학교와 사회에서 문어체와 후문체 등이 아무리 졸렬하더라
도 전혀 부끄럽지 않은 시대가 도래하기를 희망한다"[7]라고 했다. 여기
서도 기준은 어디까지나 內地에 두고 있다는 것을 알 수 있다. 그리고
나서 "우리는 국민 일반이 속히 이러한 점들을 각성하고 국어를 일대
정리하는 분위기를 촉진하여 소위 대일본 제국의 국어를 하루라도 빨
리 완성시키기를 희망하는 것이다"[8]라는 문장으로 끝 맺고 있다.

졸저 ≪帝國日本の言語編制≫에서도 소개한 것처럼 식민지의 영유
(領有)와 국어 문제의 해결을 연관시킨 주장은 가나자와 쇼자부로(金澤
庄三郎)나 오츠키 후미히코(大槻文彦) 등에서도 보이며 결코 오구라(小倉)
의 독창적인 것은 아니다. 그들의 논의에서 공통적인 점은 식민지 측의
사정을 우선시하여 內地와는 다른 기준을 마련하라는 것이 아니라 안
심하고 참조할 수 있는 「국어」의 통일되고 확고한 기준을 빨리 설정해
야 한다는 사실이다.[9]

오구라(小倉)의 이 논리는 일관되게 유지된다. 예컨대 만주사변 이후

75쪽.
6) [역자주] '候(そうろう)'라는 말을 사용하는 문어체의 글.
7) 小倉進平, 앞의 논문, 76쪽.
8) 小倉進平, 앞의 논문, 76쪽.
9) 小倉進平과 같은 시기에 京城帝國大學에서 국문학을 강의하고 있었던 高木市
之助도 조선에서의 「국어」 교육이 가진 문제점에 대해서는 小倉進平과 같은
인식을 보이고 있었다. 小倉進平과 다른 점은 좀 더 나아가 「국어」 교육의 부
담을 경감시키는 것이 필요하다고 하고 가나(假名) 표기의 곤란함에 대해서도
고려해야 한다고 본 점이다. "高木市之助, <朝鮮の國語敎育について>, ≪京
城帝國大學創立十周年記念論文集 文學篇≫, 大阪屋號書店, 1936년"과 졸저
인 "≪植民地のなかの'國語學'-時枝誠記と京城帝國大學をめぐって-≫, 三
元社, 1997년"의 7장 참조.

에 쓴 글에서는 "최근 만주사변의 발발과 더불어 세간에서 북지문화공
작(北支文化工作)의 문제를 왕성하게 논의하고 언어 문제도 고찰하고 있
는 것은 주의를 필요로 한다. 만주사변 당초에 민중을 전부 일본인으로
동화시켜 한 명도 빠짐없이 일본어를 말할 수 있도록 해야 한다고 하
는 극단적인 동화 정책도 있었던 모양인데 최근 일본인과 중국인 상호
간에 언어를 이해해야 한다고 하는 논의가 점차 무르익어 온 것은 아
주 기쁜 현상이라고 해야 할 것이다"라는 인식을 드러내고 그러한 바
탕 위에서 다음과 같이 말했다.

> "그러나 국어에도 사상 표현의 수단으로서 본연적인 결점을 가진
> 경우가 있고, 역사에 의해 그 정체가 왜곡된 경우가 있음을 인정해야
> 할 것이다. 차후 진정으로 힘을 가진 국어는 지니고 있는 결점을 보
> 완하고 왜곡된 모습을 교정함으로써 비로소 완전하게 구축해야만 하
> 는 것이다."10)

즉 '외세(外勢)'11)를 빌려 가나(假名) 표기법이나 국자(國字) 문제의 해
결을 강요하고 있는 것이다. 그렇게 한 후 다음과 같이 말하여 '연마(鍊
磨)'한 「국어」를 선양해야 한다는 주장으로 나아가는 것이다.

> "(…) 우리 국어는 국체(國體)의 존엄함과 함께 여러 가지 장점(長
> 點)을 가지고 있지만 해외로 진출하는 언어로서는 더 한층 연마를 거
> 쳐야 할 점이 있음을 느낀다. 우리는 모름지기 국민 정신을 향상시켜
> 서 더욱 더 국운의 발전을 도모하는 것과 동시에 열렬한 국어 사랑의

---

10) 小倉進平, <我が國語政策の現在と將來>, ≪放送≫ 8-2, 1938년 2월, 15쪽.
11) [역자주] 여기서의 외세란 일본이 해외로 세력을 확장해 나가던 시대적 상황으
   로부터의 압력을 가리킨다.

정신을 발휘하여 우리 문화의 진수를 해외에 선양하는 데 노력해야
할 것이다."[12]

또한 1941년 10월에 발행된 잡지에서도 다음과 같이 말했다.

"이제 일본은 국운을 걸고 민족의 발전을 도모하며 문화의 앙양을
이룰 최후의 관두(關頭)에 봉착해 있다. 수천 년 이래로 일찍이 우리
선조들이 경험하지 않았던 이 언어 문제를 적극적으로 해결해야 하
는 시기 역시 지금을 놓치면 그 어디에도 없는 것이다."[13]

아시아・태평양 전쟁이 한창일 때도 다음과 같이 말하여 '해외 발전'
의 압력 아래에서 국어(國語)・국자(國字) 정리의 필요성을 호소하고 있
다.[14]

"최근 일본어의 남방 진출이 요란하게 논의되고 있는데 언어의 보
급은 일본의 국력이 충실하고 우수한 인재가 척척 나가서 토착 주민
을 신뢰하게 만들면 '어렵다'고 하는 것은 전혀 문제 되지 않는다. 문
제는 오히려 내부에 있으며 국어(國語)와 국자(國字)의 정리가 중요해
지는데 목표는 철저하게 어디에 내놓아도 부끄럽지 않은 품위를 유
지한 일본어에 있다."[15]

12) 小倉進平, 앞의 논문, 16쪽.
13) 小倉進平, <昔の日本語海外進出>, ≪文藝春秋≫, 1941년 10년, 9쪽.
14) 이러한 구상은 같은 해인 1941년 4월에 쓰인 "小倉進平, <日本語の海外發展
策>, ≪日本語≫ 1-1"에서도 전개되었다.
15) 小倉進平, <語學・日本人・日本語>, ≪外地評論≫ 5-8, 1942년 8월, 41쪽.

■6.2. 「국어」 보급의 원천
- '국력' -

외부로부터의 압력을 의식한 국어(國語)와 국자(國字)의 정리라는 관점은 이로써 명확해졌다. 다음으로 일본어가 보급되어 가는 원인에 대한 견해를 검토하기로 한다.

오구라(小倉)는 앞 절의 마지막 인용문에서도 분명히 드러나듯 '일본의 국력'이 보급의 원동력이 된다고 말했다. 1938년의 글에서도 "언어 보급의 매력은 국력의 성운에 정비례한다"[16]라고 했고 1942년의 글에서도 다음과 같이 말했다.

> "국력의 발전에 동반되는 일본어의 해외 진출! 우리 민족의 왕성한 발전을 장식하는 이러한 일대 문화 운동이 지금 진정 거국적으로 진지하게 연구되고 있다는 것은 대단히 기쁜 일이다. 우리 나라는 대만과 조선을 점령한 이래 일본어의 보급에 대하여 적지 않은 경험과 성과를 올려 왔다는 견해가 있지만 오늘날과 같이 광범하고도 중대한 문화 정책상의 문제에 직면한 적은 아직까지 없었다고 해도 될 정도이다. 언어가 국력 발전의 선편(先鞭)이라고 하는 현실 정세로 보아 국민들은 우리 문화의 향상과 추진이 지니는 필연적 중요성을 새삼스레 느꼈을 것이다."[17]

즉 "국력의 발전에 동반되는 일본어의 해외 진출"이라는 견해는 흔들림이 없는 것이다. 요컨대 일본어가 학습되는 것은 국력이 동반되기 때문이라는 것인데 시각을 바꿔서 말하자면 1938년의 논문에서 보이

---

16) 小倉進平, <文化政策と外國語敎育>, ≪敎育≫ 6-2, 1938년 2월, 54쪽.
17) 小倉進平, <昔の日本語海外進出>, ≪文藝春秋≫, 1941년 10월, 7쪽.

듯이 자연스럽게 언어를 배우게 된다고 하는 논의가 된다.

> "약소 민족은 당연히 강대국의 세력 아래에 놓여야 할 운명이기
> 때문에 그들이 행복하게 그 생활을 영위하기 위해서는 반드시 자신
> 들 스스로 나아가서 강대국의 언어를 학습할 필요를 느끼는 것이다.
> 특히 약소 민족에 대해 강대국이 자기 언어를 강제로 시키지 않더라
> 도 강대국의 언어는 약소 민족 사이에 자연스럽게 침투하여 보급된
> 다."18)

여기서 조선총독부 관리로 재임하고 그 후 경성제국대학에서 교편을
잡은 조선어학자 오구라 신페이(小倉進平)가 일본의 다른 언어(異言語)를
대하는 정책에 관해 인식하던 바를 엿볼 수 있다. 인식의 기반에는 "민
족과 그 언어는 서로 밀접한 관계를 가지고 있다"19)라는 사고가 있다.
그것이 기본이기 때문에 다음과 같이 일본어를 국외로 확대시키려 하
는 측의 의도를 설명하게 된다.

> "각 민족은 자기 언어에 대해서 최대한의 은혜와 위엄을 느끼며
> 최대한의 친근감을 가지고 있기 때문에 근대 국가가 성립한 후에도
> 한 국가가 그 국어를 존중해서 국민적 정신을 함양하고 그 문화를 다
> 른 나라에까지 미치려고 하는 시도는 오히려 당연한 귀결이라고 해
> 야 할 것이다."20)

---

18) 小倉進平, <我が國語政策の現在と將來>, ≪放送≫ 8-2, 1938년 2월, 14쪽.
19) 小倉進平, 앞의 논문, 13쪽.
20) 小倉進平, 앞의 논문, 13쪽.

그러한 의도가 있고 또 국력이 있으면 일본어가 널리 퍼지는 것은 당연하며[21] 일본어 학습이 행복으로 이어진다는 것이 오구라(小倉)가 언어 정책을 인식함에 있어 첫 번째 특징이다.

다른 한 편으로 민족과 그 언어는 서로 밀접한 관계를 가진다는, 즉 당시의 일반적인 표현을 빌리자면 "국어는 국민 정신이 깃드는 곳"이라는 인식은 단순히 일본어에만 해당하는 것이 아니라고 한다. 그것은 구미 열강의 언어에도, 약소 민족의 언어에도 있으며, "모국어에 대한 애호(愛護)의 열기는 극히 치열한 것이며 기회만 있으면 다른 큰 언어와 대등한 지위까지 향상시키려고 하는 노력이 끊임 없이 이어지는 것이다"라는 인식도 드러내게 된다. 그리하여 강대국이 자기 언어를 약소 민족에게 강제하여 모국어의 사용을 금지하는 것과 같은 일은 "약소 민족의 명예심을 상하게 하고 그들의 생활을 위협하는 결과가 되어 정책상 아무런 효과가 없을 뿐만 아니라 오히려 큰 피해를 후세에 남기게 된다"[22]라고 하기에 이른다.

이 두 가지 점에서 오구라(小倉)가 다른 언어(異言語) 정책에 대해 가진 기본 인식은, 국력이 동반되면 그 언어가 다른 언어를 사용하는 지역에 널리 퍼지는 것이 당연하지만 그것을 강제하지는 않고 다른 민족의 언어도 금압(禁壓)하지 않는 것임을 알 수 있다. 이것은 '이중언어 사용(bilingualism)'이라는 주장이 된다.[23]

---

21) 그것은 식민지에서의 「국어」도 마찬가지이다.
22) 小倉進平, 앞의 논문, 14쪽.
23) 小倉進平, 앞의 논문, 14쪽.

■6.3. 학습의 동기
- '생활상의 필요' 및 '행복' -

'이중언어 사용'에 대해서 좀 더 살펴보기로 한다. 오구라(小倉)는 국력이 있기 때문에 자연스럽게 일본어가 널리 퍼진다고 하면서 다른 한편으로는 학습자 측의 동기에도 시선을 주고 있다. 그러나 그 동기 분석도 국력과 동떨어진 것은 아니었다. 이것은 다음 내용에서 알 수 있다.

> "대만과 조선의 동포는 다수의 일본인과 접촉하며 일본의 행정, 무력, 경제력에 의존하지 않고서는 생활의 목적을 달성할 수 없기 때문에 자활하기 위해 나서서 국어를 학습하는 것이므로 다른 사람에게 의뢰를 받거나 강제적으로 하게 되거나 하는 것이 아니다. 국어는 그들 사이에 자연스럽게 보급되어 가는 것이다."[24]

또한 1942년 좌담회에서 "(…) 약한 민족이 다른 언어를 빨리 배운다고 하는 것은 결국 생활하기 위한 절대적 필요성에 근거하기 때문이라고 생각합니다. (…) 모두 실질적인 힘이 문제를 결정한다고 생각합니다"[25]라고 하는 발언에도 명확히 나타나고 있다. 생활상의 필요라고 말하면 강제적이 아니라 자발적이기 때문에 괜찮다고 하는 논리는 별 소용이 없다. 생활상의 필요를 만들어낸 것은 솔직히 말해 일본의 식민지 지배라는 국력이기 때문이다.

그러한 생활상의 필요를 오구라(小倉)는 다른 말로 바꿔서 말한다. 바로 '행복'이다. 1936년에 쓴 글에서 골라 보면 예를 들어 "국어의 일부

---

24) 小倉進平, <文化政策と外國語教育>, ≪敎育≫ 6-2, 1938년 2월, 52쪽.
25) <言語政策 座談會>, ≪文藝≫, 1942년 3월, 134쪽.

로서 가나(假名)를 조선 민중에게 배우게 하는 것은 그 동안 아무런 무리도 없었고 오히려 그들의 생활을 행복으로 인도하는 것이었다"[26]라는 표현을 하고 있다. 즉, 조선의 경우 생활상의 필요로 일본어를 배워서 일본어로 운영되는 여러 제도에 들어가 사회적 상승과 경제적 이익을 받을 수 있기 때문에 그것이 '행복'이 되는 것이다. 따라서 '이중언어 사용'은 허용되어야 한다고 말한다.

1938년의 글에서 다음 내용이 오구라(小倉)의 언어 정책관이 된다.

"요컨대 통치되는 민족이라도 그 모어(母語)에 대해 친근감을 가지고 집착하는 것은 부정할 수 없는 사실이기 때문에 통치하는 나라가 자기 언어로써 통치되는 민족의 언어를 완전히 바꿔 놓으려고 하는 것은 쉽게 기대할 수 없다. 동일 지방에 두 가지 이상의 언어가 사용되는 예는 결코 드물지 않다. 경우에 따라서는 이처럼 복수 언어를 편의상 나눠서 사용하는 상황 때문에 행복을 누리는 경우조차 적지는 않다."[27]

이것을 감안하여 "우리 나라가 종래 시행한 대만과 조선에서의 국어 정책은 어느 정도 확실히 성공했다고 할 수 있을 것이다"라고 말하지만 "다른 민족에 대한 언어 정책 등이 우리 나라에서는 아직까지 충분한 시련을 거치지" 않은 상태이기 때문에 차후에는 "구미(歐美) 각국의 쓰디쓴 체험"을 잘 고려해 나가야 한다고 주장한다.[28]

오구라(小倉)가 한반도에서의 언어 정책에 대해서 명료하게 말한 것은 이 1938년 논문이 마직막인 것으로 보인다. 아시아·태평양 전쟁이

---

26) 小倉進平, <朝鮮に於ける國字問題>, ≪教育≫ 4-8, 1936년 8월, 76쪽.
27) 小倉進平, <文化政策と外國語教育>, ≪教育≫ 6-2, 1938년 2월, 54쪽.
28) 小倉進平, <我が國語政策の現在と將來>, ≪放送≫ 8-2, 1938년 2월, 14쪽.

발발하고 조선에서도 징병령이 시행되려고 하는 1940년대[29]가 되면
일본어와 조선어의 두 언어를 사용하는 상황을 비정상적으로 여기는
논의가 자주 나타나면서 '국어 일원화론'이 등장하게 된다. 예를 들어
경성제국대학을 거쳐 동경제국대학 국어연구실의 교수가 된 도키에다
모토키(時枝誠記)가 '복리(福利)'라는 단어를 사용하여 조선어를 버리고
「국어」만 말할 수 있게 되어야 한다고 주장한 것[30]에서 현저하다.

구체적인 정책에 대해서 살펴보자. 조선총독이 도지사 회의에서 「국
어」의 철저한 보급을 지시한 것은 1936년 6월이었다.[31] 지방 의회에서
「국어」 사용이 장려되어 관공서 직원에게 직무 중 「국어」 사용을 독려
한 것은 1937년이었다.[32] 그 후 여러 조직을 통해서 「국어」 상용 운동
이 가속화되고 1942년에는 조선총독부에서 '國語普及運動要項'이 나
와 '全鮮各道知事會議'에서 그 실시를 요청하였다. 이것은 '國語全解
運動'이라고도 불리게 되며 모든 조선인에게 「국어」를 사용하게 하려
는 이념을 읽을 수 있다.[33]

오구라(小倉)의 논의에서 생각해 보자면 '생활상의 필요'가 없으면 일

---

29) 1938년에 지원병 제도가, 1944년에 징병 제도가 실시된다.
30) 時枝誠記, <朝鮮に於ける國語-實踐及び硏究の諸相->, ≪國民文學≫ 3-1,
   1943년 1월, 12쪽. 時枝誠記나 당시의 일본어 일원화론에 관해서는 졸저
   "≪植民地のなかの'國語學'-時枝誠記と京城帝國大學をめぐって-≫, 三元
   社, 1997년"을 참조.
31) <國語の普及徹底に關する件 道知事會議 總督指示>, ≪朝鮮≫, 1936년 7월.
   이 글은 "<資料構成 朝鮮人の皇民化と國語(=日本語)敎育-1934年以後->,
   ≪季刊 現代史≫ 8, 1976년 12월, 230쪽"에 수록.
32) "<朝鮮總督府內務局長談話 地方議會における國語獎勵>, 1937년 2월 16일"
   과 "<朝鮮總督府文書課長通牒 官公署 職員の執務中の國語使用>, 1937년 3
   월 17일". 이 글들은 "森田芳夫, ≪韓國における國語・國史敎育≫, 原書房,
   1987년, 326쪽"에 수록.
33) "<資料構成 朝鮮人の皇民化と國語(=日本語)敎育-1934年以後->, ≪季刊現
   代史≫ 8, 1976년 12월"이나 "森田芳夫, ≪韓國における國語・國史敎育≫,
   原書房, 1987년"에 여러 자료가 들어있다.

부러 다른 언어를 배우지 않아도 될 것이라고 하며 1938년의 논문에서
는 "일본인도 없는 대만이나 조선의 깊은 산 속에 살고 있는 노인과
유아에게까지 국어를 배우라고 명령해 봤자 그것이 도대체 가능한 것
인지, 또한 그럴 필요성이 어디에 있는지는 자명한 이야기이다"[34]라고
하고 있다. 따라서 「국어」의 철저한 보급화를 때마침 부르짖기 시작한
시기에 쓰인 이 논문은 「국어」를 모든 조선인에게 말하게 하려는 주장
에 의문을 제기하는 셈이 되었다. 그것은 물론 「국어」를 말할 필요가
없는 사람도 있기 때문이다.

같은 논문이나 다른 논문에서는 중일전쟁이 발발하여 일본어의 대륙
진출이 가속화됨에 따라 일본어를 모든 중국인에게 말하게 하고자 하
는 논조가 나온 것에 대해 언급하며 거기에 대해 반대하고 있다. 그 논
지 역시 모든 사람이 말할 필요는 없고 일부 필요한 계층만으로도 충
분하다는 것이다.[35] 또한 1942년에도 "별로 필요 없는 경우에도 일본
어를 무리하게 보급시키고자 하는 마음은 참으로 성급한 것인데요"[36]
라고 발언하고 있어 '필요'라는 것이 중요한 핵심어가 되고 있다.

■6.4. 「국어」 보급의 범위
- ≪エコノミスト≫의 논의를 중심으로 -

앞 절에서 소개한 오구라(小倉)의 주장이 명확히 나타나는 글은 1938

---

34) 小倉進平, <文化政策と外國語敎育>, ≪敎育≫ 6-2, 1938년 2월, 52쪽.
35) "小倉進平, 앞의 논문"과 "小倉進平, <我が國語政策の現在と將來>, ≪放送≫
　　8-2, 1938년 2월".
36) <言語政策 座談會>, ≪文藝≫, 1942년 3월, 139쪽.

년 2월 학술지 ≪教育≫에 실린 <文化政策と外國語教育>이다. 여기
서 오구라(小倉)는 1년 전에 출간된 ≪エコノミスト(economist)≫의
지상(誌上)에서 벌어진 조선에서의 「국어」 보급에 관한 논쟁을 다음과
같이 정리하고 있다.

> "(…) 마츠오카 마사오(松岡正男) 씨가 <新領土に於ける國語問題
> の重要性>이라는 논문을 기고하면서 국어 장려에 대해 그 취지에는
> 찬성하지만 너무나 비상식적인 방법으로 지나치게 강제적으로 하고
> 있는 모습이 보임을 논의했다고 한다. 그런데 그에 대해 조선총독부
> 의 문서과장이 (…) 마츠오카(松岡) 씨의 논설은 조선인이 경영하는
> 언문 신문의 오보와 오론(謬論)에서 재료를 받아 온 것으로 시종일관
> 전체가 오해일 뿐만 아니라 조선인 관리나 공직자에 대해 조선어 사
> 용을 금지했다는 것은 절대로 없다고 변호하고 있다. 나는 이 이야기
> 를 잡지에서만 봐서 그 진상을 밝힐 수 없지만 총독부가 말한 바에
> 절대적인 믿음을 보내고자 한다."[37]

오구라(小倉)가 "총독부가 말한 바에 절대적인 믿음"를 보인 것이 도
대체 무엇인지 분명하지 않으나 판단의 기준은 필요가 없는 곳에 「국
어」를 보급해 봤자 의미가 없다고 하는 오구라(小倉) 자신의 언어 정책
관에 있다고 생각된다.

그럼 ≪エコノミスト≫의 논의에 대해서 간단하게 소개하고자 한
다. ≪東京日日新聞≫ 기자인 마츠오카 마사오(松岡正男)는 "최근 조선
과 대만에서 피지배자와 노고를 나누지 않을 뿐만 아니라 위압으로써
그 민중들에게 민심의 이반을 조장하는 행동을 구태여 하고 있다는 놀

---

37) 小倉進平, <文化政策と外國語教育>, ≪教育≫ 6-2, 1938년 2월, 54쪽.

라운 사실이 있다"[38]라고 하고 ≪조선일보≫(한글 신문이다)의 3월 1
일자 사설 <관공리와 공직자의 조선어 사용 금지>를 인용하고 있다.
이 사설은 조선총독부 내무국장이 발표한 '地方議會における國語獎
勵'에 관한 담화(1937년 2월 16일)와 조선총독부 문서과장의 '官公署
職員の執務中の國語使用'에 관한 통첩(1937년 3월 17일)을 다룬 것인
데 그것을 조선어 사용 금지라고 보도하고 특히 후자에 대해서는 관공
서 직원의 경우 가정에서도 조선어 사용을 금지해야 한다는 통첩이었
다고 보도했다.

이에 대해 마츠오카(松岡)는 "조선에서는 신문 검열이 아주 까다로운
데 이 사설은 삭제되지 않고 게재되었기 때문에 관공리에 대해서만 유
독 관공서뿐만 아니라 일본어를 이해하지 못하는 가정에서도 국어 사
용을 강제한다는 것은 사실이라고 볼 수 있고 (…) 당국의 소심함에는
어이가 없다고 하겠다"[39]라고 하는 견해를 가지고 있다.

게다가 마츠오카(松岡)는 5월 15일 ≪朝鮮通信≫의 <용어 문제와 관
련해서 학생이 처분되다>라는 기사를 인용한다. 이것은 전주고등보통
학교에서 학생의 조선어 사용을 직원이 발견하면 한 번은 무기정학, 두
번은 퇴학 처분이 되는 것을 보도한 기사로 현재 일본에 수학여행을 갔
다가 발견되어 무기정학 처분을 받은 학생이 있다고 한 내용이었다. 마
츠오카(松岡)는 대만에서 신문의 한문란(漢文欄)이 폐지된 것도 다루면서
이와 같은 일들은 "공연히 형식상의 실적을 쌓는 데 급급해 민심을 잃
으면 무슨 이익이 있는가? 이 점은 특히 다른 민족의 통치에서 가장 조
심해야 하는 사항이다"라고 비판을 가한다. 마츠오카(松岡) 자신은 조선

---

38) 松岡正男, <新領土における國語問題の重要性>, ≪エコノミスト≫, 1937년
　　7월 1일, 35쪽.
39) 松岡正男, 앞의 논문, 36쪽.

과 대만에서의 국어 장려를 결코 불가하다고 보지 않지만 강제적인 것
은 타당하지 않다고 말하는 것이다.[40]

이 외에도 필리핀에서는 스페인어의 강제 사용으로 그 땅의 언어가
파괴되었다고 하고 만약 미국이 마찬가지로 영어를 강제한다면 그 통
치는 성공하지 않을 것이라고 했다. 또한 캐나다에서는 프랑스어를 존
중함으로써 통치가 원활하게 이루어고 있다고 하는 예를 들며 마츠오
카(松岡)는 다음과 같이 논문을 마무리 짓고 있다.

> "불행하게도 정신적으로는 신동포(新同胞)[41]에게 준 것이 적지만
> 물질적으로는 상당한 것을 주고 있다. 즉 보충금, 공채, 기업 투자를
> 합쳐 조선에는 약 12억 5,200만 엔, 대만에는 약 5억 엔을 투여하고
> 있는 것이다. 그렇기 때문에 물질적으로 보아 대만과 조선의 진보 발
> 전을 충분히 예측하기에는 모자람이 없다. (…) 정신적으로는 공허
> 하지만 물질적으로는 풍족한 신부민(新附民)[42]의 심중에 마치 영양이
> 풍부하고 기력이 강해진 죄수(囚人)가 탈출을 도모하는 것과 같은 무
> 지막지한 계획이 생겨나지는 않을까? 이것을 상상하면 참으로 모골
> 이 송연해진다. 조선과 대만의 당국이 헛되이 권세의 그늘에서 편안
> 함만 탐하기를 멈추고 매우 신중한 태도로 깊이 고려해야 할 문제라
> 고 확신한다."[43]

정신적으로는 주는 것이 적었지만 물질적으로는 그렇지 않다. 그러
면 의식(衣食)이 풍족하여 그 정신적인 불행을 해소하려고 할지 모르니

---

40) 松岡正男, 앞의 논문, 37쪽.
41) [역자주] 신동포란 식민지 지배를 받고 있는 민족들을 가리킨다.
42) [역자주] 신부민(新附民)이란 말 그대로 새로 편입된 민족으로 앞의 신동포와
마찬가지로 일본의 지배를 받는 민족이다.
43) 松岡正男, 앞의 논문, 38쪽.

까 「국어」의 강제 등은 신중하게 이루어져야 한다는 의견이다.

이에 대해서 조선총독부 총독관방 문서과의 이사카 게이이치로(井坂圭一郎)가 반론을 더했다. 마츠오카(松岡)의 논의는 ≪조선일보≫44) 등 2차적 정보로부터 판단하고 있다고 한 뒤 그러한 신문의 기사는 뉴스 값어치를 강화하기 위해 일부러 충격적인 내용으로 하는 것이 아닐까 하고 추측한 것이다. 지방 의회나 관공서에서의 「국어」 사용은 장려에 불과하기 때문에 "강제 또는 조선어 금지 등은 어디에도 쓰여 있지 않은 것이 아닌가"라고 하면서 실제 내무국장 담화나 문서과장 통첩을 인용해서 반론을 덧붙였다. 전주고등보통학교에서 조선어를 사용하면 정학이나 퇴학이 된다는 보도에 대해서도, 수학여행에서 조선어를 사용했기 때문에 정학이 되었다는 것은 실제로 음주 때문이라고 하여 마츠오카(松岡)의 논의가 오해로부터 출발한 것이라고 했다.45)

게다가 마츠오카(松岡)가 구미의 식민지주의를 예로 든 데 대해 그것은 일본의 원리와는 일치하지 않기 때문에 참고의 대상이 되지 않는다고 했다. 즉 "천황의 마음(大御心)이 일본의 식민지 통치에 있어 근본 정신을 이루는 것이므로 백인들의 식민지 정책과 달리 새로 편입된 이민족(異民族)을 일본 국민과 다르지 않은 동일 국민으로 보고 문화적으로나 경제적으로 그 복지를 일본 국민의 수준으로까지 끌어올린다"46) 라는 기본 원리야말로 세계에 비할 바 없는 독특한 것이며 "황도주의(皇道主義)에 입각한 식민지 통치"의 기초에 있기 때문이라는 것이다. 따라서 다음과 같이 말한다.

---

44) 3·1 독립운동 후에 발행을 허가 받은 조선어 신문이며 총독부에 대한 비판적인 기사로 몇 번이나 금지를 당했다.
45) 井坂圭一郎, <朝鮮に於ける國語敎育に就て-松岡正男氏の論據を駁する->, ≪エコノミスト≫, 1937년 9월 1일, 25~26쪽.
46) 井坂圭一郎, 앞의 논문, 27쪽.

"이러한 일본적인 위대한 정신이 국어에 대한 이해 없이는 용이하게 체득할 수 없음을 생각하면 식민지에서 국어 교육의 중요한 의의는 많은 것을 말하지 않더라도 명확할 뿐만 아니라 또 명실공히 완전한 일본 국민이 되고자 하는 조선인 스스로의 욕구라는 점을 헤아려야 할 것이다.

이상과 같은 표현은 조선의 시정 당국이 조선 민중의 뜻에 반하는 국어 강요를 합리화시키려고 하는 것으로 받아들일 수도 있겠지만 결코 그렇지 않으며 당국이 정도를 넘은 장려를 기도하는 것이 아니라는 점은 앞서 말한 실례가 가리키는 대로이다."[47]

「국어」 보급은 절대적이라는 입장을 분명하게 하면서도 그것은 결코 정도를 넘은 것이 아니며 「국어」 보급의 근본에 있는 '황도주의'는 귀중한 것이기 때문에 필연적으로 「국어」는 널리 퍼진다고 하는 것이다. 이에 대해 마츠오카(松岡)는 다시 붓을 들었다. 미나미 지로(南次郎) 조선총독으로부터의 서신(書信)을 비롯하여 반향이 컸음을 말하고 이사카(井坂)의 반론에 대한 비판은 삼가고 이하의 두 가지 사실만을 지적하는 데 그쳤다.

"첫째, 언문 신문에 잘못된 사실이 보도되었을 때 이것 때문에 가장 오해 받는 자는 한반도의 동포들이다. 따라서 잘못이 있을 때마다 이것을 시정해 주는 것이 책임을 맡은 자의 친절함일 것이라고 믿는다.

둘째, 상사(上司)의 뜻이 부하에게 철저하게 전달되지 않고 또한 곡해되는 경우조차 많이 있다는 사실은 귀하도 알고 계실 것이라 생각한다. 이 점에 한층 주의를 기울이기 바란다."[48]

---

47) 井坂圭一郎, 앞의 논문, 27쪽.
48) 松岡正男, <井坂圭一郎氏に答ふ>, ≪エコノミスト≫, 1937년 9월 21일, 34쪽.

내무국장이나 문서과장이 아무리 말로만 '장려'를 했을 뿐이라고 해
도 그것이 강제 또는 조선어 금지로 받아들이게 된다는 주장은 당연하
며 그것이 예를 들어 ≪조선일보≫ 사설의 반응이었다고도 생각되는
것이다.

앞에서 보았듯이 이 이후 전쟁 국면의 변화에 따라 「국어」 보급은
그 정도를 더하게 되는데 「국어」를 이해하는 사람의 비율이 낮았기 때
문에 더욱 그랬을 것이다. 또한 문서과의 이사카(井坂)가 매우 잘 말했
듯이 황도주의적 식민지 통치가 그 근본에 있으며 황도주의는 「국어」
가 아니면 이해할 수 없다고 한다면 장려냐, 강제냐 하는 표현의 문제
는 그다지 의미가 없다.[49]

이러한 논의에 있어 오구라(小倉)는 총독부 문서과의 견해에 "절대적
인 믿음을 보내고자 한다"라고 말하고 있다. 이것은 장려라고 문서에
되어 있으면 그 이상도 이하도 아니며 강제를 하지 않더라도 관공서와
같이 일본어가 필요한 곳에는 장려해 나간다는 생각야말로 앞에서 본
오구라(小倉)의 언어 정책관과 합치하기 때문일 수도 있다.

문서상으로 강제하지 않는다는 점을 어떻게 평가하는지 몰라도 오구
라(小倉)는 "그러나 일본인은 아직 언어 정책에 있어 강한 시련을 겪었
다고는 할 수 없다. 어쩌면 대만이나 조선에서의 국어 정책이 성공이라
고 해서 만족감에 잠겨 있는 사람이 있을지 모르지만 그것은 매우 순
조로운 경로를 거친 경우 중 한 사례에 불과하다"[50]라고 해서 일본의
식민지에 대한 언어 정책이 '순조(順調)'라고 하는 인식을 드러낸다. 그
리고 한 걸음 더 나아가 다음과 같이 언어 정책에 대한 연구의 필요성

49) "梶井陟, ≪朝鮮語を考える≫, 龍溪書舍, 1980년, 3장"에서도 '장려(獎勵)'라
는 이름의 '강제(强制)'가 있었던 것이 아닐까 하는 견해가 제시되었다.
50) 小倉進平, <文化政策と外國語教育>, ≪教育≫ 6-2, 1938년 2월, 54쪽.

을 호소하고 있다.

> "유럽 대륙의 한가운데에서 행해져 왔고 지금도 행해지고 있는 것과 같이 민족 정신을 배경으로 한 격렬한 언어 투쟁의 씁쓸한 경험을 아직까지 한 번도 겪은 적이 없는 것이다. 우리도 언젠가 그러한 쓰디쓴 경험을 하게 될 때가 올지 모른다는 각오를 하고 미리 대처하며 여러 외국에서의 이런 문제도 널리 연구하여 현지 사정에 맞는 적절한 국어 정책이 수립되기를 간절히 바라 마지않는 것이다."[51]

'일시동인(一視同仁)'[52]이라는 단어를 사용해서 일본의 식민지 언어 정책의 성공을 논의하고 다른 열강의 언어 정책은 타당하지 않다고 겉치레를 한 이사카(井坂)와는 달리, 오구라(小倉)의 위와 같은 인식은 '一視同仁'에 의해 식민지 언어 정책은 성공했지만 반면교사(反面教師)의 예로서 여러 외국의 언어 정책을 구체적으로 조사・연구했던 태북제국대학(台北帝國大學)[53]의 안도 마사츠구(安藤正次)나 동경문리과대학(東京文理科大學)의 호시나 고우이치(保科孝一)와 유사하다.[54]

---

51) 小倉進平, 앞의 논문, 54~55쪽.

52) [역자주] 사이가 먼 사람이든 가까운 사람이든 똑같이 대한다는 의미이다. 즉 평등하게 대함을 의미하는데 여기서는 식민지 민족을 차별하지 않는다는 의미이다.

53) [역자주] 일본이 1928년 대만에 세운 제국대학이다.

54) 保科孝一은 주로 오스트리아, 헝가리 제국의 언어 정책에 대해서 연구하여 조선총독부의 촉탁으로서 연구보고서를 총독부에 제출했다. 상세한 것은 "李妍淑, ≪'國語'という思想-近代日本の言語認識-≫, 岩波書店, 1996년"을 참조할 수 있다. 保科孝一은 은사인 上田萬年의 가르침을 이어받아 가나(假名) 표기법의 표음화를 외친 인물로도 알려져 있는데 처음에 조선 보통학교 저학년용의 ≪國語讀本≫이 표음식 가나(假名) 표기법으로 된 것(다만 1942년부터는 일본과 마찬가지로 역사적 가나 표기법이 되었다.)은 것은 당시 조선총독부의 촉탁이었던 일본어학자 保科孝一의 적극적인 지지가 있었기 때문이라고 한다(森田芳夫, ≪韓國における國語・國史教育≫, 原書房, 1987년, 123쪽). 한

1940년에 발표된 <宗敎家の心がまへ>에서도 "대만이나 조선에 대한 일본의 식민지 정책, 특히 그 언어 정책은 일단 성공이라고 해도 될 정도의 좋은 성적을 거두고 있다"라고 하는 인식이 피력되었고 성공의 원인은 "주로 우리 국민의 우월성 때문이라고 할 수 있을 것이다"라고 하면서도 그러한 좋은 성적에 만족하면 안 된다고 했다. 여기서는 종교인에 초점을 맞추고서, 동양에 파견되어 그 땅의 말을 배우고 포교한 서양 선교사의 희생적 정신을 일본의 종교인도 본받아서 "일본 문화의 선양에 힘을 다해야" 한다고 주장했다.[55]

오구라(小倉)의 논의는 '필요'라고 하는 단어에 수렴된다.[56] 그런데 오구라(小倉)가 가장 놓치고 있는 측면은 국어 혹은 언어라는 것이 정치 통합과 국민 통합에 사용되는 가장 정치적인 도구이기도 하다는 점과 '말할 것인지 아니면 말하지 말 것인지'라고 하는 필요성의 문제는 상대적인 중요성이 낮아진다고 하는 점이다.

1940년대 이후 조선의 언어 정책에 대해서는 오구라(小倉)가 다루지 않았다고 했다. 그런데 '필요'라는 것을 말해 버리면 혹시나 오구라(小倉)가 다룬 것이 있다고 가정할 때 당연히 징병제의 시행이라고 하는 것도 국어 보급을 위해서는 '필요'한 사태가 되는 것이고 총동원체제

편 安藤正次는 아일랜드의 언어 정책에 대해 연구를 하고 있다. 그 구체적인 논의는 "安藤正次著作集刊行會 編, ≪安藤正次著作集六 言語政策論考≫, 雄山閣, 1975년"에 수록되어 있으며 졸저 ≪植民地のなかの'國語學'-時枝誠記と京城帝國大學をめぐって-≫(三元社, 1997년)에서도 安藤正次가 아일랜드에서 게일어가 억압되고 있는 상황을 분노에 가득 차 논의하고 있음에 반해 대만에서의 「국어」 보급은 '一視同仁'의 생각이었기 때문에 성공했다고 말한 것 등을 다루었다.

55) 小倉進平, <宗敎家の心がまへ>, ≪政界往來≫ 11-7, 1940년 7월, 2∼3쪽.
56) [역자주] 앞에서도 언급했듯이 小倉進平은 필요한 경우에만 일본어를 가르치고 그렇지 않은 경우에는 억지로 일본어를 교육시킬 필요가 없다는 생각을 갖고 있는데 이것을 가리키고 있다.

하에서는 국어를 아는 것도 전쟁 수행상 '필요'한 것이라고 주장했을지
모르며 이는 주의를 기울여야 할 것이다.[57] 즉, 얼핏 보면 조선인 측의
의사로 보이는 '필요'라는 것이 실제로는 일본 측에서 일방적으로 만들
어 낸 것이기도 하다는 의식이 오구라(小倉)에게는 없었던 것이 아닐까
하는 것이다. 그러한 오구라(小倉)의 인식에서는 현상에 대한 무비판적
인 긍정만이 있을 뿐이다. 예를 들어 1938년에 이루어진 동양문고 공
개강연회에서 오구라(小倉)가 강연한 내용의 개략을 적어 놓은 문서가
있다. 간략히 필기한 것으로 오구라(小倉)의 교열을 거치지 않았을 것이
므로 엄밀한 자료는 아니지만 그 속에서 다음과 같이 말하고 있다.

"조선이 다른 민족과 교류했을 때 많은 외래어를 수입했다는 것은
생각하기 어렵지 않다. 중국과의 오랜 접촉으로 무수한 한자어를 받
아들였음은 물론이며 많은 경우 이것을 조선 한자음으로 발음하고
있다.[58] 근래 일본어가 부단히 조선어 어휘를 풍부하게 해 나가는 것
도 부정할 수 없다."[59]

한자어가 유입된 것과 일본어가 유입된 것은 전혀 다른 정치적 환경
에서 이루어진 일인데도 불구하고 같은 층위에서 논의하고 있다. 일본
어가 우위를 유지하는 가운데 접촉할 수밖에 없는 상황이 암시하는 바
에 대한 상상력이 결여되어 있기 때문에 "일본어가 부단하게 조선어

---

57) [역자주] 실제로는 小倉進平이 1940년 이후에 언어 정책에 대해 언급하지 않
았지만 만약 언급했다고 가정한다면 모든 것을 '필요'라는 개념으로 용인했을
지 모른다는 것이다.
58) [역자주] 배추(白菜), 보배(寶貝) 등 한자어이지만 중국음을 그대로 받아들인
것도 없지는 않기 때문에 많은 경우라고 표현한 듯하다.
59) 小倉進平, <朝鮮語の方言について>(東洋文庫公開講演會), ≪史學雜誌≫
49-8, 1938년 8월, 92~93쪽.

어휘를 풍부하게 해 나간다"라고 말할 수 있는 것이 아닐까? '현상에 대한 무비판적인 긍정'이라는 것은 이 때문이다.

어찌 되었든지 「국어」가 사용되는 것을 당연시하고 있었음에는 틀림없다. 예를 들어 1920년에 출판된 ≪國語及朝鮮語のため≫에 다음과 같은 기술이 있다.

> "아득한 옛날 천신(天神)이 대팔주(大八州)를 다스리시던 건국 초기부터 최근 19세기 중엽에 이르기까지 우리 국토 내에서 중심이 되어야 할 세력을 가진 언어는 말할 것도 없이 국어 즉 일본어였다. 그런데 최근 국력의 발전에 따라 (…) 일본어 이외의 많은 언어들을 포용하여 이들이 서로 제휴하고 손을 맞잡아 세계의 자랑스러운 무대에서 활동하려고 하는 기세를 보이고 있다."[60]

오구라(小倉)는 국력 발전의 결과 포용하게 된 일본 제국 내의 언어로 일본어를 포함해서 7종류를 든 후 각각의 어족을 기술하고 있다. 즉 일본어, 조선어, 그리고 논증도 없이 아이누어까지를 우랄·알타이 어족으로 하고, 사할린 내의 언어는 퉁구스 어족, 유구어는 일본어의 자매어('방언'이라고 하지 않는 것에 주의해야 한다), 대만 내의 언어는 '대만화한 중국어'와 말레이 어족, 남양 제도의 언어는 말레이·폴리네시아 어족이라고 하는 방식의 분류를 해 나간 것이다. 일본 제국이 다언어(多言語) 상태에 있다는 사실을 담담히 기술한 것이라고 해도 무방한데 거기에서 "국어는 內地의 6,000만 명에 의해 사용되고 있을 뿐만 아니라 제국 영토 내의 모든 땅에서도 통용된다"[61]라고 말한 것은 문

---

60) 小倉進平, ≪國語及朝鮮語のため≫, ウツボヤ書籍店, 1920년, 32쪽. ≪小倉進平博士著作集(四)≫에 수록.

61) 小倉進平, 앞의 책, 32쪽.

제가 되어야 할 것이다. 단순히 생각해도 조선에서 방언 조사를 몇 번이나 하고 있었다면 결코 「국어」가 조선의 모든 지방에서 통용되고 있다고는 느끼지 않았을 것이기 때문이다. 제국 영토 내의 어디서든지 통용되어야 한다는 당위론이라고 해석할 수도 있지만 그것은 '필요'를 느끼는 범위 내에 한정되었다고 해야 하는 것이 아닐까?

반복이 되지만 필요의 범위가 넓어지면 당연히 조선인 모두가 「국어」를 사용해야 한다는 논의에 이를 것이다. 그리고 필요하기만 하면 오구라(小倉)가 주장하던 '이중언어 사용'의 명운도 끝날지 모르는 위험성을 내포한 논의라는 점 역시 지적해 두어야 한다.

■6.5. 일본인의 외국어 학습에 대해서

오구라(小倉)는 외국어를 적극적으로 배워야 한다는 주장을 견지하고 있었다. 비록 그 외국어가 식민지에서 사용되는 것이라고 해도 마찬가지이다. 이 점이 조선어학자 오구라(小倉)의 특징이라고 할 수 있을 것이다.

예컨대 1941년 4월 학술지 ≪日本語≫의 창간호에 쓴 <日本語의 海外發展策>에서 오구라(小倉)가 다른 언어에 대해 인식하던 바를 엿볼 수 있다. 이 때는 '대동아공영권(大東亞共榮圈)' 등으로 광고하고 있던 시기이기도 한데 "동양에서는 우리 일본을 맹주로 하여 동아공영권의 대이상이 높이 올라서 각 민족들이 각자 처한 곳에서 공존공영의 낙토를 구축하고자 노력하고 있는 것이다. 일본 민족이 짊어져야 하는 책임은 참으로 무겁고도 크다고 해야 할 것이다"[62]라고 하는 인식을 보인

후 여러 민족의 공존공영을 도모하기 위해서는 서로의 언어를 학습하는 것이 필요하다고 주장한다. 이런 주장은 일본어를 배우는 것이 당연시되고 일본인이 다른 언어를 배우는 것에는 그다지 가치를 두지 않던 당시에서는 특이한 것이었다.

"근래 우리 나라에서는 일본어의 해외 학습이라는 것을 요란하게 외치고 있는데 나는 일본어의 해외 보급을 도모하기에 앞서 우선 상대 민족의 언어를 이해하라고 충고하고 싶다. 일본인은 선천적으로 어학에 서투른 국민이라는 데 스스로를 맡긴 채 중국어나 조선어의 사용이 일본인의 위엄을 손상이라도 하는 것과 같이 생각하며 또한 중국인이나 조선인이 외국어에 뛰어난 것을 보고는 망국의 민족이지 않은가 하고 폄하하는 습관이 있다."[63]

앞 절에서 보았듯이 오구라(小倉)는 두 가지 언어 사용이 전혀 신기한 일이 아니며 오히려 식민지[64]에서는 그것이 사람들을 행복으로 인도하는 측면도 있다고 주장했다. 그것은 그들이 필요로 하기 때문이라고 논의하는 가운데 나왔다.

두 가지 언어 사용을 용인하기 때문에 당연히 그 지역에 진출하는 일본인도 다른 언어를 학습하라는 논의가 된다. 이와 같은 논리를 적용하여 "상대 언어의 체득은 즉 그 사람의 몸을 보호하며 세간의 신뢰를

---

62) 小倉進平, <日本語の海外發展策>, ≪日本語≫ 1-1, 1941년 4월, 12쪽.
63) 小倉進平, 앞의 논문, 13쪽. 같은 주장은 "小倉進平, <語學・日本人・日本語>, ≪外地評論≫ 5-8, 1942년 8월, 40쪽"에도 보인다.
64) 식민지에 대한 논의는 이미 소개했는데 小倉進平은 "<語學・日本人・日本語>, ≪外地評論≫ 5-8, 1942년 8월, 41쪽"에서 "오키나와(琉球)에서 일본어와 고유어의 분쟁이 있었는데 토착어를 말살시키는 것은 매우 잘못된 것이다. 모어와 다른 언어 두 가지를 나눠서 사용하는 것은 아무런 문제가 없다"라고 하고 있다. 오키나와에서의 분쟁이란 1940년의 '沖繩方言論爭'을 가리킨다.

얻게 해 주는 유일한 방법이다"라고 하고서 자기 자신이 모자라는 조선어라도 말함으로써 어느 정도의 편리를 얻게 되었는지를 말하고 있다. "요컨대 나는 자신의 언어를 선포하기에 앞서 우선 상대 언어를 습득하라고 충고하고 싶다"라고 하는 것이 그 주장이 된다. 다른 언어의 학습도 '필요'에 따라 이루어진다는 생각을 하는 이상 "모처럼 대륙에 진출하면서 상대 민족의 언어를 이해하지 않으면 진출의 의의조차 의심스럽게 되는 것이 아닐까?"라고 말하고 있듯이 외국어 학습이 진출을 위한 필요가 되며 그 이상의 논의로 나아가는 점은 없다.[65]

또한 오구라 신페이(小倉進平)는 다음과 같이 말하기도 한다.

> "중국인이라고 하면 그들에게 일본어를 강요하는 것만 생각하고 그들의 말(중국어)을 배우려고 하지 않습니다. 따라서 그들의 심리를 이해할 수 없게 됩니다. 상대방의 말을 배우고 상대의 심리를 파악해 두기만 하면 가령 상대방의 언어를 입으로 말하지 않아도 일본어 교육을 매우 편하게 할 수 있지 않을까 생각합니다."[66]

이런 글들에서 드러나는 것은 '배워야 하는 일본어'와 '배우는 편이 나은 다른 언어' 사이의 대립 구도라고 하겠다.[67] 반복하지만 이 도식은 국력의 유무가 결정한다. 이것은 다음의 인용문으로도 충분할 것이다.

> "(…) 이제 일본어는 국제어로서 세계의 큰 무대에 등장할 만한 절호의 기회를 접하고 있다. 우리는 이 영광스러운 일본어의 중대한

---

65) 小倉進平, <日本語の海外發展策>, ≪日本語≫ 1-1, 1941년 4월, 14~15쪽.
66) <言語政策 座談會>, ≪文藝≫, 1942년 3월, 140쪽.
67) [역자주] 일본어는 배워야 함에 비해 외국어는 배우는 것이 더 낫다는 차이가 있음을 지적한 것이다.

사명을 자각하여 결코 다른 문명국의 언어에 뒤떨어지지 않는 언어라고 하는 당당한 긍지와 자신감을 가지고 세계를 향해 일본어의 선양과 보급을 도모해야 한다."⁶⁸⁾

68) 小倉進平, 앞의 논문, 19쪽.

7장

방언 연구가 지니는 의미

이 장에서는 오구라(小倉)의 방언 연구가 지니고 있는 의미를 고찰한다. 오구라(小倉)는 1944년에 출판된 유저(遺著) ≪朝鮮語方言の硏究(下)≫에서 1911년 조선에 건너간 후 "곧바로 실제 회화를 배우고 각종 문헌을 섭렵하여 조선어 연구에 종사하였는데 이것이 완전한 연구가 되기 위해서는 방언 연구가 절대적으로 필요함을 느끼기에 이르렀다"라고 기술하고 있다.[1] 조선어의 완전한 연구를 위해서는 방언 연구 그리고 거기에 앞선 방언 조사가 필수불가결이었다. 총독부 학무국 시절에는 공무 중에, 경성제국대학 시절에는 연구 조성비를 받으면서, 1933년부터의 동경제국대학 시절에는 집중 강의를 위해 조선을 방문했을 때 각지에서 조사를 계속 하여 조사 지점이 제주도와 울릉도까지 포함하여 한반도 전역의 259개 지역에 이르렀다고 한다.[2]

조선어에 대한 "완전한 연구를 기하기 위해"라고 하고 있는데 구체적으로 거기에 어떠한 의도가 담겨 있었을까? 이 장에서는 우선 오구

---

1) 小倉進平, ≪朝鮮語方言の硏究(下)≫, 岩波書店, 1944년, 8쪽.
2) "小倉進平, 앞의 책, 15~20쪽"에 조사 지점의 일람이 나온다.

라(小倉)의 초기 방언 조사를 단서로 해서 생각해 보기로 한다.

■7.1. 초기 방언 연구의 의도
- 경계의 설정 -

오구라(小倉)가 조선에서 처음 한 방언 조사는 부임 다음 해인 1912년 겨울(11월과 12월에 걸쳐 반 달) 제주도에서 행한 것이다.[3] 그 다음은 조선이 아니지만 1914년 여름 휴가를 이용한 쓰시마(對馬)에서의 조사였다. 이 두 지역에서의 조사가 초기에 이루어진 것은 매우 상징적이며 오구라(小倉)의 방언 조사 목적이 무엇이었는지를 엿볼 수 있다.

제주도 방언의 조사 보고에서는 "나 스스로가 이번에 제주도를 찾아가 그 방언을 조사해 보고자 것은 그 방언이 조선 본토의 언어에 대해, 그리고 나아가 국어에 대해 어떠한 관계에 있으며 또한 어떠한 빛을 던져 주는지 고찰하기 위해서이다"[4]라고 그 목적을 말하는 한편, 쓰시마 방언의 조사는 "그 방언이 어느 정도까지 조선어와 관계가 있으며 또한 관계가 없더라도 그 섬의 방언이 內地의 어떤 지방 말과 성질이 같은지를 조사하려고 하는 것이다"[5]라고 말하고 있다.

각각의 섬이 일본어와 조선어 속에서 독자적인 위치를 차지하며 두

---

3) 小倉進平, <濟州嶋の俚謠と傳說(上)>, ≪わか竹≫ 6-2, 1913년 2월, 28쪽. "<朝鮮語の歷史的硏究上より見たる濟州道方言の價値>, ≪朝鮮≫, 1924년 2월"이나 "<濟州島方言>, ≪靑丘學叢≫ 5, 1931년 8월"에서는 이 조사를 '明治 44年' 즉 1911년의 일이라고 하고 있는데 앞 논문에서 "다음 해 5월 발행할 ≪朝鮮及滿洲≫에 발표했다"라고 했다. 이 ≪朝鮮及滿洲≫는 1913년에 간행된 것이므로 여기서는 1912년에 조사가 이루어졌다고 본다.
4) 小倉進平, <濟州島方言(一)>, ≪朝鮮及滿洲≫ 68, 1913년 3월, 21쪽.
5) 小倉進平, <對島方言(上)>, ≪國學院雜誌≫ 20-11, 1914년 11월, 36쪽.

개의 언어가 혼재하고 있다는 인식을 엿볼 수 있다. 바꿔 말하자면 제주도나 쓰시마 모두 일본어와 조선어의 경계선에 있다고 하는 인식에서서 그 경계의 언어 상태를 밝히려는 것이다. 즉 각 방언의 위치를 밝히고 경계를 명확하게 함으로써 일본어와 조선어 각각을「언어」로서 확정하려는 의도가 있었던 것은 아닐까? 비록 오구라(小倉)가 그다지 명확한 의도를 가지고 있지는 않았다고 해도「조선어」의 범위를 확정한다고 하는 의미에서는 제주도와 쓰시마의 방언 조사를 피해갈 수 없다. 이렇게 함으로써「언어」를 확정하고 세속적인 논의, 예컨대 쓰시마 방언이 조선어와의 혼효어(mixed language)라고 말하는 것6)과 같은 논의를 배제하여 비로소 계통론을 논하는 것이 가능하다고 생각했던 듯하다.

오구라(小倉)는 제주도 조사를 두 번 했다. 첫 번째는 1912년, 두 번째는 1930년 6월이다. 후자는 당시 오구라(小倉)가 근무하던 경성제국대학의 공무 출장에 따라 조사한 것이다. 첫 번째 제주도 조사 결과의 경우, 어학적인 내용은 ≪朝鮮及滿洲≫의 1913년 3월~5월호에 <濟州島方言>이라는 제목으로 연재하고 민속적인 내용은 ≪わか竹≫의 1913년 2월~4월호에 <濟州嶋の俚謠と傳說(上中下)>라는 제목으로 연재하였다. 두 번째 조사는 <濟州島方言>(≪靑丘學叢≫ 5, 1931년 8월)으로 발표했다. 두 번의 조사 결과에서 일본어와의 관계를 논의하는 방법을 비교해 보면 큰 차이가 있음을 알게 된다. 이것은 경계의 확정이라는 의미에서는 중요한 차이이다.

우선 1913년의 논문인 <濟州島方言>의 '語彙の比較'에는 '國語と 濟州島方言'이라는 항목이 있다. 여기서는 "제주도가 일본과 가깝고

---

6) 小倉進平, 앞의 논문, 35쪽.

또 풍속과 인종의 측면에 대해서도 가끔 유사한 점이 존재하므로 많은
사람들은 말(言)에도 닮은 것이 있지 않을까 의문스러워한다. 우리가
얼핏 봐도 (…) 유사어가 많다"라고 하고 또 '유구어와의 관계' 역시
"나는 제주도에 한반도 어휘와 유구 어휘의 중간쯤에 놓인 어휘 같은
것이 남아 있지 않을까 생각을 해 봤는데 아쉽게도 아직까지 찾지 못
했다"라고 하면서도 '유사어'를 하나 들어서 그 관계에 대해 배려를 하
고 있다.[7] 다른 한 편으로 '京城語'와 제주도 방언을 비교하며 "제주도
말은 조선어이기는 하지만"[8]이라고 하면서도 다음과 같이 언급했다.

> "요컨대 제주도 방언은 음운의 측면, 어휘의 측면, 어법의 측면에
> 서 반도 내륙의 방언과 성격을 달리 하는 점이 매우 많다. 우리는 이
> 섬의 방언이 오랜 시간 동안 반도에서 고립되어 있던 관계 때문에 일
> 본어 혹은 유구어와 한반도 언어의 중간에 위치하여 그 연쇄를 형성
> 하고 있지 않을까 하는 의문을 감출 수 없다. 이것은 각 지역의 방언
> 연구와 더불어 점차 분명해질 것이라고 생각한다."[9]

즉 제주도 방언은 일본어 혹은 유구어와 조선어의 중간에 놓여 그
연쇄를 형성하는 존재라는 가설에 매력을 느끼고 있음을 알 수 있다.

그러나 제주도 방언을 일본어와 관련 지어 기술한 것은 이 때뿐이었
다. 그 후 1924년의 논문은 조선 각지에서의 방언 조사 경험에 비추어
제주도 방언의 첫 번째 조사 결과를 검토할 목적으로 썼다. 음운, 어휘,
어법의 각 측면에 대한 기술에서 일본어와의 관련성을 묻는 태도는 보
이지 않는다.[10]

---

7) 小倉進平, <濟州島方言(二)>, ≪朝鮮及滿洲≫ 69, 1913년 4월, 58~59쪽.
8) 小倉進平, <濟州嶋の俚謠と傳說(上)>, ≪わか竹≫ 6-2, 1913년 2월, 29쪽.
9) 小倉進平, <濟州島方言(二)>, ≪朝鮮及滿洲≫ 69, 1913년 4월, 62쪽.

1930년의 두 번째 조사 보고인 <濟州島方言>은 첫 번째 조사 후 조선 각지의 방언 조사를 축적하는 과정의 일환이며 다음과 같이 "한 반도 내륙의 여러 방언에 대해서 어떠한 지위를 차지하고 있는지"를 밝히는 것이 이 조사의 목적이라고 말하고 있다.

"(…) 나로서는 이전에 시도한 제주도 방언 조사가 그야말로 불완 전할 뿐만 아니라 제주도 방언이 한반도 내륙의 여러 방언에 대해서 어떤 지위를 차지하고 있는지까지 밝혀야겠다고 느꼈다. 이것이 내 가 이번에 다시 이 섬에 가서 예전 조사의 누락된 부분을 연구하게 된 유일한 동기였다."11)

그리고 그 결론만을 써 보면 다음과 같다.

"이상에서 말한 바에 따라 제주도 방언의 어학적 위치를 관찰하면 원래는 일부 사람들이 말하듯 일본어 등과 관계 있는 것이 존재한다 고도 생각하지만 육지 방면 특히 전라도와 경상도 방언에 비해서도 성격이 다른 점이 많아서 곧바로 어느 방언의 세력 범위 안에 두는 것은 매우 곤란한 상태라고 본다. 나는 제주도 방언을 육지의 소위 5 대 방언12)에 대립할 수 있는 별개의 한 방언으로 간주하는 데 주저

---

10) 小倉進平, <朝鮮語の歷史的研究上より見たる濟州島方言の價値>, ≪朝 鮮≫, 1924년 2월. 그리고 이 논문은 같은 해 3월에 간행된 그의 저서 ≪南部 方言の方言≫(朝鮮史學會, ≪小倉進平博士著作集(三)≫에 수록)에 참고 논 문으로 첨부되어 있다.

11) 小倉進平, <濟州島方言>, ≪靑丘學叢≫ 5, 1931년 8월, 26쪽. ≪朝鮮語方言 の研究≫에 수록.

12) [역자주] 5대 방언이란 경상 방언, 전라 방언, 함경 방언, 평안 방언, 경기 방언 (경기도 방언, 충청남북도 방언, 강원도 방언, 황해도 방언을 포함)의 다섯 가 지를 가리킨다. 여기에 제주도 방언을 추가함으로써 小倉進平은 한국어 방언 을 크게 6개의 대부류로 구분한 셈이 된다. 자세한 것은 小倉進平의 ≪朝鮮語

하지 않는다."13)

이처럼 제주도 방언에서 일본어와의 관계를 구하려는 자세는 없어지고 한반도 방언으로의 대치가 이루어졌다. 요컨대 조선어와 일본어의 명확한 선을 긋게 된 것이다.

다음으로 쓰시마(對馬) 방언의 조사에 대해서 간략히 살펴보자. 1914년의 여름 휴가에 이루어진 이 조사에서 오구라(小倉)는 부산으로부터 쓰시마의 이즈하라(嚴原)에 들어간 뒤 고모다(小茂田), 사스나(佐須奈), 와니우라(鰐浦), 사고(佐護)에서 작업했다. 이 조사의 어학적인 측면은 ≪國學院雜誌≫(20권 11호[1914년 11월] 및 21권 3호[1915년 3월])에 <對馬方言>이라는 제목으로 나누어 실었다. 그 항목만 제시하면 '발음', '대명사', '형용사', '동사', '조동사(助動詞)', '일본어로서 쓰시마 방언의 위치', '조선어와의 관계'로 되어 있다.

좀 더 전반적인 기술은 ≪朝鮮及滿洲≫(88~89호[1914년 11~12월] 및 91~93호[1915년 2~4월])에 <對馬見聞記>라는 제목을 붙여 다섯 번에 걸쳐 게재되었다. 그 항목은 '대마 지세(地勢) 일반', '대마도 약사', '名所 舊蹟', '인정과 풍속', '대마도의 3대 학자', '대마도 및 조선에서 고구마(甘藷) 전래의 유래', '아메노모리 호슈(雨森芳洲)의 和歌 一萬 首와 조선어학',14) '대마도 방언 및 이에 미친 조선어의 영향', '대마도의 조선어학과 조선의 일본어학'이다. 앞(4.1.)에서 호시나 고우이치(保科孝一)의 八丈島 方言 조사 방법에 자극을 받았다고 오구라(小倉)가

方言の研究≫를 참고할 수 있다.
13) 小倉進平, 앞의 논문, 70쪽.
14) 雨森芳洲에 대해서 小倉進平은 "<雨森芳洲の一萬首の歌>, ≪わか竹≫ 7-10, 1914년 10월"과 "<雨森芳洲先生の一万首の和歌と朝鮮語學>, ≪朝鮮教育會雜誌≫ 34, 1914년 11월"이라는 또 다른 글들을 남겼다.

회상한 것을 지적한 바 있는데 항목만 봐도 단순한 단어 채집 위주의
방언 조사에 그치지 않았다는 점에서 분명히 호시나(保科)의 조사 방법
이 영향을 미쳤다고 할 수 있다.

쓰시마의 방언 조사가 제주도 방언 조사와 가장 다른 점은 애초부터
일본어의 한 방언에 지나지지 않는다는 사실을 명확히 했으며 조선어
와의 계통을 논할 때의 단서를 찾으려 하지 않은 점에 있다. 오구라(小
倉)는 쓰시마의 역사를 유사(有史) 이전과 이후로 구분했다. ≪古事記≫
神代의 卷에 '津馬(≪日本書紀≫에서는 對馬島)'가 등장하는 것을 통
해 "대팔주(大八州) 중 하나로 열거될 정도의 역사"를 가진다[15]고 해서
이것을 '유사'의 경계로 삼았다.

유사 이전의 쓰시마 주민이 조선인이었는지 일본인이었는지에 대해
서는 이후의 연구를 기다려야 하지만 그 결과에 따라 쓰시마 말의 성
질도 변할 것이라고 했다. 이처럼 유보를 하기는 했지만 유사 이후에는
쓰시마와 조선 사이에 교류가 있어서 "조선어가 부지불식간에 쓰시마
방언에 유입되었다고 하는 사실을 인정하지 않으면 안 된다고 할 것"
인데 다만 그것은 단어의 차원일 뿐 어법 등에는 영향이 없기 때문에
"조선어나 그 외의 언어와 쓰시마 방언 사이에 매우 밀접한 관계가 있
다고 하는 학설은 오늘날의 상황에서는 결코 입에 올릴 수 없다고 믿
는다"[16]라고 말한 뒤 대마도 방언 중 단어 차원에서 섞여 있는 조선어
를 몇 개 지적해 나갔다. 이에 따라 쓰시마 방언은 처음부터 일본어에
속했음이 명백하게 된 셈이다.

---

15) 小倉進平, <對馬見聞記(其一)>, ≪朝鮮及滿洲≫ 88, 1914년 11월, 48쪽.
16) 小倉進平, <對島方言 下>, ≪國學院雜誌≫ 21-3, 1915년 3월, 55쪽.

■7.2. 방언에 대한 관점
- 역사적 재구성을 위해 -

7.2.1. 방언관의 특징

여기서 오구라(小倉)의 방언관에 대해서 살피기로 한다. 1913년의 논문인 <제주도방언>에서 방언 전반에 대한 정의를 볼 수 있다. 그에 따르면 방언은 "동일 어족에 속하는 각 언어를 그 어족의 방언이라고 부를 때가 있다"라고 하는 경우와 "동일 언어 중 표준어와 대비해 지방적인 특질을 지니고 있는 것을 가리켜 방언이라고 부를 때가 있다"로 나뉜다. 그리고 특히 후자에 대해서 다음과 같이 말하고 있다.

"방언이라는 명칭은 어쩌면 오늘날에도 비속(鄙俗)한 말이라는 뜻으로 해석되고 있으며 장래에는 모두 없애야만 하는 것으로 생각하는 사람이 많다. 그러나 그 기원으로 소급하면 결코 비속한 성질 등을 지니고 있는 것이 아니다. 각 방언은 각 지역의 지세(地勢)에 따르며 또한 각 지역의 역사에 맞춰 다르면서도 정당한 발달을 이룬 것이기 때문에 하나의 방언에 불과한 표준어가 비속하지 않은 이상 그 이외의 방언이라고 해도 결코 비속하다고 얕볼 이유가 없다. 이처럼 표준어만을 국어 중에서 중요하게 여기게 된 까닭은 사상(思想)적인 발표(發表)가 다른 방언에 비해 뛰어나다고 하는 점도 있겠지만 주로 그 지방이 그 나라 정치, 문화의 중심지가 되어 실제적인 세력을 얻게 된 데 있다. 요컨대 표준어라고 하는 것과 방언이라고 하는 것은 모두 상대적인 명칭일 뿐 결코 그 내용에 상하나 존비의 구별이 있지는 않다. 이와 같이 방언은 각 지방에서 적절한 발달을 해 왔기 때문에 한 국어의 역사상으로 볼 때 매우 중요한 가치를 지니고 있음은 말할 필요도 없다. 즉 산간 벽지에 예전의 고어(古語)가 남아 있거나 절해 고도(絶海孤島)에서 지나간 시대의 어형(語形)을 발견하는 일이 결코 드물지 않은 것이다. 內地의 도호쿠(東北), 규슈(九州) 또는 오가사와 라 섬(小笠原島) 등에 아직까지도 수백 년 전의 고어가 잔존하고 있는 것을 보아도 대략 이것을 미루어 알 수 있다. 조선에서는 오늘날까지 방언에 대한 과학적인 연구가 아직 이루어지지 않음으로써 귀중한 보고를 허무하게 방치해 둔 감이 있다."[17]

표준어나 방언 모두 상대적인 명칭에 불과하다는 것은 언어학적인 입장인데 그것을 감안해도 표준어가 정치・문화적 중심지의 언어라고 하는 것은 통속적인 견해에 규정된 것이라고 할 수 있다.[18] 주의해야 할 점은 고어(古語)가 방언에 남아 있다고 인식하고 있듯이 방언은 국 어의 역사를 알기 위해서 빠뜨릴 수 없다는 관점을 명확히 내세우고 있다는 사실이다. 고어가 방언에 남아 있기 때문에 일본어에 비해서는 오래 된 시대의 언어 자료가 적은 조선어의 역사적인 연구와 구축을 하려고 하는 오구라(小倉)로서는 방언 조사가 빠질 수 없다.[19]

게다가 제주도 방언 조사에서 신경을 쓴 것 중 하나로 "제주도에는 조선의 고어가 존재하고 있지 않을까?"라는 점을 거론하고 있다. 첫 번째 조사에서는 약간의 관찰이기는 하나 "제주도 방언은 오히려 조선 어의 고형을 보존하고 있는 것이 아닐까 생각된다"라고 했고[20] 방언

---

17) 小倉進平, <濟州島方言(一)>, ≪朝鮮及滿洲≫ 68, 1913년 3월, 20~21쪽.
18) 小倉進平의 표준어 인식에 대해서는 9장에서 다룬다.
19) 이 점에 대해서는 후일의 회상에서도 "(…) 지방에 나가 방언 조사를 시도하여 적어도 조선어 자체의 역사적 변천에 참고가 될 수 있는 자료를 극력 수집하 는 데 유의하였다"라고 하고 있다. "小倉進平, <鄕歌・吏讀の問題を繞り て>, ≪史學雜誌≫ 47-5, 1936년 5월, 80쪽" 참고. ≪小倉進平博士著作集 (二)≫에 수록.
20) 小倉進平, <濟州島方言(二)>, ≪朝鮮及滿洲≫ 69, 1913년 4월, 58쪽.

어휘뿐만 아니라 지명에 대해서도 "지명 중에는 오늘날 쓰이지 않는 고어가 예전 그대로 남아 있는 것이 종종 있다"라는 사실 때문에 제주도의 몇몇 지명에서 고어를 얻으려고 했다.[21]

한 발 더 나아가 이미 '京城語'에서는 사라져 버렸다고 하는 음을 제주도 방언에서 찾는 작업을 했다. 소위 한글의 창제를 설명한 ≪訓民正音≫(1446년) 안에는 존재하지만 그 음가가 불분명해서 여러 가지 학설이 나온 'ㆍ' 문자의 모음이 제주도 방언에 남아 있다고 추측한 것이다. 20세기 초엽에 'ㆍ'가 문자로는 여전히 사용되었으나 京城에서는 '아' 문자로 나타내는 음과 거의 같다고 인식되고 있었다. 이 두 문자는 1446년 시점에는 적어도 다른 음을 가리킨다고 이해되며 그 후 애매하게 되었는데 제주도에서는 아직까지도 서로 다른 음으로 존재하는 것이 아닌지 모른다고 했다. 즉 "나는 오늘날 제주도에 남아 있는 'ㆍ'의 음이 언문 창제 시대의 'ㆍ' 음을 그대로 가지고 있는 것이 아닐까 하는 가설로 한 걸음을 더 나아갈 만한 재료를 얻었다"[22]라고 하고서 '오'와 '아'의 중간음([ʌ])이 제주도 방언에 있으며 이것이 이전의 'ㆍ'에 해당한다고 논의한 것이다.

이 'ㆍ'의 음가에 대해서는 이미 1750년에 거론된 바 있으며[23] 이 시기에 벌써 그 음가가 소실되었다고 생각되는데 오구라(小倉) 이전에도 여러 명의 조선인 학자가 'ㆍ'의 음가를 추론한 적이 있다.[24] 오구

---

21) 小倉進平, <濟州島方言(三)>, ≪朝鮮及滿洲≫ 70, 1913년 5월, 49~50쪽.

22) 小倉進平, <濟州島方言(一)>, ≪朝鮮及滿洲≫ 68, 1913년 3월, 24쪽.

23) [역자주] 1750년에 'ㆍ'의 음가를 추론했다는 것은 신경준의 ≪訓民正音韻解≫에서 'ㆍ'의 음가를 "舌微動 脣微啓 而其聲至經 其氣至短"이라고 설명한 것을 가리킨다. 신경준의 'ㆍ' 학설에 대한 자세한 설명은 "이숭녕, ≪조선어음운론연구 제1집 'ㆍ'음고≫, 을유문화사, 1949년"을 참고할 수 있다.

24) 'ㆍ' 음가 추측의 역사나 여러 학설에 대해서는 "김민수, ≪增補版 周時經研究≫, 塔出版社, 1986년"을 참고로 하였다.

라(小倉)도 당시 활약하고 있던 주시경(1876～1914)의 '이, 으' 합음설[25]을 1908년에 출판한 ≪國語文典音學≫에서 전개한 논의에 의거해 소개하고 있다. 그런데 "논지에 불분명한 점이 많고" 또한 제주도에서의 음과 "큰 차이가 있다"라고 해서 의문을 드러내고 있다.[26] 오구라(小倉)가 주시경 등 같은 시대 학자들의 조선어 연구에도 주의을 기울이고 있었음을 알 수 있다.

어쨌든 'ㆍ'의 음가에 관한 여러 논의 중 방언을 사용한 것은 오구라(小倉)가 처음이다. 그런데 이 논문은 읽은 사람이 그리 많지 않아서인지 몰라도 1924년의 ≪南部朝鮮の方言≫에서 'ㆍ'의 음가와 제주 방언의 관계를 약간 다룸으로써 겨우 널리 알려지게 되었다고 생각한다.[27] 대체로 조선어 방언에 대한 연구는 일본어를 매개로 하지 않고는 할 수 없다고 하는 커다란 문제가 있기는 하다.[28]

1937년에 출판된 조선어학회의 기관지 ≪한글≫에서 'ㆍ'의 음가를 논한 이극로는 오구라(小倉)의 ≪南部朝鮮の方言≫을 인용해서 "小倉氏는 아직 그 音價에 對하여 科學的 說明을 붙이어서 發表한 것이 없다"라고 하면서도 "이제 살아 있는 濟州 方言의 語音을 잡아서 硏究의 對象을 삼은 것만은 새로운 方法이 아니라고 할 수 없다"라고 해서 방언을 이용하여 조선어의 역사적인 재구성을 도모하는 방법의 참신함을 평가한 바 있다.[29]

---

25) 결과적으로 'ㆍ'는 이중모음이 된다.

26) 小倉進平, 앞의 논문, 23～24쪽.

27) [역자주] 小倉進平은 1923년에 나온 ≪國語及朝鮮語 發音槪說≫에서도 'ㆍ' 와 제주도 방언의 관계에 대해 짧게 언급한 적이 있다.

28) 이 점에 대해서는 8.3에서 다룬다. [역자주] 한국어 방언 연구의 결과를 한국어로 발표하지 않고 일본어로 발표한 사실을 가리킨다.

29) 이극로, <'ㆍ'의 음가에 대하여>, ≪한글≫ 5-8, 1937년 9월, 2쪽. 이극로 역시 제주도 방언에 남아 있는 음(小倉進平과 마찬가지로 '아'와 '오'의 중간음으

7.2.2. '신라어'와의 연결
- ≪鄕歌及び吏讀の硏究≫와 방언 조사 -

이후에 오구라(小倉)는 방언을 실마리로 해서 조선어의 역사적 구축을 시도하였다. 그 집대성은 1924년에 탈고되어 1929년에야 출판된 ≪鄕歌及び吏讀の硏究≫이다.[30] 향가란 25수만이 전해지고 있는 신라 시대의 가요로 한자의 음과 훈을 사용해서 당시의 신라어를 표기한 것이다. 또 이두는 한자를 이용한 조선어 표기법이다.[31] 이러한 향가, 이두를 처음 본격적으로 해독한 ≪鄕歌及び吏讀の硏究≫의 서문을 인용하기로 한다.

로 본다. 다만 小倉進平이 제시할 수 없었던 근거로 ≪訓民正音≫ '製字解'의 기술을 인용하고 있다.)이 바로 'ㆍ'의 음이라고 단정한다. 이것은 "이극로, <'ㆍ'의 음가를 밝힘>, ≪한글≫ 9-1, 1941년 1월, 4쪽"을 참고. [역자주] 이극로는 1937년 논문에서 'ㆍ'는 'ㅏ'의 舌과 'ㅗ'의 脣으로 된 음이며 어떻게 들으면 'ㅗ' 같기도 하고 어떻게 들으면 'ㅏ' 같기도 하다는 견해를 피력했다. 그 후 1940년에 ≪訓民正音解例本≫이 발견되자 거기에 나온 모음 기술 내용을 덧붙여 1941년에 'ㆍ'의 음가를 논의한 논문을 발표했는데 기본적인 결론은 1937년 논문과 다르지 않다. 즉 'ㆍ'는 후설(後舌) 위치에서 나는 저설(低舌) 모음이며 원순음이라는 것이다.

30) 이 책으로 1935년에 학사원(學士院) 은사상(恩賜賞)을 받았다.

31) 전문가의 해설(大江孝男, <吏讀>, ≪朝鮮を知る事典≫, 平凡社, 1986년)에 의하면 이두와 향찰(향가의 기록에 사용된 표기)은 다음과 같다.

"이두는 신라 시대의 금석문에 초기 모습이 보이고 고려 시대의 금석문 등으로 발전한 형태가 되며 조선 시대에까지 이어졌다. 한글 창제의 전후에는 한문의 번역으로 쓰이기도 했는데 주로 하급 관리의 공문서나 계약문의 문체로서 19세기 말까지 사용되었다. 한자의 용법과 독법에는 전통적인 형태가 있어서 고대의 한자음이나 훈을 반영하는 것이 섞여 있기 때문에 이들을 분별해야지만 고대 조선어의 중요한 자료가 된다. 향찰은 신라 시대의 향가 기록에 사용된 한자에 의한 표기를 말하며 전문(全文)이 고대의 조선어인데 원칙적으로 명사, 동사 등 의미부는 훈 표기, 문법 형태는 음 표기라고 생각된다."

"조선어의 역사적 연구는 조선어 그 자체의 성질을 밝히기 위해서도 필요할 뿐만 아니라 외국어 특히 조선과 인접한 여러 민족의 언어와 비교 연구를 하기 위해서도 매우 긴요하다. 언어의 역사적 연구를 무시한 언어학적 논의는 마치 모래 위에 누각을 쌓는 것과 같이 토대가 매우 빈약하며 아무런 과학적 가치도 인정할 수 없다. 내가 이 곳 조선에 온 지 10여 년, 아직 외국어와의 비교 연구까지 할 기회를 얻지는 못했지만 조선어의 역사적 연구에 대해서는 되도록 고급의 자료를 다수 섭렵하고 퇴고에 힘을 기울였다. 그 결과 요즘 조선어 역사적 변천의 흔적이 눈 앞에 방불하는 것을 느끼는 데 이르렀다. (…) 이 책이 다행히 신라 시대의 언어 일반 및 신라 시대 언어와 후세 언어의 관계 일반을 알아보는 데 충분한 자료임을 인정 받고 또한 외국어와의 비교 연구에 대해 어떤 실마리를 주는 결과를 가져올 수 있다면 이것이야말로 내가 가장 만족하는 바이다."[32]

이처럼 신라 시대 언어를 재구성하려고 하고 있다. 또한 그것이 외국어와의 비교 연구에 쓰일 수 있으면 된다고 하는 것이다. 여기서 주목하고 싶은 점은 "언어의 역사적 연구를 무시한 언어학적 논의"에 대한 비난이다. 이것은 오구라(小倉)가 역사적인 데 중점을 두고 있었음을 가리킨다.

오구라(小倉)가 향가 연구의 기본 방침으로 내세운 네 가지는 (1) 향가에 사용되고 있는 "한자를 종류에 따라 모은 후 한자들 사이에 존재하는 용법상의 이동(異同)을 생각하여 가장 온당하다고 판단되는 해독법을 취하는 것", (2) "향가에 덧붙은 해석문에 따라 그 뜻을 모색하는 것", (3) "고서(古書)의 어법을 참고하여 취하는 것", 아울러 (4) "방언

---

32) 小倉進平, ≪鄕歌及び吏讀の硏究≫(京城帝國大學 法文學部 紀要第一), 1929年, 序. ≪小倉進平博士著作集(一)≫에 수록.

을 참고하여 취하는 것"이었다. 방언에도 주의를 기울여 살핀 것은 "방언 중에 고어(古語)를 가진 경우가 있음은 새삼스럽게 논할 필요도 없다. 나는 과거 10여 년에 걸쳐 스스로 방침을 세워서 방언 조사에 임해 왔다. 그리고 이러한 조사가 향가 연구에서 한 줄기 빛을 던져 준 것이 결코 적지 않다"라고 하기 때문이다.[33] 신라 시대의 언어를 재구성함에 있어서 문헌 자료와 방언을 함께 이용하고 있는 것이다.

이에 대해 가나자와 쇼자부로(金澤庄三郎)나 마에마 교사쿠(前間恭作) 등이 논평을 하였지만 논쟁이 된 것은 문예 비평가 쓰치다 교손(土田杏村)으로부터의 비판이 계기가 되었다. 쓰치다 교손(土田杏村)과 오구라 신페이(小倉進平)는 학술지 ≪國語國文の硏究≫(京都國語國文硏究會)에서 논의를 주고받았다. 먼저 쓰치다(土田)가 <紀記歌謠に於ける新羅系歌形の硏究補說(一), (二)>(39호[1929년 12월]와 40호[1930년 1월])에서 비판을 하고 오구라(小倉)는 <鄕歌の形式に就き土田杏村氏に答ふ>(44호[1930년 5월])에서 그것에 답했다. 또 다시 쓰치다(土田)가 <鄕歌の內容及び形式に就き小倉博士に問ひ且つ答ふ>(45호[1930년 6월])에서 재비판을 하자 오구라(小倉)는 <再び鄕歌の形式に就き土田杏村氏に答ふ>(47호[1930년 8월])에서 이에 응했으며 쓰치다(土田)가 <三たび鄕歌の形式を論ず-小倉博士との論爭を終る->(49호[1930년 10월])를 냄으로써 논쟁은 끝이 난다.

쓰치다(土田)는 조선어를 이해하지 못한다고 분명히 말하면서도 운율의 문제를 가지고 오구라(小倉)를 격렬하게 비판했다. 요지는 언어학적 해석을 우선시하여 향가가 가지고 있는 운율[34]을 고려하지 않은 해석을 오구라(小倉)가 하고 있다는 것이다. 쓰치다(土田)가 한 비판의 근저

---

33) 小倉進平, 앞의 책, 7~10쪽.
34) 여기서는 '8·8조'라고 하였다.

에 깔린 사고 방식은 일단 당연한 것이지만 방법론상으로는 비판을 하지 않음으로써 오구라(小倉)는 꽤나 질려 버린 듯하다.

오구라(小倉)에 대해서 가장 비판을 더한 사람은 양주동이었지만 그조차도 "나는 박사의 저서를 본 뒤 처음 향가 내용의 전체를 알고서 향가라는 것에 흥미와 관심을 느끼고 향가 연구의 필요성을 절감하여 다소간 연구를 더해 왔다"라고 할 정도로 충격을 받았으며 "당시 아무도 하지 못한 새로운 연구이자 획기적인 일이었다. 더욱이 우리가 박사의 대저(大著)에 대해 찬양해 마지 않는 것은 박사가 외국어인 조선어의 고어에 정통하고 이전의 조선 학자 중 그 누구도 전혀 이해할 수 없었던 지극히 난해한 향가를 무난히 해독한 그 경이로운 업적이다."[35] 라고 상찬(賞贊)을 아끼지 않은 업적이었다.

그러나 양주동이 한 비판의 중심 역시 운율을 최우선시하지 않은 방법론에 대한 것이었다. 오구라(小倉)는 양주동의 논문에 대해서 "날카로운 공격이라고 할 수는 없으며 전반적으로 나의 연구를 부정하고 있는 듯한 소위 공격적인 문장이다"라며 놀라움을 나타냈지만 "양주동 씨의 연구는 조선어의 역사적 연구에 바탕을 둔 것이므로 매우 과학적이며, 조선인으로서 향가의 학문적 해석을 시도한 최초의 논문이라고 할 수 있을 것이다"라고 평가하고 그의 지적 중 인정해야 할 부분은 인정하고 있다.[36]

오구라(小倉)가 중시한 것은 체계성이었다. 1936년의 글에는 다음과 같이 되어 있다.

---

35) 梁柱東, <鄕歌の解讀特に願往生歌に就いて>, ≪靑丘學叢≫ 19, 1935년 2월, 2쪽.
36) 小倉進平, <鄕歌・吏讀の問題を繞りて>, ≪史學雜誌≫ 47-5, 1936년 5월, 79, 86쪽. ≪小倉進平博士著作集(二)≫)에 수록.

"요컨대 향가의 해독에 있어서 내가 희망하는 바는 비교적 알기 쉬운 한 글자, 한 구절만을 취하여 천착하는 데 만족하지 말고 향가의 각 장(章) 그 자체를 전체적으로 취하여 조리 있는 주해를 하는 데 서로 노력하고 싶다는 것이다. (…)"[37]

불확정적인 운율 형식을 굳이 고정하여 "비교적 알기 쉬운" 것을 중심으로 생각하지 말고 언어학적으로 전체의 체계를 중시하여 그 위에서 운율을 귀납해 나간다는 것이다. 어쨌든 여기서 주로 주목하고 싶은 것은 반복하지만 방언 속에서 과거의 조선어를 구하려고 하는 자세이다. ≪鄕歌及び吏讀の硏究≫의 서문을 쓴 것은 1924년 9월이었는데 같은 해 8월에 발행된 ≪亞細亞硏究≫ 1호에 <新羅語と慶尙北道方言>이라는 논문이 게재되었다. 이 논문은 1924년 3월 간행된 ≪南部朝鮮の方言≫에 수록된 참고문헌의 참고 논문 중 하나였다. 이 논문에서는 신라어와 그 위치를 다음과 같이 말하고 있다.[38]

"신라어란 무엇인가? 삼국이 대립하던 시대 및 삼국 통일 이후 신라의 언어를 가리킨다는 것은 물론이다. 신라의 언어는 국운의 발전에 따라 점차 한반도 내에 사용되던 여러 언어를 포용하여 꽤 완전한 하나의 국어를 형성하기에 이르렀는데 그 근본을 이루는 주요 성분은 신라의 발상지인 경주 지방에서 사용하던 언어에 기초를 둔다. 즉 신라어는 (…) 진한어의 뒤를 이으며 변한, 마한 등의 언어와 가장 밀접한 관계를 가지고 있었다고 볼 수 있는 것이다. 또한 신라가 삼국을 통일하여 그 세력이 국내에 널리 퍼졌고 그 뒤에 성립된 고려와

---

37) 小倉進平, 앞의 논문, 1936년 5월, 85쪽.
38) 이 책의 7.4.3.에 제시된 '조선어 5대 방언 구획의 관계와 그 연원'을 참조하면 알기 쉽다.

7장 방언 연구가 지니는 의미 137

조선도 대체로 신라의 영토를 계승했기 때문에 고려와 조선 시대의
조선어 역시 대부분 신라어의 직접적인 계통을 이어받았다고 해야
할 것이다. 조선어에서 신라어가 가지는 가치는 바로 인도 유럽 어족
에서 산스크리트가 가지는 가치와 대비될 듯하다.

　신라어! 얼마나 우아하고 아름다운 이름인가? 옛 사람들은 자신들
언어의 전통을 밝히고 자신들 조상의 문화를 알기 위해서 여러 사람
들이 신라의 언어 연구에 몰두하였다. (…) 여기서는 단순히 오늘날
방언으로서 존재하는 것 중 신라 시대 또는 그 언어에서 고어의 계통
을 잇고 있다고 인정해야 할 몇몇 어휘에 대해 설명을 더하고자 한
다."39)

"인도 유럽 어족에서의 산스크리트와 대비해야 할 만한" 가치라면
조어(祖語) 또는 조형(祖形)에 가까울 정도의 것이라고 하겠다.40) 이 인
용에서 오구라(小倉)가 신라어에 대해 어느 정도 자리매김을 하고 있는
지 알 수 있다. 이 논문에서는 문헌 자료를 사용함과 동시에 경상도 방
언 중 몇몇 어구에 대해서 그에 대응하는 京城 지방 말과의 차이를 밝
히려고 하고 있다.

첫 번째 방언 조사에서 다룬 제주도 방언은 "일본어 혹은 유구어와
한반도 언어의 중간에 위치하여 그 연쇄를 형성하고 있지 않을까"41)라
는 관점에서 보기도 했다. 즉 다른 언어와의 연결을 시야에 두고 있었
다고 할 수 있는 것이다. 그런데 경상도 방언에서 신라어를 찾는다고
하는 자세는 더 구체적인 조선어의 역사적 연속성을 탐구하는 것이며
방언 연구에서의 중점을 두는 방법에 변화가 있었음을 말해 준다.42)

---

39) 小倉進平, ≪南部朝鮮の方言≫, 朝鮮史學會, 1924년, 149~150쪽. ≪小倉進
　　平博士著作集(三)≫에 수록.
40) 이 부분은 1944년의 ≪朝鮮語方言の研究≫에서는 삭제되어 있다.
41) 小倉進平, <濟州島方言(二)>, ≪朝鮮及滿洲≫ 69, 1913년 4월, 62쪽.

구체적으로 오구라(小倉)가 신라어 중 방언과의 관련에서 특별하게 다루고 있는 것이 향가나 이두에 '在'이라는 한자로 나타나는 어휘이다. 길어지긴 하지만 '在'의 독법 및 방언과의 관련에 대해서 1935년의 논문 <方言分布上の斷層>에 나온 오구라(小倉) 자신의 해설을 듣기로 한다.

 "조선어에는 '在'에 대해 'kion(견)'이라고 하는 옛 훈이 존재한다. '在果', '在乙' 등의 '在'는 모두 'kion'의 훈으로 읽는다. 그러나 '在'가 왜 이러한 훈을 얻게 되었는지 즉 'kion'의 어원이 무엇인지에 관해서는 종래 명쾌한 답을 내리는 사람이 없었다. 나는 이전에 전라남북도의 방언 중 존경의 의미를 나타내는 조동사에 'kion'이라는 어형이 존재하는 것을 알아내고 졸저 ≪鄕歌及び吏讀の研究≫(1929년)에서 'kion'은 원래 'kio'라는 동사의 관형형에 해당한다고 서술했다. 그러나 그 생각은 아직 세밀한 부분까지 자세히 설명을 못했던 아쉬움이 있었기 때문에 1931년 11월 다시 전라남도에 방언 조사를 가서 이 'kio'라는 고어(古語)의 현존 상태를 알아보았는데 도내 각지에서 존경을 나타내는 조사로 꽤 자유로우면서도 빈번하게 사용되고 있는 것을 발견하였다. 나는 이 귀중한 자료를 활용해서 1932년 4월 ≪朝鮮≫에 <在城及び居世干名義考>라는 소논문을 써서 신라의 고도(古都) 경주 및 고려 초기 평양에 존재한 '在城'이라는 명칭은 이를 '(왕이) 계시는 성', '(왕이) 살고 계시는 성' 등과 같이 존경의 동사로 훈독하는 것이며, 또한 신라의 왕호(王號)에 사용되는 '居西干', '居世干' 등의 '居西', '居世'는 모두 '在城'의 '在'와 관계가 있는 것으로서 '(실제로) 계십니다(…)', '(실제로) 계시는 (…)' 등 존경의 동사에 해당하므로 '居西干', '居世干'은 '계시는 왕('干'은 '王', '君'의 의미라는

---

42) [역자주] 방언을 다른 언어와 관련 짓지 않고 한 언어의 역사성과 관련 짓게 되었음을 말한다.

것이 대략 정설이다)'이라고 해독하고 '赫居世王'과 같은 것도 '빛나
게 계시는 왕'이라고 훈독해야 할 것임을 서술하였다.

　전라남도 방언에 'kio'가 존경을 나타내는 조동사로서 엄연히 존재
함을 알게 된 나는 같은 어형이 전라북도 방언에도 존재한다고 추측
하고서 1933년 10월 전라북도 지방의 방언을 답사하였는데 과연 전
주, 남원, 순창, 정읍에 분명히 나타나는 것을 확인하였다. 나는 전라
남북도 방언 중에 존재하는 이 'kio'가 '在城', '居世干'이나 그 외에
소위 이두에 사용되는 '在'의 원래 뜻을 설명하는 데 가장 나으면서
도 합리적인 어법임을 알게 되었기 때문에 이 말이 신라어의 직접적
인 계통을 잇는 가장 오래된 어법 중 하나라는 것을 믿지 않을 수 없
었다."[43)

　즉 '在'의 옛 훈인 'kion(견)'이 전라남북도 방언에 존재함을 지적하
고 있는 것이다. 이 <方言分布上の斷層>이라는 논문은 'kion(견)'이
신라어라는 것을 더욱 확실하게 증명하기 위해 전라도가 아닌 예전 신
라의 고지(故地)인 경상도 방언에도 이 'kio'라는 말이 존재했음을 확인
하고자 조사를 했을 때의 기록이다. 이 조사는 1934년 10월[44) 京城에
체류하던 중 휴가를 이용해 경상북도에서 이루어졌다.

　앞에서 말한 1924년의 <新羅語と慶尙北道方言>에서는 이 '在'의
문제를 다루지 않았다. 1915년 이래 여러 번 경상북도에서 방언 조사
를 한 오구라(小倉)였지만 그 때는 알아채지 못했다고 한다. 즉 "그런데
나는 10여 년 전쯤에 경상북도 각지의 방언을 답사했는데도 불구하고

---

43) 小倉進平, <方言分布上の斷層>, ≪ドルメン≫ 4-1, 1935년 1월, 1~2쪽.
　　[역자주] 'ドルメン'이란 'dolmen'을 뜻하며 고인돌을 가리킨다. ≪ドルメ
　　ン≫은 고고학 관련 논문집이라고 할 수 있다.
44) 당시 동경제국대학 교수로서 경성제국대학 교수를 겸임하고 있던 小倉進平은
　　9월부터 10월에 걸쳐 경성제국대학에서 집중 강의를 하고 있었다.

결국 그 형태를 접할 수 없었으며 또한 경상북도 내의 각지에서 모인 약간의 보고서 중에도 이것을 발견할 수는 없었다"[45]라는 것이다.

그렇다면 전라도 방언에서 발견한 '在'의 고훈(古訓)이라고 하는 것과 동일한 형태를 경상도 방언에서도 찾아내지 않으면 안 되는 이유는 무엇인가?

> "신라는 원래 경주의 고지(故地)에서 발상했으며 점차 경상남북도 지방에 그 세력을 미쳐 소위 통일신라 시대에 이르러서는 전라남북도의 고지(故地)인 백제 땅까지 병합하게 되었다. (⋯) 그러나 전라남북도의 땅이 사실상 신라의 영토였다고 하더라도 신라 문화의 중심지인 경주 지역에 비하면 하나의 식민지이며 문화가 뒤떨어진 변경에 불과했다. 만약 신라어의 세력이 전라남북도 지방까지 영향을 미쳤다고 한다면 신라어의 고형은 전라남북도 지방보다 훨씬 농후하게 경상도 방언에 남아 있어야 한다. (⋯) 신라어인 것을 증명하기 위해서는 이 어형이 경상도 방언에 한층 현저하게 나타나는 것을 증명할 필요가 잇다."[46]

오구라(小倉)의 '방언 구획론(方言 區劃論)'에 대해서는 나중에 다루겠지만 경상도 방언과 전라도 방언을 별개의 방언권으로 분류하고 있다. 그러나 "경상・전라에 걸친 남부 방언은 오래 전 시기(적어도 통일신라 시대)에서는 하나로 묶인 방언을 형성하고 있었는데 그 후-특히 조선 시대에- 한강과 낙동강의 교통로 발달과 함께 그 중앙부[47]가 경기 방언의 진출에 의해 차단됨으로써 뒤에서 보는 바와 같이 경상도 방언

---

45) 小倉進平, 앞의 논문, 2쪽.
46) 小倉進平, 앞의 논문, 2쪽.
47) [역자주] 중앙부란 경상도 방언과 전라도 방언의 경계쯤에 위치한 가운데 지역을 말한다.

과 전라도 방언이 대립하게 되었다고 보기" 때문에 예전에는 하나로
통합된 방언을 형성하고 있었다고 한다. 따라서 앞에서 보았듯이 전라
도 방언에 잔존하는 고어를 경상도 방언에서도 찾는다고 하는 태도가
나온 것이다. 그리고 더 나아가 교통로의 발달로 인해 방언이 분단되었
다고 하는 것이며 "경상북도에서 고어를 찾고자 하는 경우에는 문화의
교통로로부터 비교적 멀리 떨어진 지역에서 찾을 필요성이 있다고 믿
고" 거기에서 떨어진 안동 지방에 가 'kio'의 존재를 확인하려 한 것이
다.[48] 첫 번째 조사에서는 'kio'를 발견할 수 없었지만 그 다음 조사 이
후에는 찾을 수 있었다. 조금씩 궁벽진 지역을 향하여 조사를 진행시켰
기 때문이다.

오구라(小倉)는 전라도 방언에 남아 있는 단어는 당시 문화의 중심지
였던 신라에서 전파되었다는 점에서 진정한 것이 아니라고 판단했다.
그래서 일부러 신라의 고지(故地)인 경상도에서 재조사를 했다. 그 때
벽지(僻地)로 발걸음을 옮긴 것은 신라의 옛 중심지와 좀 더 가까운 지
점에서 찾아보겠다는 의도일 것이다.[49] 'kio'를 처음 발견했을 때의 심
경을 오구라(小倉)는 다음과 같이 기술하고 있다.

> "다음으로 나는 평소와 다른 긴장감을 느끼며 영주에 들어갔는데
> 이 땅에서 예전부터 끝없이 기대하고 갈망해 온 'kio'의 모습을 만나
> 는 기회를 얻었다. 그 순간의 기쁨은 그 무엇과도 바꿀 수 없을 것이
> 다. 들리는 바에 따르면 이 지방에는 각 지점에 금광이 매몰되어 있
> 는데 그것을 목적으로 출입하는 소위 산사(山師, 광산 채굴 업자)가 많이
> 산다고 했다. 내가 만난 산사(山師)가 우연히도 적중해서 운 좋게 'kio'

---

48) 小倉進平, 앞의 논문, 2~3쪽.
49) [역자주] 궁벽진 곳은 예전의 흔적을 더 많이 유지할 것이므로 신라의 옛 중심
   지 말과 조금이라도 더 가까워진다는 사실을 지적한 것이다.

를 찾아낸 순간의 희열은 산사(山師)가 금광맥을 발견하고 덩실거릴 때의 기쁨과 한 점도 다를 바가 없는 기쁨이라고 말하며 남 몰래 즐거워했다. 전라남북도에 존재하는 'kio'의 광맥이 홀연히 이 경상북도의 동북부에 단층이 되어 출현한 것이다. 이 지방 방언에서 'kio'는 전라남북도에서의 'kio'와 마찬가지로 각종 형식에 걸쳐 꽤 널리 사용되어 왔는데 근래에는 그 쓰임이 점차 쇠퇴하여 주로 가정 내 중년 이상의 부녀자 사이에서만 쓰이게 되었다고 한다. 언어 변천의 운명은 산간벽지마저도 비껴갈 수 없다. 적어도 완전히 없어지기 전에 이것을 발견하여 기록에 남길 수 있었다는 데 나는 크게 만족한다."[50]

금광과 같은 고층(古層)에서 "신라 이래 천 년의 전통을 유지하는 오래된 어법의 하나"[51]가 방언으로 존재하고 있음을 발견한 기쁨과 함께 그것을 어쨌든지 간에 기록할 수 있었다는 안도감이 전해진다. 이 어형의 분포에 대한 상세한 자료는 전라도 방언의 것까지 포함하여 1935년에 발표된 <'在'の方言分布>[52]에 소개되어 있다. '在'의 고훈으로서 소급되는 것은 1451년 정인지 등에 의해 편찬된 ≪高麗史≫ 兵志 '城堡' 太祖 5年 條에 '在城 在者方言畎'이라고 되어 있는 '畎(견)'의 한 자음이라고 한다.[53]

"고어는 방언에 남아 있다"라는 인식 하에 조선어의 역사적 재구성을 위해 방언을 이용하고 있던 오구라(小倉)였기에 벽지(僻地)를 골라 그곳에 신라어가 잔존한다고 짐작하고 나아간 것은 당연했을 터이다. 오

---

50) 小倉進平, 앞의 논문, 3쪽.
51) 小倉進平, 앞의 논문, 4쪽.
52) 小倉進平, <'在'の方言分布>, ≪青丘學叢≫ 19, 1935년 2월. ≪朝鮮語方言の研究≫에 수록.
53) 小倉進平, <'在城'及び'居世干'名義考>, ≪朝鮮≫ 203, 1932년 4월, 1쪽. ≪小倉進平博士著作集(二)≫에 수록.

구라(小倉)는 경상도 방언에서 신라어의 잔영(殘影)을 발견하려고 했던
것인데 그 방언과 예전의 신라어가 아무런 매개 없이 이어지는지 여부
에 대해서는 아무런 의문도 하지 않았다. 앞에서 인용한 금광맥의 비유
에서도 알 수 있듯이 방언(변경의 방언이 더욱 그러하다)에는 천 년도
넘은 말이 시대의 흐름이 멈춘 것처럼 존재하기도 하고 또한 광맥과
같이 발견되기만을 오로지 기다리고 있다고 하는 인식을 엿볼 수 있다.
이러한 방언 인식은 특별히 새로운 것은 아니지만 조선어의 역사적 연
속성을 보증하는 존재로서 방언을 파악했다는 점과 실제로 경상도 방
언을 예로 하여 거기서 신라어를 골라 내는 작업을 했다는 점은 지적
해 두고자 한다.

7.2.3. 경어(敬語)의 구성
- ≪朝鮮語に於ける謙讓法・尊敬法の助動詞≫ -

'在'의 독법을 말해 주는 고형의 존재를 방언에서 찾아 그것이 신라
시대에 존경을 나타내는 용법이었다고 하는 사실을 증명해 나갔다는
점은 앞에서 다룬 대로이다. 이러한 증명 과정을 포함하고 내용상으로
는 존경의 용법과 겸손의 용법을 포괄한 연구서 ≪朝鮮語に於ける謙
讓法・尊敬法の助動詞≫를 오구라(小倉)는 1938년에 출판하였다. 이
책에서는 우선 일본어의 겸양법과 존경법이 말(語)54)로 나타나는 경우,
동사로 나타나는 경우, 조동사로 나타나는 경우가 있음을 제시했다. 그
리고 같은 현상이 조선어에도 존재한다고 하며 그 중에서 조동사로서
나타나는 겸양법과 존경법의 고찰을 행하는 것이라고 했다. 결론에서
오구라(小倉)는 겸양법의 조동사를 4계통, 존경법의 조동사를 2계통으

---

54) [역자주] 이 때의 '말'은 동사나 조동사와 구분되는 말을 가리키는데 구체적으
로 어디에 한정되는지는 알 수 없다. 동사를 제외한 일반 단어가 아닐까 한다.

로 분류했다('在'의 古訓은 여기에 포함된다).

이 책의 서문에서 겸양법과 존경법의 조동사에 대한 서양인의 선행 연구를 언급하고 있는데 그것들은 "현대의 京城語를 표준으로 하고 실용을 위주로 한 것이기 때문에 학문적으로는 의심스러운 부분이 여러 군데에서 발견된다"라고 했다. 그에 비해 이 책은 다음과 같은 차이점을 가진다.

> "(…) 주로 조선 시대 각 시기별 문헌에서 자료를 얻으며 이와 병행해서 오늘날 조선 내의 각 지역에서 사용되는 각종 방언 표현법을 참고하고 취하여 이러한 조동사의 의미 변천 등을 밝히고자 시도한 것이다."55)

실제로 겸양법의 조동사든 존경법의 조동사든 우선 고문헌의 자료를 제시한 후에 각 방언에서의 여러 형태를 열거하는 방식을 취하고 있다. 문헌에 존재하는 형태를 방언 속에서 확인해 나가는 것이다. 조선어의 통시성을 보증하는 존재로서 방언을 파악하고 있는 셈이다. 그런 의미에서 서양인들이 京城語를 표준으로 삼아서 한 연구는 학문적으로 "의심스럽게" 느껴지는 것이다. 이 책의 영문(英文)으로 된 서문에서도 조선의 남부 방언에 천 년 전 신라어의 영향이 농후하게 남아 있다고 지적하고 있다.56)

---

55) 小倉進平, ≪朝鮮語に於ける謙讓法・尊敬法の助動詞≫(東洋文庫論叢 26), 1938년, 序, 2쪽. ≪小倉進平博士著作集(二)≫에 수록.

56) Ogura, Shinpei, A STUDY OF THE HUMBLE AND HONORIFIC FORMS IN THE KOREAN LANGUAGE, p.7, ≪朝鮮語に於ける謙讓法・尊敬法の助動詞≫(東洋文庫論叢 26), 1938년, 序, 2쪽. ≪小倉進平博士著作集(二)≫에 수록.

7.2.4. 방언 수집이 지니는 의미

방언에 대한 오구라(小倉)의 인식은 실제 생활 속에서 사용되는 언어로서의 방언이라기보다도 조선어의 역사적 재구축을 위한 재료로 보고 수집의 대상으로 삼는 것이었다. 이후에 서술하겠지만 오구라(小倉)가 '在'의 방언 분포를 재조사하고 있었던 1930년대 초에 활약하던 조선어학회의 방언 채집은 무엇보다도 우선 표준어를 골라내기 위한 것이었다. 조선어학회가 공시적인 조선어의 구축을 위해 방언을 이용했다고 한다면 오구라(小倉)는 통시적인 조선어의 구축을 위해 방언을 눈여겨 보았다고 할 수 있다.

그렇다고 할 때 앞에서 "완전히 없어지기 전에 이것을 발견하여 기록에 남길 수 있었다는 데 나는 크게 만족한다"라고 한 발언도 납득이 가지 않을까 한다. 방언이 기록되고 보존되어야 할 존재라면 보존과 기록이 최우선이 되므로 누가 그 작업을 해야 지당한 것인지는 그다지 논의가 이루어지지 않게 된다.[57]

한편 방언과는 성격이 조금 다르지만 어느 정도 관심이 가는 표현을 찾게 되었다. 그것은 1938년 5월 ≪文藝春秋≫에 게재된 <朝鮮古書の國外轉出>이라는 글인데 그 속에는 다음과 같은 내용이 있다.

"일본에는 오래 전부터 조선의 문헌이 전래하였다. 그러나 무엇보다 분로쿠(文祿), 게이쵸(慶長)의 에키(役)[58] 때 일본의 대명(大名)[59]이 전쟁의 선물로 많은 귀중한 서적들을 가지고 돌아온 것은 그 동기에

---

57) [역자주] 한국인이든 일본인이든 아무나 기록과 보존을 맡으면 된다는 논의로 흐를 수 있다는 지적이다.
58) 임진왜란을 가리키는 말이다.
59) [역자주] 대명(大名)은 임진왜란 당시 여러 고을을 다스리던 영주를 가리킨다.

있어서는 여러 이견이 있겠지만 결과적으로 보아 문화의 보호자가
된 것이며 게다가 오늘날 그 서적들이 유서 깊은 도서관 문고 등에
잘 보관되어 우리가 진귀한 책들을 마음대로 볼 수 있는 것은 너무나
행복한 일일 것이다."60)

'유출(流出)'이 아니라 '전출(轉出)'61)이라는 표현을 사용하고 있는 것
의 의미는 별도로 묻지 않을 수 없지만 '분로쿠(文祿), 게이쵸(慶長)의 에
키(役)'라는 16세기 말 조선에 대한 침략 전쟁의 약탈품이었다고 해도
"결과적으로 보아 문화의 보호자가 되었다"라는 것을 기쁘다고 하는
것이다. 과정이나 방법이 아닌 결과가 전부라는 것인데 그렇게 되면 과
정이나 수단의 정당성에 대한 논의는 결과 앞에서는 그다지 의미를 가
지지 않게 된다.
　어쨌든 기록할 수 있어서 안심하는 것이라고 한다. 따라서 조선총독
부의 일본인 관리로서 조선을 다니며 조선어 방언을 채집한다는 것이
그 근저에 지닌 의미는 물을 필요도 없이 결과적으로 방언이 채집될
수만 있으면 괜찮은 셈이 된다. 이렇게 말하면 꽤 어폐가 있다고 생각
되지만 오구라(小倉)의 언어학과 한 학년 후배인 긴다이치 교스케(金田
一京助)가 '멸망해 가는 언어'로서의 아이누어 기록에 전력을 기울인 것
과 구조적으로는 거의 다를 바가 없다.

---

60) 小倉進平, <朝鮮古書の國外轉出>, ≪文藝春秋≫ 16-7, 1938년 5월, 15~16
　　쪽.
61) [역자주] '유출'은 약탈의 의미가 있지만 '전출'은 자연스럽게 옮겨 갔다는 의미
　　가 되어 그 성격이 매우 달라진다.

■7.3. 방언 조사의 방법

여기서는 오구라(小倉)의 방언 조사 방법에 대해서 다루고자 한다. ≪朝鮮語方言の研究(下)≫에는 다음과 같은 내용이 있다.

> "다음으로 제보자의 종류인데 원칙적으로 보통학교[62] 상급 남녀 생도 약 10명을 골랐다. 조사의 목적을 생각하면 노인, 특히 부인 등을 대상으로 하는 것이 가장 좋은데 이 사람들은 긴 시간의 조사를 견디지 못하고 질문의 회답에 요령이 없는 경우가 많기 때문에 어쩔 수 없이 학교 생도를 이용한 것이다.
>
> 다음으로 조사 항목을 기입하는 조사지인데 이것은 나 자신의 경험으로 작성했다. 원래 유럽의 여러 언어는 각 언어에 따른 방언 조사지가 있고 일본에서도 이전부터 여러 종류의 방언 채집부라고 부르는 것이 사용되어 왔는데 그것들을 그대로 조선어 방언 채집에 적용할 수는 없다고 본다. 조선어는 그 특유의 언어 현상이 존재한다고 생각하지 않으면 안 된다. 그러나 조선에는 종래 이러한 종류의 조사지가 하나도 없었다. 그래서 내가 최초로 조사지를 작성하는 데 있어 우선 음운, 어휘, 어법상 특색이 있다고 생각되는 어휘를 손수 선택하고 여행을 반복하면서 스스로의 경험을 바탕으로 그 범위를 점차 확대해 나갔다. 처음에는 어휘의 수가 극히 적었지만 점차 그 수를 늘려서 지금은 600 내지 700개 항목에 이르고 있다."[63]

또한 다른 글에서는 대략 다음과 같은 방침으로 임했다고 말한 바 있다.

---

62) 조선인을 가르치는 소학교.
63) 小倉進平, ≪朝鮮語方言の研究(下)≫, 岩波書店, 1944년, 12쪽.

"(…) 대체로 현지 조사의 방법으로는 (1) 노인(老人)과 부인(婦人)이 적당하지만 사실상 불가능하기 때문에 보통학교에서 실시할 것, (2) 출장을 가기 전 미리 조사를 의뢰할 것, (3) 지명의 속칭(俗稱)과 고명(古名) 등을 조사할 것, (4) 귀임 후 재조사를 할 것 등을 꼽았다. 그리고 조사 내용은 (1) 음운-자음과 모음의 발음상 특징을 밝힌다-, (2) 어휘-미리 조사해야 할 어휘 일람표를 만들고 거기에 기입한다-64), (3) 어법-질문과 답변, 명령 외에 과거, 현재, 미래 등 각종 형식을 표로 하여 거기에 기입한다-65) 등 세 측면이고 조사의 소요 시간은 연속 3시간 내지 5시간을 필요로 한다. 시일을 절약할 수 있도록 여행을 강행했기 때문에 지금 보면 꽤 모험을 했다."66)

이것은 오구라(小倉)가 경성제국대학 내에서 1931년 6월 개최된 경성제대 방언회에서 말한 <나의 조선 방언 조사 경과>의 내용을 조윤제가 정리한 것이므로 그런 점에서는 유보가 필요하지만67) 그 앞에 나온 인용을 포함해서 여러 가지 알 수 있는 사실들이 있다.

우선 질문 사항, 그것도 공통적인 것을 설정하여 그 많은 분량을 3~5시간에 조사하는 방식이다. 한정된 지역에서만 방언 조사를 하려는 것이라면 어느 정도 계획 없이 막 하더라도 어떻게든 되는 측면이 있을 것이다. 그러나 동일한 질문 사항을 설정하고 그것을 모든 지역의 되도록 많은 지점에서 조사하려는 것이라면 같은 기준으로 전체를 바라보는 관점과 종합화, 통일화의 힘이 작용한다.

그리고 보통학교 생도 남녀 약 10명이라는 조사 대상자의 추출은 한

---

64) 표준이 되어야 하는 것은 보통 300 단어 내지 600 단어.
65) 평안남북도, 함경남북도의 조사에 있어서는 그 형식이 200종 이상에 이르렀다.
66) <京城帝大方言會>, ≪靑丘學叢≫ 6, 1931년 12월, 188쪽.
67) [역자주] 小倉進平이 직접 쓴 것이 아니고 남이 정리한 내용이라서 완전히 신뢰할 수는 없음을 가리킨 말이다.

반도 전역에 균일한 교육이 두루 이루어지고 있음을 전제로 설정된 것
인 듯하다. 이들 생도와 京城의 말을 배운 오구라(小倉)가 어느 정도 의
사소통을 할 수 있었는지는 모른다. 보통학교의 상급생 정도 되면 경우
에 따라서는 일본어로 조사가 가능했을지도 모르지만 그 학교 교원의
도움이 가장 크지 않았을까 한다. 다만 거기서 수집된 방언은 어디까지
나 교육을 받은 소년, 소녀의 어휘라는 제약이 들어간다는 점에는 주의
해야 한다.

이처럼 조사 대상과 질문 사항을 공통으로 설정하는 방법에는 방언
이 사용되는 지역 또는 그 방언이 전체를 구성하는 한 부분이라고 하
는 사고가 들어있음도 지적해야 할 것이다. 이러한 것까지 포함해서 오
구라(小倉)의 조사는 기본적으로 효율을 제일로 삼고 있었다. 앞에서 보
았듯이 오구라(小倉)의 조사 대부분이 공무 사이 또는 여름이나 겨울
휴가 중에 이루어진 것임을 생각하면 미리 보통학교 생도를 모집하도
록 부탁해 둔 후 집중적으로 조사를 하는 것이 효율적이다. 그다지 확
실하게 말할 수는 없지만 학무국 시절의 오구라(小倉)가 어떤 시기에
학교 교원을 겸임하고 있었음을 고려할 때[68] 휴가를 얻어 조사를 나가
는 시점과 학교의 장기 휴가가 겹치는 경우가 많지 않았을까 한다. 혹
은 수업의 균형을 생각해서 미리 학교에 연락하고 나서 방문했을지도
모른다.

여기서 오구라(小倉)가 조선총독부의 학무국 관료였다는 점을 다시
생각해야 한다. 아무리 영달의 가능성이 낮다고 해도[69] 학교 행정을
담당하고 있는 기관의 관리이다. 조사의 효율을 생각할 경우 그러한 지

---

68) [역자주] 1910년대에 小倉進平은 경성고등보통학교와 경성의학전문학교 교원
   을 겸임한 적이 있다. 자세한 것은 2.1.을 참고할 수 있다.
69) [역자주] 2.1.에서도 지적했듯이 小倉進平은 하급 관리였고 고등 문관시험 출
   신자가 아니었기 때문에 관리로서의 출세에는 제약이 있었다.

위를 효과적으로 활용하기 위해 보통학교 생도를 조사 협력자로 골랐다[70]고 생각하는 편이 자연스러울 것이다. 오구라(小倉) 자신이 의식하고 있었는지는 알 수 없지만, 받아들이는 입장에서는 조선어를 연구하는 젊은 일본인 학도로서의 오구라(小倉)를 생각하기에 앞서 뭔지는 몰라도 이런 벽지(僻地)까지 조선총독부 학무국의 관리께서 오신다고 생각했을 것임에 틀림 없다.

예를 들어 1912년 겨울 조선에서의 첫 번째 방언 조사로 제주도에 건너갔을 당시의 일을 1935년에 다음과 같이 회상하고 있다.[71] 그 때는 "한일 합방 후 얼마 안 되는 시기여서 민심이 매우 동요하고 치안도 충분히 유지되어 있다고는 말할 수 없으며" 보통학교도 세 군데밖에 설치되어 있지 않았기 때문에 말 한 마리와 마부 한 명을 고용하여 섬을 일주하는 조사를 시작하였는데 "경찰서에서는 나의 신변을 생각해서 처음부터 끝까지 순사보 한 명을 동행시켜 주었다"라고 한다. 방언 조사 등의 목적으로 이런 장소를 찾는 사람은 없었으며 "조사에 있어 의심을 받기도 하지만 한 편으로 기뻐하면서 환영해 주는 사람도 있었다. 경관을 대동하고 여유롭게 말을 탄 채 대정(大靜)의 마을에 도착했을 때 마을 입구에 보통학교의 모든 직원과 생도들이 도열하여 나를 맞이해 주어서 그만 식은땀이 흐르고 쑥스럽기 짝이 없었던 경우"도 있었다고 한다. 또한 "오늘날은 치안도 완전하게 유지되어 어느 시골이든지 혼자 여행을 해도 절대 안전한데 예전에는 폭도가 봉기하거나 언덕에서 마적이 습격하는 등 세상이 떠들썩해서 경관의 신세를 진 적도 자주 있었다"라고도 기술하고 있다. 이러한 글은 오구라(小倉)의 방

---

70) 당연히 보통학교의 교원을 경유해서 조사 대상자를 골랐다.
71) 小倉進平, <方言採集追憶漫談>, ≪方言≫ 5-10, 1935년 10월, 25~26, 29쪽. ≪朝鮮語方言の硏究≫에 수록.

언 조사가 어떠한 위세의 뒷받침을 받았는지 보여 줌과 동시에 오구라(小倉)가 그러한 위세에 그다지 민감하지 않았던 것을 나타내고 있다.[72]

오구라(小倉)에게 있어서 방언 조사는 혼자서 하는 고독한 작업이었다. 누군가와 함께 조사에 나갔다고 하는 기술은 찾아볼 수 없다. 열차도 자동차도 없는 시대에 말 위에서 여유롭게 방언 조사에 나서는 오구라(小倉)는 "당나귀를 타고 각지의 방언을 조사한 것은 유명하다"[73]라는 일화를 남게 되었다. 그러나 '말 위에서 여유롭게' 다니지는 않았던 듯하다.

"교통 기관이 발달하지 않고 도로의 정비가 이루어지기 이전에는 말(馬)이 여행자의 가장 친근한 동반자였다. 그러나 이것을 결코 그림이나 노래에 나오듯이 흥취가 제법 나는 것으로 생각할 수는 없었다. 커다란 위험과 불쾌감을 동반하기 때문이다. 무엇보다도 조선의 말이 內地의 말과 비교해서 훨씬 체구가 작은 것은 어쩔 수 없다고 쳐도 마구가 완비되어 있지 않다. 안장도 없고 고삐도 없다. 말의 등 한편에 짐을 동여매면 다른 한 편에도 그것과 비슷한 무게의 돌덩어리나 흙덩어리를 달고 좌우 두 개의 짐 위에 짚이나 방석을 깐 후 그 위에 앉아서 두 다리를 전방으로 해서 말의 목 좌우에 두고 짐 구석에 작은 줄을 매달아 고삐를 대신한다. 작은 말은 무엇인가에 잘 놀란다. 흔들리다가 떨어져서 손이나 다리가 부러진 사람들이 셀 수 없을 정도로 많다. 두 번째로 불쾌한 것은 마부의 나태함과 무책임함이다. 조선의 풍습도 있긴 하지만 마부는 일반적으로 늦게 일어나며 아침 식사를 하지 않고 나간다. 정오 가까이 적당한 부락을 지나가게 되면 말에서 짐을 내려 물과 먹이를 주어 쉬게 하는 것까지는 괜찮은

---

72) [역자주] 小倉進平이 조선총독부 관리로서의 지위로 인해 조사에 도움을 받았지만 그 자신은 그러한 지위를 그리 민감하게 생각하지 않았음을 가리킨다.
73) 中村完, <小倉進平>, ≪朝鮮人物事典≫, 大和書房, 1995년, 354쪽.

데 자신은 밥을 짓고 술을 마시며 낮잠까지 자는 이들이 있다. 금방
쉽게 움직이지도 않아서 아깝고 귀중한 두세 시간을 이렇게 하찮은
일로 허비하여 조사의 능률을 떨어뜨리는 경우가 자주 있다."[74]

어떤 위험과 접하는 것이야 자신이 취미로 하고 있었기 때문에 어쩔
수 없겠지만 후반부에서 마부를 비난한 것은 별로 좋지 못하다. 한정된
시간 내에 조사를 진행하기 위해 효율적으로 조사를 하고 싶기 때문에
초조해질 때도 있겠지만 너무나 여유가 없는 것이 아닐까 한다.[75] 마
부와 같이 식사하고 술을 마심으로써 처음 알게 되는 사실도 있을 것
이다. "아깝고 귀중한 두세 시간을 이러한 하찮은 일로 허비하여" 등의
표현을 보면 오구라(小倉)에 있어서는 조사 대상으로서 방언만 존재할
뿐 그 방언을 사용하는 사람들에게는 의식이 향하지 않았던 것이 아닐
까 한다.

"오구라(小倉)가 자신의 지위를 이용해서 조사한"이라고 하면 너무나
솔직한 것이지만 학무국의 관료라는 사실은 반드시 따라다닌다. 그 지
위가 있음으로써 비로소 이러한 방언 조사가 가능했다는 측면도 있을
것이다.

앞에서 방언 조사부(調査簿)에 대해 다루었지만 오구라(小倉)가 정력
적으로 방언 조사를 하고 있던 1910년대에서 1920년대에 걸쳐 참조할

---

74) 小倉進平, 앞의 논문, 29쪽.
75) 조선의 마부나 사공(船頭)의 이러한 태도는 예컨대 1894년과 1895년 조선을
    다녀간 영국인 여행가 Isabella Bird의 ≪朝鮮紀行≫("時岡敬子 譯, 講談社
    學術文庫, 1998년"을 참조)에도 자주 나타난다. 이러한 태도에 눌려 양보하면
    서 여행에 익숙해진 Isabella Bird의 필치는 小倉進平만큼의 엄격함은 없다.
    여행 그 자체가 목적인 Isabella Bird와 비교하면 "원래 나는 결코 여행을 좋
    아하지 않는다"(<方言採集追憶漫談> 29쪽)라고 하는 小倉進平은 말 타는
    것을 단순히 조사 지점까지의 이동 수단으로만 파악하고 있었을 것이다.

수 있었던 방언 채집부는 국어조사위원회(國語調査委員會)가 1904년 10월 편찬한 ≪方言採集簿≫가 거의 유일했다. 이것은 이미 말했지만 1902년에 관제가 반포된 국어조사위원회의 당시 보조위원이었던 호시나 고우이치(保科孝一)가 작성한 것이었다. 이제 ≪方言採集簿≫에 대해서 약간 다루어 보기로 한다.

이것은 서언(緖言)에서 "이 책의 편찬에 있어 단어 부분은 Georg vonder Gabelentz의 ≪Handbuch zur Aufnahme fremder Sprachen≫과 Max Müller의 ≪Outline Dictionary≫라는 두 책의 체재를 참조하고 어법의 형식 부분은 적절한 방법에 따른다"라고 하듯이 외국에서 발행된 조사부(調査簿)를 바탕으로 작성되었다. Gabelentz는 우에다 가즈토시(上田萬年)가 유학 중 가르침을 받은 독일의 언어학자이며 호시나(保科)는 어쩌면 자신의 은사인 우에다(上田)를 통해서 이 조사부를 알게 되었을지도 모른다.

이 ≪方言採集簿≫는 품사 분류를 하고 거기에 표준어를 배열해 가는 형식을 취하고 있다. 목차를 간략히 적으면 다음과 같다.

명사
제1. 천문, 지리, 지문(地文)에 관한 명칭
제2. 박물(博物)에 관한 명칭
제3. 인류에 관한 명칭
제4. 신체에 관한 명칭
제5. 의식주에 관한 명칭
제6. 신불(神佛), 인사(人事)에 관한 명칭
제7. 식산(殖産), 공업에 관한 명칭
제8. 운수, 교통에 관한 명칭

제9. 기타(雜)

이 외에 '대명사, 수사, 형용사, 동사, 부사, 접속사, 조사, 호소와 응답, 감동'으로 품사를 분류한 다음 '동사 · 형용사의 활용형, 조동사의 활용형, 시제 · 서법 등의 표현 방법, 대우(待遇)의 여러 표현 방법, 어사(語詞)의 조립 방식'으로 나누고 있다. 또 서언에서 "이 책은 우리 나라 각지의 방언을 채집하는 것을 목적으로 편찬했지만 만주, 조선 그 밖에 외국의 언어를 조사하는 데 있어서 편리하게 사용할 수 있을 것"이라고 할 만큼 장대(壯大)한 것이라는 점도 부가해 두고 싶다.

그런데 이 ≪方言採集簿≫에는 편찬 방침, 방언 채집에 있어 주의점, 정리에 있어서 주의점이 범례로서 기술되어 있으며 '방언의 정밀한 표기, 악센트 표시, 지역 · 계급 · 성별 · 직업 등에 대한 유의, 조사 지역의 정치 · 교통상의 위상 등에 대해 배려'가 있어야 함을 지적하고 있다. 오구라(小倉)가 이 ≪方言採集簿≫의 서언에 따라서 이것을 이용하여 조선어 방언 조사를 했다면 매우 흥미로울 터인데 직접적으로 확인할 수는 없다. 앞의 인용문에서는 "조선어는 그 특유의 언어 현상이 존재한다고 생각하지 않으면 안 되기" 때문에 독자적으로 조사지를 작성했다고 했다. 그런데 오구라(小倉)의 방언 연구를 집대성한 ≪朝鮮語方言の研究(上)≫의 '자료편' 분류를 보면 어휘는 매우 일반적인 방언 조사지와 동일한 배열이며 명사부터 시작하여76) 형용사, 동사, 조동사, 부사, 조사, 접두사, 접미사, 구, 단문(短文)으로 되어 있다.77) 그런 점에서는 호시나 고이치(保科孝一)의 ≪方言採集簿≫와 비슷한 요소가 강하

76) 그 분류는 앞에서 본 保科孝一의 것과 마찬가지로 '천문, 기후, …' 등으로 되어 있다.
77) 小倉進平, ≪朝鮮語方言の研究(上)≫, 岩波書店, 1944년.

게 있다.[78] 도조 미사오(東條操, 1884~1966)의 ≪方言採集手帖≫(1928
년), ≪簡約方言手帖≫(1931년)[79]에서 불충분하지만 '인사(人事)'[80]와
'연중 행사'[81]처럼 민속학에 연관될 수 있는 항목을 설정한[82] 것과 비
교할 때 오구라(小倉)의 자료편에 이런 항목이 보이지 않는 것은 특징
이라고 하겠다.

7.4. '방언 주권론(周圈論)'과 '방언 구획론(區劃論)'

7.4.1. 근대 일본에서의 방언 서술 방식

이 절에서는 오구라(小倉)의 조선어 방언 조사의 목적이 일본에서의
방언 조사가 가지는 의미와 비교해서 어떠한 위치에 있었는지를 고찰
해 보고자 한다. 저자가 예전에 일본에서의 방언에 대한 인식을 정리한
적이 있는데[83] 그것을 참조하면서 일본의 방언 조사와 연구가 가지고
있던 의미를 간단하게 기술하기로 한다.

---

78) 물론 어떻든지 간에 어휘의 수집이 주(主)가 되기 때문에 이것은 당연하며 예
　전에 小倉進平이 센다이(仙臺) 방언을 채집할 때도 ≪方言採集簿≫를 사용
　한 적이 있다.
79) 두 권 다 鄕土研究社에서 간행.
80) 관혼상제와 관련한 내용.
81) '인사'와 '연중 행사'에 대해서는 "柳田國男 선생에게서 재료를 받았습니다"라
　고 했다.
82) 東條操, ≪方言採集手帖≫, 鄕土研究社, 1928년, <各位に>. 이 책도 "이 부
　분의 단어집에 대해서는 保科孝一 선생의 ≪方言採集簿≫에서 가르침을 받
　은 것이 적지 않습니다"라고 했다.
83) 졸고, <'方言'認識の諸相>, ≪現代思想≫ 26-10, 1998년 8월. 보다 상세한
　것은 졸저(≪'國語'と'方言'のあいだ≫, 人文書院, 1999년)를 참조.

明治 시기의 방언 연구가 하나의 고비를 맞이한 것은 20세기 초엽이었다. 이 시기에는 강력한 표준어 정책을 추진하면서 방언에 부정적인 이미지가 생겼다고 사회언어학자 시바타 다케시(柴田武)가 지적하고 있다.[84] 강력한 표준어 정책을 대표하는 것으로는 1902년 국어학자 우에다 가즈토시(上田萬年)을 주사(主事)로 해서 설치된 국어조사위원회(國語調査委員會)가 있다. 국어조사위원회에서 1902년 발표한 조사 방침 중 하나가 "방언을 조사하여 표준어를 선정하는 것"이므로 시바타(柴田)가 말하듯이 방언은 '근대화'를 위한 표준어 형성의 재료로서 자리매김 되어 낮은 지위를 부여 받게 되었다. 다른 한 편으로 방언에 대한 관심도 높아졌다. 예전에도 ≪風俗畵報≫ 등의 잡지가 각지의 방언을 단편적으로 게재하는 등 활동하고 있었지만 좀 더 대규모로 정리된 방언 어휘집이 주로 각지의 교육회나 학교 관련 단체에 의해 출판된 것도 이 시기의 특징이다.

이 시기를 전후해서 가장 크게 변화한 점은 이러한 방언에 대한 관심을 배경으로 '기준'을 확립하고자 하는 갈구가 높아졌다는 것이다. 왜 강력한 표준어 정책이 필요하게 되었는지에 대해서 시바타(柴田)는 더 이상 설명하지 않았다. 근래에 겨우 이 물음에 대한 답으로서, "청일전쟁 이후 1900년에 걸쳐서 국어(國語)·국자(國字)의 문제가 고조되고 그 귀결의 하나로서 국어조사위원회의가 설치된 배경에는 일등 국가가 되고 국민 국가가 형성되려고 하는 일본에게 기준으로서 걸맞는 말(言)이 없다는 의식이 자리 잡고 있다"라고 지적하게 되었다.[85]

---

84) 柴田武, <標準語, 共通語, 方言>, ≪標準語と方言≫, 文化廳('ことば'シリーズ 六), 1977년, 29쪽.
85) 예컨대 "長志珠繪, <「國語」イデオロギ-の形成と近代天皇制國家>, ≪近代天皇制國家の社會統治≫(馬原鐵夫·掛谷宰平 編), 文理閣, 1991년"과 이 논문 등을 수록한 "長志珠繪, ≪近代日本と國語ナショナリズム≫, 吉川弘文

방언 조사 방법이나 표준어론 등은 당시 도입된 언어학 지식에 힘입은 바 컸는데 그런 가운데 지향하던 것은 방언을 단순히 어떤 특정 지역의 말이라는 의미에서 국민 국가의 어떤 부분을 구성하는 지역의 말이라는 의미로 고치는 것이었으며 '기준'과 관련 지어 방언을 말하게 하는 것이었다. 표준어의 보급으로 보증된 「일본어」의 공시성과 방언이 보증한다고 하는 「일본어」의 통시성을 통합하는 작업이 바로 방언에서 표준어를 만들어 낸다는 것이 가지는 의미라고 할 수 있다. 그것이 또한 국민 국가 형성기에 방언이 왕성하게 논의되어 국어조사위원회가 1903년과 1908년에 전국 교육회 및 사범학교를 통해 행한 음운, 구어법 조사의 의도이기도 했다. 덧붙여 말하자면 첫 번째 조사 결과는 ≪音韻調査報告書≫(1905년, 음운 분포도 29장으로 되어 있다), ≪口語法調査報告書≫(1906년, 구어법 분포도 37장으로 되어 있다)로 정리되었고 이것을 바탕으로 ≪口語法≫(1916년), ≪口語法別記≫(1917년)가 편찬되었다.

다음으로 방언 연구가 고비를 맞이한 것은 1930년대 전후였다. 이 시기에 도조 미사오(東條操)와 야나기타 구니오(柳田國男, 1875~1962)가 후일의 방언 인식까지도 규정하게 되는 생각을 하고 있었다. 도조 미사오(東條操)는 국어조사위원회가 펴 낸 두 번의 조사 결과를 바탕으로 ≪國語の方言區劃≫(1927년, 育英書院)에서 체계적인 '방언 구획론(區劃論)'을 제창했고 야나기타 구니오(柳田國男)는 '달팽이(蝸牛)'의 명칭 분포를 바탕으로 '방언 주권론(周圈論)'을 처음 주장한 것이다.[86] 주목하고 싶은 것은 이 시기가 1932년의 만주국(滿洲國) 건국 등을 통해 실재

館, 1998년"을 참조.
86) <蝸牛考>는 1927년에 처음 나와 ≪東京人類學雜誌≫에 나누어 실렸다. 1930년에 어형을 정리하여 創元社에서 간행했다.

하는 제국으로서의 일본이 그 구성을 분명히 하고 있던 때라는 점이다.

재정(財政) 재건에 따라 국어조사위원회가 폐지된 것은 1913년인데 방언 연구가 약간 정체되고 있던 상태와 비교해서 1930년 전후에 방언이 왕성하게 논의된 것은 논자들이 의식하지 못했을지도 모르지만 다소 강하게 말하자면 '제국'의 중핵으로서의 국민 국가 일본을 재편성하는 것과 연결되어 있다. 예컨대 도조(東條)의 ≪國語の方言區劃≫에서는 「국어」의 하위 구분으로 内地 방언과 함께 유구 방언을 설정하고 있다. 유구어를 방언으로 받아들이는 이 방언 구획론에 따라 内地 방언과 유구 방언 각각을 하위 구분하고 더 나아가 이를 통해 전국을 포괄하는 형태로 방언들을 분류하여 조금씩 엄밀하게 계통을 지었다.

다른 한 편으로 동일 계통의 증명이 곤란하다고 하는 조선어, 대만어, 아이누어는 방언 구획론에서 배제하고 있다. 도조(東條)는 다른 논문에서 "대만어나 아이누어는 일본어와는 다른 계통에 속하기" 때문에 "일본어의 방언이 아니다"라고 말하고 "조선어는 예전에 일본어와 동계였다고 하는 학설도 있지만 지금은 이견이 많다. 따라서 조선어를 국어의 방언이라고 보는 것은 피해야 할 것이다"라고 논의하고 있다.[87] 이러한 판단 자체는 틀린 것이 아니지만 뒤집어 말하면 동일 계통임이 증명되기만 하면 「국어」의 방언으로서 취급하겠다는 것이다. 이 시기에 조선어, 대만어 등에도 도조(東條)의 시야가 열려 있었던 것은 그 땅이 바로 일본의 식민지였기 때문이다. 이렇게 하여 '구획론'이라는 형태로 국민 국가인 일본에서 사용되고 있는 방언이 완성된다.

한편 야나기타(柳田)의 방언 주권론(周圈論)은 객관적인 사실을 바탕으로 하여[88] 일본 열도를 포함한 언어권에 어떤 단어가 물결(波紋)처럼

---

87) 東條操, <方言の本質>, ≪國語と國文學≫ 36, 1927년 4월, 47쪽.
88) 柳田國男이 각지에서 설문 조사를 한 여러 단어 중 '주권(周圈)'적이었던 것이

널리 퍼져 나갔다고 하는 주장이다. 다만 여기서도 아무런 전제 없이 일본어가 언급되는 장이 설정되어 있는 느낌은 부정할 수 없다. 방언 주권론(周圈論)이 가지고 있는 이데올로기는 스즈키 하로미츠(鈴木廣光)의 다음 지적으로도 충분할 것이다.

> "주권론(周圈論)은 잡다한 공간에 '중앙'을 설정하여 변경을 찾아내고 그 변경을 바로 '주연(周緣)'이라고 자리 매김으로써 '중앙'을 강화한다고 하는 질서를 바탕으로 공간을 재구성해 나가는 근대 국가의 권력 편성이 지닌 본질과 법칙을 하나로 합치고 있는 것이다."[89]

또 이 시기에는 방언 수집을 목적으로 하는 연구회가 각지에 만들어지고 전문지도 여러 종 출판되었다.[90] 방언 열풍이 찾아온 것인데 이것은 신국학(新國學)을 부르짖는 야나기타 구니오(柳田國男) 등의 민속학의 융성과 법칙을 하나로 합쳐서 제국의 중핵으로서의 '일본'을 새로이 발견한다는 의미를 가지고 있었던 것이 아닐까 한다.[91] 그런 점에서

'蝸牛'밖에 없었다고 하는 한계도 있긴 하다.

89) 鈴木廣光, <日本語系統論・方言周圈論・オリエンタリズム>, ≪現代思想≫ 21-7, 1993년 7월, 216쪽.

90) 1928년 柳田國男의 제창으로 조직된 방언 연구회는 1932년에 동경방언학회로, 1940년에는 일본방언학회로 바뀌었고 기관지 ≪方言研究≫(1944년까지 총 10집)를 발행했다. 國學院大學에서는 1931년에 방언 연구회가 조직되어 ≪方言誌≫(1931~39년, 총 23호)을 간행했다. 또한 모리오카(盛岡)의 연구자 橘正一이 ≪方言と土俗≫(1930~33년)을 월간으로 펴 내는 등 지방에서의 연구도 이루어지고 각지에 방언 연구회가 조직되면서 연락 기관의 필요성과 연구의 향상이 절실해짐으로써 월간지 ≪方言≫이 1931년부터 1938년까지 총 76권 발행되었다. "東條操, <方言研究の歩み-國語調査委員會と東京方言學會と雜誌≪方言≫-, ≪國語學≫ 35, 1958년 12월, 98~99쪽"을 참고.

91) 최근에는 예를 들면 "子安宣邦, <一國民俗學の成立>, ≪近代知のアルケオロジ-≫, 岩波書店, 1996년"과 "綱澤滿昭, ≪柳田國男讚歌への疑念≫, 風媒社, 1998년" 등을 참고.

도조 미사오(東條操)가 지적하듯 이 시기의 방언 연구가 '향토 연구'와의
관련 속에서 이루어진 것은 상징적이다.[92]

7.4.2. 小倉進平의 경우

1930년대의 일본 방언 연구가 가지고 있는 이러한 정치적, 문화적
의미가 그대로 조선어 방언 연구에도 적용되는지 여부는 확실하지 않
다. 다만 1930년대에 조선학을 구축하자는 주장이 이루어져[93] 하나의
문화 운동으로 변해 가는 가운데 조선인 스스로에 의한 조선어 방언
조사를 자리매김 한 것도 틀리지는 않다고 하겠다. 예컨대 조선어학회
의 기관지 ≪한글≫이 지면을 통해 방언 채집을 호소하고 회원 중 한
명인 최현배가 방언 채집의 방법과 그 밖의 것을 논의하고 있는데 그
중에 다음과 같은 내용이 있다.

"시골말캐기는 오늘의 조선에 있어서 매우 필요한 일이다. 신문화
의 팽배한 압력에 의하야 점점 후퇴하여 가는 각 지방의 문화의 遺
業을 보존하는 것도 매우 뜻 깊은 좋은 일이요, 조선어문의 연구 및
통일의 기운이 바야흐로 熾熱한 오늘에 있어서 그 공평한 正路를 보
이는 것도 매우 有助한 일이니, 이러한 의미에서 방언채집은 참 필요

---

92) "昭和 시대의 방언 연구가 오늘날 융성하게 된 것은 향토 연구의 한 분과로서
   발달해 온 결과이다. 따라서 연구자로는 일본어학자, 언어학자 외에도 많은 민
   속학자가 있으며 일본 민속학의 泰斗인 柳田國男 선생께서 방언학계를 동시
   에 이끌고 계시는 것이다"(東條操, <昭和の方言研究の三特質>, ≪國語教
   育≫ 16-5, 1931년 5월, 69쪽).
93) "鶴園裕, <近代朝鮮における國學の形成-'朝鮮學'を中心に->, ≪朝鮮史研
   究會論文集≫ 35, 1997년"과 "姜海守, <'朝鮮學'の成立>, ≪江戸の思想≫
   7, 1997년"을 참조. 또한 ≪民族文化研究≫ 12호(고려대학교 민족문화연구소,
   1977년 12월)도 1930년대의 국학진흥운동을 특집으로 다루고 있다.

한 일이다. 그러나 시골말캐기는 다만 조선어문연구의 전문가에게만
필요한 일이 아니라, 널리 일반인에게 다 필요한 일이니, 누구든지
한 興味事로서 이 방언을 채집하여서, 上記의 조선어문의 보존 及
발달에 一臂의 기여를 함도 또한 즐거운 일이 되리라 하노라."[94]

즉 방언 채집을 문화의 보존과 조선 어문의 통일을 위한 것으로 파
악하고 있는 것이다.

'방언 구획론'이라고 하는 것의 분석 방법은 오구라(小倉)에 의해 조
선어 방언 연구에 적용되었다. 오구라(小倉)는 아직 조선총독부의 관리
였던 1924년 출판한 ≪南部朝鮮の方言≫에 자신의 방언 조사에서 얻
은 자료를 바탕으로 한반도 남부의 '音韻分布圖' 16개, '語法分布圖'
10개를 덧붙였는데 구획화 작업은 하지 않았었다. 제주도 방언에 관한
1931년 논문에서는 "나는 제주도 방언을 육지의 '소위' 5대 방언에 대
립할 수 있는 별개의 한 방언으로 간주하는 데 주저하지 않는다"[95]라
고 하여 6개의 방언으로 분류하는 것을 시사하고 있다. '소위'라고 했
으니 육지의 방언을 5개로 분류하는 것이 일반적인 인식이었을지 모른
다고 생각할 수 있지만 1939년의 논문에서 다음과 같이 말하고 있어
오구라(小倉) 자신의 견해였던 것 같다.[96]

---

94) 최현배, <方言採集에 對하야>, ≪한글≫ 4-6(통권 35), 1936년 6월, 78쪽.
   [역자주] 원문에는 서지 사항에 약간의 착오가 있다. 여기서는 이것을 바로잡
   는다.
95) 小倉進平, <濟州島方言>, ≪靑丘學叢≫ 5, 1931년 8월, 70쪽. ≪朝鮮語方言
   の硏究≫에 수록.
96) 1938년에 있었던 제29회 동양학 강좌에서 오구라(小倉)는 '조선어 방언에 대
   하여'라는 제목으로 강연을 했다. 그 강연 요지에는 "(…) 간단히 방언의 경
   계선을 긋는 것은 불가능하지만 편의상 조선어 방언을 구분한다면 '(1) 제주
   도, (2) 함경남북도, (3) 평안남북도, (4) 강원도, 황해도, 경기도, 충청남북도,
   (5) 전라북도 및 전라남도의 북부, (6) 경상남북도 및 전라남도의 남부'의 여섯

"조선의 방언은 오늘날 곳곳에 따라 현저한 차이가 있고 지방에 따라서는 표준어인 京城語조차 통하지 않는 곳이 있다. 나는 일찍부터 조선어 방언 연구의 필요성을 느끼고 과거 20년 동안 그 조사에 미력(微力)을 다 바치고 있는데 내가 볼 때는 방언 분포의 구획을 대체로 (1) 경기, 충청남북, 강원, 황해 등 여러 도를 포괄하는 중부 방언, (2) 전라남북도 방언, (3) 경상남북도 방언, (4) 평안남북도 방언, (5) 함경남북도 방언의 다섯 종류로 크게 구분하는 것이 편리하다고 생각하며 또한 제주도 방언은 전라남북도 방언과 매우 가까운 관계에 있는 것 같지만 여러 가지 사실로 보아 앞의 5대 방언에서 독립시키는 것이 적당하다고 판단한다."[97]

'구획'이라는 말을 사용하여 조선어 전체를 분류한 것은 이 논문이 최초인 듯하며,[98] 도조 미사오(東條操)의 <方言區劃論>으로부터 영향을 받은 것으로 보인다. 오구라(小倉)도 한반도를 공간적으로 포괄하는 방식으로 조선어를 분절한 것이다.

개로 나눌 수 있을 것이다"라고 되어 있다(小倉進平, <朝鮮語の方言について>(東洋文庫公開講演會), ≪史學雜誌≫ 49-8, 1938년 8월, 93쪽). 전라남도의 남부를 경상남북도 방언에 포함시킨 점만이 1939년 논문의 구획과 다르다. 이는 小倉進平의 "<方言境界線の一例>, ≪帝國大學新聞≫, 1938년 11월 14일, ≪朝鮮語方言の硏究≫에 수록)"에 의한 것인 듯한데 다소간의 동요가 小倉進平 자신의 마음 속에 있었음을 말해 준다.

97) 小倉進平, <朝鮮語槪說>, ≪國文學 解釋と鑑賞≫ 4-7, 1939년 7월, 137쪽.
98) 조선어 전체는 아니고 좀 더 좁은 범위에서의 '구획'이라는 점에서는 1918년 10월의 전라남도 방언 조사 때에 다음과 같이 4가지로 구획을 하고 있다(小倉進平, <全羅南道方言(三)>, ≪朝鮮敎育硏究會雜誌≫ 46, 1919년 7월, 23쪽).
(1) 여수, 돌산, 고흥 지방. 경상남도와 비슷한 점이 많다.
(2) 남해안 및 철도 연선(沿線) 지방. 경상남도 해안 지방과 비슷한 점이 많다.
(3) 영광 지방. (…) 법성포가 전라남도의 가장 큰 양항(良港)으로서 京城과 빈번한 왕래 결과 스스로 京城語의 영향을 받은 것이다 (…).
(4) 이상을 제외한 지방 (…).

구체적인 작업으로서 1940년 동양문고에서 출판된 ≪The Outline of the Korean Dialects≫의 Section 13 <Demarcation of the Korean Dialects>[99]에서 앞의 6개 구획에 대해 설명하고 있는데 한반도의 행정 구획인 도(道) 경계선과 방언 경계선이 일치하는지 아닌지 하는 방식으로 논의가 되고 있다. 오구라(小倉) 자신은 이 책에서 "○○도 방언과 같이 지리적 명칭으로 방언을 구별하는 경우도 있다. 그러나 행정상의 구분과 방언 경계가 반드시 일치한다고 제한하지는 않는다"[100]라고 하고 있고 실제로 다른 글에서는 전라남북도 동부의 말이 인접한 경상도나 충청도 방언과 가까워지고 있음을 지적하면서 행정 구획과 방언 구획이 반드시 일치하지는 않는 것을 인정했다.[101] 그렇지만 같은 책에서는 편의상 경상도 방언, 전라도 방언, 함경도 방언, 평안도 방언, 경기도 방언, 강원도 방언, 제주도 방언이라고 하듯 행정 명칭을 사용하여 구분했다.[102]

이러한 방식으로 오구라(小倉)는 한반도를 공간적으로 구분하고 있었는데 도조(東條)의 경우와는 달리 다층적인 계통도를 그리지는 않았다. 즉 각각의 구획과 관련된 상위 개념이 명확히 나타나 있지는 않은 것이다.

오구라(小倉)는 방언 구획론을 조선어에 적용했다고 보아도 될 터인

---

99) 이 부분은 "小倉進平, ≪朝鮮語方言の研究(下)≫, 岩波書店, 1944년"의 3부 (朝鮮語方言の區劃)에 일본어로 번역되어 있다.

100) Ogura, Shinpei, ≪The Outline of the Korean Dialects≫(Memoirs of the Research Department of the Toyo Bunko No.12), The Toyo Bunko, 1940, p.77. ≪小倉進平博士著作集(三)≫에 수록.

101) 小倉進平, <方言境界線の一例>, ≪帝國大學新聞≫, 1938년 11월 14일. ≪朝鮮語方言の研究≫에 수록.

102) 제주도는 당시에 전라남도이기는 했다. 또한 경기 방언은 보다 넓은 범위를 포괄하는 것으로 함경남도의 영흥 이남도 포함하기 때문에 행정상의 구분과 일치하지는 않았다. Ogura, Shinpei, 앞의 책, 118쪽.

데 다른 한 편으로 방언 주권론(周圈論)을 의식한 논문도 발표했다. 야
나기타 구니오(柳田國男)가 ≪蝸牛考≫를 출판한 것은 1930년의 일이었
다. 1980년 岩波文庫에 수록된 이 책의 해설103)에 따르면 야나기타(柳
田) 자신은 '방언 주권론(周圈論)'에 대해서 정의다운 정의를 한 번도 내
리지 않았다고 한다. 시바타(柴田)의 말을 인용하면 '달팽이'라는 말의
방언이 "교토(京都)를 중심으로 하여 동심원상으로 분포하는 것을 발견
하고 이를 통해 달팽이를 가리키는 말이 역사적으로 동심원의 바깥쪽
에서 안쪽으로 점차 변화해 온 것으로 추정할 수 있다. 이것을 일반화
하여 방언이 문화적 중심지를 중심으로 하여 동심원적으로 분포하는
경우 바깥쪽에서 안쪽을 향해 점차 변화해 온다고 추정할 수 있다는
방언 분포 해석의 원칙 중 하나가 바로 '방언 주권론(周圈論)'이다"라고
하고 있다.104)

시바타(柴田)가 1978년에 쓴 또 한 편의 논문에 의하면 야나기타(柳
田)가 이 방언 주권론(周圈論)을 생각해 낸 데는 서양 언어학의 영향이
있는 것으로 보인다. 1922년부터 1년간 국제연맹 통치위원회의 일로
제네바에 있던 야나기타(柳田)는 제네바 대학의 인류학 강의를 청강하
면서 A. Dauzat의 ≪言語地理學≫105)을 소개 받아 원문으로 읽고 고
어(古語)는 변경에 잔존한다는 언어지리학의 원칙을 배웠던 것 같다. 그
뿐만 아니라 농정학(農政學)을 전공한 야나기타(柳田)는 Thünen의 ≪孤
立國≫106)에서 사용된 농업 경제학적 영역의 주권적 분포도에서도 시

---

103) 柴田武가 썼다.
104) 柴田武, <解說>, ≪蝸牛考≫, 岩波文庫, 1980년, 223쪽.
105) 1922년 간행. [역자주] 원래 제목은 ≪La géographie linguistique≫으로 프
랑스 파리에서 간행되었다.
106) [역자주] 이 책은 Johann Heinrich von Thünen(1783~1850)이 1826년에
간행했으며 정확한 제목은 ≪Der isolierte Staat in Beziehung auf
Landwirtschaft und National konomie≫이다.

사를 받은 것으로 되어 있다.107)

야나기타(柳田)가 읽은 A. Dauzat의 ≪言語地理學≫ 원문은 오구라 (小倉)도 참조하고 있으며 1940년의 ≪The Outline of the Korean Dialects≫에도 언급이 있다.108) 오구라(小倉)는 야나기타(柳田)의 ≪蝸 牛考≫나 방언 주권론(周圈論)을 언급하지 않았지만 1939년 4월 ≪言 語硏究≫ 2호에 <朝鮮語'蝸牛'名義考>를 게재하였다. 조선어 '달팽 이'의 방언 분포를 다룬 논문으로 이는 분명 야나기타(柳田)의 ≪蝸牛 考≫를 의식한 것이다.

그러나 그 결론은 '蝸牛'의 주권론(周圈論)적 분포를 나타낸 것이 아 니다. 물론 처음부터 결론을 상정하고 쓴 것이 아니기 때문에 이것은 어쩌면 당연한데 오구라(小倉)가 9개로 분류한 '달팽이'의 방언 어휘 계 통에 시대적 차이가 있음을 지적한 것이 특징이다. 각각 다른 시대차를 포함한 어휘가 별개의 방언 속에 존재하고 있다는 견해이며, 순차적으 로 변화한다고 하는 동태적인 측면은 다루지 않았지만 정태적으로 보 면 방언 주권론(周圈論)과 근본적으로 통하는 면이 약간 있다고 볼 수도 있다.109)

이것은 단어 차원의 이야기인데 음운 차원에서도 주권론(周圈論)적으 로 주의해서 살피는 논의를 했다. 훈민정음 창제 당시에는 존재했지만 지금은 사라져 버린 'ㅿ'이라는 자음 문자의 음가에 대한 고찰에서도 방언 자료를 이용하고 있다. 'ㅿ'으로 표기된 단어가 '[s]' 음으로 나타

---

107) 상세한 것은 "柴田武, <解說>, ≪蝸牛考≫, 岩波文庫, 1980년"을, 더 상세 한 것은 "柴田武, <方言周圈論>, ≪講座日本民俗一 總論≫, 有精堂出版, 1978년"을 참조. 1978년 논문은 이후 "柴田武, ≪方言論≫, 平凡社, 1988 년"에도 수록되었다.

108) Ogura, Shinpei, 앞의 책, 102～103쪽.

109) 小倉進平, <朝鮮語'蝸牛'名義考>, ≪言語硏究≫ 2, 1939년 4월. ≪朝鮮語 方言の硏究≫에 수록.

나는 방언과 그 음이 소실된 방언의 분포에 대해서 논의한 논문에서 '[s]' 음으로 나타나는 방언은 북부 및 남부 방언이고 그 음이 소실된 방언은 중부 및 서부 방언이라고 한 뒤 "그것은 결국 '[s]'를 포함한 방언이 이것을 포함하지 않은 중부 방언의 진출로 인해 점차 변경으로 내몰렸음을 말하는 것이라 하겠다"110)라고 해서 1940년 무렵에는 주권론(周圈論)적인 구도를 제시하고 있다. 확실히 1924년의 ≪南部朝鮮の方言≫에서는 같은 문제를 다루면서도 "이 분포는 거의 각 도에 걸쳐 있으며 단지 농도 차이가 있는 것에 불과하므로 분포 상태를 계통적으로 표기할 필요성까지는 인정하지 않는다"111)라고 하고 있기 때문에 어떤 이유로 해서 1940년 무렵에는 분포 상태를 계통적으로 표시할 수 있게 되었는지 물어보면 무엇인가로부터 영향을 받았다고 답하지 않을까 생각된다.

다만 다소간의 차이가 있는 것도 확실하다. 1940년 무렵의 해석은 "나의 결론은 조선어에 사용된 'Δ'이 무성음 '[s]'와 대립하는 유성음 '[z]'와 비슷한 음이었다는 것이다. 'Δ'이 '[z]'와 유사한 음이었기 때문에 한 편으로는 '[s]'로 변하고 다른 한 편으로는 '[j]'를 거쳐 완전히 자음적 가치를 탈락하는 데 이르렀다고 본다"112)라는 것이었다. 만약 주권론(周圈論)적으로 사고한다면 중앙에서 생긴 '[z]→[s]→[ø(묵음)]'이라는 변화가 서서히 지방으로 퍼져가는 도식이 되어 지방에서는 '[z]→[s]'라는 변화의 단계에서 멈추었다는 해석이 된다. 그러나 위에서 봤

---

110) 小倉進平, ≪朝鮮語方言の研究(下)≫, 岩波書店, 1944년, 37쪽. 원래는 "Ogura, Shinpei, 앞의 책"에 처음 발표되었다.

111) 小倉進平, ≪南部朝鮮の方言≫, 朝鮮史學會, 1924년, 44쪽. ≪小倉進平博士著作集(三)≫에 수록.

112) 小倉進平, ≪朝鮮語方言の研究(下)≫, 岩波書店, 1944년, 40쪽. 원래는 "Ogura, Shinpei, 앞의 책"에 처음 나온다.

듯이 오구라(小倉)는 '[z]→[s]'이라는 계통과 '[z]→[j]→[ø]'라는 계통
의 서로 다른 변화를 했다고 함으로써 '중앙 : 지방'이라는 관점을 떠난
해석을 하고 있다.[113]

그런데 다른 예에 대해서 1939년 발표한 <朝鮮語の語の中間に現
はれる[b]>라는 논문에서는 단어 중간의 '[b]' 음이 그대로 남아 있는
방언과 '[w]' 또는 존재하지 않는 방언을 분류한 후 결론으로 다음과
같이 말하고 있다.

> "나는 조선어 방언에 나타나는 '[b]'와 '[w](혹은 모음)'의 대립은
> 이미 적어도 500년 이전부터 존재했으며 더 이전으로 거슬러 올라가
> 면 아마도 '[b]'에 소급할 것이라고 본다. '[b]'가 주로 경남, 경북, 함
> 남, 함북 및 강원 동해안 등과 같이 변방에서 사용되고 있는 것은 고
> 음(古音)이 문화의 중심에서 멀리 떨어진 지역에 보존되어 있음을 말
> 해 주는 것이다. 음운뿐만 아니라 단어, 어법에 있어서도 京城을 중심
> 으로는 급격한 변화를 겪고 있음에도 불구하고 경상, 함경도 지방에
> 서 고형 그대로 유지되어 있는 경우를 매우 많이 발견할 수 있다."[114]

남쪽의 경상도나 북쪽의 함경도 등 주변에는 고음(古音)이 남고 중앙
부에서는 그것을 잃고 있다는 결론을 주권론(周圈論)적인 것으로 해석
해도 되는지 아니면 단순히 고어는 방언에 남는다는 것을 말하는 데
불과하다고 해석해야 하는지는 판단이 서지 않는다. 다만 이 예도 그렇
고 앞의 예도 그렇고 1924년의 ≪南部朝鮮の方言≫에서 다루어졌는

---

113) [역자주] 'ㅿ'으로 표기되던 단어의 방언형 중 's'형과 'ø'형은 방언 주권론(周
圈論)에 따라 설명할 수도 있지만 小倉進平은 그와 다른 설명을 했다고 지
적하고 있다.
114) 小倉進平, <朝鮮語の語の中間に現はれる[b]>, ≪靑丘學叢≫ 30, 1939년
10월, 61쪽. ≪朝鮮語方言の研究≫에 수록.

데 거기서는 용례도 적을 뿐만 아니라 이렇다는 결론을 내리지도 않았다. 그러나 1930년대 후반에 쓰인 논저 중에는 다소 주권론(周圈論)적인 요소에 신경을 쓰면서 상호 연관성을 찾고자 하는 자세가 보인다. 예전의 자료를 재구성하고 있었음에 틀림없다.

'주권론'적인 논의가 명확히 이루어지지 않은 이유는 증명할 수 있는 바가 적었기 때문이라고 할 수도 있겠지만 아마도 오구라(小倉)가 조선어의 역사적 구성을 파악하는 방식이 일본어의 역사적 구성을 파악하는 야나기타 구니오(柳田國男)의 방식과 달랐기 때문이라고도 할 수 있다. 즉 다음과 같은 것이다.

야나기타(柳田)가 생각하는 일본어의 역사적 구성은, 그 때까지 일본 각 지방의 동호회 모임이었던 '방언 연구회'의 중심이 되기 위해 '일본 방언학회'가 설립된 1940년(皇紀 2,600) 개최된 바 있는 발회(發會) 기념 강연에서 분명히 드러난다. 거기서 "어쨌든 방언 연구를 하루 빨리 학문적으로 하는 것만이 절대적으로 필요하다"라는 것은 "2,600년 이전에는 아마도 같았을 일본어"가 왜 이처럼 다르게 되었는지를 밝히기 위해서라고 명확히 말했듯이[115] 예전에는 "같았을 일본어"가 국민 국가인 일본의 범위 내에 널리 존재하고 있었다는 환상을 강하게 가지고 있음을 엿볼 수 있다. 즉 역사적으로 소급해 가면 어떤 하나의 일본어에 어떻게든 도달할 수 있다는 생각이었던 것이다.

반면 오구라(小倉)는 그러한 생각을 하지 않았다. 조선어의 역사적 연구라고 말하면서도 기껏해야 '신라어'를 설정하고 당시 한 지역[116]의 언어를 방언으로써 재구성하려는 정도일 뿐, 거슬러 올라가서 하나의

---

115) 柳田國男, <日本方言學會の設立にあたりて>, ≪方言硏究≫ 2, 1941년 1월, 4쪽.
116) [역자주] '당시 한 지역'이란 신라 시대의 중심지를 가리키는 듯하다.

조선어를 얻을 수 있다고는 생각하지 않았을 것이다. 이 점에 대해서는 오구라(小倉)의 제자인 고노 로쿠로(河野六郎)가 더 깊이 파고 들어가 논의를 전개했다.

7.4.3. 河野六郎의 경우

오구라(小倉)의 구획에 관한 연구는 그 제자인 고노 로쿠로(河野六郎)에 의해 계속 이루어졌다. 고노(河野)는 오구라(小倉)가 동경제국대학 문학부 언어학과 교수가 된 다음 해인 1934년 언어학과에 입학하여 1937년에 졸업했기 때문에 오구라(小倉)의 가르침을 직접 받은 셈이 된다(≪東京帝國大學一覽≫ 해당 연판 참조). 그 후 1940년에는 경성제국대학 법문학부 조수가 되고 다음 해에는 조선어학 담당 강사가 되었다(≪京城帝國大學一覽≫ 해당 연판 참조). 언어학과를 졸업하고 경성제국대학 조수로 오기까지 3년 동안 고노(河野)는 오구라(小倉)가 일본학술진흥회에서 '조선어 방언의 채집 및 정리'라는 제목으로 얻은 연구보조비를 가지고 조선어 방언 조사를 했다.117) 그리고 그 성과를 정리한 것이 1942년 7월에 쓴 머리말을 붙여 1945년 4월 경성(京城)에서 간행한 ≪朝鮮方言學試攷-'鋏'語考-≫였다.

이 책에서 고노(河野)는 방언 구획을 다음과 같이 설정하였다. 고노(河野)의 분류를 인용하면 다음과 같다.

1. 中鮮方言   오구라(小倉) 선생의 경기도 방언에 대체로 대응한다.
2. 西鮮方言   오구라(小倉) 선생의 평안도 방언에 대응한다.

---

117) 河野六郎, ≪朝鮮方言學試攷-'鋏'語考-≫(京城帝國大學文學會論叢 第11輯), 東都書籍株式會社 京城支店, 1945년 4월, 머리말. 이 글은 ≪河野六郎著作集(一)≫(1979년, 平凡社)에도 표현이 약간 바뀌어 수록되었다.

3. 北鮮方言   오구라(小倉) 선생의 함경도 방언과 대체로 일치한다.
4. 南鮮方言   오구라(小倉) 선생의 경상도 방언과 전라도 방언을 합
   친다.
5. 濟州島方言 오구라(小倉) 선생과 같다.118)

오구라(小倉)가 여섯 개로 분류한 것이 다섯 개로 줄어든 것은 경상도 방언과 전라도 방언을 하나로 합쳤기 때문이다.119) 또 '鮮'이라고 하여 현재 사용하지 않는 표현을 쓰고 있는데 ≪河野六郎著作集(一)≫ (1979년, 平凡社)에 이 논문이 수록되었을 때 자연스럽게 '中部方言, 西北方言, 東北方言, 南部方言, 濟州島方言'으로 고쳐졌다. 고노(河野) 는 오구라(小倉)의 구획을 바탕으로 재편한 자신의 구획을 역사적으로 거슬러 올라가는 방식으로 그 변천을 추적하고 있다. 그리고 그것은 이 후에 보겠지만 방언 주권론(周圈論)적인 분석을 적용하지 않게끔 되어 갔다.

≪朝鮮方言學試攷≫에서 고노(河野)는 여러 예를 들어 남부 방언(南 鮮方言)과 북부 방언(北鮮方言)이 유사하며 거기에 대립하는 것이 중부 방언(中鮮方言)과 서부 방언(西鮮方言)으로 이루어지는 한 묶음이라고 하 고 있다. 또한 제주도 방언은 그 중간에 있다고 했다. 한반도의 남부와 북부의 방언이 유사하다고 한다면 매우 주권론(周圈論)적이다.120) 그러

---

118) 河野六郎, 앞의 책, 152쪽.
119) 小倉進平도 이 두 방언은 신라어의 계보를 이은 것으로 원래는 동일했다고 했다. 그러다가 별개의 방언으로 나뉜 이유는 조선 시대에 "한강과 낙동강의 교통로가 발달하면서 중앙부가 경기 방언의 진출에 의해 차단됨으로써 후대 에 보는 바와 같이 경상도 방언과 전라도 방언이 대립하기에 이르렀다고 생 각된다"라고 하여 교통의 발달에 의한 것이라고 했다. 小倉進平, <方言分布 上の斷層>, ≪ドルメン≫ 4-1, 1935년 1월, 2쪽.
120) [역자주] 방언 주권론(周圈論)에 따르면 중앙과 변경이 서로 대립하며 변경 은 같은 성격을 지녀야 하므로 남부와 북부가 비슷하다는 것은 주권론(周圈

나 고노(河野)는 "이처럼 서로 멀리 떨어진 남북의 변경에서 같은 현상
을 확인할 수 있는 것은 분명 주목할 만한 일이지만 두 방언이 각자 독
자적으로 발생했다고 보는 것 역시 물론 가능하다"[121]라고 한 후 다음
과 같이 말한다.

"이 같은 방언 상호간의 관계는 어떻게 생긴 것일까? 그것은 단순
히 경기도를 중심으로 남부 지방과 북부 지방이 가장 바깥쪽의 주변
을 이루고 있기 때문일까? 만약 그렇다고 한다면 왜 평안북도에는
같은 특색이 보이지 않는가? (…) 경기도를 중심으로 물결이 점차
주변으로 확대되어 간다고 생각할 경우 우리가 주의해야 할 점은 각
지역의 역사적 사정이다. 만약 조선이 오래 전부터 현재의 범위에 국
한되었다면, 그리고 그 중심이 항상 경기도에 있었다고 한다면 위와
같은 輪層[122]이 북부, 서부, 남부에서도 보일 것이다. 그런데 실제로
조선의 역사·지리는 그렇게 간단하지 않다.

우리가 현재 조선어 방언을 다루는 데 있어 한반도의 과거 언어
상황에 대해 개략적인 내용을 알아 두는 것도 결코 무의미하지 않다.
물론 과거의 언어 상황을 구체적으로 이해한다는 것은 거의 불가능
하다. 다만 한반도에서 활동한 종족을 통해 상상하는 데 그칠 뿐이
다. 종족 구별의 근거 중 하나는 그들이 사용하던 언어이기에 종족의
이동(異同)에 따라 역으로 추론(逆推)하는 것도 가능하다."[123]

論)의 성격에 잘 맞는다.

121) [역자주] 이처럼 같은 모습을 보이는 변경의 방언권이 서로 독자적으로 발달
했다면 이것은 방언 주권론(周圈論)으로 설명하기 어렵다.

122) [역자주] 輪層은 나무를 잘랐을 때 나이테의 경계가 층층이 나 있는 것과 비
슷한 층을 가리킨다고 할 수 있다. 방언 주권론(周圈論)에서 말하듯이 어떤
지역에서 변화의 물결이 퍼질 경우 그 물결이 미친 곳을 이으면 마치 나이테
의 선과 같은 층이 생기는데 이것을 輪層이라고 표현한 것 같다.

123) 河野六郎, 앞의 책, 158~159쪽.

이처럼 역사와 지리적 상황을 감안하지 않으면 방언 주권론(周圈論)적인 해석도 의미가 없다고 했다. 고노(河野)가 말하는 바는 당연한 것이며 야나기타(柳田)의 방언 주권론(周圈論)이 가진 문제의 핵심을 찌르는 사고 방식이다.

고노(河野)는 이마니시 류(今西龍)의 ≪朝鮮史の栞≫(1935년),[124] 쓰다 소우키치(津田左右吉)의 ≪朝鮮歷史地理≫(1913년)[125]를 참조하여 한반도 여러 종족의 흥망을 서술해 나간다. 다음 그림을 참조하면 고노(河野)의 의도가 명확해질 것이다. 예컨대 남부 방언(南鮮方言)과 중부 방언(中鮮方言)의 대립은 과거로 소급하여 고려 시대의 경주 방언(신라어)과 개성 방언[126]이라는 신구 문화 중심지의 언어 차이에서 찾았다. 또한 남부 방언과 북부 방언이 유사한 것은 고려 시대에 남부에서 동북으로 대규모 이민이 있었기 때문이라고 했다.[127] 마찬가지로 서부 방언이 중부 방언과 유사하는 것은 중부로부터 서쪽으로 개발의 손길이 미쳤기 때문이라고 했다.[128]

---

124) 이 책은 今西龍의 유저(遺著) 중 하나로 강연 등을 바탕으로 한 '<朝鮮史の栞>, <朝鮮語槪說>, <朝鮮の文化>'의 3편으로 이루어진다. 1970년 國書刊行會에서 다시 간행했다.

125) 1907년 남만주 철도주식회사에 설치된 滿鮮地理歷史硏究室(白鳥庫吉가 主宰)에서 津田左右吉이 조선의 상고 시대부터 고려 시대까지 담당해서 편찬한 책이 ≪朝鮮歷史地理≫이다. ≪津田左右吉全集≫(岩波書店, 1964년) 第11卷에 <滿鮮歷史地理硏究(一)>로 수록된 것을 참조하였다.

126) 개성은 고려의 수도이다. 고구려어가 잔존하고 있을지도 모른다고 한다.

127) 가령 津田左右吉의 ≪朝鮮歷史地理≫에는 <高麗末に於ける東北境の開拓>이라는 단원이 마련되어 있다.

128) 河野六郎, 앞의 책, 164~168쪽.

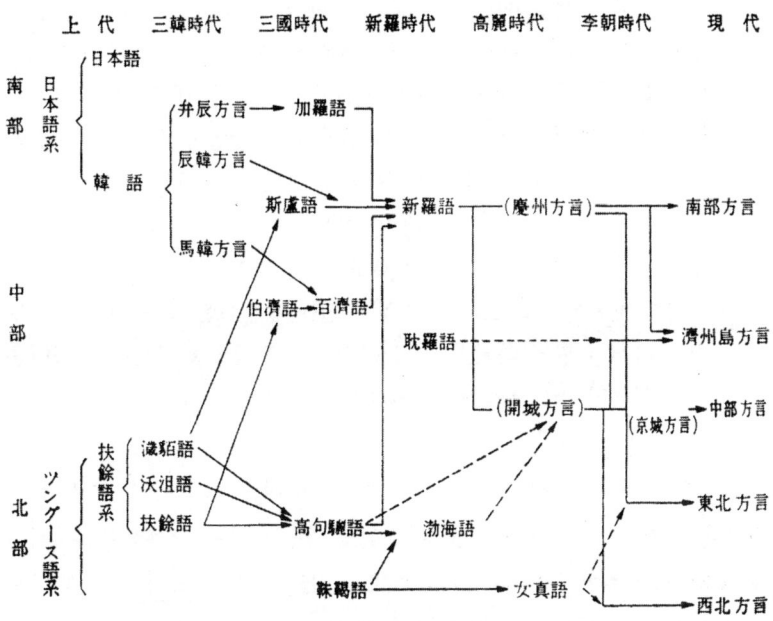

<조선어 5대 방언 구획의 관계와 그 연원>

그리고 중부 방언이 반드시 중심이 아니라는 점도 다음과 같이 지적해 나간다.

"조선 초기의 언어야말로 분명히 알려져 있는 조선어 중 가장 오래된 시대의 것이다. 현재의 각 방언 중 조선 초기 언어의 영향을 입지 않는 것은 하나도 없다. 오히려 많은 방언은 조선 초기의 언어가 발달한 결과라고도 할 수 있다. (…) 그러나 조선 초기의 각 문헌에 기술된 언어는 당시 중앙부의 한 방언에 불과하다. 물론 이 방언은 정치적, 문화적 배경에 의해 다른 방언보다 우월하다는 점은 분명하다. 이 언어가 중앙부의 한 방언인 이상 오늘날 중부 방언의 선조(先

祖)라는 것은 틀림이 없다고 해도 이 방언으로부터 현재의 방언이 파생되었다고 하는 방식의 사고는 허용할 수 없다. 조선 시대 500년 동안 京城 방언의 세력은 시간과 공간적으로 매우 커졌지만 지방에서는 당연히 京城 방언이 미치기 이전의 예전 방언이 존재하고 있었다고 생각되며 또한 이 이전 방언들은 그 기원을 소급해 가면 고려 시대의 방언에서 다시 신라 시대의 방언으로 올라가 결국 삼국 정립 시대나 삼한 시대까지 거슬러갈 수도 있는 것이다. (…) 어쨌든 현재 각지의 방언이 조선 초기의 중앙 방언에서 발생한 것은 아니며 경우에 따라서는 멀리 과거의 언어 상황을 단편적으로 보존하고 있다는 것도 이론적으로 생각할 수 있다. (…)"129)

이처럼 매우 명쾌한 해석인 것이다. 그림에도 나오듯이 각 방언의 역사는 각각 복잡한 선조(先祖)로 소급할 수 있다는 생각이다. 그 의미에 있어서는 '중앙 : 지방'이라는 형태로 일본 열도의 언어 지도를 구성하려고 한 야나기타(柳田)의 의도가 한반도에서는 맞지 않음을 지적한 것이라고 할 수 있으며 야나기타(柳田)의 학설 그 자체가 가진 이데올로기를 부인하는 것이라고도 할 수 있다. 즉 야나기타(柳田)가 '하나의 일본어'로 소급하려고 했음에 비해 고노(河野)는 각 방언을 소급하면 '하나의 조선어'에 이르는 것이 아니라 다양한 구성130)을 보이게 되기 때문에 조선어의 실태를 규정하기가 불가능한 상황이 되는 것이다. 이것은 일본어와 조선어의 성립이 서로 다르다고 하는 문제가 아니고 언어의 다원성에 대한 인식이 서로 다름을 가리킨다고 할 수 있지 않을까 한다.131)

---

129) 河野六郎, 앞의 책, 170~171쪽.
130) [역자주] 다양한 구성이란 앞의 그림에서도 알 수 있듯이 그 이전의 언어 상태가 매우 복잡해짐을 의미한다.
131) [역자주] 柳田國男과 河野六郎의 인식 차이는 일본어와 한국어의 성립이 다

앞의 그림에서 상대(上代)에는 일본어계와 이어지는 부분이 있다고
가정한 것은 그 당시 고노(河野)가 참조한 조선사에 대한 인식을 계승했
다고 할 수 있다. 예를 들어 이마니시 류(今西龍)의 ≪朝鮮史の栞≫에서
는 다음과 같이 말했다.

"일본과 마한·변한·진한의 삼한 종족 사이에는 평화적 또는 무
력적인 여러 종류의 교섭이 일찍부터 존재했음이 명백한 사실이다.
(…) 그러나 이 교섭에 있어서 주의해야 할 점은 늘 일본이 능동적이
었고 한반도는 수동적이었다는 사실이다. 이를 통해 볼 때 한민족은 일
본 방면에서 일찍이 반도로 이주한 셈이 되므로 (…) 이는 참고로서
의 학설에 불과하다."[132]

비록 참고로서의 학설이라고 양해를 구하고 있지만 일본 방면에서
이주한 것이 한민족이라는 견해를 선보이고 있다. 고노(河野)도 여기에
부응한 것인지 몰라도 "가야(加羅)가 일본의 세력 하에 있었다는 것은
주지의 사실이다. 따라서 이 땅의 조선어에 일본어의 영향이 있었던 것
으로 보인다"라고 했다.[133] 물론 고노(河野)는 "이것은 실증할 수 없다"
라고 하기는 했다.[134]

이와 관련하여 고노(河野)가 동계론에 대해서 쓴 글이 잇다. 경성제국
대학의 강사로 재직하던 1941년에 조선어로 써서 학술지 ≪朝光≫에

르다고 하는 표면적인 차원이 아니고 언어 다원성에 대한 인정이라는 보다
근본적인 차원에 있다고 보고 있다.
132) 今西龍, ≪朝鮮史の栞≫, 1935년(재간행, 國書刊行會, 1970년, 95쪽).
133) 여기서의 가야(加羅)는 今西龍이 "마한, 변한, 진한을 합쳐서 가야(加羅)라고
    칭하였다"(今西龍, ≪朝鮮史の栞≫, 1935년[재간행, 國書刊行會, 1970년, 96
    쪽])라고 말한 것을 근거로 하고 있다.
134) 河野六郞, 앞의 책, 161~162쪽.

게재한 <內鮮兩語의 親近性>이 그것이다. 내용은 일본어와 조선어의 몇몇 단어에 대해서 음운 대응을 제시한 것이다. 이 글에서는 계통론에 대해 "나는 현재 이 방면에 전념할 기회가 없어서 상세하고도 정확하게 조선어와 일본어의 동계론을 말할 수는 없지만 적어도 보이는 재료로써 논하자면 동계의 가능성은 충분하다고 생각한다"라고 하여 자신감을 가지고 동계의 가능성을 설명했다.[135] 또한 사족이 되긴 하지만 고노(河野)가 이러한 친근성을 지니고서 일본어와 조선어의 관계를 말하는 어조는 패전 후가 되면 약해진다. 1949년의 논문에서는 일본어와 조선어가 공통의 조어(祖語)에서 파생했다고 하는 점이 오늘날에도 입증되지 않았다고 한 후 다음과 같이 말했다.

> "그러나 만약 두 언어의 친근성이 매우 가까운 것이었다면 이러한 장애에도 불구하고 현대 전승되어 있는 각각의 언어 자료 속에 어떤 음운 대응을 보이는 공통의 요소를 발견하는 데 결코 어려움이 있어서는 안 된다고 볼 때, 두 언어의 친근성 정도 역시 우리가 희망하는 것처럼 긴밀하지는 않았다고 하는 소극적 결론을 피할 수 없다."[136]

약간 에둘러 말하기는 했지만 두 언어는 그다지 친근성이 있지는 않다고 서술되어 있다. 이 논문은 1941년의 논문과 달리 <日本語と朝鮮語の二三の類似>라는 제목을 달았다. '친근'이 아니고 단지 '비슷하다'는 '유사(類似)'로 논의가 후퇴한 것이다.[137] 이것이 어쩌면 학문적인 결

---

135) 河野六郎, <內鮮兩語의 親近性>, ≪朝光≫ 7-8, 1941년 8월. "하동호 編, ≪한글論爭論說集 下≫(歷代韓國文法大系 3부 11책), 탑출판사, 1986년"에 수록된 것을 참조하였다.

136) 河野六郎, <日本語と朝鮮語の二三の類似>, ≪人文科學の諸問題-共同研究稻-≫(八學會聯合 編), 1949년 11월. "≪河野六郎著作集(一)≫, 平凡社, 1979년, 557쪽"에 수록된 것을 참조하였다.

론이라고 해도 광복 이전에 했던 논의를 얼마나 감안했는지는 분명하지 않다.

어쨌든 앞에 제시된 고노(河野)의 도식은 잠정적인 것이며 시대를 소급할 경우에는 자세한 검토를 명확히 하지 않아서 단지 가설적이라고 생각할 수밖에 없다. 그렇지만 방언 구획을 정비해 나갈 때 오구라(小倉)가 명시하지 않은 각 구획을 정리하면서 그와 관련되는 개념, 즉 역사적으로 구성된 것이라고 하는 점을 찾아낼 수 있었을지도 모른다.

한반도의 방언 구획은 오구라(小倉)나 고노(河野)가 한 셈인데 현재 한국의 학계에서도 방언 구획이라는 이름 아래 대체로 이 틀에서 논의를 하며 좀 더 검토 항목을 세분화하고 있다. 그렇지만 행정 단위인 '道' 내부의 정밀한 방언 조사로 방향을 맞추고 있어 행정 단위에 얽매이지 않은 종합적이고 체계적인 연구가 기대된다고 한다.138)

오구라(小倉)나 고노(河野)가 남긴 방언 구획론의 규정력은 그 논의의 타당성을 보여 준다고도 할 수 있다.139) 예컨대 오구라(小倉)가 경성제국대학 재임 중에 졸업한 이숭녕은 <韓國方言史>(1967년)에서 크게 시대 구분을 하여 각 시대의 대략적인 방언 구획을 제시한 뒤 그 변화와 한반도의 역사 상황을 대비시켜서 논의하고 있다. 자료상으로나 분석상으로 치밀하게 되어 있으며 고노(河野)의 논의와 유사함을 느끼게

---

137) [역자주] 1941년 논문의 제목에 나온 '친근성'이 1949년 논문에는 '유사'로 바뀌었음을 지적한 것이다.

138) 이기갑, <方言分化>, ≪國語學研究百年史(Ⅲ)≫, 一潮閣, 1992년. [역자주] 실제로 1980년대 이후의 국어 방언학 연구를 보면 한 도(道) 내의 방언 구획을 음운, 형태, 어휘 등 다양한 기준에 따라 논의한 경우도 있고 심지어는 한 군 내부의 방언 구획을 시도한 논의도 나오고 있다.

139) [역자주] 아마도 小倉進平이나 河野六郎의 방언 구획론이 이후의 한국의 방언학 연구에서도 상당한 영향력을 행사하는 것으로 보아 매우 타당성이 있다고 평가할 수 있음을 지적한 듯하다.

하지만 이숭녕은 모든 것을 <原始韓語>에 수렴시켜서 일본어와의 계통 등이라고 할 만한 요소는 전혀 보이지 않는다. 그리고 17세기 이후의 근대국어에 한정해서 말하면 서울말이 방사선상으로 침투해 간다고 하는 '방언의 개신파' 개념을 사용해서 주권론(周圈論)적인 논의를 전개하고 있다. 그러나 시기를 구분해 버리면140) 분포 상황에 대해서만 설명할 뿐 그 기원을 다루는 논의로 이어지지는 못했다.141)

---

140) [역자주] 시기를 구분한다는 것은 17세기 이전 시기로 거슬러 올라가는 것을 가리킨다.

141) 이숭녕, <韓國方言史>, ≪韓國文化史大系(Ⅴ)≫, 고려대학교 민족문화연구소, 1968년.

8장

小倉進平과 경성제국대학

■8.1. 경성제국대학 졸업생과 강의

小倉進平은 경성제국대학 법문학부 조선어학·조선문학 제2강좌 담당 교수였다. 1933년 동경제국대학 교수로 옮기고 나서도 겸임교수로서 집중 강의를 위해 조선을 방문했다는 사실은 이미 말한 바 있다. 덧붙여 두자면 조선어학·조선문학 제1강좌 담당 교수는 다카하시 도오루(高橋亨)[1]였다.

그 외의 강사진은 ≪京城帝國大學一覽≫(1933년~1941년)에 따르면 다음과 같다.[2] 조선문학 강사로는 어윤적(魚允迪)이 1933년, 정만조

---

1) 1938년까지 재직했다. 정년 퇴임 후에는 1939년에 조선문학 강사를 맡았다. [역자주] 高橋亨(1878~1967)의 주된 연구 분야는 조선사상사이다. 그의 강의에 대해서는 "박광현(2007), 다카하시 도오루와 경성제대 '조선문학' 강좌, ≪한국문화≫ 40, 서울대 한국학연구원"을 참고할 수 있다.

2) [역자주] 1996년 창작과비평사에서 나온 ≪딸깍발이 선비의 일생≫(일석 이희승 회고록)에 따르면 이 당시에는 경성제국대학의 다른 과도 1, 2강좌가 있어 교수가 두 사람씩 있었으며 교수는 일 주일에 두 강좌, 총 4시간만 강의하면 되기 때문에 그 외의 강의는 강사들이 담당했다고 한다. 또한 1930년 이전에

(鄭萬朝)는 1933년부터 1935년까지, 김태준(金台俊)은 1939년부터 1940년까지, 조선한문 강사는 권순구(權純九)가 1936년부터 1941년까지,[3] 조선어학 강사로는 고노 로쿠로(河野六郎)가 1941년의 교직원 명부에 올라 있다.[4] 이것을 보아도 알 수 있듯이 조선어학을 전문적으로 가르치는 사람은 고노 로쿠로(河野六郎)가 오구라(小倉)의 뒤를 이은 것으로 되어 있으며 그 이전에는 거의 오구라(小倉) 혼자밖에 없었다고 할 수 있다.

그렇다면 학생들은 어떤 것을 배웠는가? 수중에 있는 자료(≪京城帝國大學一覽 昭和16年≫에 의함)에 따른 조선어학·조선문학 전공 졸업생 및 ≪青丘學叢≫의 <彙報>[5]에 게재된 한도 내에서 판명된 그들의 졸업 논문 제목을 부기하도록 한다.[6]

는 조선어학·조선문학 전공에 두 명의 강사가 있었는데 그 중 한 사람은 한국인 강사로 ≪동사원표≫를 저술한 윤적이라고 했다. '윤적'은 어윤적을 가리킨다. 따라서 어윤적은 매우 일찍부터 강사로 재직했음을 알 수 있다. 실제로 ≪青丘學叢≫을 보면 어윤적은 1931년에도 두 강좌를 담당했으며 뒤에 언급될 정만조 역시 그 당시 이미 강의를 담당했다.

3) [역자주] 이들 한국인 강사들은 모두 사학계의 권위자들로서 구체적인 강의 내용은 조선예속사(朝鮮禮俗史), 조선식 한문 강독, 조선역대시선(朝鮮歷代詩選), 경서언해 등이었다고 한다. 특히 정만조(1859~1936)는 조선조 말기에 규장각 부제학까지 지낸 이름난 학자였다고 한다. 자세한 것은 1980년 이충우가 지은 ≪경성제국대학≫(다락원)을 참고할 수 있다.

4) 高橋亨이 정년 퇴임한 후에는 조선어학·조선문학 제1강좌가 공석이었다. 또한 河野六郎은 조교수로 근무하기까지 했다.

5) ≪青丘學叢≫ 4호(1931년 5월), 11호(1933년 2월), 15호(1934년 2월), 19호(1935년 2월), 23호(1936년 2월), 27호(1937년 2월) 이후.

6) 1932년과 1941년에는 졸업자가 없었다. [역자주] 아래 제시된 자료 중에는 다른 자료와 비교할 때 약간 차이 나는 부분도 없지는 않다. "이충우(1980), ≪경성제국대학≫, 다락원"에는 경성제국대학 입학생 명부 및 졸업 후의 주요 약력이 나와 있으므로 함께 참고할 수 있다.

졸업 연도	졸업자	졸업 논문 제목
1929년 3월	趙潤濟	미상7)
1930년 3월	李熙昇	미상8)
1931년 3월	金在喆	朝鮮古代演劇槪觀
1931년 3월	李在郁	嶺南民謠の硏究
1933년 3월	李崇寧	朝鮮語のヒアツス現象について
1934년 3월	方鍾鉉9)	△子音に就いて
1935년 3월	尹應善	佔畢齋といふ門徒の道學及び文學について
1935년 3월	鄭鶴謨	主なる時調の作家に就いて
1936년 3월	金享奎	朝鮮語に於ける所有從屬を表はす助詞
1936년 3월	具滋均	胥吏詩人を中心として觀たる近代委巷文學
1936년 3월	申源雨	朴燕巖の硏究
1936년 3월	孫洛範	李牧隱に就いて
1936년 3월	鄭亨容	朝鮮古代小說の分類及支那小說の輸入と其影響
1936년 3월	李�洙10)	經書諺解の吐に就いて
1937년 3월	崔時高11)	許筠に就いて
1937년 3월	吉川萬壽夫	미상
1938년 3월	金思燁	미상
1938년 3월	吳泳鎭	미상
1938년 3월	李在秀	미상
1939년 3월	高昌玉12)	미상
1939년 3월	若松實13)	미상
1940년 3월	申龜鉉	미상

---

7) [역자주] 현재 알려진 조윤제의 졸업 논문은 <朝鮮小說의 硏究>이며 이후 1980년대에 ≪도남학보≫(도남학회) 6~8호에 분재되었다.

조선인들이 쓴 졸업 논문이 모두 일본어로 된 것은 경성제국대학이었기 때문에 어쩔 수 없었겠지만 아무튼 지적은 해 두고자 한다.[14]

오구라(小倉)와 다카하시(高橋)의 강의 제목은 역시 ≪靑丘學叢≫의 <彙報>에 게재되어 있는 부분만을 골라내면 다음과 같다.

1931년	다카하시(高橋)	朝鮮思想史槪說(朝鮮思想及信仰史), 朝鮮文學講讀演習(大山退溪書簡要及退溪漢詩·朝鮮民謠)
	오구라(小倉)	朝鮮語學史, 諺文の歷史的硏究, 朝鮮語講讀演習
1932년	다카하시(高橋)	朝鮮思想史槪說, 朝鮮近代文學, 朝鮮近代文學選
	오구라(小倉)	朝鮮語學槪論, 語學上より觀たる朝鮮語及び國語附其他の言語, 朝鮮語學講讀演習

---

8) [역자주] 이희승의 졸업 논문은 '·音考'이다.

9) 方鍾鉉은 1933년에 <朝鮮語の助詞>를 제출했는데 어떤 사정으로 졸업할 수 없었다고 생각된다. [역자주] "이병근(2004), 심악 이숭녕 선생의 삶과 학문, ≪어문연구≫ 32-1, 한국어문교육연구회"에 따르면 1933년에 제출한 논문은 '不可' 판정을 받아서 이듬해 다른 주제(△子音に就いて)로 졸업하게 되었다고 한다.

10) [역자주] ≪靑丘學叢≫ 23호에는 졸업생 이름이 '李牽浩'로 되어 있다.

11) [역자주] ≪靑丘學叢≫ 27호에는 졸업생 이름이 '崔時喬'으로 되어 있다.

12) [역자주] '高晶玉'을 잘못 쓴 것으로 보인다. 高晶玉(1911~1969)은 광복 후 서울대 사범대학 교수를 역임하다가 월북하여 김일성종합대학에서 주로 구비문학을 연구하였다.

13) 若林實은 1936년에 <轉寫法を通じて見たる日鮮語音韻字音比較>를 제출했는데 어떤 사정으로 졸업하지 못했다고 생각된다.

14) [역자주] "이충우(1980), ≪경성제국대학≫, 다락원"에 따르면 경성제국대학의 졸업 논문은 법문학부 중에서도 문학, 사학, 철학과에서 필수적으로 제출했다고 한다. 그러나 졸업 논문을 반드시 일본어로 써야만 한다는 조건이 있었는지는 확실치 않다. 가령 각주 7)에서 언급한 조윤제의 졸업 논문 제목은 일본어가 아니다. 물론 현재 알려진 조윤제의 졸업 논문 제목이 잘못 되었을 가능성도 없지 않다. 즉 원래는 일본어로 되어 있었는데 이후에 한국어로 바꾸었을 가능성도 배제하지 못하는 것이다. 그런데 영문과의 경우 졸업 논문을 영어로 쓰지 않고 일본어로 써서 말썽이 난 적도 있었다고 한다. 이것을 보면 졸업 논문의 언어는 전공에 따라 약간의 융통성이 있었던 듯하다.

1933년	다카하시(高橋)	朝鮮思想史槪說, 朝鮮上代文學, 朝鮮上代文學選講 及演習, 朝鮮の歌謠
	오구라(小倉)	朝鮮の漢字音, 朝鮮語學史(2학기에 함께 강의)
1934년	다카하시(高橋)	朝鮮思想史槪說, 朝鮮上代及中世文學, 演習(朝鮮上代及文中世文學選)
	오구라(小倉)	朝鮮語學槪論, 母音調和, 古書諺解及朝鮮語方言の研究(2학기에 함께 강의)
1935년	다카하시(高橋)	朝鮮文學槪論, 演習(東人詩話·朝鮮中世文學選)
	오구라(小倉)	朝鮮語の系統, 古書諺解解讀(9～10월에 함께 강의)
1936년	다카하시(高橋)	朝鮮文學槪論, 朝鮮に於ける異學派の儒學, 朝鮮道學者の文學
	오구라(小倉)	朝鮮語學槪論, 朝鮮語の系統(續), 古書諺解解讀(9～10월)

오구라(小倉)의 강의는 1933년부터는 집중 강의였기 때문에15) 초기에 졸업한 극히 일부 학생만이 오구라(小倉)의 강의와 연습을 비교적 차분하게 들을 수 있는 기회가 있었던 것으로 보인다.

오구라(小倉)가 학생들을 어떤 태도로 대했는지는 1936년에 쓰인 다음 글에서 단편적으로 알 수 있다.

"나는 항상 학생에게 '나는 그럭저럭 스스로 믿는 길이 옳다고 하면서 걸어 왔다. 그러나 사람들은 각각 보는 눈이 다르다. 여러분의 눈에서 보면 나의 연구 중에 수긍할 수 없는 점도 있을 것이다. 또한 모두가 올바르다면 학문의 길은 거기서 단절되어 버릴 것이다. 요컨

---

15) [역자주] 앞에서도 언급했듯이 小倉進平은 동경제국대학으로 옮겨간 1933년 부터는 약 한 달 정도 내한하여 집중 강의를 했다. 그래서 1933년 이후의 강의에는 모두 함께 강의했다는 사실이 부기되어 있다.

대 나는 다만 학문이 발전하는 도중에 존재하는 발판 또는 사석(捨石, 버리는 돌)16)으로서 스스로 임하고 있는 사람이다. 제자들에게 남의 잘못을 들어 스스로 유쾌해하는 것은 매우 삼가지 않으면 안 된다'라는 취지의 말을 한다. 양씨가 나에게 쓴 논문의 말미에 '들으니까 박사는 그 문하의 조선인 학생에게 향가 연구와 같은 것은 원래 여러분들의 몫이며 자신의 연구가 이후 여러분들의 손에 의해 많이 수정되기를 희망한다고 말씀하셨다고 한다'라고 기술되어 있는 것은 전적으로 내가 털어 놓은 마음을 전한 것이다."17)

여기에 나온 '양씨'는 양주동(梁柱東)이며 그가 오구라(小倉)의 ≪鄕歌及び吏讀の硏究≫에 대해서 반박한 <鄕歌の解讀特に願往生歌に就いて>의 말미에서 다루어진 일화이다.18) 조선인이 모어인 조선어를 연구하는 것의 장점을 오구라(小倉)는 매우 인정하고 있으며 향가의 연구는 "조선 사람들에게 주어진 귀중한 과제이기 때문에 향가의 해석에 특권을 받은 조선 학생들의 책임은 무겁고도 크다고 할 수밖에 없다"라고했다. 그러나 다음과 같이 말하여 철저히 학문적인 차원에 한정했다.

"만약 조선 학생들이 조선어를 모국어로 한다는 것만으로 매우 정확하게 조선어를 이해하는 능력을 가지고 있다고 한다면 그것은 잘못된 견해(謬論)이다. (…) 방법론적으로 큰 결함이 있으면 모처럼 중요한 보물(至寶)도 아무런 가치를 발휘할 수 없기 때문이다."19)

---

16) [역자주] 사석(捨石)은 바둑에서 버리는 셈 치고 전략상 놓는 돌을 가리킨다. 小倉進平이 자신의 연구를 사석(捨石)으로 표현한 것은 그 스스로 학문 발전의 작은 밑거름이 되겠다는 의미이다.

17) 小倉進平, <鄕歌・吏讀の問題を繞りて>, ≪史學雜誌≫ 47-5, 1936년 5월, 82쪽. ≪小倉進平博士著作集(二)≫에 수록.

18) 梁柱東, <鄕歌の解讀特に願往生歌に就いて>, ≪靑丘學叢≫ 19, 1935년 2월, 45쪽.

학문이야말로 보편적인 가치일 것이며 "경성제국대학 학생의 졸업
논문 등에서 부분적으로 나의 학설을 올바르게 비평하고 수정을 가한
경우에는 흔쾌히 그 학설을 장려하였다"[20]라고도 했다. 또한 방언 연구
에 대해서도 "진정 학문적인 방언 연구는 금후 여러 학도-특히 조선인
학도-의 손에 의해 이루어져야 함은 말할 필요도 없다"[21]라고도 서술
했다.[22] 자신의 연구는 조선인 학도에 의해 극복되어야 할 '발판이나
사석(捨石)'이라는 것인데 실제로 어느 정도 그것을 의식하고 있었을까?

■8.2. 졸업생들의 이후 활동

앞에서 제시한, 명확히 밝혀진 사람들의 졸업 논문 제목을 보면
1934년 3월에 졸업한 방종현의 <△子音に就いて>가 어딘지 오구라
(小倉)의 영향을 받은 듯하다. 앞 장에서도 약간 다루었지만 ≪訓民正
音≫에 있는 자음 문자 '△'은 이른 시기에 음가가 소실된 것이라서 오
구라(小倉)는 일찍부터 방언 조사에서 '△'에 대해 주목하고 있었다.

---

19) 小倉進平, 앞의 논문, 91쪽.
20) 小倉進平, 앞의 논문, 84쪽.
21) 小倉進平, <方言採集追憶漫談>, ≪方言≫ 5-10, 1935년 10월, 27쪽. ≪朝鮮
　　語方言の研究≫에 수록.
22) '京城帝大方言會'이라는 것이 1931년 6월 25일에 경성제국대학 법문학부 내에
　　서 열렸다. 경성제대 조선문학회의 정기 모임으로 개최되었다고 하는데 제1회
　　이후 얼마 동안 계속 이어졌는지는 분명하지 않지만 교수와 학생을 합쳐 30여
　　명의 참석자 앞에서 오구라(小倉)가 '나의 조선어 방언 조사 경과'라는 제목으
　　로 과거 20년 동안 19회에 걸쳐 이루어진 방언 조사에 대해서 강연했다고 한
　　다.(<京城帝大方言會>, ≪靑丘學叢≫ 6, 1931년 11월 188쪽, 趙潤濟 기록).
　　강의 또는 이러한 자리에서 조선인 학도들에게 방언 연구의 중요성을 설명하
　　고 극복하도록 격려했던 것이 아닐까 한다.

1924년의 ≪南部朝鮮の方言≫에서는 다음과 같은 해석을 제시하고
있다.

> "일반적으로 京城 지방에서 'ㅇ'으로 표기되는 단어가 'ㅅ'으로 발
> 음되는 경우가 있다. (…) 'ㅇ'과 'ㅅ'의 대립 원인은 어디에 있는가?
> 'ㅇ' 또는 'ㅅ'으로 발음되는 단어 중 다수는 예전에 'ㅿ'으로 표기되
> 던 단어이며, 이 'ㅿ'의 음가가 독일어의 'j'와 유사하기 때문에 'ㅇ'
> 및 'ㅅ'의 두 음으로 분열한 것이라고 생각된다."[23]

앞 장에서 서술했듯이 'ㅿ'에 대해서는 1940년에도 약간 해석을 달
리 하여 다시 논의하는데 방종현의 졸업 논문도 이러한 흐름에 속한
것이 아닐까 한다.[24] 덧붙여서 말하면 방종현(1905~1952)은 졸업 후
경성제국대학 대학원에 진학하여 1937년도까지 재적했었다. 연구 제목
은 <諺文ノ歷史的研究>였다(≪京城帝國大學一覽≫ 당해 연도판 참
조). 이후 서울대학교 문리학부 교수와 학부장이 되었으며 ≪訓民正音
通史≫나 ≪朝鮮民謠集成≫ 등의 저술을 남긴 인물이다.[25]

방언을 연구 대상으로 삼은 것은 방종현이 시기적으로 빠른 편이라

---

23) 小倉進平, ≪南部朝鮮の方言≫, 朝鮮史學會, 1924년, 44~45쪽. ≪小倉進平
博士著作集(三)≫에 수록. [역자주] 小倉進平은 처음에는 'ㅿ'의 음가를 '[z]'
또는 반모음 '[j]'로 보았다. 그렇지만 이후에는 입장을 바꾸어 'ㅿ'이 '[s]'의 유
성음인 '[z]'의 음가를 가진다고 했다. 이러한 입장 변화는 <平安南北道の方
言>(1929년)에서 암시되었고 <狐を意味する朝鮮方言>(1930년)에서 여러
가지 논거와 함께 자세히 설명되었다.

24) [역자주] 1940년이라 함은 앞에서 말한 ≪The Outline of the Korean
Dialects≫가 간행된 시기를 가리킨다.

25) [역자주] 방종현의 생애와 국어 연구에 대해서는 "이숭녕 외(1983), 일사 방종
현 선생의 국어학 연구, ≪국어학≫ 12, 국어학회"와 "이기문(2002), 일사 방
종현 선생님의 생애와 학문, ≪어문연구≫ 30-4, 한국어문교육연구회"를 참고
할 수 있다.

고 해도 좋을 것이다. 조선어학·조선문학 전공 졸업생을 중심으로 발행되던 ≪朝鮮語文學會報≫의 2호[26]와 3호[27]에 논문을 기고했으며 방언 조사 역시 가령 1937년,[28] 1940년,[29] 1947년[30]에 제주도 방언에 대해 조선어로 논문을 썼다. 오구라(小倉)나 고노(河野)와 같은 일본인 학자에 비해 연구 환경이 구비되어 있지 않은 상황 속에서 연구를 계속 했으며, 해방 후 업적을 간행하기도 전에 타계한 것은 한국 학계의 일대 손실이었다고 높이 평가되고 있다.[31]

1937년과 1940년 논문을 읽어 보면 음가를 소실한 모음 ' · '와 제주도 방언의 관련성 및 'ㅿ'의 음가 문제를 제주도 방언으로써 논의하고 있는데 이 주제들에 대해서 주장을 펼치던 오구라(小倉)에 대해서는 일절 다루지 않았다. 또한 같은 1937년에 방언에 관해 별도의 논문을 남겼는데 거기서는 고어를 찾을 때에 더욱 더 방언에 주목해야 한다는 점이 설명되어 있다.[32] 다만 그 논문에서도 오구라(小倉)의 이름은 나

26) <東西南北과 바람>, ≪朝鮮語文學會報≫ 2, 1931년.
27) <"더"와 "치"에 대한 생각 일편>, ≪朝鮮語文學會報≫ 3, 1932년.
28) 方鍾鉉, <濟州島方言採集行脚(特히 加波島에서)>, ≪朝光≫ 3-1, 1937년 1월. "하동호 編, ≪한글論爭論說集 下≫(歷代韓國文法大系 3부 11책), 탑출판사, 1986년"에 수록된 것을 참조.
29) 方鍾鉉, <' · '와 'ㅿ'에 對하여>, ≪한글≫ 8-6, 1940년 9월.
30) 方鍾鉉, <제주도의 방언>, ≪조선문화총설≫, 동성사, 1947년.
31) 한국방언학회편, ≪국어방언학≫, 형설출판사, 1991년(초판은 1970년), 179쪽. [역자주] ≪국어방언학≫의 원문 내용을 그대로 옮기면 다음과 같다. "이상의 日人學者들에 비하여 比較的 不運한 環境下에서 調査硏究에 많은 制約을 받아 오면서 꾸준히 硏究를 繼續하신 분으로 故 一簑 方鍾鉉 敎授가 있다. 1945年 후에야 비로소 心岳 李崇寧 敎授와 더불어 島嶼方面의 方言採集에 本格的인 努力을 傾注하여 오다가, 불행히도 그 貴重한 業績을 發表 刊行하기 전에 逝去하셨으니 國語學界와 國語方言學의 建設을 위해서 一大 損失이라 아니할 수 없어 깊이 哀哭하는 바이다."
32) 方鍾鉉, <古語, 方言, 俚諺, 硏究의 途程>, ≪朝光≫ 3-1, 1937년 1월. "하동호 編, ≪한글論爭論說集 下≫(歷代韓國文法大系 3부 11책), 탑출판사, 1986년"에 수록된 것을 참조. 이 논문 중 방언에 관한 부분은 "<古語硏究와 方

오지 않는다. 덧붙여 말하면 방종현은 1940년에 야나기타 구니오(柳田
國男)를 회장으로 하여 발족한 일본방언학회의 회원이기도 했다.[33]

또 한 명의 졸업생으로 이희승을 들어야 할 것이다. 1930년 3월에
졸업한 이희승은 틀림없이 오구라(小倉)의 강의를 들었을 것이다.[34] 졸
업 논문의 제목이 불분명하기 때문에 오구라(小倉)의 영향을 어느 정도
받고 있었는지를 추측하기는 곤란하다.[35] 이희승은 1932년 ≪한글≫
2호에 <地名 硏究의 必要>이라는 논문을 게재하였다. 이희승은 언어
연구에 두 가지 부문이 있다고 하면서 다음과 같이 말했다.[36]

> "하나는 垂直的이니, 卽 時間的으로 言語가 發達變遷한 過程을
> 考察하는 歷史的 硏究를 이름이요, 둘재는 水平的이니, 卽 空間的
> 으로 現存하는 言語의 形態, 性質 乃至 方言을 考察하는 것과 또는
> 二種 以上의 言語를 比較 硏究하는 等事다."

言>, ≪한글≫ 8-5, 1940년 7월"로 다시 발표했다.
33) 다음에 말할 이희승도 회원이었다. "日本方言學會, ≪方言硏究≫ 8, 1943년
    11월"에 수록된 회원 명부 참고.
34) [역자주] ≪딸깍발이 선비의 일생≫(일석 이희승 회고록, 창작과비평사)에서
    이희승은 小倉進平에게서 세 번의 지도를 받았다고 회고했다. 한 번은 경성고
    등보통학교(1911년)에서, 또 한 번은 경성제국대학에서, 마지막 한 번은 그가
    이화여전 교수로서 동경제국대학 언어학과에 유학했을 때(1940년)이다. 이희
    승은 小倉進平과의 인연을 '필생(畢生)의 인연'이라고 표현하였다.
35) [역자주] 앞에서도 말했듯이 이희승의 졸업 논문 제목은 'ㆍ 音考'이다. 'ㆍ'는
    小倉進平이 오래 전부터 관심을 가지고 있던 주제이기는 하다. 앞에서 거론한
    ≪딸깍발이 선비의 일생≫에 의하면 원래 이희승은 졸업 논문으로 '조선어의
    음운 변천사'를 쓸 생각이었으나 지도교수인 小倉進平이 범위가 너무 방대하
    다고 반대해서 'ㆍ'에 대한 연구로 축소했다고 한다.
36) [역자주] 원문에는 "言語를 硏究함에는 여러 가지 部門이 있을 것이나, 이를
    硏究하는 태도로 보아, 爲先 大別하면 두 가지 方式이 있을 것이다"라고 해서
    두 가지 부문이 연구 방법에 따라 구분한 것임을 알 수 있다.

두 가지 부문은 상호 보완적인 관계에 있는데 조선어는 역사적 자료가 부족하지만 구비 전송되고 있는 가요, 전설, 고담(古談) 등이나 방언 속에서도 고어를 찾을 수 있으며 그 밖에 지명 속에서도 찾아낼 수 있다고 한 뒤 우선 ≪三國史記≫에 한자로 표기된 지명에서 조선어의 고어를 끌어 내려고 하는 작업을 하고 있다. 이를 토대로 현재의 지명에도 고어가 남아 있다고 하면서 여러 예를 들어 지명 연구의 필요성을 호소하고 있다.[37)

이희승은 '수직적, 수평적 연구'라는 표현을 사용하고 있는데 이것은 Ferdinand de Saussure가 말하는 통시적, 공시적 연구에 상응하는 것이다.[38] 이희승이 Ferdinand de Saussure의 연구를 접했는지 직접 확인할 수는 없지만 그럴 가능성은 있다. 그것은 Ferdinand de Saussure의 ≪Cours de linguistique générale≫(1916)을 일본어로 번역(≪言語學原論≫, 1927년)한 고바야시 히데오(小林英夫)가 1929년부터 경성제국대학의 강사로 언어학을 강의하고 있어서[39] 어쩌면 고바야시(小林)를 통해 이러한 이분법을 알게 되었을지 모르기 때문이다.

이희승의 논문을 계기로 ≪한글≫에서는 지명 연구 논문들을 게재하게 되었다. 오구라(小倉)는 ≪鄕歌及び吏讀の硏究≫에서 불충분하지만 지명을 사용해서 향가를 해독하는 데 일조하려고 했었다. 또한 일찍이 1913년의 논문에서 "지명에는 오늘날 사용하지 않는 고어가 옛날 그대로 남아 있는 경우가 종종 있다"라고 하면서 제주도의 지명 몇 개를 예로 들어 거기에서 고어를 찾아내려고 했다.[40] 오구라(小倉)의 착

---

37) 李熙昇, <地名 硏究의 必要>, ≪한글≫ 1-2, 1932년 6월, 46~49쪽.
38) 그 후 1939년의 논문에서는 명확히 대응하는 것을 밝히고 있다. 李熙昇, <朝鮮語學의 方法論序說>, ≪한글≫ 7-9, 1939년 10월, 9쪽.
39) 1932年부터는 조교수. [역자주] 小林英夫는 뒤에 나올 이숭녕에게 학문적으로 큰 영향을 미친 인물이다.

안이나 이희승의 착안이나 사고 방식에 있어서는 그다지 새로운 것이
아니다. 다만 모양상으로 보면 오구라(小倉)가 중도에 엉성하게 끝낸 것
을 이희승이 좀 더 진전시켰다고 할 수도 있다.

이희승은 조선어학회의 중심인물로서 활약하였고 1942년 조선어학
회 사건 때 검거 및 기소되어 1944년 12월에는 징역 3년 6개월의 판결
을 받았다.[41] 이 때 이미 오구라(小倉)는 세상을 떴었는데 예전 제자의
체포와 기소에 대해 무엇을 생각했을지 궁금하다. 덧붙여서 말하자면
이희승은 《한글》 등을 중심으로 표준어론, 문자론 등을 발표하고 있
었는데 그것들을 정리한 《朝鮮語學論攷》(을유문화사)를 1947년에
출판했으며 대한민국의 조선어 연구에 있어 중심적 인물이 되었다.

한편 1933년 3월에 졸업한 이숭녕의 졸업 논문인 <朝鮮語のヒアツ
ス現象に就いて>는 제목만으로는 오구라(小倉)의 영향이 있는지 여부
를 판단할 수가 없다.[42] 그러나 이숭녕은 신라어의 연구를 진행하여
1978년에는 그 집대성이라고도 할 수 있는 《新羅時代의 表記法體系
에 관한 試論》(탑출판사)[43]을 출판하는 등 중기 조선어의 대가로 알

---

40) 小倉進平, <濟州島方言(三)>, 《朝鮮及滿洲》 70, 1913년 5월, 49~50쪽.

41) [역자주] 《딸깍발이 선비의 일생》(일석 이희승 회고록, 창작과비평사)에서는
함흥지방법원에서 조선어학회 사건으로 유죄 판결을 받은 것이 1945년 1월 18
일이라고 밝히고 있다. 이극로가 징역 6년으로 가장 높은 형량을 받았고 최현
배 4년, 정인승, 정태진이 각각 2년의 실형을 선고 받았다. 그 외의 인물들은
집행유예 또는 무죄를 선고 받고 석방되었다고 한다. 이들은 즉각 상고를 했고
경성고등법원에서 8월 12일 궐석으로 재판이 열려 원심 확정 판결이 났으나
곧 이어 광복이 되었다.

42) 'ヒアツス'는 영어로 'hiatus(모음 연쇄)'이라는 뜻이다. [역자주] 이숭녕은 생
전에 경성제국대학 재학 중 영향을 받은 인물은 小倉進平이 아니라 언어학과
의 小林英夫였음을 여러 차례 밝힌 바 있다. 학문하는 성격과 태도를 배운 것
은 물론이고 각종 외국어 원서도 소개 받아 공부했다고 한다. 자세한 내용은
이숭녕이 직접 쓴 "나의 研究生活, 《나의 걸어온 길》(學術院 元老會員 回
顧錄), 大韓民國 學術院, 1983년"을 참고할 수 있다.

43) [역자주] 이 책은 1955년 《서울대 논문집》 2호에 이미 발표한 논문을 실은

려져 있다. 오구라(小倉)가 충분히 논의할 수 없었던 신라어에 대해서 깊이 있게 고찰했다고 평가할 수 있을 것이다.[44]

이상의 여러 졸업생들은 1930년대 조선어와 조선문학 연구를 심화시키는 데 관여한 신진 학도들이었다.[45] 따라서 그런 의미에서는 오구라(小倉) 자신이 말한 '발판, 사석(捨石)'이 될 수 있었다고 일단 생각할 수 있다. 다만 1930년대의 이러한 심화된 연구를 떠맡은 사람이 경성제국대학을 졸업한 신진들 일부밖에 없었다고 말하기는 어렵다. 모두를 '일본의 영향'이라고는 도저히 말할 수 없기 때문이다.[46]

8.3. '발판 · 사석(捨石)' 론
- 연구 성과는 환원되었는가? -[47]

오구라(小倉)가 1939년에 발표한 논문 <朝鮮語の語の中間に現はれ

것이므로 완성 시기를 1978년보다 20여 년 앞당겨야만 한다.

44) [역자주] 이숭녕의 국어학사상 위치를 신라어 연구에 국한시키는 것은 지나치게 부분적인 평가이다. 그에 대한 종합적 평가는 서울대 국어연구회에서 편찬한 ≪이숭녕 현대국어학의 개척자≫(태학사, 2008년)를 참고할 수 있다.

45) [역자주] 여기서 언급하지 않았지만 小倉進平의 영향을 받았다고 할 수 있는 학자로 유응호가 있다. 그는 1935년 동경제국대학 언어학과를 졸업하였는데 小倉進平은 1933년 동경제국대학 언어학과 주임교수로 부임했으므로 유응호가 小倉進平의 강의를 들었을 가능성이 크다. 강의를 듣지 않았어도 유응호가 남긴 몇 편의 글에서 小倉進平의 영향은 쉽게 드러난다. 그가 참고한 서구의 음운론 이론서, 'ㅸ'의 음가에 대한 결론, 국어의 모음조화에 대한 설명 등 여러 측면에서 유응호는 小倉進平이 취한 태도와 비슷한 점이 많다.

46) [역자주] 경성제국대학 졸업생들은 일본의 영향을 받았다고 할 수 있지만 경성제국대학과 무관한 다른 국어국문학 연구자들까지도 일본의 영향을 받았다고 단정할 수는 없음을 가리키고 있다. 1930년대 당시 내국인에 의한 한국어 연구는 주시경을 계승한 학자들이 이전부터 중심을 이루었고 여기에 경성제국대학을 졸업한 신진 학자들이 가세하는 형국이었다.

る[b]>의 첫머리에는 다음과 같은 내용이 기술되어 있다.

"나는 오래 전부터 조선어 방언 연구에 미력(微力)을 다하고 있다. 조사 장소는 대부분 각지의 공립보통학교이며 도처에 직원분들을 비롯해 학생들 여럿으로부터 조사에 큰 편의를 받아 그런 대로 목적의 일부를 달성해 가고 있다. 조사의 골자가 불완전하고 묻는 사항도 경우에 따라 너무 엉뚱하기 때문인지 몰라도 때로는 '그러한 조사의 목적은 어디에 있는 것인가?', '조사 결과는 어떻게 할 것인가?'와 같은 질문을 받는 경우도 있었다. 나는 매우 촉박했기 때문에 여행 때 이런 질문에 일일이 답변할 여유가 없어서 '언제 적당한 기회를 봐서 결과를 알려드리겠습니다'라고 간단히 말씀 드리는 데 그쳤다. 그러한 조사 연구의 일부는 가끔 작은 책자나 전문 학술지 등에 공표해 왔지만 아직 기본 자료를 제공해 주었던 그 고장의 보통학교 사람들에게는 결과를 말할 기회가 없었다. 그래서 나는 이 글에서 조선어 방언에 존재하는 두드러진 한 사례를 파악하여 분포 상태를 제시함과 동시에 방언 연구가 언어학에서 얼마나 중요한 가치를 가지는지 그 일반을 설명하고 이것으로써 여러분들에게 받은 은혜에 대한 보고 의무의 일부를 대신하는 한편 아울러 각종 심심(甚深)한 도움에 대해 감사의 마음을 표시하고자 한다."[48]

---

47) [역자주] 앞에서도 나왔듯이 小倉進平은 그 스스로가 한국어학 연구에 있어 발판이나 사석(捨石)이 되고자 했다. 그러려면 연구 결과를 한국어로 써서 한국인들이 쉽게 접하도록 할 필요가 있다. 그러나 小倉進平은 모든 연구 결과를 일본어로 씀으로써 연구 성과의 환원에는 별로 기여하지 못했다. 이 문제를 이 단원에서 다루고자 하기 때문에 이와 같은 제목을 붙였다.

48) 小倉進平, <朝鮮語の語の中間に現はれる[b]>, ≪靑丘學叢≫ 30, 1939년 10월, 1~2쪽. [역자주] 이 논문은 ≪朝鮮語方言の研究≫(1944)에 제목이 "音節の中間にあらはれる[b]"로 바뀌어 재수록되어 있다. 재수록될 때 이 부분은 빠졌다.

즉 자신의 조사에 협력해 준 사람들에게 그것이 어떠한 성과를 올렸
는지를 설명하기 위해 썼다는 것이다. 실제로 오구라(小倉)는 조선총독
부 근무 시절 방언 조사를 하면 그것을 전문지 등에 발표하고 서적으로
도 출판을 해 왔다. 다만 그것이 조사 협력자에게 대한 회답의 매체로
서 적절했는지를 묻는다면 오구라(小倉)도 인정하듯이 부정적이 될 것
이다. 따라서 이러한 첫머리를 가진 논문을 쓰게 된 것일텐데 이 논문
의 부기(附記)를 읽어 보면 "이 글은 원래 모 교육 잡지에 게재하기로
예정하고 집필했기 때문에 첫머리가 보통학교 교원에 대한 보고서와
같이 되어 있다"[49]라고 쓰여 있다. 결국 이 논문은 ≪靑丘學叢≫[50]이

---

49) 小倉進平, 앞의 논문, 61쪽.
50) ≪靑丘學叢≫은 경성제국대학, 조선총독부, 조선총독부 조선사편수회 및 그
    밖의 단체가 서로 도모하여 1930년 조직된, 조선 및 만주를 중심으로 한 극동
    문화 연구 및 그 보급을 목적으로 하는 靑丘學會의 기관지로 1930년 8월의
    제1호부터 1939년 10월의 제30호까지 출판되었다. 경성제국대학의 교관, 총독
    부 관리 등이 평의원에 이름을 내걸었으며 小倉進平도 평의원 중 한 명이었
    다. <靑丘學會の創立>이라는 제목으로 쓰인 글에는 다음과 같이 학회의 설
    립 상황이 그려져 있다.

    "1924년(大正 13) 경성제국대학이 개교되고 1926년(大正 15) 법문학부가
    개설된 이래 신예 학도들이 잇따라 京城에 와 조선을 중심으로 극동 문화의
    학술적 연구에 뜻을 둔 사람도 적지 않으며 갑자기 이 방면으로 진전을 보
    게 되었다. 또한 조선총독부도 이미 설립된 지 20년이 경과해서 각 방면에
    걸친 조사 사업의 성과가 점차 현저한 것이 있고 전문 학자를 초청하여 사
    업에 임하게 한 경우가 많아 학술적인 기여도 매우 큰 것이 있었다. 각 연구
    조사의 결과는 특수하게 한정된 기관에 의해 발표되는 것이 보통이었다.
    따라서 역사, 고고, 토속, 사회, 언어, 문학, 종교, 미술 등 각 방면에 걸쳐
    서 그 업적은 해마다 깊어져 가는데 이들 연구의 결과를 연찬(研鑽)·탁마
    (琢磨)해야 하는 통일적인 기관이 없다는 것은 큰 유감이었다. 게다가 일반
    적으로 그 성과를 보급하고 교육상 참고 자료를 제공하는 것은 지금 이 순
    간에도 매우 절실히 필요하지만 종래 이러한 기획은 시도되지 않았다."(<靑
    丘學會の創立>, ≪靑丘學叢≫ 1, 1930년 8월, 157쪽)

    당시 일본의 조선·만주에 대한 연구의 한 수준을 나타낸 것인데 학회의

라는 고도로 전문화된 잡지에 게재되어 있기 때문에 협력해 준 보통학
교 교원이 접할 수 있는 매체에 게재하고 싶다는 오구라(小倉)의 당초
목적은 이루지 못한 채 끝나 버렸다.

그러나 생각해 보면 이상한 이야기다. 조사 협력자를 성실하게 대하
려고 한 자세는 평가 받아 마땅하지만 조사 결과를 일본어로 쓰는 것
이 부자연스럽다는 인식은 오구라(小倉)가 하지 못했다. 오구라(小倉)가
조선어로 쓴 논문은 전혀 없다. 진심으로 조사 협력자에게 환원하려고
생각했다면 조선어로 번역하거나 또 다른 형태의 조선어로 발표를 할
수도 있었던 것이 아닐까? 일본의 학계에서 평가를 받으려고 했다면
먼저 학술서와 학술 논문을 일본어로 써야 한다는 제약이 있었을 것이
다. 이것은 협력해 준 사람들에게 환원하는 것으로서의 보고서와 별개
이다. 일본어를 읽을 줄 모르면 조선어 방언 연구가 가지는 의미를 알
수 없다고 하는 모순된 사태를 오구라(小倉) 자신이 초래하고 있는 데
대해 어느 정도 자각하고 있었을까? 즉 성과를 환원하고자 하는 의사
가 있다고 하더라도 결국 그것이 언어의 문제 때문에 기대 이하의 효
과밖에 없다는 것을 얼마만큼 인식했을까 하는 것이다.

이와 관련해서 오구라(小倉)는 학술 연구의 성과 발표 방법에 대해
거의 유일하게 조선어로 읽을 수 있는 형태로 발표된 에세이 <學生은
謙虛하라－人格修養에 힘을 쓸 것->에서 서술한 내용이 있다. 조선에
관한 연구는 조선인만의 것이라고 생각하면 안 된다고 한 후 다음과
같이 망설임 없이 말하고 있다.51)

구성 주체가 가진 문제는 물론이고 조선인 연구자의 논문은 적으며 모두 일
본어로 쓰였다는 점도 연구 성과 보고의 대상이 어디에 있었는지를 말해 준
다. [역자주] '靑丘學會'와 ≪靑丘學叢≫에 대해서는 "박광현(2003), 경성
제대와 '신흥', ≪한국문학연구≫ 26, 동국대 한국문학연구소"에도 언급된
바가 있어 참고할 수 있다.

"朝鮮의 學問은 日本의 學問이요 또 世界의 學問이다. 훌륭한 硏究는 內地學者를 相對로 하고 內地의 硏究機關을 利用하야 堂堂히 發表하고 學界의 批評에 귀를 기우려야 한 것이다. 그리하야면 될 수 잇는대로 國語[52]로 意見을 發表해야 할 것이다. 近來 朝鮮의 作家가 國語로 小說을 써서 文學界의 注目을 끌고 잇는 것 갓흔 것은 가장 時宜에 適한 것이라 할 것이다."[53]

조선인 학생들이 대학 졸업 후 2~3년 동안 안이하게 저작 등을 너무 많이 발표하고 있는데 이는 일본 內地의 대학에서와 같은 선배들의 엄격한 비평의 눈이 없기 때문이라는 불만으로 생각할 수도 있는 문장이 이 글에는 들어있다. 조선인도 연구 성과를 일본어로 발표함으로써 일본 학계의 경쟁 원리 속에 들어가야 한다고 외친 것으로 볼 수 있다. 그것이 조선에 관한 연구라고 하더라도 마찬가지라는 점은 위의 인용문에서 분명하다고 하겠다. 경쟁 원리 속에 들어가서 일본 內地의 학문에서 이루어지고 있는 것과 같은 인격 수양에 힘을 쓰라는 것이다. 여기서 오구라(小倉)가 연구 성과를 오로지 일본어로만 계속 발표해 온 이유 중 일부를 간파할 수 있을 것이다.

때 마침 1930년대를 전후로 조선인의 손에 의한 연구도 심화되고 있

---

51) 三ツ井崇은 이 小倉進平의 에세이 앞부분을 소개하고 있다. 거기에서 학문은 국가의 은혜에 보답하기 위한 것이라고 오구라(小倉)는 강조하고 있다. 이 점에 대해 三井井崇은 小倉進平이 '國家のための學問'을 제창하고 있던 동양사학자 白鳥庫吉의 영향을 받은 것이라고 지적하고 있다. 三ツ井崇, <植民地日本知識人と朝鮮語-言語學者小倉進平の言語思想と朝鮮語學->, ≪不老町だより≫ 3, 1998년 8월, 28쪽.

52) [역자주] 당연히 일본어를 가리킨다.

53) ≪每日新報≫, 1940년 1월 12일, 2쪽. ≪每日新報≫('景仁出版社 影印版'을 참조)는 京城에서 발행되던 조선어 신문이라서 당연히 조선인을 독자로 상정하고 있다. 다만 小倉進平 자신이 조선어로 쓴 것인지 일본어 원고를 번역한 것인지는 불분명하다.

었다. 아래에서 몇몇 연구 단체를 열거하기로 한다. 잘 알려진 단체로
는 1921년에 창설된 조선어연구회(후에 조선어학회)이며 기관지로
≪한글≫을 내고 있었다. 또한 경성제국대학 조선어학·조선문학 전
공 졸업생 4명(조윤제, 이희승, 김재철, 이재욱)이 1931년 6월에 '조선
어문학회(朝鮮語文學會)'라는 동인회를 조직하고 기관지로 ≪朝鮮語文學
會報≫를 발행하였다. 이 모임에는 이후 이숭녕, 방종현, 그리고 중국
어문학을 전공하고 졸업한 김태준이 가입했는데 1933년에 김재철의
사망(死亡)을 맞아 제7호부터 ≪朝鮮語文≫으로 명칭을 변경하였지만
이 호로 기관지는 종간되었다. 모임 자체는 잠시 동안 존속된 것 같지
만 자연 해산이 되었다고 한다.[54]

　1931년 12월에 결성된 조선어학연구회는 주로 정서법의 원리를 둘
러싸고 조선어학회와 크게 대립하게 되는데 기관지 ≪正音≫(총 37호,
1941년 4월까지 간행)을 발행하고 사전 편찬[55]도 기획하는 등 활동을

---

54) [역자주] "이충우(1980), ≪경성제국대학≫, 다락원"과 "이희승(1996), ≪딸깍
　　발이 선비의 일생≫, 창작과비평사"에도 조선어문학회에 대한 내용이 나온다.
　　이 모임은 처음에 조윤제, 이희승, 김재철, 이재욱 네 사람이 만들었으며 학술
　　지는 각자 논문을 1편씩 싣는 형식이었고 비용은 각출했다고 한다. 또한 이후
　　이숭녕, 방종현 외에 일문과 출신인 서두수(徐斗銖)와 중문과 출신인 김태준
　　(金台俊)도 끼었다고 한다. 서두수와 김태준은 小倉進平의 사전 편찬을 돕고
　　있던 인연으로 끼게 되었다고 한다. 김태준은 ≪조선소설사≫를 조선어문학회
　　의 논총으로 간행하기까지 했으며 서두수는 잘 알려지지는 않았지만 그의 경
　　성제대 졸업 논문이 매우 뛰어나 일본인 교수들도 놀랐다고 한다. 어쨌든 ≪朝
　　鮮語文學會報≫는 당시 교내외적으로 주목을 받아 최남선이나 정인보 같은
　　유명 학자들이 격려를 하기도 했으며 3호부터는 10전(발송료 2전 별도)을 받
　　고 판매하기도 했다. 6호까지는 '朝鮮語文學會報'라는 명칭을 사용하고 7호부
　　터는 '朝鮮語文'으로 이름을 바꾸었지만 더 이상 간행되지 못하고 중단되었다.
　　그 이유는 졸업생들이 점차 바빠지고 재정적으로 큰 역할을 하던 김재철이 평
　　양사범에서 교편을 잡게 되면서 서울을 떠났기 때문이라고 한다.
55) 이전에 주시경 등이 계획 중이었다. [역자주] 주시경이 계획 중이었던 사전은
　　조선광문회에서 편찬하려던 것으로 그 원고 중 일부가 '말모이'라는 제목으로
　　발견된 바 있다. 조선광문회에서 추진하던 '말모이'의 원고는 여러 가지 사정

했다.[56] 1934년에는 震檀學會가 결성되었다. 이 단체는 조선 및 근린
문화의 연구를 목적으로 하는(회칙 2조) 학회이며 경성제국대학 졸업
생도 포함되어 있었다. 기관지는 ≪震檀學報≫이며 1943년 9월까지
총 14집을 발행하였다. 또 다른 단체로는 1935년 4월에 조선음성학회
가 결성되어 이희승, 이숭녕, 방종현을 포함한 20여 명으로 발족했다.
국제음성학협회 제2회 대회에서 조선어의 음성학적 분석을 보고하는
등 활동을 했지만 기관지를 내는 데까지 이르지는 못하고 활동이 끝나
버렸다.[57]

이처럼 기관지를 조선어로 발표하는 학술 단체의 움직임에 대해 오
구라(小倉)가 어느 정도 민감하게 반응했는지를 추측할 수 있는 자료는
없다. 다만 조선어문학회 주최로 1938년 10월 22일 경성제국대학에서
열린 강연회에서 오구라(小倉)는 '달팽이의 조선어 명칭과 그 의의'라는
제목으로 90분 동안 강연을 했다. 이 당시 오구라(小倉)는 동경제국대학
교수였으므로 집중 강의를 위해 와 있었던 기간에 맞춰서 강연회를 연
것으로 보인다. 이 강연을 들은 사람이 방청기를 조선어학회의 기관지
≪한글≫에 기고했는데,[58] 거기에 기술된 강연 내용은 오구라(小倉)가

으로 간행되지 못하고 1927년 박승빈의 계명구락부로 넘어갔다. 그 후 최남선
의 책임 아래 많은 인원들이 참여하여 사전 편찬 작업을 계속 했고 1937년에
는 조선어학연구회로 업무가 넘어왔다. 그러나 이 사전은 결국 간행되지 못했
다. 여기에 대해서는 "이병근(1977), 최초의 국어사전 '말모이'(稿本), ≪언
어≫ 2-1, 한국언어학회"와 "최경봉(2005), ≪우리말의 탄생≫, 책과함께"를
참고할 수 있다.
56) [역자주] 잘 알려져 있다시피 조선어학연구회는 박승빈이 이끌었으며 조선어
학회와 극렬하게 대립했다. 9장에서도 여기에 대해 다루게 된다.
57) 이상의 기술은 "朴炳采, <日帝下의 國語運動研究>, ≪日帝下의 文化運動
史≫(趙容萬・宗敏鎬・朴炳采 공저), 玄音社, 1982년, 446~468쪽"을 참조
하였다.
58) 南斗, <小倉進平博士의 講演 "蝸牛의 朝鮮諸名稱과 그 意義"를 듣고>, ≪한
글≫ 6-11, 1938년 12월 17~19쪽.

다음 해 일본 언어학회 기관지인 ≪言語硏究≫ 2호에 게재한 <朝鮮語'蝸牛'名義考>의 내용과 동일하다. 청중은 약 200명에 이르렀다고 한다. 방청기를 쓴 사람은 오구라(小倉)가 "진지한 태도로 귀중한 연구를 발표하였다"라고 하고 조선어의 한 낱말, 한 음절까지도 애지중지하는 태도에 감명을 받아 "방언의 중요성 내지 그 채집과 방언 사전 편찬의 긴급성을 느꼈다"라고 말했다. 그리고 조선인 스스로의 조선어에 대한 인식이 부족한 것이 아닌지 모르겠다면서 방언이라는 크나크고 깊은 보고(寶庫)를 열어 빛낼 자가 누구인지는 "우리 스스로가 오직 자신을 돌아보고 답하여 줄 길이 있을 뿐이다"라고 끝 맺고 있다. 이 강연의 기록자가 그 후 방언 연구를 지망했는지는 불분명하지만 조선어에 대한 자각이 촉구되었다는 점에서 오구라(小倉)의 강연은 도움이 되었다고 생각할 수 있다.

그러나 학문적인 환원의 측면에서 보자면 앞에서 살폈듯이 오구라(小倉)는 자신의 연구가 조선인 학도에 의해 뛰어넘어야 될 '발판'이나 '사석(捨石)'이라고 공언하고 있었는데 과연 일본어를 배우지 않으면 '발판'과 '사석(捨石)'을 바라는 자신의 업적을 이해할 수 없다는 사태에 대해 의문을 느끼지 않았던 것일까? 앞에서 인용한 에세이를 읽어 보면 답은 명백하다. 경성제국대학에 입학한 조선인 학생들은 당연히 시험을 일본어로 보며 조선어학·조선문학 전공 학생들 역시 전문 과목 이외에도 학점을 따야 되기 때문에 고도의 일본어 능력을 가지고 있었음에 틀림없다. 게다가 경성제국대학 국어국문학 전공[59]의 필수 과목 중에는 조선어학·조선문학 전공 과정의 강의도 포함되어 있었기 때문에 강의를 조선어로 하는 것은 무리였을 것이다. '발판', '사석(捨石)'이라고

---

59) 일본인 학생이 대부분이다. [역자주] 여기서의 국어국문학 전공이란 당연히 일본어와 일본문학 전공을 가리킨다.

한다면 그 환원의 방법론에 대해서도 엄격히 추궁해야만 할 것이다.[60]

<hr />

60) [역자주] 小倉進平이 스스로의 연구에 대해 발판 또는 사석(捨石)이라고 생각
    했다면 그 연구를 일본어로만 발표할 것이 아니라 한국어로도 발표하여 연구
    성과를 환원하는 문제 역시 신경을 썼어야만 했다는 것이 이 책의 저자가 지
    닌 생각인 듯하다.

9장

「言語」의 構築

조선어 정비 사업

■9.1. 小倉進平의 경우

9.1.1. 사전 편찬 사업

일반적으로 말하면 근대적인 「언어」를 구축하기 위해서는 그 「언어」의 내용 목록인 사전의 편찬이 필수불가결한 사업이며 때로는 국가적 사업이 될 수도 있는 성격을 가지고 있다. 그렇게 생각할 때 일찍이 한국 합병 이듬해인 1911년 조선총독부의 취조국(1912년부터는 참사관실에서 담당)에서 시작된 ≪朝鮮語辭典≫의 편찬은 단순히 어학적인 흥미와 관심에서 출발했다고 단언할 수는 없을 것이다.[1] 1938년에 출판된 ≪朝鮮舊慣制度調査事業槪要≫에 이 ≪朝鮮語辭典≫의 편찬 경위의 개략이 기술되어 있는데 그 첫머리는 다음 문장으로 시작한다.

---

1) [역자주] 조선총독부가 주도한 사전 편찬과 별도로 민간에서도 애국계몽사상에 입각한 국어사전 편찬 사업이 진행되었다. 조선광문회에서 1911년부터 시작한 '말모이'의 편찬 사업이 그것이다. 그렇지만 '말모이'는 끝내 정식으로 간행되지는 못했다. 여기에 대해서는 8장의 각주 55)를 참고할 수 있다.

"대체로 문명국에서는 모두 국어사전이 편찬되는 것이 보통이지만 조선에는 아직 고유의 국어(언문) 사전이라고 부를 수 있는 것이 없어서 조선의 사물을 연구하는 데 불편이 적지 않다."[2]

이것을 부정적 시각으로 보면 조선어에는 사전도 없고 근대적 언어로서는 미개(未開)하기 때문에 문명화 하자고 해석할 수도 있다. 1911년 조선총독부에서 시작하여 1920년 완성한 《朝鮮語辭典》 편찬 사업은 총독부에서 발의했고 오구라 신페이(小倉進平)를 포함한 여러 명의 일본인이 참가했다고는 하지만 조선인 학자 다수의 손에 의해 이루어졌다. 이 점에 대해서는 오구라(小倉)도 《增訂 朝鮮語學史》에서 다음과 같이 말했다.

"(…) 다수의 조선인 학자를 위원으로 하고 여기에 조선어를 할 줄 하는 일본인 위원도 더하여 거액의 비용을 투자했으며 (…). 그리고 어휘가 풍부하지 않은 아쉬움도 있지만 오늘날까지 저술된 조선어·일본어 대역사전 중 가장 완전하다고 할 수 있을 것이다."[3]

그리고는 이 사전을 '조선인이 지은 저서' 항목에 분류하고 있다. 김민수가 1973년 지은 《國語政策論》에서도 다음과 같이 평가했다.

"(…) 우리나라 사람의 손에 의해 편찬되었음을 알 수 있다. 이는 비록 그들[4]의 필요에서 편찬한 것이나, 또한 당시 일종의 표준말查

---

2) 朝鮮總督府中樞院, 《朝鮮舊慣制度調査事業槪要》, 1938년 2월. "森田芳夫, 《韓國における國語·國史敎育- 朝鮮王朝期·日本統治期·解放後-》, 原書房, 1987년, 334쪽"에 수록된 것을 참조하였다.
3) 小倉進平 著·河野六郎 補注, 《增訂補注 朝鮮語學史》, 刀江書院, 1964년, 27쪽.

定과 같은 성격도 띤 것이 아니었던가 짐작된다. (…) 당시 京城語를
바탕으로 한 이 ≪朝鮮語辭典≫은 실제로 日帝下의 標準朝鮮語에
대한 기준이었던 것이다. (…) 1930년 朝鮮語研究會의 ≪鮮和新辭
典≫, 1938년 文世榮의 ≪朝鮮語辭典≫ 등 이후에 출현한 여러 우
리말에 관한 사전에 착실한 토대가 되어 주기도 했다."5)

그런데 이 사전이 ≪朝鮮舊慣制度調査事業槪要≫(1938년)에서 다
음과 같이 말하듯 "조선인을 위해 특별히 조선어 사전을 작성"할 필요
가 없다는 모멸적인 편찬 방식을 택했어도 그런 평가가 가능할까?

"이 사전은 편찬 순서상 일단 조선어 해설을 붙였지만 이중으로
해설을 붙이는 것6)은 사전의 체재를 이루지 못하며 또한 조선인을
위해 특별히 조선어 사전을 작성할 필요성이 크지 않다고 하는 의견
이 많으므로 완성했을 때에는 조선어 해설을 제외하고 일본어 해설
만으로 하였다."7)

아니면 표제어로서 수록된 어휘의 수가 58,000여 개이기 때문에, 게다

4) [역자주] 일본인을 가리킨다.
5) 金敏洙, ≪國語政策論≫, 고려대출판부, 1973년, 76, 78쪽.
6) [역자주] 이중으로 해설을 붙인다는 것은 하나의 항목에 대해 한국어와 일본어
로 동시에 해설을 붙이는 것을 가리킨다.
7) 朝鮮總督府中樞院, ≪朝鮮舊慣制度調査事業槪要≫, 1938년 2월. "森田芳夫,
≪韓國における國語・國史敎育- 朝鮮王朝期・日本統治期・解放後-≫, 原
書房, 1987년, 335쪽"에 수록된 것을 참조하였다. [역자주] 결과적으로 한일대
역사전으로 성격이 바뀌고 만 것이다. 서울대학교 규장각에는 현재 ≪朝鮮語
辭典≫의 원고가 두 질 소장되어 있다. 이 중 한 원고는 한국어와 일본어 해
설이 모두 나오는 것으로 완성 연대가 명확하지 않지만 1917년 무렵으로 추정
되고 있다. 다른 원고는 한국어 해설이 누락된 것으로 이것은 1919년 3월에
완성되었다.

가 사전 편찬 사업의 과정을 조선인 학자들이 체험하기 때문에, 또는 그
야말로 '문명국'이라는 증거를 얻었기 때문에 그렇게 평가하는 것일까?

어쨌든 조선어학 역사상 일대 획기적인 사업이었다는 점은 틀림없
다. 그러나 이 사전을 "가장 완전한 것이라고 할 수 있을 것이다"라고
말했고 자기 스스로도 많은 노력을 기울였던 오구라 신페이(小倉進平)의
생각은 고노 로쿠로(河野六郞)의 말에 따르면 다음과 같았다.

> "이 사전은 어떤 면에서 특색을 가지고 있지만 당시 편집을 주관
> 하고 있었던 총독부 모 관리가 오구라(小倉) 박사의 의견을 채택하지
> 않았기 때문에 박사는 이 사전에 만족하지 않았다."8)

왜 그랬을까? 이러한 물음을 염두에 두고 이 사전의 성격 및 오구라
(小倉)가 편찬에 관여한 방식을 살펴보기로 한다.

다행히 이 사전의 편찬 과정에 대해서는 "森田芳夫, ≪韓國におけ
る國語・國史敎育≫, 原書房, 1987년"에 짧은 해설이 있을 뿐만 아니
라 자료로서 ≪朝鮮舊慣制度調査事業槪要≫의 해당 부분 및 大阪屋
號書店에서 시판된 ≪朝鮮語辭典≫에만 붙어 있는 편찬 경위9)가 수
록되어 있다. 또한 서울대학교 규장각 소장의 ≪朝鮮語辭典≫ 관련
자료를 이용하여 편찬 과정을 자세히 기술한 "矢野謙一, <朝鮮總督府
「朝鮮語辭典」 編纂の經緯>, ≪韓≫ 104호, 1986년 11월"이라는 논
문이 있다.10) 이 논문에서 오구라 신페이(小倉進平)가 사전 편찬에 대해

---

8) 河野六郞, <故小倉進平博士>, ≪言語硏究≫ 16, 1950년 8월, 147쪽.
9) 小田幹治郞이 씀. [역자주] 小田幹治郞은 1912년 4월부터 ≪朝鮮語辭典≫
　편찬 사업의 주임으로 참여한다. 더 자세한 것은 아래 각주 10)에 소개된 논문
　을 참고할 수 있다.
10) [역자주] 이에 앞서 이미 ≪朝鮮語辭典≫에 대한 자세한 논의가 한국에서 이

어떤 의견을 가지고 있었으며 어떤 점을 받아들이지 않았는지가 밝혀져 있다. 따라서 다음의 기술 내용은 야노 겐이치(矢野謙一)의 논문을 바탕으로 한다.

1911년 4월 조선총독부 취조국에서 시작한 편찬 작업은 통역관 시오카와 이치타로(塩川一太郎) 밑에 4명의 조선인 지식인11)을 조선총독부 취조국 위원으로 불러모아 조선에서 간행된 한문 자료를 중심으로 표제어 137,000여 개12)를 1년 동안 골라냈다. 야노(矢野)는 이러한 자료의 편향성 때문에 이 사전이 근본적으로 "조선 특유의 사물을 나타내는 어휘를 수록하고 조선의 문서, 기록을 해독하는 데 필요한 해설을 더한 사전"이라고 하였다.13) 최종적으로 인쇄된 ≪朝鮮語辭典≫에서는 한자 親字 16,000개가 모두 제외되고14) 한자 숙어도 약 55,000개가 생략되었다.

1912년 3월 취조국이 폐지되어 사전 편찬 사업은 관방(官房)15) 참사관실로 이관되어 사전편찬괘(辭典編纂掛)16)가 담당하게 되었다. 편찬에

루어졌다. "이병근, 조선총독부 편 ≪朝鮮語辭典≫의 편찬목적과 그 경위, ≪진단학보≫ 59, 진단학회, 1985년"에서는 편찬 과정을 비롯한 여러 가지 세부 사항을 매우 상세히 논의하였다. 이 책에서 설명하고 있는 내용보다 훨씬 자세하므로 많은 도움이 된다.

11) [역자주] 4명의 한국인은 박이양(朴彝陽), 현 은(玄 㻞), 송영대(宋榮大), 김돈희(金敦熙)이다. 이병근의 논문 참고.

12) 그 가운데 한자 친자(親字) 16,000개, 한자 숙어(熟語) 96,000개, 고유어 약 20,000개. [역자주] 한자 친자(親字)는 1음절로 된 한자(漢字)를 가리킨다. 한자 숙어는 일반적으로 말하는 한자어에 대응하지만 숙어라고 했으므로 최소한 2음절 이상이어야만 한다.

13) 矢野謙一, 앞의 논문, 191쪽.

14) 따라서 한자 자전으로서의 역할은 다하지 못한다.

15) [역자주] '관방(官房)'는 인사, 문서, 회계 등 총괄적 사무를 담당하는 기관이다.

16) [역자주] '辭典編纂掛'의 '掛'는 '과(課)'보다 하위 단위인 '계(係)'와 같은 의미이다.

관여한 사람은 일본인 7명과 조선인 6명(처음부터 참여한 4명은 포함
되었다)으로 채록한 표제어에 해설을 덧붙이고 일본어로 번역하는 작
업, 품사와 술어를 분류하여 구별하는 작업 등을 하여 1913년 6월에는
거의 마쳤다. 그러나 번역의 타당성, 문례의 적절성, 문체의 통일, 품사
분류의 확인 등 작업이 필요했기 때문에 사전편찬괘와는 별도로 1913
년 6월 23일에 '조선사전심사위원회(朝鮮辭典審査委員會)'가 조직되었다.
총독부 참사관인 법학박사 아키야마 마사노스케(秋山雅之介)를 위원장으
로 법률, 박물(博物), 이화(理化), 산수(算數), 의약(醫藥) 등 전문어를 검토
하는 5개 부문, 문례의 수정과 통일을 담당하는 부문, 해설 및 대역 부
문 등 총 7개 부문에 대해 9명의 위원이 임명되었다.17) 해설 및 대역을
담당한 3명 중 1명(참사관실 촉탁 어윤적)을 제외하면 위원들은 각 분
야에 정통한 일본인이었다(번역문의 검토이기 때문에 당연한 것이다).
　이 중 문례(文例)의 수정과 통일을 담당하도록 명을 받은 사람이 오
구라 신페이(小倉進平)였다. 야노(矢野)에 따르면 다음과 같다.

　　"오구라 신페이(小倉進平)는 언어학을 전공했고 경성고등보통학교
　　에서 국어를 담당했으며 예전에 가나자와 쇼자부로(金澤庄三郎)가 저
　　술한 ≪辭林≫의 편집을 한 경험을 가지고 있을 뿐만 아니라 조선어
　　연구에 종사하고 있기 때문에 문례의 수정과 통일 및 편찬의 형식에
　　대해 의견을 구하는 데 가장 적당하다고 인정을 받았다."18)

　1913년 당시에는 조선어 연구에 관해 방언 조사 보고서를 내는 정도

---

17) [역자주] 9명의 위원들은 모두 참사관실의 직원 또는 공립학교의 교유들이었
　　다. 이들의 명단 및 당시 직책과 선정 이유 등은 이병근의 논문에 자세하게 제
　　시되어 있다.
18) 矢野謙一, 앞의 논문, 194쪽.

의 업적밖에 없었던 오구라(小倉)였으나 전공이 언어학이라는 점과 사전 편찬을 도운 경험이 있다는 점 때문에 적임자가 된 것이다. ≪辭林≫이라는 책은 1907년 4월 三省堂에서 출판된 사전인데 가나자와 쇼자부로(金澤庄三郎)가 쓴 '범례'를 보면 감사의 말(謝辭)을 한 대상은 아스케 나오지로(足助直次郎)뿐이다. 그러나 오구라(小倉)나 고토 아사타로(後藤朝太郎), 긴다이치 교스케(金田一京助), 오리타 시노부(折口信夫) 등이 ≪辭林≫의 교정을 돕고 있었다.[19]

어쨌든 여기서 주목하고자 하는 점은 오구라(小倉)가 처음부터 ≪朝鮮語辭典≫의 편찬 사업에 관여하지는 않았다는 것이다. 표제어의 수집에는 참여하지 않았고 이미 어휘 해설이 붙여진 초고를 점검하는 입장에서만 참여할 수 있었다. 이 점이 앞에서 인용한 오구라(小倉)의 불만으로 이어진 것으로 보인다.

'조선사전심사위원회'는 1914년 5월까지 총 5회 개최되었다.[20] 그 동안 오구라(小倉)는 위원회의 의견을 참고하면서도 사전편찬괘가 내놓은 안에 대해서 여러 가지 의견을 제출했다. 자세한 것은 야노(矢野)의 논문에 소개되어 있는데 조선어 표제어에 가타가나(片假名)로 발음을 표기하는 것이 무의미함을 논의하거나[21] 해설의 문체는 문어(文語)를, 그 용례는 구어(口語)를 사용해야 한다거나[22] 현재 사용되지 않는 어휘나 숙어에 그 사실을 알 수 있는 표시를 붙여야 한다[23]거나 하는 것이었다.

이러한 사실 등이 덧붙어서 다섯 번째 위원회에서는 사전의 대체적

19) 金田一京助, ≪思い出の人々≫, 三省堂, 1964년, 111쪽.
20) [역자주] 다섯 번 개최된 회의의 일시와 회의 내용은 이병근의 논문에 잘 정리되어 있다.
21) 최종적으로 가타가나(片假名) 표기는 하지 않았다.
22) 이 안은 채택되었다.
23) 이 안은 채택되지 않았다.

인 형식을 정했는데 이 당시까지는 해설이 일본어와 조선어 두 가지로
이루어지는 방침24)을 그대로 유지하고 있었다. 그리고 위원회는 종료
되었지만 그 동안 총독부의 사전편찬괘에서는 위원회 위원들에게 검토
를 의뢰한 전문어 이외에 한자어나 고유어 해설문의 정정 등을 하고
있었다. 이 사전의 특징 중 하나로 이두(吏讀)25)를 수록한 점을 들 수
있는데 그 이두의 수집도 이 기간에 했다.

1915년 2월부터는 전문어의 검토를 의뢰한 위원에게 재촉하여 검토
가 끝난 전문어 및 한자어·고유어의 해설 전체를 오구라 신페이(小倉
進平)가 교열하게 되었다. "오구라 신페이(小倉進平)가 교열해야 할 단어
의 총수는 11,000개였다. 1년의 근무 일수를 300일이라고 하면 하루에
367개 단어를 교열해야 했다"26)라고 하니 상당한 작업이었다. 확실히
이 해의 방언 조사는 이 작업이 들어오기 전인 2월 출장으로 간 경상
남도에서 한 것으로 그쳤으며 논문 역시 경상남도의 조사 보고 한 편
(<慶尙南道方言>, ≪朝鮮彙報≫, 1915년 4월)과 직전 연도부터 계속
연재한 <對馬方言 下>(≪國學院雜誌≫, 1915년 3월), <對馬見聞記
四, 五>(≪朝鮮及滿洲≫, 1915년 2, 3, 4월) 이외에는 <朝鮮語の子音
同化>(≪藝文≫, 1915년 8월)밖에 없어 다른 해에 비하면 그 수가 적
다. 1915년 봄 이후로는 사전 교열에 꽤 많은 시간을 할애했던 것이 아
닐까 한다.

어쨌든 사전편찬괘에서는 1915년 7월부터 내용을 카드에 기입하기
시작했고 2년 동안 작업이 계속 이루어졌다. 인쇄 예산의 사정 때문에

---

24) 초고의 상태에서도 그러했다. [역자주] 앞서 지적했듯이 서울대학교 규장각에
    소장된 ≪朝鮮語辭典≫ 원고 중 한 질은 표제어의 해설이 일본어와 한국어로
    되어 있고 다른 한 질은 일본어로만 되어 있다.
25) 이두에 대해서는 이 책의 7장 각주 31)을 참고할 수 있다.
26) 矢野謙一, 앞의 논문, 210쪽.

인쇄는 1918년 후반기에 시작해서 1919년 전반기에 종료하는 것으로
되었었는데 1917년 말까지 완성한 원고를 인쇄에 넘길 때까지 잠시 시
간이 있어서 완성한 원고를 심사하고 더욱 정확성을 기하기 위해 '조선
어사전심사위원회(朝鮮語辭典審査委員會)'가 설치되었다. 이전의 '조선사
전심사위원회'에서는 주로 전문어를 검토하였음에 비해 '조선어사전심
사위원회'에서는 보통어를 검토하게 되었다. "위원은 조선총독부 및 소
속 관청의 직원 중 조선어에 정통한 일본인과 일본어에 능통하고 학식
이 있는 조선인을 선출하기로 하였다"라고 한다. 선출된 자는 오다 미
키지로(小田幹治郎)를 주임으로 한 일본인 5명27)과 조선인 9명이었다.28)
심사 내용은 '(1) 표제어의 첨삭, (2) 표제어의 정정, (3) 해설의 수정,
(4) 품사의 수정, (5) 활용의 수정'이었다고 한다.29) 위원회에서는 한자
친자(親字)의 해설과 그 품사 표시를 삭제하는 등의 의견을 개진하여
채택되었다. 결국 심사가 길어졌는지 몰라도 1919년 6월 중순까지 이
어져 원고본 완성이 1919년 7월말, ≪朝鮮語辭典≫의 완성은 1920년
3월에 이루어졌다.

당초 예정에 있었던 조선어 해설이 어느 시점에 삭제되어 버렸는지
는 야노(矢野)의 논문에서 밝혀지지 않았다. 그러나 '조선어사전심사위
원회'의 과반수 위원이 조선인이었음을 고려하면 거의 마지막 단계까
지 조선어 해설이 남아 있었다고 생각된다.30) 이것이 어떠한 사정으로

---

27) 당시 경성의학전문학교 교수를 겸임하고 있었던 小倉進平도 포함되었다. [역
   자주] 이병근의 논문에 따르면 일본인 위원은 小倉進平까지 포함하여 모두 6
   명이다. 각각의 명단과 직책 및 업무 등은 이병근의 논문을 참고할 수 있다.
28) 이 중에는 후에 경성제국대학에서 조선문학 강사를 하는 어윤적과 정만조도
   있었다. [역자주] 이병근의 논문에 따르면 한국인 위원의 수는 총 10명으로 이
   책의 내용과는 약간 차이가 있다.
29) 矢野謙一, 앞의 논문, 212~213쪽.
30) [역자주] 이병근의 논문에서는 1919년 3·1 독립운동 시기를 전후하여 국문

삭제되었는지는 알 수 없다. 앞에서도 인용한 "조선인을 위해 특별히 조선어 사전을 작성할 필요성이 크지 않다고 하는 의견이 많으므로 완성했을 때에는 조선어 해설을 제외하고 일본어 해설만으로 하였다"라고 하는 1938년 문서에서의 해석이 올바른 것일까? 어쩌면 예산과 관련이 있을지도 모른다.

약간 이야기가 다른 쪽으로 갔지만 야노(矢野)는 최종적으로 한자어 40,734개, 고유어 17,178개, 이두 727개로 총 58,639개 단어가 수록된 ≪朝鮮語辭典≫의 성격을 다음과 같이 정리하고 있다.

"≪朝鮮語辭典≫은 많은 한자어를 표제어로 수록하고 있다. 특히 조선의 독특한 한자 숙어를 다수 채택했고 이두도 수록하고 있다. (…) 그러나 한자어를 중시하는 반면 조선어 속에 침투한 일본계 한자어는 대부분 삭제되어 있다. (…) 이러한 특색은 편찬에 참여한 사람들의 조선어관과 사전에 대한 견해를 반영한 것으로 보인다. 유교 속에서 성장한 조선의 지식인에게 한자는 지식에 다가가는 중요한 수단이었을 것이고 일본인 통역관들에게도 조선어 문헌을 해독하는 데 필수적인 지식이었을 것이라고 생각된다. (…) 조선의 지식인들은 자명한 고유어보다 우선 전적(典籍)에 사용되는 많은 한자 숙어를 채집하였다. (…) 일본인 담당자에게는 일본계 한자어가 자명한 것이며 문헌에서 채집된 조선 특유의 한자 숙어가 더욱 가치 있는 것으로 여겨졌다. (…) ≪朝鮮語辭典≫의 또 다른 특색은 정치 제도에 관한 표제어의 충실함을 들 수 있다. 이것은 사전 편찬의 중심이 된 일본인이 관료였으며 원래는 근속한 통역관 출신이었다는 점에 주목해야 할 것이다. (…) 이런 가운데 언어학자로서 오구라 신페이(小倉進平)는 편찬 중인 사전을 조선어 어휘의 총체를 기술하는 사전으로

해설이 사라진 것이 아닌지 추측했다.

만들기 위해 의견을 말하였다. 그러나 오구라 신페이(小倉進平)의 의
견은 부분적으로만 채택되었다. 이 사전의 편찬에서 오구라 신페이
(小倉進平)는 사전편찬괘의 원고에 사전의 형식을 부여하는 역할밖에
못했다.

　≪朝鮮語辭典≫의 특징을 요약한다면 서양인의 사전에서 고유어
를 채택하고, 전적(典籍)에서 채집한 한자 숙어에 조선 지식인이 해설
을 덧붙인 것으로서, 일본인 관료가 조선의 문서를 읽기 위해 편찬한
사전이라고 할 수 있다."31)

　"일본인 관리가 조선의 문서를 읽기 위해 편찬된 사전"이라고 했는
데 확실히 그러한 성격이 강하다. 이것은 야노(矢野)가 말하는 대로 한
자어가 많거나 이두를 채택한 데서 엿볼 수 있다. 그렇게 보면 어휘의
선택에는 참여할 수 없고 교열이 주된 일이었던 오구라(小倉)에게 있어
서는 큰 불만이 남았을 것임을 쉽게 추측할 수 있다.32)

　오구라(小倉)가 교정을 한 가나자와 쇼자부로(金澤庄三郞)의 ≪辭林≫
서언(緖言)에는 다음과 같이 되어 있다.

　　"明治의 태평스런 시대에, 문물이 찬연하여 학술의 융성이 실로
　전대미문(前代未聞)인 이 때 국어학계(일본어학계)의 사업만이 홀로
　이에 미치지 못하는 것이 유감이다. 사전과 같은 것도 아직 대부분은
　도쿠가와(德川) 시대 저작의 굴레를 벗어나지 못하고 중고(中古) 이전
　의 어휘만 자세히 할 뿐 현대의 살아 있는 언어에는 엉성하다. 이것
　은 사회 전반에서 일찍부터 인정하는 바로서 실로 우리 학계에 대단

31) 矢野謙一, 앞의 논문, 215~216쪽.
32) [역자주] 어휘 선택에 관여하지 못한 점뿐만 아니라 사전의 원래 성격이 변질
　되어 한일대역사전으로 전락한 점 역시 小倉進平의 크나큰 불만 중 하나였을
　것이다.

히 아쉬운 일이다."[33]

≪辭林≫은 ≪朝鮮語辭典≫과는 달리 "저자의 오랜(年來) 희망", 즉 같은 시대 말의 채록에 힘을 기울인 "明治式 사전"이라는 점을 강조하고 있다. 이러한 태도와 함께 ≪辭林≫에는 자음(字音) 색인[34]과 발음 색인[35]이 붙여져 있어 이용자의 편의를 도모한 측면도 있기 때문에 꽤 팔린 듯하다. 덧붙여 말하면 한자의 색인(획수 색인과 음 색인)이 붙은 것은 ≪朝鮮語辭典≫도 마찬가지이다.

관료나 지식인을 위한 사전이 아니라 그 시대 말에도 역점을 둔 사전을 오구라(小倉)가 생각하는 것은 자연스러운 일이다. ≪朝鮮語辭典≫에 대해서 지금까지의 사전 중에서 완전에 가깝다고 하면서도 "또 어휘가 풍부하지 않아 유감도 있다"[36]라고 말하고 있기 때문에 이것을 알 수 있다. 조선어 어휘의 총체를 기술하는 사전을 바라던 오구라(小倉)는 독자적으로 사전 편찬을 구상했던 듯하다. 여기에 대해서는 고노 로쿠로(河野六郎)가 다음과 같이 기술하고 있다.

"(…) 박사는 경성제국대학 문학부의 도움을 받아 같은 학부 사업으로서 박사의 사전을 계획하고 준비 중이었는데 마침 정년 퇴임을 맞아 이 사업이 지속되도록 필자에게 부탁하였다. 필자는 기꺼이 그 임무에 임하려고 했지만 종전 후 귀국으로 말미암아 안타깝게도 단념할 수밖에 없었다."[37]

---

33) 金澤庄三郎, ≪辭林≫, 三省堂, 1907년, 緒言 1쪽.
34) 한자(漢字) 색인. [역자주] 한자를 그 음에 따라 배열한 것을 가리키는 듯하다.
35) 표제어는 역사적 가나(假名) 표기법으로 배열되어 있기 때문에 그것을 표음 표기의 순서로 명시한 것.
36) 小倉進平 著·河野六郎 補注, ≪增訂補注 朝鮮語學史≫, 刀江書院, 1964년, 27쪽.

여기서 현대 조선어 사전의 작성을 기획했음을 알 수 있다. 이 사전의 편찬 작업에는 법문학부 支那語·支那文學을 전공하여 졸업한 김태준이 참가하고 있었다고 한다.[38] 김태준은 이것을 계기로 하여 조선어학·조선문학 전공 학생들과 교류하게 되어 앞에서 말한 震檀學會의 창설이나 조선어문학회에도 관여하게 된다. 경성제대에서 조선문학 강사를 맡은 적(1939년과 1940년)도 있고 학식이 높았다.[39] 이 사전의 어휘 수나 내용 등은 불분명하지만 편찬자가 오구라(小倉)였기 때문에 방언 어휘 등도 포함한 현대 조선어의 총체를 기술하려고 했을 것이다.

또한 고노 로쿠로(河野六郎)에 의하면 다음과 같았다.

"선생은 30년 동안 중세 조선어 및 그 이후의 많은 문헌을 면밀히 연구하셨고 그 결과 1만 개 이상에 달하는 단어를 수집하였다. 아쉽게도 선생의 생전에 스스로의 손으로 출판하지는 못했지만 (…) 가까운 시일 안에 在日 조선인 有志의 도움을 받아 ≪朝鮮古語辭典≫이라는 제목으로 출판될 예정이다."[40]

37) 河野六郎, <故小倉進平博士>, ≪言語研究≫ 16, 1950년 8월, 147쪽.
38) [역자주] "이충우, ≪경성제국대학≫, 다락원, 1980년"에 따르면 김태준 이외에 일문과 졸업생 서두수(徐斗銖)도 사전 편찬을 도왔다고 한다.
39) 中村完, <金台俊>, ≪朝鮮人物辭典≫, 大和書房, 1955년, 310쪽. 또 김태준은 "1939년 이후 조선공산당 재건을 위해 지하 활동에 참가, 1944년 가을에 경찰의 보호 관찰을 받는 신분이면서도 서울에서 중국으로 탈출하여 延安의 조선독립동맹에 참여하였다. 해방 후에는 남조선 노동당 문화부장이 되어 반미 투쟁을 전개했는데 1949년 가을 이승만 정권에 의해 처형되었다. 조선 최초의 근대적인 소설사라고 할 수 있는 ≪朝鮮小說史≫(1939) 외에 ≪朝鮮漢文學史≫, ≪朝鮮歌謠集≫이나 항일 중국기행 ≪延安行≫ 등을 저술하였다"(安宇植, <金台俊>, ≪朝鮮を知る事典≫, 平凡社, 1986년, 86쪽). [역자주] 김태준의 ≪朝鮮小說史≫는 1933년에 초판이 나왔으며 1939년에 나온 것은 증보판이다. 초판은 경성제대 졸업생들의 모임이었던 '조선어문학회'의 논총 형식으로 나왔다.
40) 河野六郎, 앞의 논문, 146쪽.

이처럼 조선의 한문 자료를 섭렵해 온 오구라(小倉)가 만든 카드를
바탕으로 하여 ≪朝鮮古語辭典≫의 출판 계획도 있었던 듯하다. 그러
나 위의 글을 고노(河野)가 쓴 것이 1950년 2월의 일이었는데 그 후 이
도움을 자청하던 재일 조선인 단체가 "그러나 매우 유감스럽게도 이
계획은 그 단체가 당시 일본에 진주하고 있던 미군 당국에 의해 해산
되었기 때문에 결실을 맺지 못하였다. 선생이 육필로 쓴 카드는 지금도
필자가 보관하고 있다"41)라고 하는, 1975년 당시 고노(河野)가 보충 설
명하고 있는 상태가 되어 버렸다.42)

오구라(小倉)는 조선어의 총체를 기술하기 위해 고어 사전이나 현대
어 사전의 편찬을 기획하고 있었는데 둘 다 이루어지지 않았다고 하는
것이다. 아마도 이 사전들은 한일사전의 형태를 취했을 것이다. 패전
후 본격적인 조선어사전이 일본에서 공식 간행되기까지는 1986년의
≪朝鮮語大辭典≫(大阪外國語大學朝鮮語研究室 編, 全3卷, 角川書
店)을 기다려야 했다.43)

---

41) 河野六郎, <故小倉進平先生と朝鮮語學>, ≪小倉進平博士著作集(四)≫, 京
都大學國文學會, 1975년, 5쪽. 河野六郎의 이 글은 ≪言語研究≫ 16호에 실
었던 것을 수정한 것이다. 진주하던 군대에 의해 해산이 된 재일 조선인 단체
는 '재일조선인연맹(在日朝鮮人聯盟)'이 아닐까 한다.

42) [역자주] 河野六郎이 1950년에 처음 小倉進平의 평전을 썼을 때는 사전의 출판
이 예정되어 있었으나 그 이후 사정에 의해 취소됨으로써 1975년 ≪小倉進平
博士著作集(四)≫에 평전을 다시 실을 때에는 그 사실을 보충하여 기록했다.

43) 편집 주간의 한 사람인 塚本勳은 1963년 편찬을 시작할 당시에는 거의 암중모
색의 상태였다고 회고하고 있다. 1986년에 겨우 출판이 될 때까지 자금난과
함께 당초 예정하고 있었던 출판사의 도산, 방해와 탄압 등을 당하면서 얼토당
토않은 시간과 노력 및 자금이 소요되었다. 塚本勳은 선조 대대로 물려 받은
땅을 팔고 재산의 거의 전부를 사전에 투자하였다고 하는데 한국에서는 ≪朝
鮮語大辭典≫의 해적판이 서점에 진열되고 "조선공화국의 학자는 '이 사전은
과도기적인 것으로 진짜 사전은 민족 통일 후에 완성할 수 있다'라고 한다. '사
전은 만들어도 보답이 없는 일'이라고 浜田敦 선생께서 말씀하셨는데 정말로
그렇게 생각한다. 사전 만들기는 슬프고 쓸쓸한 것이다"라고 체념에 가득 찬

9.1.2. 정서법 제정 사업의 참여

조선총독부가 실시한 조선어 정비 사업 중 사전 편찬 이외에 들 수 있는 것으로는 정서법의 제정이 있다. 훈민정음이 창제된 것은 15세기였는데 그 이후 이 문자 체계로 쓰인 조선어가 공적인 지위를 차지한 적은 없었다고 말해도 무방하다. 이런 상태에 변화가 생긴 것은 청일전쟁이 한창인 1894년 갑오개혁에 따라 법률·칙령의 정문(正文)을 '국문(國文)'44)으로 표기하고 한문을 대역으로 붙이거나, 혹은 한자와 한글을 섞어 쓰는 문장을 정문(正文)으로 하게 된 시기였다(공문식 제1호, 1894년 11월 21일).

이처럼 조선어의 지위가 향상된 이유와 그에 따른 조선어의 연구열에 대해 오구라(小倉)는 ≪國語及朝鮮語のため≫(1920년)에서 다음과 같이 서술하고 있다.

"언문 창제 후 거기에 대한 조선인의 연구는 수백 년 동안 거의 들 만한 것이 없었다. (…) 그런데 청일전쟁 후 조선이 중국의 굴레를 탈피하여 독립국이 되자 새로 연호를 세우고 제도를 개혁하는 등 모든 방면에 있어 국민적 자각심을 환기하게 되었다. 따라서 조선어에 대한 생각도 이전과 많이 달라졌다. (…) 이 때에 이르러 조선의 식자층은 언문이 조선 고유의 문자이며 과학적 기초 위에서 만든 것이라고 설명하고 이것으로써 국민들에게 국가적 개념을 불러일으키려고 하는 움직임이 생기게 되었다. 언문의 연구는 실로 이 시기에서 한층 진전을 이룬 것이라고 할 수 있으며 그 후 언문에 대해서는 '국문(國文)', 조선어에 대해서는 '국어(國語)'라는 명칭이 활발하게 사용된

회고를 하고 있다. 塚本勳, <朝鮮語辭典の編纂をふりかえる>, ≪ことばから人間を≫(吉田金彦 編), 昭和堂, 1998년, 330쪽.
44) 한글을 가리킨다.

점, 1894년(고종 31)의 개혁 후 공적·사적 문자로는 처음 언문을
사용하도록 정한 점, 또 이능화(李能和) 씨가 자전 사전(字典 辭典)의
제정에 관해 학부에 의견서를 제출한 점, 주시경(周時經) 씨가 국문
학교를 설립하여 자제들을 교육하고 또 언문에 관한 각종 저작을 공
표한 점 등은 모두 그 반영이 두드러지게 드러난 것들이다."45)

근대 국가로서의 자립을 의식했을 때 자국의 언어로 의식이 향한다
는 점을 지적하고 「국어」와 「국문」이라는 명칭 변경이 지니는 의미를
지적한 부분도 있다. 그리고 위의 내용에 이어서 다음과 같이 지석영(池
錫永)의 상소문인 <新訂國文>(1905년)과 이를 계기로 대한제국 학부
에 설치된 국문연구소(1907~1909년)에 대해서 간단하게 기술했다.46)

"특히 그 무렵부터 이루어진 신정국문(新正國文)의 실시, 국문연구
소의 설치와 철자법의 제정 등은 모두 정부의 힘으로 이루어진 것인
데 학술상으로나 교육상으로 매우 중시하기에 충분한 사건들이다.
(…)"

아주 간략히 말하자면 조선어 정서법의 문제를 진지하게 토론하기

---

45) 小倉進平, ≪國語及朝鮮語のため≫, ウツボヤ書籍店, 1920년, 249~250쪽.
   ≪小倉進平博士著作集(四)≫에 수록.
46) [역자주] 지석영의 '신정국문(新訂國文)'은 고종의 재가를 얻어 공포되었지만
   여러 가지 문제점으로 인해 거센 반대에 부딪쳤다. 이 때문에 정부에서는 표기
   법 전반을 정비하기 위해 1907년 학부 내에 국문연구소를 설치했다. 국문연구
   소에서는 약 2년 동안 회의를 거쳐 1909년 <國文研究議定案>을 제출했는데
   그 내용 중 된소리 표기나 받침 표기 등은 현재의 한글 맞춤법과 별 차이가
   없을 만큼 과학적이었다. 그러나 이 안은 끝내 공포되지 못하고 대신 1912년
   조선총독부에 의해 <普通學校用諺文綴字法>이 발표되었다. 이것은 <국문연
   구의정안>과 비교할 때 전통적인 표기 방식으로 되돌아갔다고 할 수 있어 현
   재의 한글 맞춤법과는 거리가 있다.

시작한 것이 1900년대 초의 상황이며 그러한 상황이 나타나게 된 데는 독립 의식을 갖게 되면서 조선어의 공적(公的)인 지위가 상승한 것을 들 수 있다는 것이 오구라(小倉)의 견해였다. 이것은 타당한 지적일 것이다. 그러나 실제적인 문제로서의 정서법 통일은 곤란했던 것으로 보이며 국문연구소도 연구 성과를 실시하는 데 이르지 못하고 1909년에 해산되었다.

그 다음으로 정서법의 통일에 관여하게 된 것은 조선총독부였다. 이것은 국민 의식이라든지 민족 의식과는 관계 없이 다만 총독부가 설치한 보통학교(조선인 아동을 대상으로 하는 초등 교육 기관)에서 사용하는 조선어 교과서의 표기를 어떻게 하면 좋을지를 검토하기 위해서였다.

그런데 한글 정서법에서 논의의 중심이 된 것은 주로 '(1) 한자어를 어떻게 한글로 표기할 것인지, (2) 고유어를 형태음소적으로 표기할 것인지 표음적으로 표기할 것인지'의 두 가지 측면이었다. (1)은 일본어로 치면 한자음의 표기, 즉 한자음의 가나(假名) 표기라고 생각하면 되는데 15세기 이래의 철자법을 어떻게 취급할 것인지의 문제이다. 여기서는 종래 표기해 오던 대로 표기하자는 견해와 현재 발음에 맞게 표기하자는 견해가 나온다.

(2)는 예컨대 '價'를 의미하는 단어 'kap'을 가지고 설명하자면 그 'kap'에 주격 조사 'i'를 붙이는 경우 'kap-i'가 되지 않고 'kaps-i'가 된다. 즉 's'가 생기는 것이다. 의미를 변별하는 최소의 단위가 형태소이므로 형태소가 성립되려면 'kap'이면 안 되고 'kaps'으로 해야만 한다. 그러나 단독으로 발음하면 'kap'이다. 따라서 표음주의를 취하면 '價'는 'kap'이지만 형태주의(형태음소적 표기법)을 취하면 'kaps'[47)이 되어 정서법에 혼란이 생긴다.

전통적인 표음주의를 취하면 '갑'이 됨에 비해 형태주의(형태음소적 표기법)을 취하면 '값'으로 표기되기 때문에 새로 'ㅄ'이란 문자를 설정할 필요성이 생긴다.[48] 다만[49] '價+이'가 되는 경우 조사와의 관련을 생각하면 표음주의에서는 '갑시'인 데 비해 형태주의에서는 '값이'가 되어 조사 '이'의 분석이 용이하게 된다. 그런 의미에서는 형태주의가 조선어를 문법적으로 분석하는 데 적합하며 과학적이라고도 할 수 있을 것이다.

글말로서의 「조선어」를 성립시키는 데는 형태주의가 약간 유리할지도 모른다. 그러나 그렇게 할 경우 글자를 이해하는 것을 생각하면 'kap'의 발음 그대로 문자를 대응시켜서 '갑'이라고 표기하는 것이 아니고 'kap'이라고 발음하는데도 '값'이라고 표기하는 것이라고 외워야만 한다. 물론 정서법이라는 것이 외우는 것이며 실제 발음과 동일하지 않다고 한다면 그것으로 납득이 되지만 문자를 외우고 게다가 정서법까지 외우는 것은 부담스럽다고 생각되기도 했다. 가령 1930년대에 조선어학회가 형태주의를 바탕으로 정서법을 고안하자 주로 조선어학연구회가 표음주의를 내걸고 비판을 하여 큰 대립이 생긴 적도 있었던 것이다.

정서법이라고 하면 일본어에서는 무엇인지 느낌이 오지 않을 수도 있는데 일부를 제외하면 발음 구별이 되지 않는 4개의 가나(假名, じ : ぢ, ず : づ)를 어떻게 구별해서 표기하는지 외워야 할 것이며 '遠くの大

---

47) 's'는 발음하지 않는다. [역자주] 뒤에 휴지가 오거나 자음이 올 때에만 's'가 발음되지 않음을 뜻한다. 모음으로 시작하는 조사가 오면 's'도 발음된다.

48) 다른 경우까지 생각하면 새로 만들 문자는 증가하게 된다.

49) [역자주] 앞 문장에서 형태주의를 취할 경우 문자의 수가 늘어난다는 불편함이 있다고 했지만 이 문장에서는 형태주의의 유리한 점도 있음을 말하기 때문에 접속어로 '다만'을 사용했다.

きな狼が…'라는 문장에서 オ(o)열 장모음 중 'おお'라고 표기되는 단
어를 외우거나 하는 것도 있을 터이다. 특히 전쟁이 끝나기 전까지 교
육에서 사용되던 가나(假名) 표기법은 발음 나는 대로 표기하는 것이
아니라 정해진 정서법을 바탕으로 한 것이어서 이를 둘러싸고 여러 논
의가 이루어졌음은 다시 거론할 필요가 없을 것이다.

1911년 총독부 학무국에서는 일본인 4명과 조선인 4명[50]에게 조사
를 위촉하여 같은 해 7월부터 11월까지 5회의 회의를 열어 1912년 4
월에 <普通學校用諺文綴字法>을 제정하였다. 이것은 총독부가 편찬
한 ≪朝鮮語讀本≫에 적용되었다. 그 서언에는 "京城語를 표준으로
함", "표기법은 고유어에 대해서는 표음주의로 하고 한자어 표기는 종
래의 것에 의함"이라고 나타나 있다.[51] 장음 표기는 종래 없었는데 좌
측에 점을 붙이는 방식으로 긴 발음을 나타내는 방안이 강구되었다. 또
한 일본어 오십음의 언문 표기표도 붙어 있다. 이 때 일본어 유성음(濁
音) 표기에 대해서는 할당된 '언문'의 오른 쪽에 탁점(濁點) ' ”'를 붙이
는 기묘한 문자를 창안했다. 그 밖의 큰 변화로는 종래 사용되어 왔으
나 이미 음가를 소실하여 별도로 발음되던 문자 'ㆍ'를 폐지한 것[52] 등
을 들 수 있다.[53] 앞에서 말한 사전 편찬과 관련해서 말하자면 이 철자

---

50) 國分象太郎, 新庄順貞, 塩川一太郎, 高橋亨, 현 은(玄 檃), 유길준(俞吉濬),
   강화석(姜華錫), 어윤적(魚允迪).

51) [역자주] 서언은 총 네 개의 항으로 되어 있다. 그 중 여기서의 논의와 관련된
   것은 세 번째 항이다. 세 번째 항은 다시 세 개의 하위 조항으로 이루어져 있
   는데 독자의 이해를 위해 여기에 옮기기로 한다. (1) 京城語를 標準으로 함,
   (2) 表記法은 表音主義에 依하고 發音에 遠한 歷史的 綴字法 等은 此를 避
   함, (3) 漢字音으로 된 語를 諺文으로 表記하는 境遇에는 特히 從來의 綴字
   法을 採用함.

52) [역자주] <普通學校用諺文綴字法>은 대체로 전통적인 표기법에 가까운 보수
   적인 모습을 보이지만 'ㆍ'의 폐지에 있어서만큼은 진보적 모습을 보이고 있다.

53) "金允經, ≪朝鮮文字及語學史≫ 제3판, 震學出版協會, 1946년(초판은 1938

법을 따를 경우 한자어는 발음대로 표기하지 않기 때문에 사전의 표제
어 중 한자어에는 왼쪽에 점이 붙어 있다.

1921년에는 이 철자법을 수정했다. 위원은 일본인 3명에 조선인 8명
이었다.[54] 같은 해 3월 <普通學校用諺文綴字法大要>가 제정되었는
데 내용적으로는 그다지 큰 변화가 없으며 결과적으로 표음주의가 되
었다. 그런데 형태주의의 원리도 병기한 뒤 즉시 흑백을 가리는 것이
곤란하여 금후의 연구를 기다리고 싶지만 교과서에서는 표음주의에 준
거한다고 하는 점이 명시되어 있다.[55] 이것은 형태주의를 제창한 주시
경 학파에 속하는 권덕규나 어윤적 등이 위원에 포함되어 있었기 때문

년 조선기념도서출판관 간행이었는데 오식이 많고 게다가 저자에 대한 배신
행위가 있었다고 한다)"에 위원과 철자법의 전부가, 또 "≪歷代韓國文法大
系≫(3부 8책), 탑출판사, 1985년"에도 철자법 전체가 수록되어 있다. "小倉進
平, ≪朝鮮語學史≫, 大阪屋號書店, 1920년"에도 '緒言'을 뺀 나머지가 수록
되어 있다. 이것은 "森田芳夫, ≪韓國における國語・國史敎育≫, 原書房,
1987년"에 들어있다.

54) 金澤庄三郎, 藤波義貫, 田中德太郎, 어윤적(魚允迪), 현 헌(玄 檍), 신기덕(申
基德), 지석영(池錫永), 현 은(玄 檃), 유필근(柳苾根), 최두선(崔斗善), 권덕
규(權悳奎).

55) [역자주] 이것은 특히 종성 표기와 관련된다. <普通學校用諺文綴字法大要>
8항에서는 종성 표기 방식으로 甲의 방식(발음주의)과 乙의 방식(형태주의)를
제시한 후 아래와 같이 언급했다.

"甲乙 어느 綴字法에 從할 것인가 자못 重大한 問題나 乙號의 諸例를
採用할 時는 從來 慣用되여 오던 'ㄱ, ㄴ, ㄹ, ㅁ, ㅂ, ㅅ, ㅇ'의 終聲 以外
에 오히려 'ㄷ, ㅈ, ㅊ, ㅋ, ㅌ, ㅍ, ㅎ'의 七箇 終聲도 許容하고, 또 二重終
聲(둘밧침)도 許容하지 아니할 수 업시 된다. 이에 對하여 甲乙 雙方의 利
害에 關하야 學問上 또 實際 敎授上으로부터 各種의 議論이 생긴다. 就中
今日 普通으로 行하지 아니하는 終聲을 새로 採用하는 可否, 또 此等 終聲
의 發音 如何, 及 此를 採用한 境遇에 對한 實地 敎授上의 難易에 關하야
는 아직 硏究를 要할 點이 不少하다. 要컨대 甲乙 兩說 어느 것이든지 相
當한 理由가 잇서서 直時 黑白을 決하기 困難한 故로 本敎科書에 對하야
는 今後의 決定을 보기까지 大體로 從來의 綴字法에 從하야 大略 甲號에
準據하기로 함."

이라고 생각된다.[56]

오구라(小倉)는 여기까지는 위원회에 참여하지 않았다. 오구라(小倉)가 정식적으로 관여한 것은 1929년 5월에 설치된 '언문철자법조사회(諺文綴字法調査會)(제2차)'였다. 이 조사회는 1930년 2월에 <諺文綴字法>을 공포하고 같은 해 4월부터 사용할 ≪朝鮮語讀本≫에 적용하였다. 오구라(小倉) 자신의 설명에 의하면 이 조사회는 1920년[57]에 철자법을 수정한 후 "총독부는 그 후 실제 교육의 경험과 사회에서의 철자 운동의 추세로부터 감안할 때 이를 더 수정할 필요성에 직면하였기" 때문에 설치된 위원회라고 한다.[58]

우선 조선총독부 학무국에서 기초안을 작성하고 이것을 시안으로 1928년 9월 초부터 1929년 1월까지 7번에 걸쳐 제1차 조사회가 열려 원안을 만들었다. 1929년 5월부터는 제2차 조사회를 조직하여 7월까지 7번에 걸쳐서 이 원안을 심의하고 확정하였다. 제1차 조사회의 위원은 심의린(沈宜麟),[59] 박영빈(朴永斌),[60] 박승두(朴勝斗),[61] 이세정(李世楨)[62] 등 4명이었는데 여기서 오구라 신페이(小倉進平)의 회의 참석을 요청하

---

56) "金允經, ≪朝鮮文字及語學史≫ 제3판, 震學出版協會, 1946년"과 "≪歷代韓國文法大系≫(3부 8책), 탑출판사, 1985년"에 수록. ≪歷代韓國文法大系≫의 해설 참조. [역자주] 주시경 학파가 <보통학교용언문철자법대요>의 제정에 참여함으로써 비록 표기법의 원리를 형태주의로 바꾸지는 못했어도 그 존재를 규정 속에 반영할 수 있었다고 보는 것이다.

57) [역자주] 1921년을 1920년으로 잘못 쓴 듯하다. <普通學校用諺文綴字法大要>가 나온 것이 1921년일 뿐만 아니라 小倉進平의 ≪增訂補注 朝鮮語學史≫에도 '大正 10年'이라고 되어 있어 1921년이 맞음을 알 수 있다.

58) 小倉進平 著・河野六郎 補注, ≪增訂補注 朝鮮語學史≫, 刀江書院, 1964년 (증정판은 1940년), 142쪽.

59) 경성사범학교 부속 보통학교 훈도.

60) 경성 제2고등보통학교 교유.

61) 경성 수송동 공립보통학교 훈도.

62) 경성 진명여자고등보통학교 교원.

였다고 한다. 제2차 조사회는 민간의 유력한 학자도 포함해서 일본인 5
명, 조선인 9명으로 구성되었다. 위원은 니시무라 신타로(西村眞太郎),[63]
다나카 도쿠타로(田中德太郎),[64] 후지나미 요시츠라(藤波義貫),[65] 오구라
신페이(小倉進平),[66] 다카하시 도오루(高橋亨),[67] 장지영(張志暎),[68] 이완
응(李完應),[69] 이세정(李世楨), 권덕규(權悳奎),[70] 정렬모(鄭烈模),[71] 최현배
(崔鉉培),[72] 김상회(金尙會),[73] 신명균(申明均),[74] 심의린(沈宜麟)이었다. 또
제2차 조사회의 2번째 회의까지는 우연히 조선에 와 있던 가나자와 쇼
자부로(金澤庄三郎)도 출석하였다고 한다.[75]

새로운 철자법은 종래대로 조선어 교과서의 정서법을 가리킨다고 하
는 한정이 붙었지만 "용어는 현대 京城語을 표준"으로 하며 "諺文 綴
字法은 순수 조선어와 한자음을 구별하지 않고 발음 표기를 원칙으로
한다. 다만 필요에 따라서 약간의 예외를 설정하였다"라는 것이었다.
이는 종래 총독부가 낸 철자법과 큰 차이가 있다. 우선 앞에서 말한 논
의의 중심 두 가지[76] 중 첫 번째 항목인 한자어 표기에 대해서 발음대

---

63) 총독부 통역관.
64) 총독부 통역관.
65) 총독부 통역관.
66) 경성제국대학 교수.
67) 경성제국대학 교수.
68) 조선일보사 지방부장.
69) 조선어연구회장.
70) 중앙고등보통학교 교원.
71) 중동학교 교원.
72) 연희전문학교 교수.
73) 매일신보 편집국장.
74) 조선교육협회 이사.
75) 경위 및 위원 신분 등은 "金允經, 앞의 책, 581~582쪽"에 의거했다.
76) [역자주] 독자의 편의를 위해 그 두 가지를 다시 가져오면 '(1) 한자어를 어떻
　　게 한글로 표기할 것인지, (2) 고유어를 형태음소적으로 표기할 것인지 표음적
　　으로 표기할 것인지'이다.

로 한 것은 획기적인 사건이었다. 이 점은 꽤 반대를 받아서 한 때 조 사회는 철자법 공포 자체를 단념했다고도 한다.[77] 또한 두 번째 항목 의 형태주의가 약간의 예외적인 경우이기는 하지만 적용된 것도 주목 할 만한 점이다(그 결과 자모가 다소 늘어나게 되었다).

이러한 결과는 조선인 위원 중 과반수가 주시경의 제자였고 그렇기 때문에 한자음의 표음 표기까지 포함하여 형태주의가 강화되었음이 지 적된 바 있다.[78] 결국 이후 김민수가 지적했듯이 "형태주의자의 승리 했음을 뜻하는 것"[79]이라고 하겠다. 다만 가나자와 쇼자부로(金澤庄三 郞)나 오구라 신페이(小倉進平)라는 "일본 유수의 언어학자 및 한국어학 자로 조직된 조선어철자법개정위원회의 말석에 참여한 우리 한글운동 자의 진실한 주장이 그네들 학적 이론의 동의를 얻은 때문"에 이러한 결과가 되었다는 지적이 위원 중 한 명인 최현배에 의해 이루어진 것 은 오구라(小倉)가 조선어 정서법에 대해서 구체적인 논의를 남기지 않 은 이상 기록해 두어야만 할 것이다.[80] 이 개정에 대한 오구라(小倉) 자 신의 평가는 "이전의 여러 차례 있었던 언문 철자법에 비해 현저히 정 리되어 이론적으로 바뀌었지만 다른 한 편으로 학습상의 곤란을 동반 한다는 점은 부정할 수 없다"[81]라고 하는 매우 객관적인 것이었다.

---

77) 金敏洙, ≪國語政策論≫, 고려대출판부, 1973년, 232쪽.
78) 한글학회, ≪한글학회 50년사≫, 1971년, 151쪽.
79) 金敏洙, 앞의 책, 232쪽.
80) 최현배, <한글운동의 본질과 발전>(고영근, ≪최현배의 학문과 사상≫, 집문 당, 1995년, 209쪽). [역자주] 고영근의 책에서는 이를 두고 새로운 철자법은 주시경 학파의 형태주의 원리가 당시 일본 언어학자들의 공인을 받아 이루어 진 것이라고 평가했다.
81) 小倉進平 著・河野六郞 補注, ≪增訂補注 朝鮮語學史≫, 刀江書院, 1964년 (증정판은 1940년), 142쪽.

▪9.2. 조선어학회를 중심으로 한 움직임

9.2.1. 조선어학회의 결성과 한글 운동의 의미

1919년의 3.1 독립운동을 거치면서 문화 정치 시기가 되자 엄한 검열을 거쳐야 되기는 했지만 ≪동아일보≫나 ≪조선일보≫를 비롯하여 조선어로 된 신문 및 잡지의 발행이 허가되고 집회 역시 허가제이지만 가능하게 되었다. 그런 와중에 1914년 세상을 떠난 주시경의 제자들이 모여 조선어연구회가 1921년 12월 발족되었다. 이 모임은 1931년 조선어학회라는 조직으로 바뀌었다. 조선어연구회는 1927년 2월부터 1928년 10월까지 총 9책의 동인지 ≪한글≫을 발행했지만 재정난으로 폐간되었다. 그러나 조선어학회로 바뀌고 나서는 1932년 5월부터 기관지 ≪한글≫을 월간으로 발행하게 되었다.

1920년대부터 1930년대에 걸쳐 한글 보급을 통한 대중 계몽 운동이나 맞춤법·표준어 사정 등의 운동이 조선어학회나 신문사가 중심이 되어 한글 운동으로 전개되었다.[82] 이 운동은 1930년대에 유행했으며

---

82) 한글 운동에 관해서 일본어로 읽을 수 있는 논문에는 "姜在彦, ≪朝鮮の攘夷と開化≫, 平凡社, 1977년"과 "森川展昭, <朝鮮語學會の語文運動>, ≪朝鮮一九三〇年代研究≫(むくげの會 編), 三一書房, 1982년"이 있다. 조선어 논문으로는 "朴炳采, <一九三〇年代의 國語學振興運動>, ≪民族文化研究≫ 12, 고려대학교 민족문화연구소, 1977년", "朴炳采, <日帝下의 國語運動研究>, ≪日帝下의 文化運動史≫, 玄音社, 1982년", "朴晟義, <日帝下의 言語·文字政策>, ≪日帝의 文化侵奪史≫, 玄音社, 1982년", "한글학회, ≪한글학회 50년사≫, 1971년", "동아일보사, ≪東亞日報社史 卷一≫, 동아일보사, 1975년" 등을 참조. 또한 1941년에 생긴 치안유지법 위반 혐의로 조선어학회 회원이 검거된 조선어학회 사건에 대해서는 "森川展昭, 앞의 논문" 이외에 "朴慶植, ≪日本帝國主義의 朝鮮支配 下≫, 靑木書店, 1973년", "≪韓≫ 6-9, 1977년 9월" 등을 참조. 이 절의 내용은 졸저(≪帝國日本의 言語編制≫, 世織書房, 1997년)의 2부 3장 중 일부를 가져왔다.

동아일보사, 조선일보사를 중심으로 이루어진 농촌 계몽 운동, 브나로
드 운동83) 등 대중 계몽 운동 중에서 학술적으로 민족 정체성을 확립
하려고 하는 운동의 흐름으로 자리매김 할 수 있고 또한 이미 다른 새
롭게 조선을 발견하고자 하는 '조선학' 속에 위치를 부여할 수도 있다.

이런 운동은 문자의 보급을 통해서 위생 지식 등 계몽 지식을 전달
하고자 하는 것이기도 한데 대중 계몽을 위해 각지에서 한글 강연회가
열렸다. 이와 같은 운동을 위해서는 확고한 언어 기준의 정비가 필요하
게 되었다. 이러한 요청도 있고 해서 조선어학회는 적극적으로 조선어
맞춤법 개량, 표준어 선정, 사전 편찬 등을 추진했다. 즉 글말로서의
「조선어」를 확립하고 그것을 대중화하기 위한 여러 가지 운동을 시도
해 나갔던 것이다.

이러한 언어적 정비를 수행한 조선어학회의 이극로에 따르면 한글
운동은 '조선의 말과 문자를 과학화하는 것'이 주된 목표였다. 그리고
1934년까지 구체적으로 실행했거나 또는 하고 있던 작업으로 철자법
통일안의 작성, 실험음성학적 분석, 방언 조사, 조선어 소리와 국제음
성기호 및 로마자의 대조안 작성, 외국 고유명사 사전 작성, 철자사전
편찬, 조선어대사전 편찬이라는 항목을 내세웠다. 보급 활동으로는 한
글 강습회, 신문·잡지·자전(字典)·서적의 철자법 교정, 조선어학 도
서 전람회를 들었다.84)

9.2.2. 문자 보급 운동

농촌 계몽 운동의 일환으로 ≪조선일보≫는 1929년부터 문자 보급

---

83) v narod 운동. 러시아어로 'в народ'이며 '대중 속으로'라는 뜻이다.
84) 李克魯, <한글運動>, ≪新東亞≫ 5-1, 1935년 1월. "하동호 編, ≪한글論爭
論說集 下≫(歷代韓國文法大系 3부 11책), 탑출판사, 1986년"에 수록.

운동을 시작했다. '귀향남녀학생 문자보급운동'이라고 불리듯이 하계 휴가나 춘계 휴가로 귀향하는 학생들에게 ≪한글원본≫이라는 교재를 건네어 향리(鄕里)에서 문자 보급 운동의 중축을 담당해 달라는 운동이며 정례화 되었지만 1935년 여름 이후에는 총독부에 의해 금지되었다.[85]

≪동아일보≫도 1928년에 문자 보급 운동을 개시했다. 일시 중단되기도 했지만 1931년부터 1934년에 걸쳐 '학생 하기(夏期) 브나로드 운동'을 추진했다. ≪조선일보≫의 경우와 마찬가지로 여름 방학에 귀향하는 학생들을 농촌의 계몽 대원으로서 활용하여 야학 등에서 한글 보급 운동을 하는 것이었다. ≪동아일보≫ 1931년 6월 17일자에 게재된 '학생 하기(夏期) 브나로드 운동'의 사고(社告)에서 그 내용을 보면 문자 보급과 동시에 위생 지식의 보급이 주요 내용이었다. 구체적으로는 3가지 '대(隊)'의 모집이 있었다. 학생 계몽대(중학 4학년, 5학년에 한정)는 '한글 강습(朝鮮文 講習), 숫자 강습(數字 講習)', 학생 강연대(전문학교 학생에 한정)는 '위생 강연, 학술 강연', 학생 기자대(전문학교 및 중학교 상급생에 한정)는 '기행·일기, 척서(滌署)[86] 풍경, 고향 통신, 생활 체험'을 주된 임무로 했다. 이 외에도 학교 교원, 서당 교원, 유지(有志) 등으로서 참가를 희망하는 사람을 별동대로 조직했다.

이러한 운동에 소요되는 비용은 거의 참가자의 부담이었으며 동리 유지나 지방 단체, 교회, 동아일보사도 부담했지만 서서히 강습을 받는 측 역시 자주적으로 부담하게 되었다고 한다. 제2회부터는 효과가 없다고 하는 학생 강연대가 폐지되었고 제3회부터는 명칭이 '브나로드 운동'에서 '계몽 운동'으로 바뀌어 문맹 타파 쪽으로 좀 더 운동의 중점

---

85) 정진석, <언론사를 통해 본 국어 운동>, ≪나라사랑≫ 26, 1977년.
86) [역자주] 척서(滌署)란 더울 때 몸을 시원하게 하는 것을 뜻한다. 계몽 운동은 여름에 했으므로 여름에 더위를 피하는 풍경을 '척서 풍경'이라고 한 듯하다.

을 옮겨갔다. 또한 학생 계몽대에 대한 위로회 등도 개최되었으며 미디어가 주최해서 동원 및 운동을 한 뒤 그 성과를 지면에서 소개하는 이벤트적인 양상도 보였다는 점을 주목하고자 한다.[87]

이 문자 보급 운동 때 사용된 텍스트 ≪朝鮮語臺本≫은 동아일보사가 인쇄·배포한 것이었는데 편찬한 사람은 조선어학회의 철자법 위원인 이윤재(李允宰)였다.[88] 그러나 이 운동도 제5회를 열지 못한 채 1935년 총독부에 의해 금지되었다. 조선어학회는 '학생 하기(夏期) 브나로드 운동'과 시기를 같이 해서 ≪동아일보≫의 의뢰를 받아 1931년부터 1934년에 걸쳐 매년 각지에서 한글 강습회를 했다. 북으로는 만주의 간도까지, 남으로는 전라도에까지 미쳤다.[89]

9.2.3. 방언 조사의 의의와 그 방법

앞에서 인용한 이극로의 글(1935년 1월) 속에는 조선어학회 한글 운동의 항목 중 하나로 '방언 조사'가 게재되어 있다. 거기에는 다음과 같이 기술되어 있다.

---

87) 동아일보사, ≪東亞日報社史 卷一≫, 동아일보사, 1975년, 337~340쪽. 이 책에 따르면 약 십만 명이 한글 강습회를 수강했으며 강습 장소는 만주의 간도나 동경을 포함해 1,320개 지점이었고 4년 동안 계몽대원을 총 6,000명 동원하였다. 강습을 받은 사람은 남성 약 54,000명, 여성 약 44,000명이었다. 강습회 개최에 대해 현지 경찰에 신고했음에도 불구하고 정식 허가가 없다고 해서 개최를 금지하는 등 방해도 당했다. 그 수는 합계 180개 지점으로 전체의 12%에 달한다(341쪽).
88) <한글, 數字兩臺本各地에 一齊配布>, ≪東亞日報≫, 1931년 7월 28일자, 2쪽.
89) 강습 장소는 "金允經, ≪朝鮮文字及語學史≫ 제3판, 震學出版協會, 1946년, 666~669쪽"을 참조.

"말을 바루 잡고, 말의 數와 內容을 豊富하게 하랴면, 方言을 많이 調査하여야 된다. 그러므로 本會에서 數年間 京鄕各地의 여러 學校의 敎員과 學生들에게 부탁하야 實物採集 方言調査와 語彙調査 두 가지 方法으로 많은 材料를 얻었다."[90]

기록한 방언 어휘를 잡지를 통해 발표하는 형식이 생긴 것은 조선어학회의 기관지 ≪한글≫을 계기로 한 움직임이었다. 우선 여기에 대해 살펴보기로 한다.

처음으로 방언 어휘가 게재된 것은 동인지 시대의 ≪한글≫ 1권 6호(1927년 8월)였는데 <송도사투리>(李常春)라는 2쪽도 채 안 되는 간단한 것이었다. 그 다음으로 게재된 것은 기관지가 된 ≪한글≫ 1권 2호(1932년 6월)에 역시 이상춘이 <북관 사투리 몇>이라는 제목으로 함경도 방언을 여러 개 기록한 것이었다.[91] 이것은 단어 수로는 겨우 24개밖에 안 되지만 채록한 계기가 주목할 만하다. 앞에서 다루었듯이 ≪동아일보≫의 의뢰로 조선어학회 회원들이 한글 강습회를 각지에서 열었는데 이상춘은 한글 강습회 강사로서 1931년 7월 말부터 8월 말까지 함경도 홍원, 청진, 회령, 함흥, 그리고 중국 용정[92]을 방문했다. 그때에 귀로 들었던 방언을 기록한 것이라고 한다. 당초의 목적과는 다른 것이었기 때문에 조사로는 불충분했지만 잡지에 게재한다는 것은 독자의 주목을 끄는 것으로서 무엇인가 반응이 생기게 되어 있다.

이상춘이 약간 게재한 함경도 방언에 자극을 받아 이상춘이 한글 강습회를 연 회령과 가까운 행영(行營)이라는 작은 마을에서 교사를 하고 있는 오세준(吳世濬)[93]이 행영과 그보다 더 북쪽인 온성(穩城), 그리고

---

90) 李克魯, 앞의 논문.
91) 이하 특별히 언급하지 않는 한 기관지 시기의 ≪한글≫을 가리킨다.
92) 당시는 만주국 간도성이었다. 조선인 인구는 많았다.

자신의 출신지인 황해도 해주(海州) 지방 방언 각각의 특징을 제시하고 약간의 어휘 비교까지도 포함하여 기술했다.[94] 그 후 2권 1호(1934년 4월)에 칼럼 정도의 형식으로 지방의 특징적인 말투 등을 단편적으로 기술한 기사가 게재되었는데[95] 어휘집과는 거리가 먼 것이었다.

조금 정리된 기사가 게재되기 시작하는 것은 3권 8호(1935년 10월) 이후이다. 중앙고등보통학교 교사 김용운이 <방언조사>라는 제목으로 주로 전라북도 익산 지방의 방언 어휘를 소개하고 있다. 이것은 앞에서 보았던 개인 채집과는 달리 지방 출신 재학생을 시켜서 모은 것이라고 한다. 그것을 '아직 불비(不備)하나마'라는 단서를 붙여 발표한 것이다. 각지에서 모인 학생들에 대해 학교 내에서 받아쓰거나 혹은 하기 휴가로 귀향할 때 몇 개씩 기록해 달라고 한 것이라고 한다.[96] 학교라는 곳을 중심으로 어느 정도 조직적인 방언 채집이 이루어졌음을 볼 수 있다.

같은 쪽의 왼쪽 밑에 게재된 조선어학회의 공고[97]는 이러한 움직임이 단발적인 것이 아니었음을 말해 준다. 이 공고는 <方言蒐集>이라는 제목으로 된 것이었으며 다음과 같은 내용이다.

"朝鮮語辭典會[98]에서 各地方 方言을 蒐集하기 위하여 四五年前부터 府[99]內 各 中等學校 以上 學生을 總動員하야 夏期放學時 歸

---

93) 경성사범학교를 졸업하고 바로 부임해 왔다고 한다.
94) 吳世濬, <사투리 調査-行營, 穩城, 海州->, ≪한글≫ 1-9, 1933년 8월.
95) <재미있는 시골사투리>, ≪한글≫ 2-1, 1934년 4월. [역자주] 이 글에서는 여섯 개 방언(안동, 영변, 온성, 익산, 철원, 청주)의 특징적인 종결 어미 하나씩을 서울말과 대조하고 있다.
96) 金龍雲, <方言調査-湖南地方 益山을 中心으로->, ≪한글≫ 3-8, 1935년 10월.
97) [역자주] 김용운의 논문 두 번째 쪽에 실려 있다.
98) 1929년에 조직된 조선어사전 편찬회를 말한다.
99) 경성부(京城府).

鄕하는 學生으로 하여금 方言을 蒐集하였던 바, 이미 蒐集된 것이
萬餘點에 이른지라. 이것을 장차 整理하여 辭典 語彙로 收用할 豫
定입니다. 그런데 여기에 方言調査欄을 特設하였으니, 누구시든지
이 欄을 많이 利用하여 주시기를 바랍니다."

　여기서 사전 편찬 작업의 일환으로 학생들에게 시키는 방언 채집이
이루어졌음을 알 수 있다. 또한 이 공고에도 나타난 조선어사전 편찬회
의 이윤재에 따르면 편찬 작업 중 방언은 고어나 은어 등과 같이 특수
어로 분류하여 "夏期 休暇에 歸鄕하는 各 中等學校 學生에게 맡기어
地方語를 蒐集하게" 하였다고 한다.[100] 시기적으로는 1930년대 전반
이므로 앞에서 본 조선일보나 동아일보가 여름 방학으로 귀향하는 학
생들을 이용해서 문자 보급 운동을 조직한 것과 겹친다. 방언 채집도
어떤 의미에서는 문화 운동의 일환이라고 파악하고 있었을 가능성을
시사한다.

　방언 조사란을 특별히 설치한 결과 ≪한글≫ 4권 2호(1936년 2월)
부터 10권 2호(1942년 5월)[101]까지 몇 회[102]를 제외한 거의 모든 호에
총 55회 게재되었으며,[103] 1쪽이 안 되는 것부터 여러 쪽에 걸치는 경
우까지 있는데 각지의 방언 어휘가 표준어나 京城語와 대응하는 형태
로 실렸다.[104] 독자들로부터 투고문[105]을 모집하고 있던 ≪한글≫에는

---

100) 李允宰, <朝鮮語辭典 編纂은 어떻게 進行되는가>, ≪한글≫ 4-2, 1936년 2
　　월.
101) 이 호 이후는 조선어학회 사건으로 인해 간행할 수 없게 되었다.
102) 게재되지 않은 것은 4권 7호(1936년 8월), 6권 9호(1939년 10월), 7권 2호
　　(1939년 2월)·8호(9월)·11호(12월), 8권 2호(1940년 2월)·3호(4월)·9호
　　(12월), 9권 1호(1941년 1월)의 9번이다.
103) [역자주] 제목은 대부분 '시골말' 또는 '방언'이었으며 부제로 해당 지역을 표
　　시하는 형식이었다.
104) 번거롭지만 다루어진 지방을 열거하기로 한다. 횟수는 나눠서 게재된 경우와

방언 조사란을 특설한 것도 있었기 때문에 이러한 방언 어휘를 단속적
(斷續的)으로 실었으며 투고자에 따라서는 많은 어휘를 여러 쪽에 걸쳐
갖가지 형태로 기고했던 듯하다. 투고자는 거의 그 지역에 거주한 사람
으로 생각되겠지만 표준어와의 대응을 제시하고 있기 때문에 어느 정
도의 학력을 가지고 있었다고도 판단된다. 또한 여성으로부터의 투고
도 약간이지만 보인다. 지역적으로 보면 북으로는 만주국 간도성에 이
주한 사람들의 말부터[106] 남으로는 제주도까지 채집지가 넓은 범위에
이른다. 주목하고 싶은 점은 오구라(小倉)가 하나의 방언으로 묶은 京城
語를 포함한 경기도, 충청도 말의 보고는 없으며 강원도, 황해도의 경
우도 적다는 점이다.[107] 전라남도, 함경도, 경상도 방언이 많다는 사실

별도로 조사가 이루어진 경우를 모두 포함한다. 단어의 수가 얼마 되지 않아
서 제외한 것도 일부 있다 : 벽동군(평북, 3회), 함평(전남), 선천(평남), 하동
(경남), 길주(함북, 2회), 성진(함북, 6회), 강계(평복, 3회), 영천(경북), 고원
(함남, 4회), 정평(함남, 3회), 송화(황해), 은율(황해), 대구(경북, 4회), 경원
(함북), 경성(함북), 용강(평남), 문화(황해), 칠평(평북), 원산(함남), 정읍(전
북), 풍산(경북), 북간도(만주국), 광주(전남), 용천(평북, 2회), 함흥(함남, 4
회), 동래(경남), 양산(경남), 옥구(전북), 창성(평북), 개천(평남, 2회), 회령
(함북, 2회), 의주(평북, 2회), 춘천(강원, 2회), 울진(강원, 2회), 강릉(강원, 2
회), 부산(경남), 마산(경남), 안동(경북), 경주(경북), 제주(전남), 전주(전북),
김천(경북), 통영읍(경남), 부천(경기), 달성(경북), 평양(평남), 강서(평남),
청진(함북, 9회).

105) 연구논문, 감상문, 통신문, 연구 자료(방언, 동요, 민요, 전설, 고담 등). 4권 11
호(1936년 12월)의 투고 모집문을 참고. [역자주] 투고 모집문은 '投稿歡迎'
이라는 제목 아래 다음과 같은 내용을 담았다 : 讀者 여러분의 귀중한 의견
을 이 紙面을 통하여 발표하시기 바랍니다. (一) 硏究論文. 한글 연구에 관
한 의견. (一) 感想文. 본지나 혹 다른 책을 읽고 감상된 것. (一) 通信文. 한
글에 관한 것으로 본사나 친구에게 보내는 글월. (一) 硏究資料. 지방 사투
리, 傳來童謠, 民謠, 傳說, 古談 等 其他.

106) 이것은 아주 귀중한 기록이다. 단어 수로서는 60개 정도이지만 러시아어나
중국어의 영향이 보인다. 채집자는 김규환이다. 6권 1호(1938년 1월)에 실렸
다. [역자주] 정확한 제목은 '시골말-북간도 지방-'이다.

107) [역자주] 잘 알려진 바와 같이 小倉進平은 황해도, 경기도, 강원도, 충청남북

이 눈길을 끈다.

방언 조사라고 해도 흥미가 가는 대로 말을 모은 경우 그 지역에만
국한된 정보가 되어 버리고 만다. 그러나 모아야 하는 어휘의 선택이나
조사 방법에 일정한 기준을 설정하여 조사를 하는 경우, 같은 조사가
여러 지점에서 이루어지면 조사 결과를 비교 검토할 수 있으며 거기서
부터 연구가 시작된다. 오구라(小倉)는 초기의 방언 조사에서 음운, 어
휘, 어법의 세 가지 축을 세워서 조사를 했으며 어떤 특정한 단어나 음
운에 대해서 각 지역에서 조사한 뒤 그것으로부터 잃어버린 음가의 추
정이나 방언 구획 등을 해 왔음은 이미 살펴본 바 있다. 이것은 일본인
의 경우인데 그렇다면 조선인의 방언 수집 방법은 어떻게 체계화 되어
왔을까?

≪한글≫ 4권 9호(1939년 10월)에 경성사범학교 조선어연구부 부원
(학생)의 글이 게재되었다. 그에 따르면 1933년의 휴가 때부터 부원들
을 중심으로 각 향리의 방언을 조금씩 모아왔다고 한다(향리의 민요를
채록한 경우도 있었다고 한다). 그리고 수집된 어휘를 '천문지리(天文地
理), 동식물(動植物)…' 등으로 대분류 하여 각 도(道)마다 대응하는 어휘
를 표로 만들어서 메워 나가는 형태로 약 150매의 '방언채집표'를 작성
한 듯하다. 이 호(4권 9호)부터 ≪한글≫에 분재할 터이니 오류는 물
론이고 채집을 못해서 비워둔 부분을 메울 수 있는 정보를 기고해 달
라고 적혀 있다.[108] 이 글도 특설된 '방언 조사란'에 투고되어서 그런

도 방언을 모두 묶어 하나의 대방언권으로 설정했다. 여기서는 이 방언권에
　　대한 조사 보고가 수적으로 적음을 지적하고 있다. 소위 말하는 표준어와 차
　　이가 많이 나는 방언 중심으로 조사가 이루어졌음을 뜻한다.
108) [역자주] 원문의 내용은 다음과 같다 : 이것을 三分하야 本誌 附錄으로 今月
　　號부터 실리게 되었으니, 讀者 諸氏는 이것을 參考하여 그 地方에 빠진 單
　　語, 校正할 個所, 그 地方 特有한 사투리 等이 있으면, 朝鮮語學會로나 右
　　筆者 寓捷도 報告하여 주시었으면 고맙겠소이다.

지 "조선어학회의 사전 편찬에 한 도움이 되면 다행이라 생각하고"라
고 쓰여 있다. 또한 이 학생은 "方言으로 그 地方의 特色, 情緒를 살펴
볼 수밖에 우리들은 方言 調査로, 우리말의 變遷을 살피며"라고 하고
있어 단순한 흥미 본위의 채집이 아니라 방언을 통한 「조선어」 연구가
시야에 들어있음을 알 수 있다.109) 더 구체적으로는 작성한 '방언채집
표'의 '서언' 중 일부에서 다음과 같이 말했다.

> "(…) 純粹한 學究上으로 본다면, 方言 중에는 가끔 言語의 古形
> 을 存續하야, 그 言語의 本質的 價値를 究明함에 많은 寄與를 하고
> 있는 일이 있으니, 時代의 趨勢를 떠나 漸漸 磨滅하는 것은 어쩔 수
> 없다 하더라도, 이를 紙面上으로나마 保存하는 것은 言語 硏究上 극
> 히 必要한 일이다."110)

즉 연구 대상으로서 방언을 파악하고 그 연구 결과 무엇이 초래될지
를 예측하고 있는 것이다. 다만 3회로 나누어서 분재할 예정이던 이
'방언채집표'는 이 호의 한 번만으로 끝나 버렸다. 다음 호에 게재된 편
집부의 사고(社告)가 그 사정을 말해 준다.111) 게재는 어쩔 수 없는 사

---

109) 羅蕚爾, <方言採集에 대하야>, ≪한글≫ 4-9, 1936년 10월, 6~7쪽.
110) ≪한글≫ 4-9, 1936년 10월, 29쪽.
111) [역자주] 사고(社告) 원문을 옮기면 다음과 같다 : 前月號에 本誌의 附錄으
로 各道 方言 採集表를 실어서 그 全部를 每月 繼續하기로 하였던 바, 不得
已한 事情으로 그것을 中止하게 되었사오니, 매우 遺憾되는 일이외다. 方言
採集은 우리의 言語 硏究上 크게 必要하다 생각하므로, 이 뒤에 다시 方言
採集의 臺本을 本誌에 記載하여, 各地方에 계신 여러분으로 하여금 共同으
로 採集에 힘 쓰고자 하오며, 그것을 每月 이 紙面에 發表하여 比較 硏究의
資料를 삼으며, 앞으로 各道 方言總集을 만들기로 하오니, 讀者 여러분께서
그리 諒察하시기를 바라나이다. 또 方言 採集에 뜻 두신 분이 계시면, 金 三
十錢을 本社로 보내시오. 崔鉉培 先生 著 ≪시골말 캐기 잡책≫ 一冊을 보
내 드리겠습니다.

정으로 중지되었는데 매월 지면에 각지의 방언 어휘를 소개해 가겠다
는 것이 적혀 있으며 마지막 부분에 "또 方言 採集에 뜻 두신 분이 계
시면, 金 三十錢을 本社로 보내시오. 崔鉉培 先生 著 ≪시골말 캐기
잡책≫ 一册을 보내 드리겠읍니다"라고 되어 있다.[112] 즉 조선어학회
회원으로 당시 연희전문학교 교수였던 최현배가 그 해 7월 조선어학회
에서 간행한 ≪方言採集手帖≫[113]으로 조사를 해 달라는 것이다.

그러면 이 ≪方言採集手帖≫이 어떤 의도를 가지고 있었는지 우선
≪한글≫에 게재된 선전문을 살펴보자.

> "시골말(方言)은 그 시골 先民들이 끼친 鄕土文化의 重要한 한 遺
> 産이다. 이를 散佚과 湮滅에 放任함은 文化 繼承 및 擴充의 義務를
> 가진 後人의 道理가 아니며, 더구나 이를 混亂의 自然에 放置함은
> 社會文化의 發達을 圖謀하는 現代人의 羞恥가 아니면 안 될 것이
> 다. 이제 바야흐로 朝鮮語文의 硏究 및 整理의 運動이 高調되는 이
> 때에 各地方의 方言을 캐어모아서 整理하는 것은 크게 意味있는 일
> 이라 하겠다.
>
> (…) 이 한 권을 가지고 한 시골말을 캐어볼 것 같으면, 그 經驗은
> 족히 朝鮮의 語音, 語彙 及 方法에 關한 正確한 識見을 얻을 뿐 아
> 니라, 言語文化에 對한 自己 認識의 深化, 自己 愛護의 熱化로 말
> 미암아, 朝鮮의 文化 向上에 寄與함이 있게 될 것을 믿는 바이다. 十
> 三道 各處에 있는 文化 靑年은 各各 이 책을 使用하야 自己 시골의
> 말을 캐어모아, 朝鮮語 整理의 歷史的 事業에 一臂의 力을 보태기
> 를 아끼지 말라.
>
> 各種 男女 中等學校와 專門學校에서는 이 시골말 캐기(方言採集)

---

112) ≪한글≫ 4-10, 1936년 11월, 9쪽.
113) 정식 명칭은 고유어를 포함한 ≪시골말 캐기 잡책≫인데 '方言採集手帖'이라
　　고 함께 쓰고 있기 때문에 편의상 이것을 사용한다.

를 夏期休暇의 課題로 함은 歸鄕 或은 旅行하는 學生에 無上의 좋
은 敎育 手段이 될 것이요, (…)"114)

방언을 소멸 위기에 있는 문화재로 삼아 그것을 채집해 가는 것이
조선어의 정리 및 통일과 연결된다고 하는 주장이다. 이 점은 앞에서
본 오구라(小倉)가 신라어의 구축이라는 목적을 위해 방언을 기록해 나
간 것과는 시각이 다르다. 여기서도 귀향하는 학생들의 힘을 이용하려
고 하는 의도가 보인다.

최현배(1894~1970)는 일본 유학의 경험이 있으며 근대적인 조선어
학의 기초를 세웠다고 하는 주시경의 뒤를 이으면서도 독자적인 문법
체계와 문자론을 구축했다고 평가되는 인물이다.115) 최현배의 연구 중
오구라(小倉)의 연구에서 영향을 받은 것이 있다는 점은 이 책의 2.1.에
서도 다루었다. 앞에서 언급한, 1929년 5월부터 시작된 조선총독부의
교과서용 '언문철자법조사회'(제2차)에서는 오구라(小倉)과 함께 최현배
도 위원이 되어 있어서 서로 인사 정도는 나누었을 것이다.

최현배가 방언 조사를 어떻게 생각하고 있었는지는 ≪한글≫ 4권 5
호(1936년 5월)에 게재된 논문에서 엿볼 수 있다. 다음에 개략적인 것
을 소개하기로 한다.116)

우선 '1. 방언(시골말)의 뜻'에서는 "方言이란 地方 言語의 略이니,
곧 어떠한 地方(시골)을 물론하고 그 地方의 말을 이름이다"라고 해서

114) [역자주] 이 선전문은 ≪한글≫ 4권 9호(1936년 10월)부터 4권 11호(1936년
12월)까지 제일 앞장에 실려 있다.
115) [역자주] 최현배에 대해서는 "고영근, ≪최현배의 학문과 사상≫, 집문당,
1995년"을 참고할 수 있다.
116) [역자주] 최현배의 논문은 크게 5개의 절과 결론으로 이루어져 있는데 아래
에서는 여기에 따라 중심 내용을 요약하고 있다.

사투리(訛語)가 아니며 하나의 체계를 이루는 것이라고 정의했다.117)

'2. 방언 채집의 필요'에서는 "方言 採集은 그 方言이 使用되는 地方의 鄕土史 硏究와 民俗學 또는 土俗學 硏究의 좋은 材料가 되는 것이다"라는 점과 "標準語 制定의 準備로서 方言을 캐어 모둘 必要가 있는 것이다"라는 점을 강조했다. 다만 어떤 특정 지방의 방언만을 표준어로 할 것이 아니라 "비록 他地方의 말이라도 대중말(標準語)이 될 수 있는 것이다"라고 했다. 조선어 방언에 대해서는 "이제 朝鮮은 比較的 方言의 나라가 아니다. 다만 濟州道 固有의 방언 以外에는 그리 顯著한 他地方 差異가 있지 아니하다"라고 하면서도 자세히 보면 차이는 있으므로 "이것을 캐어 모아서 잘 硏究하고 整理함은 우리의 文化 活動의 한 중요한 部面이 되는 것이다"라고 말했다.

'3. 방언 채집의 내용'에서는 '어휘, 음운, 문법'으로 나누어서 조사해야 한다고 말했다.

'4. 방언 채집의 방법'에서는 한 사람이 모든 지방을 돌아다니는 것은 도저히 할 수 없기 때문에 다음과 같은 조건을 겸비한 조사자를 육성해야 한다고 했다. "(1) 音聲學의 實地 演習의 功이 필요하다. 곧 첫재 朝鮮語音 一般에 관한 知識을 닦을 것이요, 그래서 적어도 面鏡을 사용하야 자기의 發音을 記述하는 經驗을 쌓아야 한다. (2) 조선말의 말본 一般에 관한 知識을 닦아야 할 것이요. (3) 될 수 있으면 대중말 (標準語)의 發音에 精通하는 것이 좋을 것이요. (4) 朝鮮語音의 記法에 能通함이 필요하다". 이러한 준비를 한 조사자가 각각 담당하는 지방

---

117) [역자주] 최현배에 따르면 방언은 지방의 말로서 엄밀히 말하면 서울말도 포함되는 반면 '사투리(訛語)'는 표준어에 대립되는 말이라고 했다. 그런데 서울말을 표준어로 삼다 보니 다른 지방(시골)의 말(방언)이 사투리가 되어 결국 방언이 사투리를 뜻하게 된 것일 뿐 원래는 방언과 사투리가 다르다고 했다.

에 가서 채집을 하는 것이 적당하다고 했다. 이것은 조직화이다. 더욱
이 생활 도구의 어휘 수집 등 민속학적 시각도 강조했다. 더 나아가 되
는 대로 막 채집할 것이 아니라 일정한 내용을 미리 정한 후 채집을 하
면 많은 보고를 정리할 때 편리하다고 했다.[118]

'5. 방언 채집의 정리 방법'에서는 채집한 방언을 정리하여 최종적으
로는 '방언대사전'이나 어휘, 어법, 음운 등 각 측면에서의 '방언분포도'
를 작성하는 것이 바람직하다고 했다.

그리고 결론적으로 다음과 같이 정리했다.

> "시골말캐기는 오늘의 朝鮮에 있어서 매우 필요한 일이다. 新文化
> 의 澎湃한 壓力에 依하야 점점 後退하여 가는 각 地方의 文化의 遺
> 業을 保存하는 것도 매우 뜻 깊은 좋은 일이요, 朝鮮語文의 硏究 및
> 統一의 氣運이 바야흐로 熾熱한 오늘에 있어서 그 公平한 正路를
> 보이는 것도 매우 有助한 일이니, 이러한 意味에서 方言 採集은 참
> 필요한 일이다. 그러나 시골말캐기는 다만 朝鮮語文 硏究의 專門家
> 에게만 필요한 일이 아니라, 널리 一般人에게 다 필요한 일이니, 누
> 구든지 한 興味事로서 이 方言을 採集하여서, 上記의 朝鮮語文의
> 保存 及 發達에 一臂의 寄與를 함도 또한 즐거운 일이 되리라 하노
> 라."[119]

방언 채집의 필요성을, 사라져 가는 지방 문화의 보존이라는 측면과
표준어의 제정, 즉 조선 어문의 통일을 위한 측면의 두 방향에서 말하
고 있음을 파악하는 것으로 일단 충분할 듯하다.

---

118) [역자주] 최현배는 되는 대로 막 캐는 것을 무안법(無案法)이라고 부르고 반
   면 어떤 예정안을 가지고 캐는 것을 제한법(制限法)이라고 했다.
119) 崔鉉培, <方言採集(시골말캐기)에 대하야>, ≪한글≫ 4-6, 1936년 6월, 1~
   4쪽.

여기서 말했듯이 일정한 내용을 정하여 조사하기 위한 도구로서, 또한 정리할 때 편리한 도구로서 이 ≪方言採集手帖≫이 편찬되었다고 생각된다. 덧붙여 말하자면 최현배의 ≪方言採集手帖≫은 1931년 도조 미사오(東條操)가 낸 ≪簡約方言手帖≫120)을 내용적으로나 구성상으로 꽤 많이 참조했음이 고영근 교수에 의해 지적된 바 있다.121) 번잡하기는 하지만 둘의 구성을 대비하기로 한다.

도조 미사오(東條操) ≪簡約方言手帖≫(1931년)	최현배 ≪方言採集手帖≫(1937년)122)
조사지방도	말캔 시골의 땅그림
지방음절표	그 시골의 날내틀123)
음 표기법	소리 적는 법
어휘편	말수 엮음
제1. 천문·지리	제1. 천문·지리
제2. 동물·식물	제2. 동물·식물
제3. 인륜·지체(肢體)	제3. 인체 및 질병
제4. 의식주	제4. 인륜
제5. 인사, 연중 행사	제5. 의식주
제6. 잡재(雜載)	제6. 인사, 연중행사
농촌 어휘	제7. 농촌 어휘
어촌 어휘	제8. 어촌 어휘
산촌 어휘	제9. 산촌 어휘
	제10. 잡
제7. 동사·형용사·잡사	제11. 움직씨
	제12. 어떻씨와 나머지
음운편	소리 엮음
(모음, 자음, 악센트)	(모음, 자음의 교체, 장단과 억양)
어법편	말본 엮음

120) 東條操의 ≪方言採集手帖≫(1928년)을 간략화한 것으로 둘 다 鄕土硏究社에서 간행되었다.
121) [역자주] "고영근, ≪최현배의 학문과 사상≫, 집문당, 1995"의 6.3.을 참고할 수 있다.

도조 미사오(東條操)의 ≪簡約方言手帖≫이 지닌 최대 특징 중 하나
는 어법 조사에 있어 표준 문례(文例)124)를 게재하고 그 방언의 표현을
채집하는 형태를 취한다는 점이다.125) 즉 동사의 활용형이라든지 조사
의 종류, 시제 등 문법적인 지식을 조사자가 확고하게 지니지 않더라도
표준 문례의 방언 표현을 통해 분석자는 해당 방언의 어법을 추출하는
것이 가능해진 것이다. 물론 표준어 문법에 대응하는 형태만 방언 문법
으로 분석해 낼 수 있다는 커다란 문제가 남으며 이것이 근대에 있어
방언을 다루는 방법상의 문제로 이어진다고 하는 점은 지적해 두지 않
으면 안 된다.

어쨌든 이 문례를 통한 어법 조사의 방법 역시 최현배의 ≪方言採
集手帖≫은 답습하고 있다.126) 또한 도조(東條)의 ≪簡約方言手帖≫은
어휘편에 수록된 단어가 560개인데 최현배의 ≪方言採集手帖≫은
737개로 그것을 웃돌고 있다. 물론 체재가 이처럼 비슷하긴 하지만 최
현배의 ≪方言採集手帖≫은 어휘 선택 등에 있어서 어느 정도 고민한
듯하며 고영근의 "단순한 모방의 단계를 넘어서서 우리말 방언의 중요
한 사항은 어느 정도 채집할 수 있도록 고심한 흔적이 뚜렷하다고 평
가할 수 있다"127)라는 평가도 충분할 것이다.

문제는 그 채집이 어느 정도 이루어졌으며 어떻게 이용되었는가 하
는 점이다. 최현배의 ≪方言採集手帖≫이 몇 부 인쇄되었는지는 불분
명하지만 발매 후 10일도 채 안 되어 매진되어 버렸다고 할 만큼 높은

---

122) 고영근, 앞의 책, 457쪽.
123) [역자주] '낱내'란 음절을 뜻하는 우리말로 주시경이 처음 사용했고 이후 최현
     배도 사용하고 있다. '낱(獨)'으로 '내는(出)' 단위라는 의미를 담고 있다.
124) 52개 문장.
125) 東條操의 ≪方言採集手帖≫(1928년)도 마찬가지이다.
126) 문례의 수는 32개이다.
127) 고영근, 앞의 책, 462쪽.

관심을 보여 주었다.[128] 또한 ≪한글≫ 4권 2호(1936년 2월) 이후 장기간에 걸쳐 각지의 방언이 여러 형태로 소개되었음은 앞에서 다루었는데 그 때 이 ≪方言採集手帖≫을 사용해서 조사한 보고가 여럿 보인다. 어휘 수도 많고 어법·음성 등의 조사도 포함하면 꽤 중요한 조사가 되었을 것으로 생각된다. 게재된 보고는 함경북도 길주·성진,[129] 평안북도 의주,[130] 강원도 춘천·울진·강릉[131]의 것이었다. 길주·성진, 의주의 보고는 ≪方言採集手帖≫에 따라 조사했으며 음성과 어법까지 포함하고 있다.[132]

그런데 이러한 잡지 매체를 통해서 채집되어 독자의 눈에 띄게 된 방언 어휘는 어떻게 이용되었을까? 최현배가 말한 지방 문화의 보존과 표준어 책정에 기여한 것일까? 그것에 대해 말하기 위해서는 조선어학회가 추진한 표준어 사정 사업을 언급해야만 한다.

9.2.4. 표준어 사정에 대해서

조선어학회는 '표준어사정위원회(標準語査定委員會)'를 설치하였다.[133] 정식으로 설치된 날짜는 불분명하다고[134] 하는데 1935년 1월에 위원

---

128) 한 메, <崔鉉培氏의 '시골말캐기잡책'>, ≪한글≫ 4-9, 1936년 10월, 21쪽.
129) 김여진에 의함. 6권 3호, 1938년 3월.
130) 최금용에 의함. 7권 7호, 1939년 8월.
131) 춘천과 울진은 신숙철, 강릉은 정태윤에 의함. 7권 9호·10호, 1939년 10월·11월.
132) 그 밖의 보고는 어휘만 다루었다.
133) 이하의 기술은 "한글학회, ≪한글학회 50년사≫, 1971년, 194~211쪽"과 "김민수, ≪國語政策論≫, 고려대출판부, 1973년, 78~81쪽"을 주로 참조하였다.
134) [역자주] "≪딸깍발이 선비의 일생≫(일석 이희승 회고록), 창작과비평사, 1996년"에 따르면 1934년 여름에 구성되었다고 한다. 맞춤법 통일안을 제정할 때와는 달리 국어학자가 아닌 사람도 위원에 다수 포함되었다고 한다. 특히 가정 생활의 특수용어 사정을 위해 이화여전 가사과 방신영 교수를 비롯

회의 제1독회(讀會)가 열렸다. 같은 해 9월 제2독회가, 다음 해인 1936
년 7월에 제3독회가 열려 그 해의 한글날인 10월 26일[135]에 ≪사정한
조선어 표준말 모음≫을 발행하였다.

이 사정위원회의 위원 총 73명 중 37명은 경기도 출신[136]이고 나머
지 36명은 도(道)의 인구에 비례해서 선출했다고 한다.[137] 회의에서 다
루어진 어휘에 대해서는 전원이 토의했으나 표준어로 채택할 것인지의
평결권은 경기도 출신자만이 가졌으며 평결된 어휘는 전원 일치로 결
정한다고 하는, 소위 중심지인 京城이 있는 경기도 주도형 위원회라는
측면이 있었다. 다만 지방 출신 위원이 이의를 가질 경우에는 재심리로
넘기되 전원 일치라는 원칙은 관철한 것 같다. 정리된 이 사정안은 교
육 기관, 언론 기관, 종교 기관 등 500여 군데에 보내져 비평을 구하는
과정을 거쳤다. 그 결과 얻어진 어휘는 총 9,547개였다.[138] 이 표준어
사정은 작업 도중부터 언론계 등에서 주목을 받고 있었다. 전체적으로
는 환영의 분위기가 강했다고 해도 무방하지만[139] '표준'의 설정이 성
급하다고 하는 등 위화감도 나타났음을 언급해 두고자 한다.[140]

한 여자 위원 2명도 참여했다고 한다.

135) [역자주] 당시만 해도 아직 ≪訓民正音解例本≫이 발견되기 전이라서 ≪世
宗實錄≫에 나오는 기사에 따라 음력 9월 마지막날을 양력으로 환산한 10월
26일에 한글날 기념식을 거행했다.

136) 그 중 서울(당시는 京城) 출생자가 26명이다.

137) [역자주] "≪딸깍발이 선비의 일생≫(일석 이희승 회고록), 창작과비평사,
1996년"에 따르면 사정위원회의 위원 수는 처음 위원회를 조직했을 때는 40
명이었고 2독회가 열릴 때 30명이 더 늘어났다고 한다. 이로 보아 처음부터
70여 명의 위원으로 구성된 것은 아니었을 가능성이 있다.

138) 내역은 표준어 6,231개, 약어 134개, 비표준어 3,082개, 부한자어(附漢字語)
100개였다.

139) 1937년에 3판을 발행했으며 1945년 11월에 4판, 1946년 1월에 5판을 간행했
다.

140) 구체적인 소개는 졸저 ≪帝國日本の言語編制≫(世織書房, 1997년)의 2부 3
장을 참조.

이상 간략하게 경위를 추적하였다. 표준어 사정안 자체가 지닌 의미는 사회적으로도 컸다고 생각된다. 그러나 지금까지 살펴보았듯이 ≪한글≫에서 방언 조사를 장려하여 정기적으로 각지의 방언을 게재한 것이나 최현배의 ≪方言採集手帖≫이 반포된 시기와 이 표준어 사정의 움직임이 겹치기는 하지만 연동(連動), 즉 함께 움직이고 있다는 생각은 들지 않는다. 다시 말해 조사한 방언을 바탕으로 여러 논의가 이루어지고 있었던 것이 아니라 각 지방의 사람들을 모아 각각의 판단으로 표준어인지 아닌지가 결정되었던 것이다. 따라서 앞에서 보았던 방언 조사는 결과적으로 제대로 살리지 못했다고 할 수 있을 것이다.141)

≪한글≫의 방언 자료는 표준어 책정에 직접적으로 관여하지는 않았다고 생각되지만 고노 로쿠로(河野六郎)의 눈에는 띄었던 것으로 보인다. 오구라(小倉)가 일본학술진흥회에서 받은 연구 조성비로 고노(河野)가 조선의 방언 조사를 하고 그것을 ≪朝鮮方言學試攷-'鋏'語考-≫142)로 정리한 것은 이미 다루었는데 그 책의 말미에 고노(河野)가 채집한 방언과 오구라(小倉) 등이 채집한 방언 등을 <方言語彙>로 열거하고 있다. 그 중에 ≪한글≫에 게재된 것이라는 구별 표시도 있다. 약간 비꼬아 말하자면 ≪한글≫의 방언 자료는 표준어 책정에 기여하기보다는 일본인 학자에 의한 조선어 방언학의 수립에 어느 정도 기여한 측면을 가지는 것이다.

9.2.5. 맞춤법의 통일에 대해서

조선어학회의 큰 업적 중 하나로 들 수 있는 것은 <한글 마춤법 통

---

141) 다만 사전이라는 형태로 활용되어 왔다고 생각한다.
142) 京城帝國大學文學會論叢 第1輯, 東都書籍株式會社 京城支店, 1945년 4월.

일안>이라는 정서법안을 1933년에 발표한 것이다. 이것은 조선어학회
가 1930년 12월부터 12명으로 된 '철자법위원회(綴字法委員會)'를 조직
해서 원안을 작성하고 6명을 더해서 제1독회(讀會)를 편성하여 더 검토
를 계속 한 성과였다.[143] 1930년이면 앞에서 봤듯이 2월에 조선총독부
의 '언문철자법조사회'가 교과서용 철자법을 좀 더 형태주의로, 또한
한자 표기는 더욱 표음적으로 개정한 해이다.

원안을 작성한 위원 12명 중 권덕규(權悳奎), 장지영(張志暎), 신명균
(申明均), 정렬모(鄭烈模), 최현배(崔鉉培) 등 5명은 앞에서 본 조선총독부
'언문철자법조사회'의 위원이었다. 그 밖의 7명은 김윤경(金允經), 박현
식(朴顯植), 이극로(李克魯), 이병기(李秉岐), 이윤재(李允宰), 정인섭(鄭寅燮),
이희승(李熙昇)이었다. 또한 그 후 증원된 6명 중 이세정(李世楨)도 총독
부 조사회의 위원이었다. 다른 5명은 김선기(金善琪), 이 갑(李鉀), 이만
규(李萬珪), 이상춘(李常春), 이 탁(李鐸)이었다.[144]

이렇게 해서 정해진 통일안은 조선총독부의 언문철자법에 비해 더욱
더 형태주의 원칙을 철저히 한 것이었다.[145] 그런 한 편으로 조선어학
회는 정해진 맞춤법의 보급을 위해서 '한글맞춤법통일안 보급회'를 조
직한 것 외에 각종 출판물의 표기를 통일안에 맞게끔 교정하는 교정부
를 설치하는 등 여러 조치를 취했다. 또한 ≪동아일보≫는 신문 활자
를 개주(改鑄)까지 하여 통일안을 지지하고 통일안의 발표가 이루어진
1933년 10월 29일 한글날에는 <한글 마춤법 통일안> 20만 부를 인쇄

---

143) [역자주] "≪딸깍발이 선비의 일생≫(일석 이희승 회고록), 창작과비평사,
　　1996년"에 따르면 1930년 12월 총회에서 12명의 맞춤법 통일안 제정위원을
　　선출했고 1932년 총회에서 6명을 추가로 선출해서 심의 작업에 들어갔다고
　　한다. 제1독회는 1932년 12월 개성에서 열렸으며 제2독회를 거쳐 통일안이
　　완성되었다고 한다.

144) 김민수, ≪國語政策論≫, 고려대출판부, 1973년, 233∼237쪽.

145) 자세한 것은 "김민수, 앞의 책, 234쪽"을 참고.

하여 배포하였다.146) 이 맞춤법의 보급은 특히 ≪동아일보≫라는 언론
매체의 협력이 큰 후원이 되었다고 생각된다. 게다가 이미 언급한 ≪동
아일보≫ 주최의 브나로드 운동에서 계몽대원들이 문맹 타파를 위한
한글 강습에서 사용한 교재 ≪朝鮮語臺本≫에 조선어학회의 표기법
방침이 채용되었을 가능성도 높다.

그런데 박승빈(朴勝彬)이 1931년 설립한 조선어학연구회는 1934년에
창간한 기관지 ≪正音≫ 등에서 이 통일안에 반대를 표명하고 같은 해
에 '조선문기사정리기성회(朝鮮文記寫整理期成會)'를 만들어 통일안이 취
한 형태주의의 난해함과 새로 문자가 늘어나는 점에 반대하고 있었
다.147) 조선어학회의 통일안이 작성되고 있던 무렵 ≪동아일보≫ 주최
로 1931년 11월 5일부터 7일까지 조선어학회와 조선어학연구회의 대
표도 포함하여 맞춤법에 관한 좌담회를 가지게 되었는데148) 학리적인
측면에서의 논의가 깊어지거나 대립이 해소되지는 못했다.149)

---

146) 동아일보사, ≪東亞日報社史 卷一≫, 동아일보사, 1975년, 346쪽.
147) 예컨대 "이극종, <文字와 文化>, ≪正音≫ 2, 1934년 4월"에서는 한글 맞춤
법은 일반 민중에게는 기괴한 것이어서 문화 향상에 막대한 지장을 초래한다
고 평가했다. 조선어학연구회에 대해서는 "朴炳采, <日帝下의 國語運動研
究>, ≪日帝下의 文化運動史≫(趙容萬・宗敏鎬・朴炳采 공저), 玄音社,
1982년, 455~459쪽"에 자세히 나와 있다.
148) [역자주] 토론회 개최 날짜에 약간 착오가 있는 듯하다. 이병기의 ≪가람일
기≫에 따르면 토론회는 1932년 11월 7일부터 9일까지 개최된 것으로 나온
다. 일기 형식으로 된 ≪가람일기≫의 기록이 정확할 가능성이 높다. 원저자
인 安田敏朗 교수가 여기서 자주 인용하고 있는 ≪國語政策論≫(김민수,
1973년)에도 1932년 11월 7일부터 9일까지 밤 7시부터 4시간 동안 열렸다고
했다. 특히 ≪가람일기≫에는 당시의 분위기도 간단하게 기록되어 있다. 한
글 맞춤법 통일안의 제정 과정에 대해서는 "≪딸깍발이 선비의 일생≫(일석
이희승 회고록), 창작과비평사, 1996년"과 "최경봉, ≪우리말의 탄생≫, 책과
함께, 2005년"에도 상세히 나와 있다.
149) "동아일보사, 앞의 책, 344쪽"과 "金敏洙, 앞의 책, 235쪽" 참조. 이러한 학리
적인 대립을 완전히 해소하지 않았던 점은 해방 후 대한민국에서 이 맞춤법
이 국가적 표준으로서 인정될 때까지 시간이 많이 걸린 것과도 관련될 듯하

다만 실제로는 통일안이 대세를 차지하게 되었다. 예를 들어 1935년 1월 ≪學燈≫ 3권 1호에는 "無條件으로 統一案을 支持하는 것이 正말 統一案을 支持하는 것이 된다"라고 주장하는 글도 보이게 되었다.[150] 이 글에서는 한글 통일안에 반대하는 사람들을 유형화하고 있는데 그것에 의하면 보수적 관념을 가지는 자, 규칙을 싫어하는 자 등 꽤 주관적인 분류가 되어 있어서 학리적인 대립의 측면을 완전히 무시하고 있다.

김민수가 양 진영이 서로를 비방한 말을 열거한 바 있다.[151] 인용하면 다음과 같다.

    <조선어연구회측의 비방>
    攪亂의 行動, 斯文亂賊, 幽靈, 牽强的 幻影的 論法, 基礎的 制度를 沒却한 妄擧, 壟斷的 强要, 偏傾的 見解, 痲痺의 病菌, 荒唐無稽의 說이 流行, …

다. 한국의 초대 대통령인 이승만(李承晩)에 의해 예전 철자법으로 돌아가려고 한 적이 있었기 때문이다. 이것은 '한글 파동'이라고 불린다. 이승만은 1904년 미국에 건너간 후 1945년 귀국할 때까지 거의 미국에서 지냈고 그동안 행해지던 언어 운동과는 전혀 관계가 없었다. 그래서 그가 외우며 자라온 표음적 철자법을 채택하고자 한 것이다. 한글 맞춤법 통일안에 대한 '한글簡素化方案'이 제출되었는데 결과적으로는 효력을 가지지 못했다. 그리고 이것은 1955년 이승만 대통령의 담화에 의해 유야무야 끝나 버렸다. '한글簡素化方案'이라는 명칭에서 보이듯 형태주의 맞춤법은 실제로 발음대로의 철자가 아니기 때문에 일정한 훈련을 거치지 않으면 배우기 곤란한 측면이 강조된 것으로 보인다. 한글 파동에 대해서는 "김민수, 앞의 책, 238~240쪽"과 "한글학회, ≪한글학회 50년사≫, 1971년, 336~364쪽"을 참조.

150) 조헌영, <小異를 버리고 한글統一案을 支持하자>, ≪學燈≫ 3-1. "하동호 編, ≪한글論爭說集 下≫(歷代韓國文法大系 3부 11책), 탑출판사, 1986년"에 수록. [역자주] 글쓴이는 어차피 반대론자들은 사이비들로서 어떠한 주장을 하든 먹히지 않기 때문에 맹목적으로 통일안을 지지할 필요가 있다는 의미에서 이러한 강렬한 표현을 하고 있다.

151) 김민수, 앞의 책, 236쪽.

<조선어학회측의 비방>

夜間叢生의 '學者', 功名心에 汲汲, 保守 退嬰的, 反逆的 陰謀와 毁傷的 辱說, 邪惡이 더욱 늘어서, 一世를 誣惑하려 하며, 陰險 惡辣한 行動, 文化運動의 一大魔障이요 民衆의 敵, 우리 文化에 크게 害毒를 줄 念慮가 없지 아니하리라, 無根한 事實을 捏造하여 世人의 耳目를 眩惑, 容恕 못할 罪惡, 平易를 假裝하고 民衆을 欺滿, …

이처럼 중상(中傷) 싸움이 되어 버렸다. 총독부의 철자법이 기본적으로 교과서라는 매체에만 한정되었음에 비해 이들은 조선어 전체의 표기에 기준을 부여하는 것이며 표준어의 사정과 함께 글말로서의 「조선어」를 자리잡아 나가는 데 큰 역할을 하고 있었다. 그렇기 때문에 이러한 대립을 초래했다고 생각한다.

■9.3. 小倉進平과 조선어학회
- 접점은 있을 수 있었는가? -

9.3.1. 小倉進平의 표준어 인식

앞에서 장황하게 한글 운동 등에 대해서 다루었는데 이러한 움직임에 대해 오구라(小倉)는 어떠한 인식을 나타내고 있었던 것일까? 우선 오구라(小倉)가 표준어라는 존재를 어떻게 생각하고 있었는지에 대해 다루기로 한다.

1923년에 쓴 <交通機關改善の言語風俗思想に及ぼしたる影響>이라는 글은 어쩌면 오구라(小倉)답지 않은 논문이라고 할 수 있다. 이 논문은 조선총독부가 발행하는 월간지 ≪朝鮮≫의 특집호 <交通發達

號>를 위해 썼다. 방언 조사를 위해 각지를 다니고 있던 오구라(小倉)의 조선에 대한 인식과 표준어 의식 등이 약간 보인다.

교통 기관의 개선 결과 언어·풍속·사상에 여러 가지 영향이 나타났다고 하는 오구라(小倉)는 "근래 일본과 조선 두 지역 사이에 교통 기관이 발달하였기 때문에 内地의 언어, 풍속, 사상 등이 조선으로 유입하는 경우가 적지 않다. 가령 학술 용어나 경제 술어는 음독(音讀)할 경우 조선의 한자음으로 읽지만 그 조어법은 완전히 内地의 것을 그대로 답습하며 의식주와 관련된 재료나 양식 등도 内地로부터 채용한 것이 적지 않다. 또한 각종 사상이 시시각각 内地에서 수입되는 것은 우리가 일상에서 실제로 발견하는 바이다"라고 말하여 内地의 영향을 지적하고 있다. 조선 내부의 문제로는 다음과 같이 언급했다.

"조선인들 사이에서조차도 오늘날 동서(東西)를 달리하는 지방의 언어를 이해하지 못한다는 사실은 결코 그 예가 적지 않다. 그러나 근래 교통의 발달과 교육의 보급에 의해 유행 중심인 京城의 사물이 금세 지방에 전파되며 언어 역시도 京城語를 사용하는 것이 유행을 따르는 것 같고 또 실용상 적합하기 때문에 사람들은 모두 京城語를 표준으로 삼아 학습하는 경향을 보이게 되었다. 노인, 부녀자의 말과 같은 것은 매우 고루한 것으로서 교정에도 큰 어려움을 느끼는데 지금은 보통학교에 통학하는 아동들에게서 간접적으로 중앙의 언어를 듣고 배우는 상태가 되었다. 방언 교정이나 언어 통일 사업은 세계 어느 나라에서도 커다란 어려움을 느끼는 일이며 우리 나라에서도 국어 순화 운동이라는 것이 요즘 차차 싹 트고 있는데 이것이 목적을 달성하기까지 가야 할 길은 아직 멀었다고 해야 할 것이다.
조선어는 언어의 성질상 그런 부분이 있는지 모르겠지만 국어 등에 비해 훨씬 난잡한 상태로 방임되어 있다. 따라서 이것을 정리하는

데도 매우 큰 어려움을 동반한다. 그러나 이후 학술적 연구와 교통 기관의 정비에 의해 점차 그 목적에 가까워질 수 있을 것이다."[152]

보통학교에서 얼마만큼 京城語가 교육되고 있었는지 약간 의문을 느끼기는 한다. 그렇지만 오구라(小倉)의 언어 채집은 피조사자를 "원칙적으로 보통학교(조선인을 교육시키는 초등학교) 상급 남녀 생도 약 10명을 골랐다"[153]라고 한 것으로 보아 오구라(小倉)가 배운 京城語로 의사소통을 할 수 있을 정도는 교육이 이루어졌으리라 생각된다.

다만 조만간 정리될 것이라고는 하면서도 "국어 등에 비해 훨씬 난잡한 상태로 방임되어 있다"라고 보고 있듯이, 조선어의 여러 방언은 통일이 되어 있지 않다는 의미에서 일본어 등보다 난잡하다고 인식했던 점에 주목하고 싶다. 이것은 오구라(小倉)의 표준어 인식과도 관련이 되는 부분인데, 문화의 우열·정치의 중심 여부로 말이 가지는 가치가 다르며 그것이 보급 정도에도 영향을 미친다는 생각이라고 해도 될 것이다. 7.2.1.에서도 인용했지만 조선에 부임한지 얼마 안 되었을 1913년 당시 "표준어라고 하는 것과 방언이라고 하는 것은 모두 상대적인 명칭일 뿐 결코 그 내용에 상하나 존비의 구별이 있지는 않다"[154]라고 한 발언과는 느낌이 약간 다르다.

다시 1923년의 논문(<交通機關改善の言語風俗思想に及ぼしたる影響>)으로 돌아가면, 조선에서는 예전에 중국의 여러 제도를 모방하고 있었음을 지적하고 "얼마나 조선 민족이 자국에 인접한 우월한 문화를 지닌 다른 민족과의 교통을 통해 풍속상 위대한 감화를 받았는지

---

152) 小倉進平, <交通機關改善の言語風俗思想に及ぼしたる影響>, ≪朝鮮≫ 102, 1923년 10월, 81쪽.
153) 小倉進平, ≪朝鮮語方言の研究(下)≫, 岩波書店, 1944년, 12쪽.
154) 小倉進平, <濟州島方言(一)>, ≪朝鮮及滿洲≫ 68, 1913년 3월, 21쪽.

는 일부분(一斑)만 알아도 충분할 것이다"라고 한 뒤 "특히 근래 교통 기관이 발달한 후에는 內地 또는 서양의 의식주에 관한 기구(器具)가 엄청나게 유입되고 아무리 궁벽진 곳이라도 양복을 입고, 맥주나 사이다를 마시지 않는 자가 거의 없는 듯하다"[155]라고 말했다. 문화는 자신보다도 우월하다고 인식한 부분부터 적극적으로 섭취해 가는 것이 조선 민족이며 그것을 가속시키고 있는 요소가 교통 기관의 발달이라고 보는 참으로 단순한 논의가 전개되고 있다.

표준어에 관해서도 1920년에 간행된 ≪國語及朝鮮語のため≫에서는 다음과 같이 말했다.

"잠시 조선어에 대해 관찰해 보아도 삼한(三韓) 이후 삼국과 고려 등 각 국가의 언어 분포 상태는 오늘날 불분명하지만 각 국가의 표준어는 반드시 수도의 언어였던 것은 다름이 없다. 조선 이후에 이르러서는 정치의 중심이 늘 京城이었기 때문에 京城語가 전국에 걸쳐 가장 세력이 있는 언어가 되었다. 금후(今後) 조선어의 표준어를 제정하려고 한다면 그 표준을 京城語에서 취해야 하는 것은 당연하다. 어떤 사람은 평양 지방의 말이 가장 고형(古形)을 유지하고 있고 가장 순정(純正)한 것이기 때문에 이것을 표준어로 해야 한다고 논의한다. 과연 평양 지방의 말은 어떤 점에서 다른 지방의 말보다도 고형을 유지하고 있는지도 알 수 없다. 그러나 단순히 고형 운운 한다면 평양 이외의 땅에 평양말보다도 훨씬 오래 된 어형이 존재하는 것을 부인할 수 없다. 요컨대 고어나 고형의 유무는 표준어 문제의 필요조건이 되지 않는 것이다. 다소의 와전(訛傳)이 있어도 京城語는 금후 조선의 표준어라는 운명을 스스로 짊어지고 있는 것이다."[156]

---

155) 小倉進平, <交通機關改善の言語風俗思想に及ぼしたる影響>, ≪朝鮮≫ 102, 1923년 10월, 81~82쪽.
156) 小倉進平, ≪國語及朝鮮語のため≫, ウツボヤ書籍店, 1920년, 267~268쪽.

이야기는 간단하다. 그 앞에서 인용한 내용과 합쳐서 생각하면 예전에 수도이자 정치의 중심이었던 京城157)은 지금도 유행의 중심이기 때문에 언어, 풍속, 사상의 면에서 지방보다 우월하다. 교통 기관의 발달도 있었지만 京城語를 지방에서도 배우게 된 것은 이와 관련된다. 거기에는 방언이 들어갈 여지가 없다.158) "고어, 고형의 유무는 표준어 문제의 필요조건이 되지 않는 것"이기 때문이다. 표준어는 수도의 말인데 "중류 사회의 언어에 토대를 두고 거기에 한층 탁마(琢磨)를 더한다"라는 것이 필요하고 "조선어의 경우도 완전히 이와 같은 것이다"라고 한다. 국어의 경우 1902년에 국어조사위원회가 설치되고 "정부의 힘으로 일본어의 음운, 어법, 가나(假名) 사용법 등에 관한 여러 조사를 진행시킴과 동시에 민간에서도 각종 조사와 의견을 발표하는 학자가 속출하기에 이르렀기 때문에 국어의 표준어 문제도 멀지 않아 해결될 것이다"라고 꽤 낙관적인 견해를 선보이고 있다.159)

이렇게 보면 조선어학회가 조선어의 통일이라는 문화 운동의 일환으로써 방언에 착안한 관점을 오구라(小倉)의 논의에서는 기대하기 어렵다. 오구라(小倉)에게 있어서 방언은 표준어 문제에서 배제되어 있다고 해도 무방하다. 표준어 제정에 있어 완전히 고려 사항 밖에 놓여 버린 것이다. 이미 다루었듯이 오구라(小倉)에게 방언이라는 것은 오직 고어와 고형을 소급하여 조선어의 역사적인 변천을 고찰하기 위한 수단이었을 뿐이다.

≪小倉進平博士著作集(四)≫에 수록.

157) 그것이 왜 수도가 아니게 되었는지에 대해서는 小倉進平이 언급하지 않았다. [역자주] 이 주석은 한국이 일본의 식민지가 됨으로써 독립된 국가로서의 지위를 잃어버렸기 때문에 京城 역시 더 이상 수도가 아닌데 小倉進平은 이러한 과정에 관심을 두지 않았음을 지적한 것이다.

158) [역자주] 표준어를 정할 때 방언을 고려할 여지가 없음을 의미한다.

159) 小倉進平, 앞의 책, 269쪽.

이것은 방언 조사의 본질과도 관련된다. 하나의 언어로 방언을 조사하려고 하면 어쩔 수 없이 조사에 있어서 기준이 되는 단어(標識語)를 결정해야 한다. 일본어의 경우에도 明治 이후의 방언 조사는 반드시 표준어나 보통어(普通語)에 대응하는 형태로 방언과 와어(訛語)160)가 기록되어 있다.161) 그런 의미에서 조선어학회가 표준어 책정과 방언 조사를 연동시키지는 않았어도 그 둘을 하나의 묶음으로 생각했던 것은 당연하다고 할 수 있다.162)

그러나 오구라(小倉)의 방언 조사에서 표지어(標識語)는 일본어 단어였다. 즉 일본어에서는 'ㅇㅇ'이라는 단어를 조선어의 방언에서는 어떻게 말하는지를 조사하는 형식이라서 굳이 조선어의 표준어를 설정하지 않더라도 불편하지 않은 것이다. 오구라(小倉)가 채집한 방언어휘를 집대성한 ≪朝鮮語方言の研究(上)≫(岩波書店, 1944년)에 게재되어 있는 단어는 한자어로 환원한 것이며 경우에 따라서는 일본어 설명이 부기되어 있다. 또한 동사, 형용사, 부사 등 항목의 표지어(標識語)는 일본어로 표기되어 있다. 거기에는 두 언어가 '1대1'로 대응한다고 하는 무의식적인 전제가 깔려 있다.

어쨌든 일본어를 표지어로 삼아 다른 언어를 조사하는 것이 지니는 특징을 나타낸다고 할 수 있지 않을까 한다. 역으로 말하면 하나의 언어를 표지어로 하여 대규모 방언 조사를 하는 것과 '표준'에 대한 갈구

---

160) [역자주] 최현배는 '訛語'를 사투리라고 한 뒤 '방언'과는 구별된다고 말한 바 있다. 이 장의 각주 117)을 참고할 수 있다.

161) [역자주] 표준어 단어에 대응하는 방언형이 무엇인지를 채록하는 방식으로 방언 조사를 했다는 뜻이다.

162) [역자주] 앞에서도 언급했듯이 조선어학회에서는 표준어 책정 과정에서 기존의 방언 조사를 충분히 활용하지 않았다. 그렇지만 조선어학회의 방언 조사는 표준어 어형에 대응하는 방언형이 무엇인지를 수집하는 방식으로 이루어졌기 때문에 방언 조사와 표준어 책정은 밀접한 관련을 맺을 수밖에 없다.

가 생기는 것은 불가분의 관계이며 그것이 근대 언어 운동의 특색 중 하나라고도 할 수 있다.[163]

9.3.2. 맞춤법 통일안에 대해서

그러면 앞에서 말한 조선어학회의 맞춤법 통일안에 대해서는 어떻게 인식하고 있었을까? 오구라(小倉) 자신이 조선어학회의 활동에 대해서 다룬 것은 한 군데밖에 없다. 그것은 ≪增訂 朝鮮語學史≫(1940년)의 한 부분이다. 철자법에 대해 말하면서 이미 언급한 조선총독부의 여러 조사회를 설명한 후 마지막에 다음과 같이 기술한 내용만 있다.

> <조선어학회>
> 앞에서 살핀 관청측의 여러 조사 기관과는 별도로 1931년 1월 조선인 민간측에 조선어학회라는 것이 창립되어 회원 상호간에 열심히 연구한 끝에 1933년 <朝鮮語綴字法統一案>을 결정하여 발표하였다. 이 안의 요점은 표준어를 발음대로 표기하며 철자법을 어법에 합치시키는 것을 원칙으로 한 점이다.[164]

스스로 관여한 조선총독부 제정 <諺文綴字法>과의 차이점이나 제정에 관여한 조선인의 공통점도 다루지 않았다. <諺文綴字法>에 대해서는 조사회의 위원도 명기되어 있고 내용에 대해서도 "이전의 여러 차례 있었던 언문 철자법에 비해 현저히 정리되어 이론적으로 바뀌었지만 다른 한 편으로 학습상의 곤란을 동반한다는 점은 부정할 수 없다"

---

163) [역자주] 반면 小倉進平은 방언 조사에서 표지어는 일본어, 방언은 한국어를 사용했기 때문에 표준어에 대한 필요성을 덜 느꼈다고 할 수 있다.
164) 小倉進平 著·河野六郎 補注, ≪增訂補注 朝鮮語學史≫, 刀江書院, 1964년, 142~143쪽.

라고 하는 객관적인 평가를 하고 있다.[165] 반면 위에서 보았듯이 조선
어학회의 <한글 마춤법 통일안>에 대한 기술은 쌀쌀맞기 그지 없다.

오구라(小倉)가 <朝鮮語綴字法統一案>이라고 부른 것은 잘못이 아
니라 조선어학회가 발표한 통일안의 제목이 <한글 마춤법 통일안>인
데 입각했을 뿐이다.[166] 또한 "표준어를 발음대로 표기하며 철자법을
어법에 합치시키는 것을 원칙으로 한다"라는 내용 소개도 통일안의 총
론 1항을 번역한 것이기 때문에[167] 오구라(小倉)가 이 통일안을 훑어본
것은 확실하다. 그러나 여기서 인용한 관심 그 이상은 보이지 않았다.
조선어학회와 조선어연구회 사이에서 벌어진 맞춤법 논쟁에 대해서도
다루지 않았으며 조선어학회 그 자체에 관한 기술은 이 외에는 없다.

조선어학회가 조선의 문자를 '위대한 문자'라는 의미의 '한글'로 바꿔
부르기[168] 시작한 것에 담긴 의미는 헤아리지 않고 오구라(小倉)는 ≪增
訂 朝鮮語學史≫에서 일관되게 언문(諺文)이라고 불렀다. 1920년의
≪國語及朝鮮語のため≫에서는 19세기 말에 "조선이 중국의 굴레를
탈피하여 독립국이 되자 (…) 언문(諺文)에 대해서는 국문(國文), 조선어
에 대해서는 국어(國語)라는 명칭이 활발하게 사용되기에 이르렀다"[169]

---

165) 小倉進平 著・河野六郎 補注, 앞의 책, 142쪽.
166) [역자주] <朝鮮語綴字法統一案>은 <한글 마춤법 통일안>을 일본어로 바꾼
데 불과하다는 의미이다.
167) 통일안은 한글학회가 발행한 재판(1989년)을 참조하였다. 총론 1항은 "한글 맞
춤법은 표준어를 소리대로 적되 어법에 맞도록 하는 것을 원칙으로 한다"이다.
168) '한글'이라는 명칭 자체는 주시경의 명명에 의한 것이라고 하는 학설이 일반
적이다. [역자주] 그렇지만 이견도 다수 존재한다. 최남선, 이종일 등의 인물
이 한글이라는 명칭을 만든 사람으로 거론되기도 한다. 자세한 것은 "고영근,
<'한글'의 작명부는 누구일까?>, ≪새국어생활≫ 13-1, 국립국어연구원,
2003년"을 참고할 수 있다.
169) 小倉進平, ≪國語及朝鮮語のため≫, ウツボヤ書籍店, 1920년, 250쪽. ≪小
倉進平博士著作集(四)≫에 수록.

라고 기술하고 있듯이 언어와 문자에 이름을 지은 것이 가지는 의미에 대해 의식은 하고 있었지만 ≪增訂 朝鮮語學史≫(1940년)에서는 여기에 관한 설명이 없다.

물론 '한글'이라는 명칭이 이 시기 조선 사회에서 그다지 친숙하지는 않았다고 생각된다. 가령 조선어학연구회의 기관지 ≪正音≫에서는 '한글'이라는 명칭을 쓰지 않고 '정음', '언문' 등을 사용하며 일관되게 '소위 한글파'[170]라는 형태로 '한글'이라는 명칭의 정통성에 의문을 표시하고 있었다.[171] 또한 한자어인 '朝鮮文'을 사용하지 않고 '한글'이라는 고유어로 바꿔서 말하는 것처럼 다른 많은 한자어도 고유어로 바꿀 것을 주장하던 조선어학회의 방향성에 대해서 조선어학연구회 측은 "소아병적(小兒病的) 국수주의"[172] 등으로 비난했다.

1933년부터 오구라(小倉)는 동경제국대학으로 옮겨갔기 때문에 한글 운동의 전개나 그에 대한 반응 등을 실제로 알 수 있는 기회가 그리 많지 않았다고 추정된다. 한글 운동이 가진 문화 운동적 측면에 대해 그리 민감하게 느낄 수 있는 입장에 있었던 것은 아님이 확실한 듯하다. 그런데 여러 번 인용했지만 1936년 논문[173]에서 오구라(小倉)는 다음과

---

170) [역자주] '한글파'라는 것은 조선어학회를 겨냥한 말이다. 즉 자신들과 대립하고 있던 사람들을 '한글파'라고 표현함으로써 '한글'이라는 명칭을 긍정적인 의미로 보지 않은 것이다.

171) [역자주] 문자의 명칭에 대한 고민은 1920년대에 나온 잘 알려지지 않은 글에서도 보인다. "정목, <조선문자를 本文이라 하라>, ≪동광≫ 7, 수양동우회, 1926년"에서는 諺文, 正音, 本文이라는 세 가지 명칭을 들어 각각의 의미를 살핀 후 '本文'이 가장 적절하다는 논의를 펼친 적도 있다. 이 글에 대한 자세한 내용은 "이진호, <다시 찾는 두 어학자>, ≪형태론≫ 2-2, 박이정, 2000년"을 참고할 수 있다.

172) 金鳴鎭, <朝鮮文記寫法의 混亂을 招致한 原因의 原因>, ≪正音≫ 22, 1938년 1월, 23쪽.

173) 小倉進平, <鄕歌·吏讀의 問題를 繞りて>, ≪史學雜誌≫ 47-5, 1936년 5월, 80쪽. ≪小倉進平博士著作集(二)≫에 수록.

같이 말하고 있다. 즉 조선어가 어떤 언어이며 주위 언어와 어떤 관계
에 있는지를 구명하는 것이 자신의 조선어 연구 동기였다고 하고 그러
기 위해서 첫째, 조선어 연구의 역사, 둘째, 조선어 자체의 역사, 셋째,
조선어와 다른 언어와의 위치 관계를 밝히는 것이 필요하다고 한 것이
다. 구체적으로는 다음과 같다.

> "(…) 첫걸음으로 1920년에 ≪朝鮮語學史≫라는 책을 간행했다.
> 그리고 한 편으로 공무 중의 여가를 이용하여 고서(古書)에서 조선의
> 고어를 뒤지고 또 지방에 나가 방언 조사를 시도함으로써 적어도 조
> 선어 그 자체의 역사적 편찬에 참고할 수 있는 자료를 최대한 수집하
> 는 데 뜻을 두었다. 세 번째인 '다른 언어에 대한 조선어의 위치'에
> 관한 고찰은 그 언어들을 어느 정도 체득해야 하는 어려움이 있기 때
> 문에 나의 여생을 바쳐도 이 연구를 완전하게 대성시키기 어려운 사
> 정이 존재한다. 그런데 나의 궁극적인 목적은 처음부터 이 점에 두었
> 기 때문에 꽤 오래 전부터 서양인이 이룬 동양의 여러 언어에 대한
> 연구 등에 깊은 주의를 기울여 왔다."

어디까지나 조선어의 역사적 구축을 위해 고문헌을 섭렵하고 그것을
보완적인 것으로서 방언 조사를 했던 것이다. 이미 살펴본 향가 연구에
있어서나 경어(敬語)의 조동사 분류에 있어서나 방언이 차지하는 위치
는 옛 문헌과 동등할 정도로 높았다.
이 책의 1장에서 근대 국민 국가가 「언어」를 구축해 나갈 때 필요한
것은 그 국민에게 공유되어야 할 공시적 일체성을 동반한 표준어이
며174) 다른 한 편으로 통시적인 일체성을 보증하는 역사라고 가정해

---

174) 그러기 위해서는 사전, 정서법 등의 통일도 필수불가결이다.

보았다. 오구라(小倉)는 조선총독부의 사전 편찬 사업과 교과서의 맞춤법 제정 사업에도 참여하고 있었다. 그러나 둘 다 중심적인 위치에 있었던 것이 아니고 업무상 참여한 성격이 강했다. 공시적으로 현재성을 지니는 사전이나 맞춤법의 구축 작업은 앞에서 본 오구라(小倉)의 조선어 연구 목적, 즉 통시적이고 역사적인 조선어를 문헌과 방언에서 구축하고 그 계통을 찾는다고 하는 목적에서 보면 부차적인 위치에 있었다고 할 수 있지 않을까 한다.

반면 조선어학회 등은 사전 편찬과 표준어 제정을 위해, 그리고 지방 문화의 보존과 자각을 위해 방언을 활용했다. 눈 앞에 놓인 문제를 어떻게 해결해 나갈 것인지에 역점을 두고 있었던 것이다. 그런 의미에서 한글 운동이라는 형태를 취한 언어 운동의 전개가 가능해진 것이다. 역으로 말하자면 오구라(小倉)가 한글 운동에 적극적인 관심을 보이지 않은 것도 역사적 통시성을 추구하는 오구라(小倉)와 현재적 공시성을 강하게 의식하는 한글 운동 사이에 놓인 현실 인식의 차이 때문이 아닐까 한다. 이것은 약간만 파고들어간 논의이지만 이러한 현실 인식의 차이에 유의하는 것은 언어 운동의 정치화에 오구라(小倉)가 어느 정도 자각적이었는지를 판단할 때에도 유효할 것이다.

10장

지명 개칭을 둘러싼 논의
- '대동아전쟁' 시기의 다른 언어 인식 -

　여기서는 조금 방향을 바꿔서 대동아공영권(大東亞共榮圈) 건설을 부르짖던 시기에 있었던 그 지역의 지명(地名) 개칭(改稱)에 관한 움직임과 오구라(小倉)의 논의를 고찰해 보기로 한다.[1] 조선어 이외의 다른 언어(異言語)에 대한 오구라(小倉)의 인식을 약간 엿볼 수 있다.

▪10.1. 외국 지명·인명의 호칭 및 표기에 관한 협의회

　'외국 지명·인명의 호칭 및 표기에 관한 협의회'(外國地名人名ノ呼稱並二表記二關スル協議會, 이하 협의회)가 문부성(文部省) 도서국(圖書局) 국어과(國語課) 아래에 조직된 것은 1942년 3월이었다.[2] 이 협의회는 1944년 9월까지 존속했다. 이 협의회의 취지를 '외국 지명·인명의 호칭 및 표

---

　1) 이 부분은 졸고 "<戰爭と地名-「大東亞戰爭」の場合->, ≪ことばと社會-多言語社會研究-≫ 1, 三元社, 1999년 5월"의 일부를 가져왔다.
　2) 1943년 11월에 국어과가 교학국 아래로 이동함에 따라 주관도 바뀌었다.

기의 조사에 관한 건(外國語地名人名ノ呼稱並ニ表記ノ調査ニ關スル件)'3)에서 살펴보기로 한다.

"외국어 지명과 인명의 호칭 및 표기에 관해서는 종래 견해가 구구하여 통일되지 않아서 교육상으로나 실제상으로 장애와 불편이 적지 않았다. 특히 제2차 세계대전과 대동아전쟁이 일어남에 따라 외국어 지명과 인명이 무수히 나타나는데 아무런 통일이 이루어지지 않음으로써 이것의 신속한 통일이 국내는 물론이고 대동아공영권 건설 사업에 있어 요긴한 일 중의 하나로 사료된다. 그래서 이번에 특히 관계되는 여러 관청과 민간 단체 중 지리학, 서양사학, 언어학 관계 분야에서 적당하다고 인정되는 곳에 위임하여 속히 이를 조사·통일하려 한다."

즉 전쟁이 시작되면서 불문곡직(不問曲直)하고 동남 아시아 등의 다양한 지명 및 인명에 직면할 수밖에 없게 되었기에 조직된 것이다. 조사 위탁을 받은 곳은, 관청의 경우 기획원(企劃院)·정보국(情報局)·외무성(外務省)·육군성(陸軍省)·해군성(海軍省)·체신성(遞信省)·척무성(拓務省)에서 각 1명, 민간 단체의 경우 국제문화진흥회, 국어협회, 일본방송협회, 동맹통신사에서 각 1명, 지리학 관계자 3명, 서양사 관계자 3명, 언어학 관계자 4명 등 총 21명이었다.4) 일본방송협회는 촉탁인 도키젠마로(土岐善麿)가 위원이 되어 일본방송협회의 용어계(用語係)에서도 자료를 협의회에 제공하는 등 협력을 하였다. 그렇게 한 것은 음성에만 의지하는 방송에 있어서 지명·인명 독법의 통일은 필수 사항이었기

---

3) 文部省教科書局國語課, ≪國語調査沿革資料≫, 1949년, 151쪽.
4) "文部省教科書局國語課, 앞의 책, 151~153쪽"으로부터 각 위원(1942년도)의 이름을 열기하면 다음과 같다.

때문이다. 일본방송협회로서는 "이번 문부(文部) 당국의 적극적인 심의
와 채택을 통해 라디오는 물론 신문, 잡지 등도 통일된 호칭과 표시를
따름으로써 청취자 및 독자의 성가심이 해소될 날도 가까워질 것이다"
라고 큰 기대를 보이고 있었다."5)

이 협의회에서의 조사 방법 및 조사 사항은 다음과 같았다.6)

<조사 기간>
본 조사는 대체로 4월부터 매주 1회, 약 20회로 완료할 예정

관 청	기획원	書記官 上山顯
	정보국	情報官 河野達一
	외무성	外務書記官 佐藤信太郎
	육군성	陸軍 大佐 眞田穰一郎
	해군성	海軍 中佐 岡嚴
	체신성	遞信書記官 長得一
	척무성	拓務書記官 川本邦雄
민 간	국제문화진흥회	稻垣守克
	국어협회	石黑修
	일본방송협회	土岐善麿
	동맹통신사	入江啓四郎
	지리학 관계	東京帝國大學 助敎授：辻村太郎, 東京文理科大學 助敎授：內田寬一, 東京商科大學 豫科 敎授：石田龍次郎
	서양사 관계	東京帝國大學 敎授：今井登志善, 東京帝國大學 敎授：山中謙二, 第一高等學校 敎授：龜井高孝
	언어학 관계	京都帝國大學 名譽敎授：新村出, 東京帝國大學 敎授：市河三喜, 東京帝國大學 敎授：小倉進平, 慶應義塾大學 敎授：松本信廣

5) <放送用語-外國地名人名の統一->, ≪放送硏究≫ 2-7, 日本放送協會, 1942
년 7월, 111쪽.
6) 文部省敎科書局國語課, 앞의 책, 153쪽.

<조사 사항>
1. 가나(假名)를 통한 외국어 표기의 원칙에 관한 건
2. 채택해야 할 원어(原語)에 관한 건
3. 대동아공영권에서의 지명에 관한 건
4. 대동아공영권 이외 지역에서의 지명에 관한 건
5. 역사적 주요 인물의 호칭 및 표기에 관한 건
6. 현존하는 주요 인물의 호칭 및 표기에 관한 건
단 3, 5, 6의 각 항에 있어서는 만주국 및 중화민국의 것을 제외한다.

문부성 도서국 국어과에서 각종 자료를 수집했고 그것을 총 25명[7])
에게 의뢰하여 심의하도록 했다. 1942년 6월 26일에 협의회 제1회 총
회가, 9월에는 제2회 총회가 열려 정리 및 통일의 기본 방침을 심의·
의결하였다. 그 후 다시 위원 중 9명[8])에게 위탁하여 각 지명·인명에
대해 1942년에 30회, 1943년에 19회의 협의회를 열어 심의를 반복하
고 그 결과를 위원 전원에게 자문하여 정리를 한 뒤 1944년 9월에 열
린 협의회에서 '外國地名人名整理案'과 '同表記法案'을 의결 및 보고
했다.[9]) 그리고 이 안은 더 정리되어 1946년 3월에 '외국의 지명·인명
표기법(外國の地名人名の書き方)'으로 국어조사실에서 발표했다.
여기서 주목하고자 하는 점은 '대동아공영권에서의 지명에 관한 건'
과 '대동아공영권 이외 지역에서의 지명에 관한 건'이 나누어져 있다는
사실이다. 아마도 대동아공영권 안의 지명 등 표기와 호칭 문제를 긴요
하게 취급한다는 의미일 것이다. 또 다른 한 가지는 단서 부분이다. 한

---

7) 앞의 21명에서 약간의 이동이 있었다.
8) 村川堅固(東京帝國大學名譽教授), 市河三喜, 今井登志善, 山中謙二, 龜井高
孝, 辻村太郎, 內田寬一, 石田龍次郎, 松本信廣(文部省敎科書局國語課, 앞의
책, 155쪽).
9) 文部省敎科書局國語課, 앞의 책, 155~156, 222쪽.

자(漢字)로 쓰인 지명 독법에 대해서는 별도로 취급한다는 것이다. 일본
식민지가 되어 있던 조선, 대만의 지명에 대해 일본 한자음을 기초로
읽는다는 것은 한자를 공유하고 있었다는 점과 그 지역이 일본 영토가
되어 있었다는 점으로 설명이 가능하다. 원칙적으로는 적어도 일본 영
토가 아닌 '만주국 및 중화민국'을 제외한다고 하는 이 단서는 영토 여
부와 상관 없이 한자권의 지명과 인명은 일본 한자음으로서 읽겠다고
하는 지침이 있었음을 추측하게 한다.10)

■10.2. 小倉進平의 '南方地名の改稱について'11)

'대동아공영권에서의 지명에 관한 건'에 대해서 이 협의회의 위원들
이 어떻게 생각하고 있었는지는 명확하지 않다. 그러나 위원 중 한 명
이었던 오구라 신페이(小倉進平)의 방침은 ≪朝日新聞≫12)에 기고한 글
에서 알 수 있다. 여기서 오구리(小倉)의 다른 언어에 대한 인식을 이해
할 수도 있을 것이다. 우선 오구라(小倉)는 네 가지 방침을 내세운다.

첫 번째는 "종래의 지명에 관계 없이 새로이 이름을 붙이는 것"이다.
가령 싱가폴을 '昭南'이라고 한 경우이다.13) 그러나 "이것은 종래의 지

---

10) 상세한 것은 "졸고, 앞의 논문"을 참조.
11) [역자주] 각주 12)에서도 드러나듯이 '南方 地名의 改稱에 대하여(南方地名の
    改稱について)'는 小倉進平이 ≪朝日新聞≫에 연재한 글의 부제이다.
12) 小倉進平, <國力發展の姿-南方地名の改稱について(一)->, <音譯か、意譯
    か-南方地名の改稱について(二)->, <戒心すべき問題-南方地名の改稱につ
    いて(三)->, ≪朝日新聞≫(東京), 1942년 4월 27, 28, 30일, 각 4쪽. [역자주]
    이후에 나오는 직접 인용 중 출처가 표시되지 않은 것은 모두 ≪朝日新聞≫
    에 기고한 글에서 가져온 것으로 보인다.
13) 일본군에 의해 싱가포르 공략전이 끝나고 이틀 후인 1942년 2월 17일, 대본영

명에 사로잡히지 않고 자유롭게 임의적으로 할 수 있기 때문에 어쩌면
자의적으로 흘러가 일관성을 잃을 약점"이 있다.

두 번째는 "종래의 지명과 관련하여 이름을 붙이는 것"이다. 이 때
는 음역(音譯)14)으로 할 것인지 의역(意譯)15)으로 할 것인지 선택해야
한다고 한다. 음역일 경우는 '比律賓', '爪哇'16) 등 종래의 "많은 것은
원래 중국의 한자 용례에 의한 것이라서 오늘날 우리의 눈으로 볼 때
그리 적당하다고만 할 수는 없기" 때문에 만약 새로이 음역할 필요성
이 있으면 "우리 일본인에게 알기 쉬운 간단한 한자를 선택해야 할 것"
이라고 한다. 예를 들어 한적(漢籍)에 남방(南方)의 어떤 지명이 한자로
표기되어 있어도 그 한자는 어디까지나 중국의 한자음으로 읽는 방법
이라서 "적당하지 않은" 것이기 때문에 일본 한자음으로 그 지명을 표
기해야 한다는 것이 된다.

그렇다면 음역과 의역의 기준은 어디에 있는가? 오구라(小倉)는 "우
리 공영권 내에 속한 여러 지방, 특히 우리 영토에 속한 말레이 반도
지방 등에서는 이미 일본인 주지사(州知事)를 임명하는 것을 보고 앞으
로 다수의 일본인들이 이주하게 될 것이니 지명 중 일본어의 어조에
맞지 않은 것 등은 차근차근 발음의 와전(訛傳)를 제시하고 원형을 포
기해야 하는 것도 생길 터이다"라고 하면서 'Kuala Lumpur'이나
'Negeri Sembilan'과 같이 여러 음절로 된 지명은 기껏해야 4음절까
지의 지명만을 부르는 데 습관이 있는 일본인에 있어서는 그 원형을
유지하기가 곤란할 것이라고 추측했다. 즉 "일본어의 어조에 맞지 않

(大本營)에 의해 '昭南'으로 개칭되었다. [역자주] 대본영(大本營)은 태평양
전쟁 당시 일본군의 최고 지휘부였다.

14) 여컨대 '比律賓'. [역자주] '比律賓'은 필리핀을 가리킨다.

15) 예컨대 시대는 오래 되었지만 '가미츠케누(カミツケヌ)'를 '上野'라고 한 경우.

16) [역자주] '爪哇'는 인도네시아 자바섬을 가리킨다.

은 것"에 대해서는 의역을 하고 그렇지 않은 것에 대해서는 음역을 한
다고 함으로써 일본어의 사정(事情)을 기준으로 한 것이다. 그리고 여러
명칭이 난립하기 전에 "지도자가 미리 음역이든 의역이든 가장 적당한
일본 명칭을 붙여 줄 필요성도 있는 것 아닐까?"라고 제의했다.

　여기까지의 내용으로 알 수 있는 것은 오구라(小倉)가 철저히 한자(漢
字) 표기를 주장하고 있다는 점이다. 이것은 세 번째 방침에서 "음(字音)
을 따를 것인가, 훈(國訓)을 따를 것인가", 즉 한자를 음으로 읽을 것17)
인지 훈으로 읽을 것18)인지 하는 점과 네 번째 방침에서 "쉬운(簡易)
한자를 사용할 것"이라고 되어 있는 사실을 보아도 알 수 있다. 한자의
대응이 흔들리지 않는 전제가 되어 있는 것이다.

　이상 네 가지 방침의 근저에는 지명의 개칭이 합리적이어야 한다는
사고가 깔려 있다. "결코 한시적 감상이나 착상으로 이루어지면 안 되
는 것이다. 적어도 대동아전쟁의 목적을 완수하여 동아(東亞)의 민족에
게 우리 국위를 널리 비추려 한다면 지명 개칭과 같은 것도 위에 열거
한 여러 조건을 충분히 짐작하여 일관된 방식으로 진행해서 후세에 비
웃음을 남기는 것과 같은 졸렬한 명명법이 되지 않도록 미리 명심하고
일해야 한다"라고 그 주장을 정리하고 있다.

　표기 수단을 한자(漢字)로 한정하고 있지만 합리적이라는 측면에서
보면 되도록 간이(簡易) 한자를 사용해야 한다는 셈이 된다. 앞의 음역
부분에서도 언급했지만 이것은 한적(漢籍)에 나타나는 것과 같은 동남
아시아 지명의 한자 표기에만 반드시 제한되지는 않음을 의미한다. 또
한 간이 한자라는 점에서는 일본 고유명사 중 어려운 한자 등은 인명

---

17) 예컨대 '昭南島'. [역자주] 싱가폴을 가리킨다.
18) 예컨대 '大鳥島'. 이것은 Marshall Islands의 Wake Island를 가리킨다. [역자
　　주] '大鳥島'를 훈으로 읽으면 '오토리시마'가 된다.

이나 지명에 상관 없이 법률로서 점차 간단하고 쉬운 것으로 바꿔 나가면 된다는 주장과 통하는 것이 있다.[19] 그 주장에서는 "시내 전차의 행선지를 쓴 문자 등은 법률 등의 힘을 기다리지 말고 차근차근 가나(假名)로 표기하여 일반 사회의 편의를 도모해야 한다고 생각합니다"라고 하고 있지만[20] 앞에서 본 남방 지명의 개칭에 대해서는 끝까지 한자 표기를 양보하지 않았다.

한자 표기로의 개칭이라는 점에서 ≪朝日新聞≫의 글로 되돌아가면, 1868년에 아이누어의 지명을 한자로 표기한 것에 대해서도 언급하며 예컨대 '니이캇프(ニイカップ)'를 '新冠'으로 한 것 등이 '졸렬'이라고 말하고 있다.[21] 이것은 한자음으로 정확히 전사하지 못했다고 하는 비판이다. 그러나 이민족(異民族)이 살고 있는 지역의 지명을 야마토(大和)민족[22]이 사용하고 있는 한자로 표기하는 것이 지니는 의미,[23] 일본 한자음으로 표기되어 그 발음에 이끌려 명칭이 변화할 가능성, 그리고 그것이 일방적으로 행해진 것에 대해서는 깨닫지 못하고 있다.

'졸렬'이 아닌 한자 표기로는 일본에서 화동연간(和銅年間, 708~715년), 조선에서는 신라 경덕왕 시기에 지명을 두 글자의 한자로 고친 사례를 들고 있다. 그러나 이 두 경우는 모두 같은 언어의 지명을 같은 언어의

---

19) "<問題と批判-國語に對する山本有三氏の意見について->, ≪文學≫ 6-7, 1938년 7월, 103쪽"에 나오는 小倉進平의 답변 참고. 小倉進平은 같은 주장을 "<漢子制限法の一案-固有名詞漢字の書きかへ->, ≪文學≫ 9-4, 1941년 4월"에서도 하고 있다.

20) [역자주] 한자로 표기하지 않아도 된다는 주장이다.

21) 小倉進平, <音譯か、意譯か-南方地名の改稱について(二)->, ≪朝日新聞≫(東京), 1942년 4월 28일, 4쪽.

22) [역자주] 야마토 민족은 일본인의 대다수를 차지하는 민족이다. 일본에는 아이누 민족, 유구 민족 등이 있지만 야마토 민족이 절대 다수이다.

23) 가령 가타가나(片假名) 표기로 되어 있었더라면 그 이질성을 일본어 내부의 문제로 남길 수는 있을 것이다.

한자음으로 표기한 것이다. 아이누어에서 기원한 지명을 일본 한자음
으로 표기한 것과는 질적으로 다르다.

한편 오구라(小倉)는 조선의 행정 구획인 '동(洞)'을 '정(町)'으로 바꾼
것에 대해 비판한다. 즉 '火洞', '花洞', '桂洞'과 같이 '1음절 지명＋洞'
의 경우에 국한하여 '火町', '花町' 등이 아니라 '火洞町', '花洞町', '桂
洞町' 등 '洞' 뒤에 '町'를 붙인 형태로 개칭한 것을 두고 "기계적인 무
모한 방식"이라고 한 것이다.24) 그러나 오구라(小倉)가 '남방 지명의 개
칭'에 관해서 전개한 이론에서 보면 '火町', '花町' 등으로 하는 것은
'어조'의 문제로부터는 벗어나는 것이 아닐까 한다. 1911년에 조선총독
부 학무국의 관리로서 조선에 부임하고 경성제국대학의 교수를 거쳐
1933년에 동경제국대학 교수가 되기까지 20년 동안이나 체류한 땅에
대한 친근함으로 인해 이런 "기계적인 무모한 방식", 즉 일본측의 사정
으로 개칭하는 것의 부자연스러움에 대한 비판이 나온 듯하다.25) 이렇
게 보면 남방(南方)에 대한 흥미와 관심이 그다지 높았다고 생각되지
않는 오구라(小倉)의 '남방 지명의 개칭'에 관한 논의가 너무나 일본측
의 사정과 시선에서 이루어지고 있는 점도 그다지 이상하지 않다.26)

1943년 6월에 오구라(小倉)는 ≪サンデ-毎日≫에 <南方發展と地名
の改稱>이라는 수필을 기고하고 있다. 거기서는 위와 같은 개칭의 방
침을 제시하고 있지는 않으나 지명이나 그 개칭이 지니는 역사성을 호

---

24) 小倉進平, <戒心すべき問題-南方地名の改稱について(三)->, ≪朝日新
    聞≫(東京), 1942년 4월 30일, 4쪽.
25) 그러나 조선의 독자적인 '洞'을 일방적으로 일본의 '町'으로 개칭한 것이 비판
    의 대상이 되지는 않았다. [역자주] 앞에서도 언급했듯이 小倉進平의 비판은
    '1음절 지명＋洞'의 경우에 국한되어 있다.
26) [역자주] 小倉進平 자신이 그 사정을 잘 아는 한국의 경우 일본측의 입장만
    반영한 지명 개칭이 일부 잘못되었다고 주장하지만 그 사정을 잘 모르는 남방
    지역의 지명 개칭 문제는 일본 위주로 바라보고 있음을 지적한 것이다.

소하며 다음과 같이 서술하고 있다.

　　"지명의 개칭은 이상과 같이 정사(政事)의 변개, 세태의 변천에 따
　라 끊임 없이 이루어지며 그 결과 때로는 민심을 일신(一新)하고 세상
　에 청신(淸新)한 기운을 감돌게 하는 효과를 일으킬 수 있으나 그렇다
　고 해서 이것을 함부로 하면 안 되는 것이다. (…) 금후 이루어질 지
　명의 개칭, 특히 지금 대동아공영권의 일익(一翼)으로 시작하고자 하
　는 남방 각지의 지명 개칭에 있어서는 당사자들이 우선 각 지방의 역
　사와 민정(民情)을 적절하면서도 충분히 연구・조사하여 숭고한 이념
　과 웅대한 구상 아래 시종일관 확고한 방침을 세워 지명 개칭에 임할
　것이며 적어도 화(禍)를 후세에 남기는 것과 같은 속악(俗惡)한 개칭은
　하지 않도록 미리 각오하여 일에 몰두하기를 간절하게 바라 마지 않
　는다."27)

　지명의 개칭은 역사적 요인 때문에 생긴다는 사실에 입각하여 가령
남방 지명의 개칭을 한다면 "각 지방의 역사와 민정(民情)을 적절하면
서도 충분히 연구・조사하여 숭고한 이념과 웅대한 구상 아래 시종일
관 확고한 방침을 세울" 필요가 있다는 것이다.

　그러나 역시 여기서도 문제가 되는 것은 '방침을 세우는 사람이 누
구인가' 하는 점이며 '숭고한 이념'이라는 것을 오구라(小倉)가 상정하고
있었는가 하는 점이다. 함부로 하지 말라고 주장하면서도 ≪朝日新
聞≫에 썼듯이 '일본어'와 '일본인'의 시선에서 벗어나지 않았던 그 방
침은 기억해야만 할 것이다.

---

27) 小倉進平, <南方發展と地名の改稱>, ≪サンデ-毎日≫ 21-23, 1943년 6월,
　　45쪽.

11장

결 론

이상 오구라 신페이(小倉進平)가 조선어를 어떻게 다루었으며 거기서 구축하고자 한 것이 무엇인지 그리고 그 의도는 어디에 있었는지에 대해서 장황하게 서술해 왔다. 마지막으로 1장의 물음으로 되돌아가서 약간의 논의를 진행하고자 한다. 이 책에서의 크나큰 물음 중 하나는 근대 국민 국가와 언어 및 언어 연구의 관계를 찾는 데 있었다.

하나의 전형은 일본의 경우일 것이다. 그것은 1895년에 우에다 가즈토시(上田萬年)가 제국대학 총장에게 국어연구실의 설치를 요청한 문서1)에서 명확하다.

"정중하게 생각하건데 우리 대일본 제국의 국어는 皇祖皇宗2) 이래로 우리 국민적 사상이 드러난 것이므로 소위 야마토(大和) 민족의 정신적 혈액인 것이다. 인종의 결합은 국어에 의해 강도가 강해지고

---

1) 上田萬年, <帝國大學文科大學に國語研究室を興すべき議>. 이 글은 ≪明治文化資料叢書 第八卷≫(風間書房, 1975년)에 수록되었다.
2) [역자주] '皇祖皇宗'은 아마테라스 오오미카미(天照大御神)로부터 시작되는 역대 천황의 선조를 가리킨다.

교육의 실행은 국어에 의해 국민적 성질을 지니기 때문에 과거에 있어 국어의 역사를 연구하고 현재에 있어 국어의 상황을 통찰하며 그후에는 미래에 있어 국어의 융성을 도모하는 것이 참으로 국가가 스스로 해야 할 의무라고 해야 한다. 입헌의 제도 이미 확립되고 교육의 방침 이미 일정해진 오늘날 다시 요란스러움을 필요로 하지는 않는다. 하물며 제국의 판도(版圖)가 새롭게 확장되어 그 빛(國光)이 참으로 미증유의 찬란함(闡揚)에 다다른 지금, 단지 이 위에서 우리 국민 된 자가 열심히 연구해야 할 바는 어떻게 그 의무를 다해야 할까 하는 수단에 있다. (…) 이에 소관(小官)은 우리 문과대학 내에 그 연구실을 창립하고 여기에서 연구 자료를 망라하며 유능한 제자들을 교육시키고 치밀한 과학적 지식과 방법을 통해 이 광대하고 심원한 사업의 각 방면으로부터 점차 시대에 부합하는 해석을 도모하는 것이 최선책임을 믿는다. (…)"

"제국의 판도(版圖)가 새롭게 확장되어"라는 것은 1895년 청일전쟁의 결과 대만을 일본이 영유(領有)한 것을 가리킨다. 이 문서에 따르면 「국어」는 황조(皇祖) 이래의 역사성을 가지는 야마토(大和) 민족의 정신적 혈액이며 그로 인해 결합이 늘어나고 교육이 가능하게 되어 그 결과 "국민적 성질을 지닌다"라고 하는 것이다.

「국어」는 고대 국가처럼 오래 되었으며 역사를 관통하는 것이라고 인식되고 있다. 그에 더해서 明治 국가 시대의 공식 이데올로기인 '만세일계(萬世一系)'[3]의 천황가(天皇家)와 더불어 이야기되고 있는 데 주목하고 싶다. 그러한 역사와 이데올로기를 짊어지게 된 「국어」를 연구하고 과거의 역사, 현재의 상황, 미래의 융성을 치밀한 과학적 지식과 방

---

3) [역자주] '만세일계(萬世一系)'는 일본 천황의 계통은 오로지 하나일 뿐 외부의 피가 섞이지 않았다고 하는 것을 가리킨다.

법으로 밝히기 위해 제국대학 내에 국어연구실을 설치해야 한다고 하는 것이 우에다(上田)의 주장이다.

여기서 매우 도식적인 설명을 이끌어 내 보기로 한다. 근대 국가는 어떤 필요성을 가지고 되도록 하나의 「언어」를 요구한다. 국가가 「언어」를 요구하는 것일 뿐 「언어」가 국가를 요구하는 것은 아니다. 일부러 「 」를 붙여서 「언어」라고 한 것은 그것이 어떤 특정한 근대 국가가 가지는 의도[4] 아래에서 구축된다는 점을 표현하고 싶었기 때문이다. 그리고 그 「언어」를 구축해 나가기 위해서는 역사적 연구[5]와 현재적 연구를 빠뜨릴 수 없게 된다.

'통시적', '공시적'이라는 표현을 하면 국가에 있어서는 공시적 현재에 국민으로 인정하는 사람들이 살고 있는 범위를 구석구석 포괄할 수 있을 만큼, 되도록 하나의 공통된 언어 변종을 설정할 필요가 생긴다. 그것은 법률을 비롯하여 국민 국가를 지탱하여 운영하기 위한 여러 제도를 효율적으로 시행하는 데 없어서는 안 되기 때문이다. 그러나 국민 국가 구성원으로서의 일체감을 기르기 위해서는 공시적 현재에서의 일체감만으로는 불충분하며 통시적으로-바꿔 말하자면 역사적이고 전통적으로-보증되는 일체감까지 양성해야 한다. 예를 들어 '천 년 전의 국어', '백 년 전의 국어'라는 표현을 해도 그것이 현재의 「국어」로 바뀌면서 계속 이어지고 있다는 의식을 가지고 있으면 그다지 위화감[6]을 느끼지는 않을 것이다. 비록 ≪竹取物語≫[7] 속 문장의 의미를 파악하

---

4) 그 국가의 건국 이데올로기라고 바꿔서 말해도 좋을 것이다.
5) 그 역사가 국가의 공식적 이데올로기에서 완전히 자유롭다고는 단언할 수 없을 것이다.
6) [역자주] 백 년이나 천 년 전의 국어는 너무 오래 전의 말이라서 거리감을 느낄 수 있는데 이런 감정을 위화감이라고 표현했다.
7) [역자주] 일본에서 가장 오래된 이야기책으로 9세기 말에서 10세기 초에 지어졌다고 추정되고 있다.

지 못하더라도 그것은 현재라는 시기와 9세기 중엽이라는 두 시기가 단절되어 있기 때문에 이해하기 어려운 것이고 그 사이의 언어 변화가 밝혀진다면 두 시기를 어렵지 않게 연결할 수 있다고 생각하는 것과 같다. 이러한 상세한 예들을 축적함으로써 역사와 전통을 공유한다는 의식도 생긴다.

우에다 가즈토시(上田萬年)는 '과거의 역사', '현재의 상황', '미래의 융성'이라고 표현하였다. '미래의 융성'에서는 표준어로 상징되는 것과 같은 공시적 현재성을 구축할 필요가 있다. 그와 동시에 통시적 변화도 밝혀서 '과거의 역사'를 구축하는 것도 필요할 것이다. 그것이 근대 국민 국가가 「언어」를 요구하며 구축하려는 하나의 의미가 아닐까 한다. 그리고 이 둘[8]을 연결시키는 것이 '현재의 상황'을 나타내는 '방언'이라는 존재였다. 방언은 표준어의 선정을 위해 이용됨과 동시에 '방언에 고어(古語)가 남는다'는 표현이 있듯이 통시적 일체성을 보증하는 존재로서 인식되고 있었던 것이다.

이러한 구축 작업을 국가적 보호 아래에서 하는 체제가 정비되는 것도 중요한 사항이다. 19세기 말에서 20세기 초에 걸쳐 동경제국대학 내에 국어연구실이 설치되고 문부성 내에 국어조사위원회가 설치되어서 「국어」에 관한 학문적, 과학적 조사 연구의 체제가 정비되었던 사실은 좋은 예일 것이다. 다만 이들 기관이 「국어」에 관한 권위까지는 얻지 못했다는 점은 특히 가나(假名) 표기나 한자 제한과 같은 '국자(國字) 문제'의 측면에서 세간의 논의를 끌어들이게 된 큰 대립을 낳은 데에서도 알 수 있다.[9]

어찌 되었든 다소의 문제는 있었으나 일본어의 「국어」에 있어서는

---

8) [역자주] '둘'이란 과거의 역사와 미래의 융성을 가리킨다.
9) [역자주] 이 기관들이 권위가 있었다면 대립을 야기하지 않았을 것이다.

이러한 작업이 비교적 순조로웠다고도 할 수 있다. 물론 明治 이전의 여러 연구 축적도 있어서 '역사'를 소급하는 것이 그다지 어렵지 않았다고 하는 측면은 있을 것이다. 그러한 통시적 전통과 역사를 확고한 것으로 인식했기 때문에 일본의 영향권이 확대되고 그로부터 「국어」에 대한 주문(注文)10)이 생겨났다고 해도 그것은 「국어」(또는 「일본어」)의 '전통' 앞에서는 이단적 견해가 되어 버리는 것이다. 그러한 외부로부터의 시선을 항상 의식할 수밖에 없는 상황에 「국어」가 이르러도 그 핵심에 아무 변화가 없었던 것은 '전통'을 강고히 유지하려는 힘이 충분히 작용할 수 있었음을 의미한다.

그러면 이러한 일본어에 있어서의 「국어」 구축과 비교해서 조선어의 「국어」 구축은 어떠한 성격을 가지는 것이었을까? 국민 국가가 형성되는 도중에 일본에 병합되어 버린 사실이 보여 주듯이 복잡한 사정이 얽혀 있다. 그 복잡함을 상징하는 인물로 이 책에서는 오구라 신페이(小倉進平)를 다루었다. 우에다(上田)의 말을 빌리자면 조선어에 있어 '과거의 역사'를 집중적으로 연구한 자가 오구라(小倉)였다. 그러나 아무리 역사적인 구축을 시도했다고 하더라도 "국민적 사상이 드러난", "정신적 혈액"이라고 하는 파악은 하지 않았다. 당연하다고 하면 당연한 것인데 조선어는 오구라(小倉)에게 외부의 존재였다. 외부이기 때문에 과학적, 학문적 연구가 가능해진다고 생각하고 있었다. 그것은 조선인이 모어로서 조선어를 말하기 때문에 조선어 연구에서 자신보다 단연 유리하기는 하지만 그 연구는 과학적이어야 한다고 발언하고 있는 데에서도 분명할 것이다.11)

---

10) 예컨대 표기법의 어려움이라든지 '일본 정신'과 연결시켜서 교육하는 것에 대한 위화감.

11) 小倉進平, <鄕歌・吏讀の問題を繞りて>, ≪史學雜誌≫ 47-5, 1936년 5월, 91쪽. ≪小倉進平博士著作集(二)≫에 수록. [역자주] 이 문제에 대해서는 8.1.

우에다(上田)의 표현을 다시 빌리자면 조선어에 있어 '현재의 상황'을 구석구석 조사한 것도 오구라(小倉)였다. 거의 한반도를 망라하는 형태로 200개 이상 지점의 방언을 혼자서 조사했다고 하는 것은 매우 힘든 작업이며 그만큼의 열정을 가지고 있었던 것이 놀라울 뿐이다. 다만 이러한 작업을 조선어에 있어 '미래의 융성'을 위해 행한 것이 아니라 어디까지나 '과거의 역사'를 찾는 실마리로써 한 것이 오구라(小倉)의 특징이며 그 '과거의 역사'를 구축하여 조선어의 계통을 밝히는 것이 그의 최종적인 목표였다. 거기에서는 '전통'이라든지 '민족 정신'이라는 요소를 「언어」 속에 포함시킨다거나 그런 요소를 읽어 내려고 하는 자세가 보이지 않는다. 더 말하자면 조선어의 표준어와 그 보급에 대한 오구라(小倉)의 논의는 문화, 정치의 중심지 말이 자연스럽게 널리 퍼지는 것이 당연하다고 하는 평범한 것이었다. 게다가 일본어의 「국어」 보급 문제에 대해서도 '필요성'이라는 관점에서 논의하고 있어서 조선어든 일본어든 그 보급에 관해 적극적인 발언을 하지 않았다.

이와는 대조적으로 잡지의 독자나 귀향하는 학생 등에게 '현재의 상황'으로서의 방언을 호소해서 그것을 문화 운동으로 자리 매기게 한 것이 조선어학회였다. 이렇게 해서 모은 자료를 '미래의 융성'에 필요한 표준어의 사정 사업에 직접적으로 살리지는 못했지만 그러한 방향성을 가지고 있었던 것은 확실하다. 그러한 토대 위에서 '과거의 역사'를 추구하려고 했을 때 거기에 존재하고 있던 것이 오구라(小倉)의 업적이었다고 파악할 수 있다.

19세기 말부터 20세기 초에 걸쳐 국가의 독립과 더불어 조선어의 역사성을 중요시하는 주시경의 연구와 같은 조선어 연구의 흐름이 생겨

_____

에서도 다루었다.

났었다. 그러나 이러한 흐름이 충분한 결실을 맺기도 전에 식민지화 되어 버렸다. 조선어학회가 주시경 등의 연구 흐름을 이어받은 위치에 있었다는 사실이 상징적으로 나타내고 있지만 그들은 「조선어」 속에서 민족 정신이나 전통을 적극적으로 찾아내려고 했으며 맞춤법의 제정, 표준어의 사정, 조선어 사전의 편찬과 같은 작업을 했었다. 그 결과 치안유지법 위반 혐의로 조선어학회 회원이 검거되고 기소되는 조선어학회 사건이 일어나게 된 것이다.

이처럼 힘에 호소해서라도 언어 운동을 억압한 이유는 「조선어」가 국가로부터 구축을 요청 받은 「언어」가 아니었기 때문이며 「조선어」가 마음대로 근대적으로 구축되어 버리면 곤란하다고 하는 것이 아니었을까 한다. 국가가 「언어」를 요청하는 것이 아니라 「언어」가 국가를 요청한다(이 경우에는 '민족 독립'이 될 것이다)고 파악했기 때문에 치안유지법 위반의 혐의를 받게 된 것이다.

학문과 연구 체제의 정비라는 측면에서 보아도 물론 오구라(小倉)가 조선총독부의 관리로서 또한 경성제국대학의 교수로서 방언 조사를 하고 학문으로서의 조선어학을 강구하고 있었던 것은 확실하지만 초기의 방언 조사가 어디까지나 공무 중 짬을 내어 이루어졌던 사실이 가리키듯 공권력의 후원이 있는 조직화된 것은 아니었다.12) 조선총독부는 사전을 편찬하고 철자법도 만들었다. 이것만을 놓고 보면 어떤 종류의 기준을 설치한 것이 된다. 그러나 철자법은 학교 교육에서의 조선어 교과서 편찬이라고 하는 목적만을 위한 것이며 사전 편찬 역시 어휘에 치우침이 있고13) 최종적으로는 한일사전14)이 되어버린 사실이 나타내듯

---

12) [역자주] 小倉進平 개인의 연구에 불과할 뿐 조선총독부에서 적극적으로 한국어의 구축에 나선 것은 아님을 말하고 있다.
13) [역자주] 자세한 것은 9.1.1.에서 다룬 바 있다.
14) [역자주] 표제어는 한국어로 되어 있으나 그 설명은 전부 일본어로 되어 있는

이 「언어」를 구축한다고 하는 의도가 있었다고는 생각되지 않는다. 바꾸어 말하면 조선총독부는 조선어를 「언어」로서 구축하는 것을 바라지 않았다고 해도 무방하다. 국가가 구축을 요청한 「언어」는 「국어(일본어)」 하나로도 충분했기 때문이다.

「조선어」는 통시적인 구축과 공시적인 구축이 어긋나는 형태로 이루어지고 있었다고 할 수 있는데[15] 1945년, 즉 광복 이후에는 이 둘이 합치되는 형태로 「조선어」가 형성된 것일까? 본문 중에 이미 이희승이 1945년 이전에 발표한 여러 논고를 엮어서 1947년에 ≪朝鮮語學論攷≫(을유문화사)를 출판한 것에 대해서 다루었다. 그 책의 서론에서 "국어에 대한 애호(愛護)의 마음을 촉발"하는 데 유용하게 쓰이고 싶다는 결의가 나오는데 흥미롭게도 1945년 이전에 ≪한글≫에 발표했을 때에는 '조선어'라고 표기되어 있던 부분이 이 책에서는 아무런 주석도 없이 '국어'로 바뀌어 있다. 특히 눈에 띄는 것은 <朝鮮語學의 方法論序說>인데 ≪한글≫ 7권 9호(1939년 10월)에 게재된 것을 재수록하면서 제목을 <國語學의 方法論序說>로 변경하고 내용 역시 '조선어'를 모두 '국어'로 바꾸었다. 다만 책 제목은 ≪朝鮮語學論攷≫이다. 제목을 '국어'라고 지으면 아직 '일본어'를 가리킨다는 오해를 받을 가능성이 남아 있었기 때문이라고 생각된다. 그러나 이 책이 1959년에 재간되었을 때에는 제목이 ≪國語學論攷≫로 변경되었다. 재간된 책의 서론에서 이희승은 해방 후 "자유와 함께 되찾은 국어에 대한 지식을 사람들이 열광적으로 구했기" 때문에 이 책을 출판했다고 하는 사정을 서술하고 있다.

사전임을 가리킨다.

15) [역자주] 공시적 구축은 조선어학회를 통해 스스로 했지만 통시적 구축은 외국인인 小倉進平이 주로 담당하면서 둘 사이에 합치되는 부분이 적은 것을 이렇게 표현했다.

1992년 서울에서 간행된 ≪국어학연구백년사≫[16)에 수록된 1890년
부터 1990년까지의 조선어에 관한 논문, 저작 등의 목록을 살펴보아도
수적으로는 1945년 이전의 업적이 전체의 10%도 채 되지 않는다. 그만
큼 광복 후 「국어」 연구가 분화·심화되고 있는 셈이 되며 오구라(小倉)
업적의 가치도 상대적으로 낮아졌다고 할 수 있다. 예컨대 국어국문학
회 편 ≪향가연구≫(태학사, 1997년)에서는 향가 연구가 깊어졌음을 볼
수 있으며 방언에 대해서도 개별 지역에 대한 연구가 심화되었다. 그러
한 논의에서 오구라(小倉)의 업적을 다루는 경우는 그다지 많지 않다.

이와 같은 심화의 과정에서 조선어에 대한 '과거의 역사', '현재의 상
황', '미래의 융성'에 필요한 세 가지 조건이 갖추어진 연구가 이루어지
고 있다고 생각해도 무방하다. '경사스럽게'라고 표현해도 되는지 잘
모르겠지만 어쨌든 경사스럽게도 국가가 요청하는 「언어」로서 '조선어
=「국어」'라는 자리매김이 이루어졌음을 보여 주고 있다. 물론 그 연구
의 중요한 부분을 외국인이 담당한 예전과 같은 상황이 되지 않았음은
말할 것도 없다. 이희승이 1947년의 ≪朝鮮語學論攷≫ 서론에서 제시
했듯이 「국어」는 애호하는 것이며 '국민'의 생존 및 번영과 밀접하여
뗄래야 뗄 수 없게끔 자리 잡게 되었다. 이희승에 국한되지 않고 대한
민국이라는 국가가 요청한 「언어」라는 의미에서 「조선어」로부터 「국
어」로 명칭이 변경되어 간 것이다.

그러나 이러한 상황을 가지고 축하할 만하다고 할 수는 없을 듯하
다.[17) 표준어와 방언 사이의 역학 관계가 일본어의 경우와 다르지 않
다고 하는 측면이 있음은 물론이지만 그 외에도 대한민국(남한)의 사

---

16) 고영근·성광수·심재기·홍종선 편, 총 4권, 일조각 간행.
17) [역자주] 광복 후 한국에서의 국어 연구가 심화되어 이전의 여러 문제를 해결
　　했다는 점에서는 축하할 만하지만 여전히 표준어와 방언의 문제, 남북한 언어
　　의 문제 등이 남아 있음을 이렇게 표현한 것이다.

정과 조선민주주의인민공화국(북한)의 사정이 또 다르기 때문이다. 이 문제에 대해서 상세히 논의할 만한 자료를 가지고 있지 않다. 다만 장래의 사태도 바라보면서 말하자면 국민 국가와 언어의 새로운 관계를 제시할 가능성도 있는 것이 아닐까 생각한다.

약간 이야기가 멀어졌지만 이 책 첫머리의 논의로 돌아가도록 한다. 가나자와 쇼자부로(金澤庄三郎)나 오구라 신페이(小倉進平)가 '현대의 조선어로 완성'시키는 데 매우 큰 공헌이 있었다고 하는 논의가 있음을 소개했었다. 그러나 '근대'라는 시기에 있어 「언어」로서 요구되는 요소에 대해 그들이 어디까지 '완성'이라는 작업에 손을 빌려 주고 있었는지는 역시 다시 물어보아야 할 것이다. 시대 상황이 주는 여러 규정 속에서 평가되어야 한다는 것이 여기서 말하고 싶은 바이다. 결과보다도 과정을 중요시하고자 하는 것이다. 마지막으로 거창하게 이야기를 마무리 하자면 이러한 시각은 「언어」에만 국한되지 않고 식민지 지배의 잔재(殘滓)를 어떻게 평가할 것인지의 문제와도 관련되지 않을까 한다.

∎용어 찾아보기∎

ㄱ

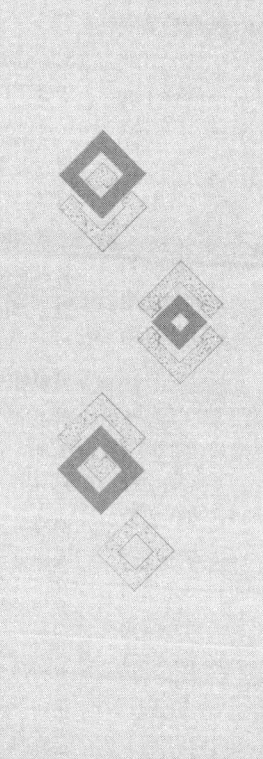

┃인명 찾아보기┃

서양인

저자 약력

▪ 야스다 도시아키(安田敏朗)

　　일본 가나가와현(神奈川縣) 출생. 도쿄대학(東京大學) 문학부 국어학과 졸
　　　　업. 도쿄대학 대학원 총합문화연구과 지역문화연구 전공으로 수사학
　　　　위, 박사학위 취득.
　　전공은 근대일본언어사.
　　현재 히토츠바시대학(一橋大學) 대학원 언어사회연구과 준교수.
　　저서로는 ≪「國語」の近代史≫, ≪國語審議會≫, ≪日本語學は科學か≫,
　　　　≪國文學の時空≫ 외 다수.

역자 약력

▪ 이진호(李珍昊)

　　부산에서 출생. 서울대학교 인문대학 국어국문학과에서 문학사, 문학석사,
　　　　문학박사학위 취득.
　　전공은 국어 음운론.
　　현재 전남대학교 인문대학 국어국문학과 조교수.
　　저서로는 ≪국어 음운론 강의≫, ≪통시적 음운 변화의 공시적 기술≫,
　　　　≪小倉進平과 국어 음운론≫(공역), ≪국어 음운 교육 변천사≫

▪ 이이다 사오리(飯田綾織)

　　일본 도쿄 출생. 고쿠시칸(國士館) 대학에서 정치학사, 정치학석사학위 취
　　　　득. 전남대학교 인문대학 국어국문학과에서 문학석사학위 취득 후 박
　　　　사과정 수료.
　　현재 전남대학교 인문대학 일어일문학과 초빙 교원.
　　저서로는 ≪생활일본어≫(공저), ≪小倉進平과 국어 음운론≫(공역).

「言語」의 構築
- 小倉進平과 植民地 朝鮮 -

초판인쇄 2009년 5월 27일
초판발행 2009년 6월 4일

역자 李珍昊・飯田綾織
발행 제이앤씨
등록 제7-220호

주소 서울시 도봉구 창동 624-1 현대홈시티 102-1206
전화 (02)992-3253(대)
팩스 (02)991-1285
전자우편 jncbook@hanmail.net
홈페이지 http://www.jncbook.co.kr

책임편집 김연수

ISBN 978-89-5668-723-0 93810 　　　　　　　　　**정가** 15,000원